U0933726

世界上最荒凉的动物园

苏童——著

中国书籍出版社
China Book Press

图书在版编目（CIP）数据

世界上最荒凉的动物园 / 苏童著 .—北京 : 中国书籍出版社 , 2018.1
ISBN 978-7-5068-6679-8

Ⅰ . ①世… Ⅱ . ①苏… Ⅲ . ①短篇小说—小说集—中国—当代 Ⅳ . ① I247.7

中国版本图书馆 CIP 数据核字（2018）第 024192 号

世界上最荒凉的动物园

苏童　著

图书策划　牛　超　崔付建
责任编辑　张　娟　成晓春
责任印制　孙马飞　马　芝
出版发行　中国书籍出版社
地　　址　北京市丰台区三路居路 97 号（邮编：100073）
电　　话　（010）52257143（总编室）（010）52257140（发行部）
电子邮箱　eo@chinabp.com.cn
经　　销　全国新华书店
印　　刷　三河市华东印刷有限公司
开　　本　650 毫米 ×940 毫米　1/16
字　　数　372 千字
印　　张　23.25
版　　次　2018 年 4 月第 1 版　　2021年 1 月第 3 次印刷
书　　号　ISBN 978-7-5068-6679-8
定　　价　62.00 元

目录

三盏灯

1

平原上的战争像一只巨大的火球，它的赤色烈焰吞掠过大片的田野、房屋、牲畜和人群，现在它终于朝椒河一带滚过来了。

雀庄的村民们已经陆陆续续地疏散离村。几天来偌大的村庄鸡犬不宁，到处充斥着惶乱和嘈杂的声音，主要是那些女人和孩子，女人们抱着盐罐爬上牛车，突然又想起来要带上腌菜坛子，她们就是这样丢三落四的令人烦躁。而孩子们对这次迁徙的实质漠然不知，他们在牛车离村的前夕仍然玩了一次游戏。娄宽家套车的牛被几个孩子拴住了前腿，娄宽赶车，车不动，路边的老枣树却哗啦啦地摇晃起来。娄宽以为是老牛偷懒，大骂道，你个畜生也敢来闹事呀？啪的一鞭下去，牛就尥了蹶子，娄宽一家人全从牛车上栽了下来。

材长娄祥没说什么，娄祥蹲在地上喝粥，眼睛不时地瞟一下几米开外的茅厕，娄样最小的儿子还蹲在那儿，娄祥一边喝粥一边说，也没什么给他吃，哪来这么多屎尿？娄祥的女人却性急，在旁边跺着脚喊，你好没好，好没好呢？都什么时候了，你还粘在那缸上！

娄祥一边喝粥一边推了女人一把，让孩子蹲吧，拉光了上路才痛快。娄祥毕竟是个闯过码头见过世面的人，牛车套好了，粮食和箱子都搬上了车，娄祥还慢吞吞地喝完了一大碗粥，吃饱了肚子娄祥才有力气维持村里混乱的秩序。

慌什么？你慌什么？娄祥突然跳起来直奔娄福家的牛车，耳朵里长猪屎啦？告诉你们多少遍了，带上粮食就行了，牵那么多牲口干什么，就你们家有猪有羊？人家是来打仗，脑袋都拴在裤腰带上，谁稀罕你的猪你的羊？

娄福仍然将他的大黑猪往车上赶，谁稀罕？娄福气咻咻地说，就是不打仗，我家还少了好几头羊好几只鸡呢。

娄祥刚想骂什么，一转眼看见娄守义一家正喊着号子把他家的衣柜往牛车上搬，不怕把牛压坏啦？这帮人，耳朵都让猪屎堵住了！娄祥这回可真着急了，他挥舞着手里的碗冲过来冲过去，手里拿着筷子朝这人捅一下，朝那人捅一下，都给我上车，马上走，再不走路上就碰到十三旅，十三旅见人就杀，你们要是不怕就别走啦！娄祥把手里的碗狠狠地砸碎，你们把房子也背上走吧，你们这帮猪脑子的东西！

正午之前最后一批村民离开了雀庄，村长娄祥坐在牛车上隐隐地听又县城方向的枪炮声，别慌，军队离我们还有三十里地呢，娄

祥对他一家人说，我们去河西躲一躲，躲个十天半月的就回来了，怕什么呢？打仗可不像种田，稻子一季一季的都得插秧，打仗总有打完的一天。人可不像稻子，割下来还能打谷留种，不管是十三旅还是三十旅，打仗就得死人，人死光了怎么办？仗就不打了，我们就回家啦。

牛车走得很慢，村长娄祥回头望了望雀庄的几十间房屋和几十棵杂树，突然觉得自己丢下了一件什么东西，没丢下什么东西？他问身旁的女人。女人说，把一筐白菜丢下了，你偏不让带，娄祥说，我不是说白菜。娄祥皱着眉头数了数他的一堆儿女，大大小小男男女女的，一共六个，一个也不少，这时候牛车经过村外的河滩地，娄祥看见河滩上的一群鸭子和一间草棚，倏地就想起了养鸭子的扁金，扁金呢，怎么没有捎上扁金？娄祥打了一下自己的额头，我让他们气晕了，怎么没有捎上扁金？

娄祥要回去找扁金，被他女人拉住了，女人说，你以为扁金是傻子？人家早跑了，你没见他把鸭子都丢下啦？就是傻子也知道躲打仗，没准他跑得比你快呢。

娄祥说扁金满脑子都是猪屎，也差不多是个傻子，扁金没爹没娘的，要是有个三长两短，别人还不是说我这个村长么？娄祥说着就从屁股底下拿出铜锣，当当地用力敲了几下，一边敲一边朝前后左右喊着，扁金，扁金，谁看见扁金了？

娄福的儿子在前面说，前天还看见他爬在树上掏鸟窝呢，他不是掏鸟，是掏鸟粪，扁金给他的鸭子喂鸟粪呢。

屁话，说了等于没说。娄祥又扯高嗓门喊了一遍，你们谁看见扁金

娄守义的女人在后面说，早晨看见他往河边去了，说是去找

鸭子。

这种日子还在找鸭子？他是傻子你也是傻子，你就没告诉他打仗的事？

怎么没告诉他？他说他不怕打仗嘛，他说他后脑勺上也长眼睛嘛，他一定要找他的鸭子。

村长娄祥收起铜锣骂了一声，这个傻子，死了活该。娄祥放眼了望冬天的河滩地，视线所及尽是枯黄的芦苇杂草，椒河两岸一片死寂，远远地从河下游又传来了零星的枪声。这种日子谁还会满地里找鸭子呢？娄祥想扁金看来真的是个傻子，扁金若是为了只鸭子挨了子弹，死了也是白死，那也怪不到他的头上啦。

原野上的风渐渐大了，风把淡黄色的阳光一点点地吹走，天空终于变成了铅色。快要下雪了。疏散的人们途经马桥镇时最初的雪珠泻落下来，不知从哪儿飘来布幔似的雾气，很快弥漫在马桥镇人家的青瓦白墙上。石子路上空无一人，只有一两只野狗在学校里狂吠着，很明显镇上的居民已经疏散了。来自雀庄的牛车第一次畅通无阻地穿过这个小镇，这种情形也使雀庄人散漫的逃难变得紧迫了一些，村长娄祥不断地催促着他的村民，甩鞭呀，让你们的牛走快点，不想挨子弹就走快点吧！

牛车队路过昌记药铺的门口，许多人看见了一个扎着绿头巾的女孩。女孩大约有十二三岁的样子，绿头巾蒙住了大半个脸蛋，只露出一双漆黑的圆圆的眼睛，那双眼睛直视着雀庄疏散的人群，大胆而泼辣。她的寻寻觅觅的目光让人疑惑，她手里提着的两件东西更加让人摸不着头脑，许多人都看见了，女孩的一只手提着一只铁皮油桶，另一只手提着一条鱼。

你是谁家的孩子？跟家里人走散啦？娄祥勒住了牛车招呼药铺

门口的女孩，都什么时候了，你还傻站在这儿？上车来吧，你要是不想挨流弹就上车来吧。

女孩摇了摇头，她仍然倚在药铺的杉木门板上，但她的一只脚突然抬起来，脚掌反蹬着药铺的门板，开门，怎么不开门？女孩的声音听上去焦急而尖利，我要抓药，我娘的药呀！

镇上人早都走光了，你不知道要打仗吗？娄祥在牛车上喊，这种时候谁还到药铺来抓药，你脑子里长的是猪屎吗？没人在怎么开门？

你脑子里才长猪屎。女孩瞪了娄祥一眼，猛地转过身，用手里的铁皮油桶继续撞着药铺的门板，开门，快开开门，女孩的哭声突然惊雷似的钻进雀庄人的耳朵，女孩一边哭一边对着药铺门上的锁孔大声叫喊着，朱先生你不是人，你怎么不把药挂在门上？你吃了我家多少鱼呀、吃了鱼不给药，你就不是个人。

牛车上的人们一时都惊呆了，他们现在看清了女孩手里的那条鱼，娄祥的儿子大叫起来，是条大黑鱼。但娄祥转身就给了儿子一个巴掌，你管它是黑鱼白鱼？娄祥悻悻地说，从来没见过这么傻的女孩子，比扁金还傻，她要抓药就让她去抓药吧，我才不管这份闲事。

娄祥带着雀庄的牛车队继续赶路，空中的雪花已经像棉絮般的飘落下来，雪花其实不是花，它们湿湿地挂在人的棉帽和眉毛上，凝成冰凉的水滴，抹掉了又长出来。娄祥摘下头上的棉帽掸去上面的雪花，一转脸看见那个扎绿头巾的女孩追上来了。女孩追着娄守义家的牛车跑，女孩跟娄守义的女人说着什么，娄祥听不清，后来他看见她站住了。她站住了，左手提着铁皮油桶，右手拎着那条鱼，娄祥看见漫天的雪花把那个小小的身影与雀庄的牛车隔绝开来，后来铁皮油桶和鱼都看不见了，只看见女孩的绿头巾在风雪中映出一点点绿色。

那女孩跟你说什么？娄祥问娄守义的女人。

她要用鱼跟我换灯油，娄守义的女人说，哪来的灯油呢，这种日子谁还顾上带灯油呢？

她要灯油干什么？娄祥嗤地笑了一声说，从来没见过这么傻的女孩子，灯油？要是挨了子弹白天黑夜还不是一样亮，要灯油干什么？你们说要了灯油干什么？

雀庄的人们在疏散途中愁眉苦脸，没有人乐于说那个陌生女孩的事情。现在他们的耳朵里灌满了风雪的沙沙之声，还有令人心焦的牛铃和车轴的鸣响，除此之外就是东南方向那种零乱的没有节奏的枪炮声了。

谁都知道，战争中的人们想得最多的还是有关战争的事。

2

鹅毛大雪一朵一朵地落下来，椒河两岸已经是白茫茫的一片了。无论扁金怎么诅咒，大雪还是在扩张它刺眼的白色，大雪纷纷扬扬地落下来，扁金就更加找不到他的鸭子了，这种天气鸭子不肯下河，鸭子要是躲进芦苇丛里，那扁金就休想在天黑以前找到它们了。

丢了三只鸭子，不是丢了，是它们自己离群跑了。扁金子持鸭哨在河滩地上搜寻他的鸭子，手里的鸭哨扫遍了芦苇，干枯的苇絮飞扬起来，混在漫天飞雪里，落满扁金的肩头，但他却看不见三只走失的鸭子。该死的天公，让你下雪你不下，不让你下雪你偏偏下

了。扁金诅咒着天公，忽然想起村里人说天公骂不得，谁骂天公谁就会让雷电劈掉半边脸，扁金有点后悔，就拧了把自己的嘴。扁金这么生气，不骂几声心里堵得发慌，后来他就开始骂他的三只走失的鸭子，贱货，不要脸的畜生，就你们长了两只脚，就你们会跑？扁金说，我不信抓不到你们，抓到你们谁也饶不了，一、二、三，全扔开水锅里，烫你们的毛，吃你们的肉，谁也饶不了！

扁金沿着河滩地走出去大约半里地，没有看见一只鸭子的踪影，却看见漫天的雪越下越大。椒河在前面拐了个弯，河汊被折成一个弓形，扁金发现河汊边多长了半亩沙地，有一条捕鱼船泊靠在那里。扁金不是傻子，他知道每年冬天椒水会瘦下去，瘦到河底就露出这片荒沙地了，但那只捕鱼船却来得奇怪，很少有人到这里来捕鱼的，椒河流到雀庄水里就只剩下些小鱼小虾了，只够喂扁金的鸭群。扁金不喜欢在雀庄的地盘上看见捕鱼船。扁金觉得这条又破又旧的捕鱼船来得真是奇怪。

喂，看见鸭子了吗？扁金一边喊一边朝捕鱼船走去，他用鸭哨捅了捅船篷，没听见任何回应。人上哪儿去了？让鱼虾吞到肚子里去了？扁金嘀咕着跳到船上去，船剧烈地摇晃起来，扁金就一把抱住了大橹，这是什么鬼船？晃得这么厉害。扁金好不容易站稳了，一转眼看见篷顶上站着两只鱼鹰，两只鱼鹰扑扇着翅膀，抖落了羽毛上的雪花，它们红色的明亮的眼睛充满威胁的意味。这让扁金有点惊慌，扁金说，你们盯着我干什么？想咬我呀？你们是什么鬼东西？这么黑这么难看。两只鱼鹰像人一样转了个身，扁金就拿着鸭哨在一只鱼鹰的脚上撩了一下，这是一次试探，那只鱼鹰却猛地张开双翅跳进了河水，紧接着另一只鱼鹰也跳下去了。扁金松了口气，他说，什么鬼东西，还想来咬我？

从船舱里突然传来了一种微弱的声音，好像是一个女人，扁金掀开草帘，舱内暗沉沉的，一股大蒜和鱼腥混合的气味扑鼻而来，扁金只能看见那个女人苍白的脸和蓬乱的头发。它们几乎埋在一堆破棉絮里。

别去惹我的鱼鹰，它们会咬人。女人说。

你说什么呢？我听不清，扁金蹲在那里，但他的脑袋好奇地探进了舱内，扁金说，你快死了吗，你说话怎么像死人一样有气无力的？

别去惹鱼鹰，会咬人，女人说。

我没惹它们，是它们想惹我。扁金说，我才不会惹那两个鬼东西，我是来找鸭子的，喂，你看见我的鸭子了吗？

看不见了，我的眼睛坏了，什么也看不见。女人的声音听上去仍然很微弱。

你是个瞎子？呸，瞎子怎么还在河上捕鱼？扁金说，你是瞎子怎么把船摇到这里来的？这里要打仗啦，人都跑光了，你来干什么？告诉你，人都长着眼睛子弹可不长眼睛，告诉你吧，我前几天去马桥镇卖鸭蛋，看着肉铺掌柜的女儿给流弹打死了，那女孩还在吃棒棒糖呢，一蹦一跳的，砰的一声就扑在地上了，那女孩嘴里还咬着棒棒糖呢。

船舱里的女人不再说话，女人不说话的时候喉咙里仍然发出一种声音，很浑浊的，像是在喘气也似是呜咽。

他们都跑光了，吓得都尿了裤子。扁金说，告诉你吧，子弹不长眼睛，可我扁金后脑勺上也长眼睛，我才不会让子弹打到我头上。

船舱里的女人不再说话，她似乎是没有力气说话了。她没有力气说话，但扁金觉得她的喉咙像一架纺车纺出一种单调而固执的声音，碗儿……小……碗……碗儿。

你要一只碗？扁金说，你不要碗？我猜你也不要碗，没有吃的要碗干什么？不过人要是没有吃的迟早会饿死，我扁金却饿不死，没有米吃我就吃鸭蛋，扁金说到鸭蛋人便突然跳了起来，鸭子！我得去找鸭子了，我哪有闲工夫跟你说话呀？扁金说着急急忙忙地下了船，下了船回头一望，恰巧看见两只黑鱼鹰从水中钻出来，它们的嘴里各自咬住了一条小鱼。扁金顿时有一种愠意，他觉得它们抢走了鸭子的食物。你们是什么鬼东西？扁金挥起鸭哨朝它们打去，嘴里高声叫道，放下，放下，不准你们吃这里的鱼。

就在这时雪地里响起了一串细碎急促的脚步声，扁金看见一个扎绿头巾的女孩朝自己疯狂地奔来，女孩眼睛里的愤怒之光使扁金感到一丝紧张。你要干什么？扁金横过鸭哨杆挡住自己的身体，他说，我没干什么，你要干什么？

女孩像一头小母牛似的朝扁金撞过来，她挥起左手那条鱼打了扁金一下，又将右手的铁皮油桶砸向扁金。扁金慌忙之中用他的鸭哨挡住了几下，听见极其清脆的噼啪一声，他的鸭哨被拦腰截断了。

你疯啦？你是个傻子吗？扁金大叫起来，他说，你把我的鸭哨杆子弄断了，要你赔！

女孩拉住扁金的鸭哨不放，扁金以为她会骂人，但女孩只是用她的黑眼睛瞪着他。

你瞪着我干什么，想吃了我？扁金说。

女孩松开了手，但那只小手不依不饶，几乎是在眨眼之间，扁金脸上被她重重地掐了一把。

你掐我干什么？扁金说，你把我的鸭哨杆子弄断了，你要赔，赔不出来给我一条鱼也行。

女孩已经跳到了捕鱼船上，女孩一上船就呜呜地大哭起来，那种凄厉的突如其来的哭声同样让扁金觉得茫然。扁金凑近了船舱听那女孩的哭声，掐了我你还哭？你还占理啦？扁金嘀咕着，但女孩渐渐把扁金的心哭乱了，扁金摸不着头脑了，他说，哭什么呢？我不要你赔鸭哨了，我不要你的鱼了，你还哭什么呢？扁金又想会不会是舱里那个女人咽气了，他透过草帘子朝里面张望，看见那母女俩抱在一起，女人并没有死，她的脸色虽然比雪还要白，但她的嘴唇还在动呢。扁金摇着头说。人还活着嘛，又没死人，你哭什么呢？哭得人心里难受。

人与船都在雪中，大雪未有停歇的迹象，椒河上空的天色其实已经被大雪染得灰白不清了，扁金又想起了那三只走失的鸭子，于是对着捕鱼船喊，喂，那女孩，我说你别哭了，你看见我的鸭子了吗？

那女孩——扁金后来才知道那女孩就是小碗，原来碗儿是那女孩的名字。

3

大雪封门，大雪封住了一座空荡荡的村庄。从河滩通往娄氏祠堂的土路已经被积雪所覆盖，村里人抛下的几只鸡几只兔子都在圈栏里与柴草为伴，雪地上唯一的人迹是养鸭人扁金的脚印。

扁金的脚印杂乱地铺在许多人家的门前窗后，更多是嵌在人家的鸡窝或猪厩门口，两天来扁金一直在找那三只走失的鸭子，他想鸭子又不是麻雀，鸭子不会飞走的，它们能跑到哪里去呢？扁金的

脚印有时一直踩到别人家的房顶上，偌大的村庄看不见一个人影，也就没有人来阻止扁金越轨的行为，假如现在娄福看见了扁金，他的鼻子一定会被气歪的，现在扁金就站在娄福家新盖的大瓦房顶上。

扁金手搭前额朝四周了望，到处都是白茫茫的，村里村外一片死寂。扁金知道一村人都跑光了，就剩下他一个。扁金想剩下他一个人才好，要不他怎么敢爬上娄福家的房顶呢？扁金听见娄福的新瓦在他脚底下咯吱咯吱地响，那是娄福家的新瓦，扁金一点也不心疼。他想起娄福平日挂着一只怀表在村里走来走去的模样，心里就很生气，娄福从来不搭理他，娄福的女人也总是乜斜着眼睛看他。娄福家有钱有地还有新瓦房，可他们就不如村长娄祥，村长还常常从自家地里挖几只红薯给他呢，娄福是未出五服的血亲，可他连一根针也舍不得送他。扁金突然压抑不住一股怒火，他走近烟囱，朝里面塞进去一片瓦，那片瓦卡在烟囱里了，扁金想象着娄福家浓烟倒灌的景象，想象着娄福吹胡子瞪眼睛的样子，嘴里便咯咯地笑出了声。

椒河上游的那座岗楼是扁金无意中发现的，扁金并不知道那是战争的特殊建筑，他以为是砖窑，他想花村什么时候有了砖窑呢，他竟然一点也不知道。雪晴后的阳光非常刺眼，扁金脑袋转了一圈，后来他就看见了河滩边的那只捕鱼船，白雪盖住了船篷，船远远地望去更显单薄破败了，但扁金看见了女孩小小的身影，她的绿头巾像一片树叶在他视线里飘来飘去的。他不知道女孩在干什么，过了一会儿他看见了船头上的那堆红火，也许捕鱼船的母女俩在生火煮饭了，别人家的饭锅总是让扁金饥肠辘辘，他从不喜欢看别人煮饭，但现在不同了，捕鱼船上的那堆红火使扁金感到某种莫名的

安慰。不知为什么，他看见那堆红火心里就不再那么冷清了。

空寂的村庄没有人迹，没有人才好呢，扁金告诉自己这是他从小到大最自由的时光。扁金的嘴里发出一串快乐的呼啸声，他支开双脚像鸭子一样走了一程，又伸出双臂像水鸟一样飞了一程，扁金发现他的脚已经踩在王寡妇的菜园里。他想起去年他的鸭子跑进王寡妇的菜园，王寡妇横眉竖目骂得多么难听，她还放狗咬他的鸭子，那条恶狗竟然咬了一嘴鸭毛！那女人不是东西，她心疼自己的菜园，那我就不心疼自己的鸭子吗？扁金抓过一根树棍砍击着菜园里的萝卜秧子，但砍了几下就把树棍扔掉了，他想起王寡妇是个寡妇，村里人都说她可怜，再说他扁金堂堂男子汉不该跟妇道人家一般见识的。

扁金翻过菜园的篱笆跳进了娄守义家的院子，娄守义家的院子堆满了柴草和坛坛罐罐，扁金几乎一眼就看见柴堆上一摊干结的鸭屎，扁金的目光发直，脸却慢慢地白了。他知道娄守义家不养鸭子只养鸡，而鸭屎与鸡屎就是变成灰他也能区分出来。扁金呼呼地喘着粗气，在院子里转了一圈，这个杂乱的院子里塞满了破烂，扁金就把所有的破烂挪了窝，没有看见鸭子，但他看见一只破篮从柴堆中滚落下来，一大堆棕黑相间的鸭毛从篮子里滚到扁金的脚边，一大堆松软而温暖的鸭毛洒着许多噜猩红的血珠。扁金的脑袋嗡地响了一下，扁金的肺砰地爆炸了。娄守义家吃了我的鸭子！吃了我的鸭子，我的鸭子，三只鸭子！扁金捧起那堆鸭毛，他看见那堆鸭毛抖个不停，他知道鸭毛是不会发抖的，是他的手在发抖。扁金捧着那堆鸭毛不知拿它们怎么办，娄守义偷吃了我的鸭子！过了好一会扁金突然狂叫了一声，他听见自己凄厉的声音在村庄上空回荡，没有人会听见他的叫声。

扁金坐在娄守义家的院子里，他知道自己的屁股埋在一堆积雪中，但他站不起来，他想弄明白娄守义家什么时候偷走了他的三只鸭子。昨天还在村外看见娄守义的女人呢，昨天那女人还笑眯眯地跟他说话呢，她还说，鸭子丢不了的，你别找啦，它们明天自己就回棚了，这个不要脸的馋嘴女人！扁金的牙齿咬得咯咯响，这个不要脸的馋嘴的一家人！他们舍不得宰自己的鸡杀自己的羊，却把我扁金的鸭子偷吃啦！

报复的念头来得突然而猛烈，扁金把手里的鸭毛一点点地撒在地上，身子像一个爆竹从地上蹿了起来。还我的鸭子！扁金大叫着抓起一只鸡食盆，用力摔在地上，还我的鸭子！扁金又抱起一只水坛砸成了碎片，这么砸掉了所有的坛坛罐罐，扁金的怒火未见一丝的消退，他突然意识到砸坏的东西本来就是破烂，它们不能补偿三只活蹦乱跳的鸭子，要是娄守义家的猪羊还在就好了，但他们大概带走了所有的牲畜。扁金抬起头绝望地瞪着天空，天空其实没什么可看的，昨天下雪时阴沉着脸，今天雪停了天也就蓝了，蓝得刺人眼睛，就像娄守义女人身上穿的蓝棉袄，刺人眼睛。扁金的视线绝望地下沉，掠过娄守义家的屋顶，屋顶下的一条绳子在风中晃来荡去的，有一只干辣椒还孤单地挂在绳上。扁金跳起来摘下那唯一的干辣椒，放在嘴里狠狠地咬了一口，然后他看见了娄守义家门上的春联，春联的红纸黑字都完好无损，扁金不认识字，但他猜出那是什么五谷丰登六畜兴旺的意思，让你丰登让你兴旺，扁金这么叫喊着就去撞娄守义家的门。

娄守义家的门和门的铁锁都很结实，怎么撞还是结结实实的；如此结实的门和锁让扁金添了一丝新的愤怒，让你的门结实去，让你的锁结实去！扁金灵机一动，他绕到房后跳上了猪厩的顶棚，然

后便异常轻松地爬上了娄守义家的房顶。

你知道娄守义家也是瓦房，雀庄的人们所谈论的六间大瓦房之一，娄守义家房顶的两个檐头还雕着龙凤图案呢，你知道娄福就为了和娄守义赌一口气，才盖起了雀庄最高最大的新瓦房，但是现在扁金跳上去了，扁金怒发冲冠，现在就是让娄守义一家九口人跪在地上哭，就是赔给扁金三百只鸭子也没用了，扁金才不管盖一座瓦房是多么不易，他要毁掉娄守义家的大瓦房了。

扁金用房顶上的磨盘做了帮手，他推着磨盘在房顶上滚了几遍，那些青瓦就发出一串清脆的碎裂声，扁金怒发冲冠，就是那些青瓦都像女人一样哭闹起来也没用了。扁金干脆就坐在房顶上乒乒乓乓地敲打起来，直到把娄守义家的房顶敲出一个大窟窿，一个很大的大窟窿。

是一颗呼啸而过的子弹惊醒了扁金，子弹不知从何处飞来，但它似乎是冲着他射来的。扁金吓了一跳，扔下磨盘就跑，扁金扒住屋檐朝四周环视了一圈，他看见北面的官道上有一列军队通过，大约有三百多号人，带着枪炮辎重过来了，扁金看见几个士兵半跪在河沟边，他们手里的枪管明白无误地指向他，指向娄守义家的这间房子。

扁金吓坏了，他从娄守义家的房顶摔到猪厩棚上，又从猪厩棚上滚到地上，子弹，子弹，扁金尖叫了两声就跑到了村巷里。兵来了，打仗啦！扁金沿途拍打着各家各户的门窗，手都拍疼了才想起村里人都跑光了，就剩下他一个人了。这时候扁金真正感到了恐惧，而且他的裤带不知怎么断了，扁金提着裤子在村里狂奔，他想去鸭棚圈好他的那群鸭子，他朝河滩地跑了一段路又折回来了，他想现在我不能去管鸭子了，现在我还去找鸭子我不成了傻子吗？他

想他得躲起来，找一个好地方躲起来，不能让子弹飞到他身上来。

扁金拾起王寡妇家窗台上的一口破铁锅，他把破铁锅顶在头上，一直跑进了村长娄祥家，扁金选择村长家作为藏身之处最自然不过了，扁金想不出还有什么地方比村长家更安全了。

起初扁金钻在灶边的草堆里，扁金不知道那支军队会不会进村，也不知道刚才他们为什么瞄准他放了那一枪。上人家的房顶揭人家的瓦当然不好，可这碍着他们了吗？再说他们怎么会知道娄守义家偷吃了他三只鸭子？扁金侧耳倾听着村里的动静，村巷里一片死寂，他们好像还没有进村，从河滩那边却隐隐地传来了鸭群的叫声，扁金的心一下就提起来了，鸭子，我的可怜的鸭子，他们一定有人闯进鸭棚了，他们会抓走我的鸭子吗？鸭群的叫声像刀子一样割着扁金的心，扁金的心很疼，眼泪就一滴一滴地流了出来。你们打你们的仗，我才不管，可你们怎么能打我的鸭子，你们要是打我那些鸭子我就饶不了你们，扁金一生气就从草堆里钻了出来，扁金刚从草堆里钻出来就听见了村巷里的那串杂沓的脚步声。

左邻右舍的门都被撞开了，村长家的木窗被什么东西哐的敲掉了半扇，窗口伸进来两根黑漆漆的枪管，枪管上还带着银亮的刺刀。扁金目瞪口呆，他想钻回草堆里，但身体突然不能动弹，他想这回他要死了。子弹就要朝他脑门上飞过来了，但奇怪的是那两根枪管突然缩回去了，然后他听见了士兵们的一番莫名其妙的谈话。

别搜了，赶紧撤出雀庄。一个士兵的声音说。

那人不是十三旅的探子？另一个士兵说。

我说过那人不会是探子，大概是个傻子，雀庄这一带有很多傻子。第三个声音说。

外面士兵们的这番谈话后来一直让扁金纳闷，扁金猜不出十三

旅的探子是什么意思，但不管怎么他要感激那第一个士兵。士兵们的子弹不长眼睛。扁金唯一痛恨的是那第三个声音，傻子，傻子，谁是傻子？难道我是傻子吗？扁金蹑足走到门后偷听，他听见士兵们朝村口去了，傻子？你才是傻子呢。扁金就冲着门外低声骂了一句。扁金惊魂未定，十三旅的探子是什么意思？他怎么也捉摸不透，但扁金隐隐地觉得自己闯下了大祸，他相信那群士兵是在搜寻自己。他们要是搜到我会怎么样？扁金的眼前倏地浮现出县城城门口悬挂的一颗人头，他们会割下我的头示众吗？扁金这样想着脖子上觉得又痒又冷，伸手一摸，是几根干草粘在脖子上。扁金抱住自己的脑袋摇晃了几下，脑袋还长在脖子上，但是一种劫后余生的虚弱使他两腿发软，跌坐在墙边的棺材上。

那是村长娄祥为他母亲准备的寿材，是整个雀庄最好最大的一口棺材。就像娄福家的大瓦房名冠雀庄一样，村长家的这口棺材让所有的老人歆羡不已。假如你看见那被无数老人的手摸得油光锃亮的棺盖，你就会知道了，那是一口多么好的棺材，现在扁金的手就在棺盖上一遍遍地滑过，扁金突然发现了一个最安全最舒适的藏身之处，在开启棺盖以前他想起了村长娄祥的两只大手，他的两只手真是大如铁耙，它们要是拧住你的耳朵，你的耳朵就会疼上三天。村长娄祥是扁金最敬畏的人，但扁金现在顾不上许多了，他决定把自己藏在棺材里。

4

棺材里很暖和，扁金从来没有想到棺材里会这么暖和，更让他喜出望外的是棺材里竟然贮存了半棺稻米和红薯，当扁金合上棺盖

时一股粮食与木材的清香包围了他，饥肠辘辘的扁金几乎产生了醉酒的感觉，为了防止自己闷死在棺材里，扁金很机智地用一块柴火架在棺盖下，这样扁金仍然能看见一条狭窄而笔直的光带，那其实是冬日午后的阳光，它从村长家的木窗里透过来，虽然很淡很薄，但扁金在棺材里因此格外地安心了。

扁金一口气吃了六块红薯，吃红薯的时候他想起了自己的鸭子，心里充满了愧意，我在这里吃得肚子发胀，那些鸭子却不知怎么样了。他想鸭子们现在要是活着，肯定是在等他去喂食，可他却不敢回去，鸭子怎么会知道他的危险呢？士兵，子弹，打仗，鸭子怎么会知道这些呢？它们有事没事只会嘎嘎的叫。扁金想着他的鸭子，眼皮却沉沉地耷拉下来，他用双手抓住自己的眼皮不让它们耷拉下来，他提醒自己现在不是睡觉的时候，但或许是肚子吃得太饱了，或许粮食和木材的清香催人入眠，扁金还是睡着了。

扁金在雀庄战役的前夕睡了一个好觉，他睡着的时候有一只老鼠从棺盖下的空缝里钻进来，异常大胆地舔掉了他嘴角上的几星红薯渣子，扁金一点也不知道。

扁金后来是被窗上的声音惊醒的，他听见有人在村长家外面推那扇北窗，起初扁金以为是那群士兵又回来抓他了，他听见自己的心跳得像大槌击鼓。他脑子里闪过他的鸭群，假如他难逃一死还不如回到河滩去，回去与他的鸭子死在一起。窗子吱吱地响着，那个推窗子的人似乎显得很胆怯，那个人不像是荷枪实弹的士兵，扁金想假如是士兵不会像小偷一样慢慢地推窗子的，小偷，肯定是个偷贼。扁金轻轻地掀开棺盖，然后他就看见了一张贴在窗格上的脸，准确地说是被绿头巾蒙去一半的脸，是一双惊惶而明亮的眼睛。

是捕鱼船上的那个女孩。扁金不知道她推村长家的窗子干什么，他张大了嘴看见那扇木窗的边榫终于裂开，女孩的绿头巾先钻进来，钻进来又缩回去了，一件什么东西扔进窗内，扁金认出来是一条大鱼，就是那条大黑鱼，接着是哐啷一声，那只铁皮油桶被女孩扔进来了，铁皮油桶恰巧落在棺材的旁边。

扁金不知道女孩为什么爬村长家的窗子，扁金想村长家没有人，村里没有人，他理应把那些偷贼撵出雀庄。于是他突然从棺材里站了起来，他知道从棺材里站起来很吓人，但他不管这些，女孩刚从窗口爬进来，女孩被扁金吓得跳了起来。

女孩倚在墙上，一只手抖索着去抓一根树棍，你是鬼吗？女孩乌黑的眼睛直直地盯住扁金。她尖叫道，你别过来，你过来我就打你。

扁金嘻地笑了，他张开嘴斜着眼睛扮了个鬼脸，他说，我就是一个鬼，你是个贼，你原来是个小女贼呀？

你不是鬼，你是那个傻子。女孩突然看清了扁金的面目。她松了一口气，扔掉了手里的树棍，女孩说，你不是在河滩上放鸭子的吗？你怎么跑到棺材里去了？吓死我啦！

扁金觉得女孩把他的问题抢去了，他有点生气，就瞪着眼睛说，那你呢，你不在船上待着跑村长家干什么？你想偷东西吧。

你才想偷东西呢，我想跟谁家换点灯油。女孩俯下身子拾起地上的那条鱼，她说，我才不偷呢，我要是在谁家找到灯油，就把这条鱼留在谁家，你知道这家的灯油放在哪儿吗？

我不知道灯油，外面在打仗，你还在找什么灯油？扁金说，找灯油干什么？

不告诉你，你要是帮我找到灯油就告诉你。

我才不帮你找灯油呢，你把我也当贼啦？

我不是贼，我是船上的小碗！女孩从灶上拿起一只缺了口的碗说，看见了吗，我就叫这个名字。

你叫一只碗？扁金嘻嘻地笑起来。

不叫一只碗，我叫小碗，我娘这么叫我的。

你骗我，人怎么能叫个大碗小碗呢？你把我当傻子，你把我当傻子我可不饶你，扁金逼近了女孩，朝她晃了晃拳头说，别骗我，你到底叫什么名字？

骗你我就是小狗。女孩一猫腰从扁金的肘下逃出来，女孩急得快哭出来了，急死我了，女孩叫起来，我没心思跟你说话，我要找到灯油，找不到灯油我娘要死的。

我知道灯油放在哪儿。扁金仍然追在女孩身后，说，我帮你找到灯油，不过你得告诉我找灯油干什么，你娘喝了灯油就不会死了？

不是喝，是点桅灯，点三盏桅灯。女孩冲着扁金大叫起来，告诉你了你也不懂，你活像个傻子，你不帮我找灯油，光知道问这问那的，你不是傻子是什么？

扁金愤怒地瞪着女孩，女孩的黑眼睛也毫不示弱地瞪着扁金，但女孩突然扭过脸呜呜地哭了。急死我了，女孩一边抽泣一边说，你帮我找找吧，你帮我找到灯油我给你熬鱼汤喝，我再也不骂你傻子了。

我不爱喝鱼汤，鸭子才爱那腥味呢。扁金气咻咻地说，不准你骂我是傻子，骂别人傻子的人自己才是傻子。

但扁金见不得别人的眼泪，别人一流泪他的鼻子就会发酸，胸口就堵得发慌。所以扁金后来就在村长家里找灯油。他记得村长家夜里的灯点得很亮，村长家肯定存着灯油。扁金后来壮着胆子钻到村长夫妇睡的大床底下，果然找到了一桶灯油。扁金记得女孩伸出食指在桶盖上蘸了蘸放进嘴里，是火油，这油点灯可亮啦！女孩高兴地叫起来，她把村长娄祥家的灯油灌到自己的铁皮油桶里，灌了一半她有点犹豫起来，她说，你说一条大黑鱼换多少油才公平，我不该再灌了吧？

扁金摇了摇头说，村长是个好人，反正他也不在家，你爱灌多少就灌多少吧。

女孩后来提着油桶匆匆离开了村长娄祥的家，女孩跑出去没多远。扁金也跟了出去，扁金顶着一口破铁锅站在村巷里，朝四处警惕地张望了一番。女孩回过头，看见扁金头上的破铁锅就扑哧笑了。

你跟着我干什么？女孩站住了。她说，我要回去挂灯，要挂三盏灯呢！

谁跟着你啦？我去看我的鸭子，扁金说，你刚才听见鸭子叫了吗？那帮鸭子肯定饿坏了，你们船上有小鱼烂虾吗，有螺蛳什么的也行。

有一篓泥鳅，可我得喂我家的鱼鹰呀，女孩歪着脑袋想了想，又说，你帮了我我也得帮你，我分一半泥鳅给你吧，你跟我来拿。

现在可不敢乱跑，扁金仍然朝四周张望着，他说，你不知道在打仗吗？子弹可是不长眼睛的，除非你跟我一样后脑勺也长着眼睛，才能躲过子弹，扁金突然又想起那几个士兵的谈话，你知道十三旅的探子吗？扁金问女孩道，探子是什么意思，我就是十三旅的探子吗？

女孩没有听见扁金说什么，女孩提着铁皮油桶飞奔如兔，不一会就消失在暮色里。扁金眺望着那个小小的背影远去，女孩的绿头巾最后消融在椒河的水光里。扁金闻到了女孩沿路挥洒的一股特殊的气味，是灯油、鱼腥和一种说不出的清香混合的气味，它在雪后清冽的空气中久久不散。扁金突然觉得和女孩待在一起比一个人好，一个人走在空空荡荡的雀庄，这种滋味让扁金感到莫名的心慌。

那是著名的雀庄战役打响前的一个黄昏，五里地以外的花村岗楼上有哨兵监视着战区范围内的动静。哨兵用望远镜发现了一个奇怪的人，那个人顶着一口铁锅在河滩地上东张西望，后来消失在一大群鸭子中间，当然哨兵也看见了更远的地方泊了一条打鱼船。

显而易见，那个人那条船都是令人生疑的。

5

扁金抱着一只鸭子坐在鸭棚里生气。你看看这只可怜的鸭子吧，它的脖颈被人扭成一个麻花，垂在翅膀下面，看上去就像一个无头的怪物。扁金一眼就在鸭群里看见了它，它跌跌撞撞地朝扁金扑来，扁金能听出那只鸭子不是在叫，它是在号哭，受到惊吓的鸭子就是这样向主人号哭的。扁金急忙解开了鸭子的脖颈，但它却无法挺直了，它像一截枯断的树枝往下垂，鸭喙软软地贴着扁金的手掌。扁金的心都碎了，他觉得自己的脖颈也被几只手扭过来扭过去，扭成了一个麻花，他觉得自己的脖颈也无法挺直了。

扁金垂着脑袋坐在鸭棚里生气，他恨死了那群士兵，他们仗着有枪有刀就随便欺负人，欺负了人还欺负鸭子。我没有惹他们，我的鸭子也没有惹他们，他们这么欺负人不就像一群野狗吗？野狗才会这样乱咬乱吠呢，野狗才追着鸭子不放呢。扁金想他是设法找到那个该死的士兵了，去问鸭子吧，鸭子又不会说话，鸭子说了话他也没办法，他们有枪，枪里有子弹，子弹朝你脑门上飞过来你就死了，你就什么办法也没了。

扁金什么办法也没有，正因为什么办法也没有，扁金才这么生气。鸭子们不知道主人正在生气，它们大概饿了，它们围住主人嘎嘎的叫成一片，扁金真是烦透了。扁金突然冲着鸭子怒吼起来，你们再敢叫——你们再敢叫——怎么，还在叫呀？要打仗了你们知道吗？

鸭子不听扁金的话，扁金一赌气冲出了鸭群，他要让它们后悔。扁金跑出去一段路，听见鸭子还在嘎嘎乱叫，扁金气得跺了脚，他说，你们也是野狗吗，野狗才这样乱叫呢，你们什么也不懂，我凭什么要陪着你们担惊受怕，你们叫吧，你们饿死我也不管了，我再也不管你们啦。

扁金想吓住他的鸭子。但他的怒吼声首先把自己吓住了，这么大的声音会不会引来那群士兵呢？扁金又害怕又愤怒，他就用手指捏住自己的双唇往椒河的河汊跑，鸭子不知道主人为什么往椒河的河汊跑，只有扁金自己知道，他记得打鱼船上的女孩的许诺，他要为不听话的鸭子弄回半篓泥鳅来。

椒河两岸沉浸在冬日暮色里，风把芦苇上的积雪吹下来，风把枯萎的芦花也吹下来了，所以你分不清满天飘飞的是积雪还是芦花，而河流尽头的落日若有若无，你看着它一点点地沉下去了，可你知道落日到底沉到哪儿去了呢？你知道养鸭人扁金现在不该沿着椒河奔跑，可谁会知道他为什么沿着椒河奔跑呢？

扁金看见了河汊里的打鱼船，看见了打鱼船，也就看见了船上的三盏灯，三盏灯挂在船桅上，一盏比一盏高，一盏比一些亮。扁

金惊喜地叫了一声，三盏灯！扁金记得女孩说过要在船上挂起三盏灯，但三盏灯真的挂在船上时他却把它们当成了奇迹。

女孩的脸从船舱里探出来，三盏灯的灯光一齐映在她的脸上，照亮了她的笑容，也照亮了她脸上的所有油污。女孩对扁金说，我就知道你会来，我把半篓泥鳅给你留下了，你看见那篓子了吗？我替你挂在水里

扁金提起了水里的鱼篓，扁金的眼睛却盯着那三盏灯看，他说，三盏灯就是比一盏灯亮，没有太阳那么亮，可比月亮亮多了。扁金转过脸仰望西天上的月亮，西天上涌动着暗红的云彩，月亮还没有钻出云彩。月亮还没出来呢，扁金说，还能看见呢，这么早点灯不费灯油吗？

娘让我点的，女孩说，你别来管我家的事，我家的事你们谁也不懂。

点就点了，为什么要点三盏灯呢，你娘不吝惜灯油吗？

娘让我点三盏灯，三盏灯是有意思的，可我不告诉你，告诉你你也不懂。女孩抿嘴一笑，竖起一根手指咬在嘴里说，让你猜，让你猜也猜不出来。

鱼，点三盏灯肯定是引鱼的。扁金想了想说，我懂你们打鱼的门道，蛾子喜欢扑灯，鱼也一样，哪儿有灯就往哪儿游。

我就知道你猜不出来。再猜，看你是不是傻子。女孩嗤地一笑，我娘也说你像个傻子。

你才是傻子！扁金的脸幡然变色，傻子才不吝惜灯油，傻子才一口气点三盏灯。扁金突然跳到船上，回过头对女孩说，你再骂我一声傻子，我就把三盏灯摘下来，我就把灯油倒回村长家的油桶里去。

女孩慌了，女孩几乎是扑上来抱住扁金的胳膊，你别生气，我再也不逗你玩了，女孩尖叫着，你别摘灯，摘下灯娘会死的！

扁金放下了手，扁金以一种得胜的姿态坐到船头上，他说，你又在逗我，三盏灯难道可以当灵丹妙药吃吗？阎王爷在他的小本本上勾掉你娘的名字，你娘就死了，死了就进棺材了，进了棺材就出不来了，三盏灯有什么用？就是九盏灯也没用！

你们谁也不懂我们家的事，女孩踮起脚尖重新挂好了顶端那些灯。女孩说，没有三盏灯，爹就找不到我们的船了，爹这次要是再找不到我们的船，娘就会死，这是命，你不懂的。

你爹在哪儿？在河里？难道你爹是一条鱼吗？

不是鱼，你这个傻子！女孩一生气就忘了刚才的誓约，她的乌黑的眼睛怒视着扁金，爹在十三旅当兵，他有许多枪，你要再撒泼我就让爹一枪打死你！

十三旅什么？扁金这次没有发作，他听见女孩嘴里蹦出了十三旅这个字眼，十三旅？你说什么十三旅？是十三旅的探子吧？扁金说，你别吓唬我，我可知道十三旅的探子是怎么回事，你爹不是什么兵，跟我一样，他肯定也是专门爬人家的房顶的，他哪来什么枪，整天爬在房顶上，说不定什么时候就挨了子弹。

你才爬人家的房顶，你才会挨子弹呢！女孩的脸已经涨得通红，女孩拿了根竹竿朝扁金晃了晃，扁金以为她要打人，就闪了闪身子，但女孩却拿着竹竿在水面拍打起来。扁金不知道她在干什么，直到两只黑鱼鹰倏地钻出水面，直到女孩把食指含在嘴里吹出一声响亮的咯哨，扁金才意识到来自打鱼船的危险，他知道打鱼船上的女孩这次是真的气急了。

咬他，咬这个傻子一口，咬他两口，咬他三口。女孩的声音中

已经没有了稚气和羞怯，她的黑眼睛里有一滴晶莹的泪珠。正是这滴泪珠使扁金怦然心动，扁金逃下打鱼船后忍不住回头去看那滴泪珠，你怎么啦，我没欺负你，是你骂我傻子，你还让那两只鬼鱼鹰咬我，扁金一边逃一边叫，我没哭你怎么哭了呢？

扁金不知道女孩为什么这么愤怒，怪不得她会叫个小碗呢，她的脸也像七月的天气一样怪，说变就变。扁金想他并没有说错什么话，十三旅的探子就是爬在房顶上的，十三旅的探子就是会挨子弹的，否则那群士兵怎么会在雀庄挨门逐户地搜他呢？扁金跑了一段路，忽然想起他忘了拿半篓泥鳅，他不能空手回去，现在不敢下河捞螺蛳，鸭子再饿上一天也许就下不了蛋啦，为了鸭子，扁金就硬着头皮返回去了，他想他不怕那两只鱼鹰，鱼才怕它们呢，它们会咬人，人就不会咬鱼鹰吗？

你得把半篓泥鳅还给我，答应我的事不能反悔，扁金站在船下喊，你要是让鱼鹰咬我，那我也咬他们，看谁咬死谁！

船篷上的草帘子动了动，女孩的绿头巾闪了一下又缩回去了，女孩不理睬扁金，扁金就自已搜寻着鱼篓，扁金知道他找不到什么，他的目光忍不住地往上升，看船桅上的三盏灯，天快黑透了，扁金发现那三盏灯越来越亮了。

把半篓泥鳅还给我，你给了我就是我的泥鳅了，你不能把它藏起来。扁金抓住船舷，一下一下地摇晃着船，泥鳅换灯油，你不能反悔！

舱里传来了那个垂死的女人的声音，小碗，小碗，女孩仍然躲在舱里沉默着，扁金不知道她在想什么。你没听见你娘在叫你吗？叫你把泥鳅还给我，扁金敲着船舷，一边仰望着船桅上的三盏灯，他说，没有我你哪来的灯油？没有灯油你怎么点三盏灯？扁金已经想好了下面威胁性的措辞。但那只鱼篓突然从舱里飞出来，掉在扁金的脚下。扁金就拾起了鱼篓，我可没说要摘三盏灯，他抬头又看了看三盏灯，嘴里嘀咕，让它们挂着吧，浪费灯油是你们的事，不关我的事。

扁金记得突如其来的枪声是从河对岸的树林里传来的，他能感觉到密集的子弹穿越河面，挟起风声和烟雾。扁金下意识地去找他的破铁锅，破铁锅距离他至多有六七步远，但猛烈的枪声使扁金裹足不前。扁金抱着半篓泥鳅痛苦地蹲了下来，别蹲，快躺下来，你这个傻子，快躺下来呀！他听见女孩在船上大声叫喊着，扁金躺了下来，起初扁金是紧闭着眼睛的，他依稀听见过一种清脆的玻璃爆裂的声音，他猜有几颗子弹击中了船桅上的三盏灯。不知过了多久，扁金觉得枪声骤然停歇下来，他歪过脑袋试探了一下，河对岸的树林真的没有动静了，于是扁金睁开了眼睛。扁金一眼就看见了船头上的三盏灯，三盏灯仍然在夜色中熠熠闪亮，但他发现最顶端的那盏灯现在不是挂在船桅上，那盏灯现在被女孩提在手里了。

女孩站在船头上，一只手提着一盏灯，另一只手里则拿着一块白布。女孩对扁金喊道，起来吧，现在没事啦，他们知道我们是老百姓，他们不会再打枪啦。

扁金坐在河滩上窥望着对岸的树林，扁金喘着粗气说，我知道了。子弹这回不是冲着我来的，是冲着那三盏灯来的，打仗怕灯你懂吗？我让你别点那么多灯，你偏不听。

灯罩子让他们打破了。女孩提起那盏灯仔细看了看，叹了口气说，我要早点出来挥白布就好了，可刚才白布找不到，要是早点找到，灯罩子也不会让他们打破了。

你又骗人啦，一块白布有什么用？就是十块白布也挡不住一颗子弹。

我一挥白布他们就认出我来了，他们认出是我家的船就不再打枪了，女孩说，我才不骗你呢，十三旅在哪儿打仗我们的船就往哪儿去，他们认识我了，他们知道我是老百姓，我在等我爹上船嘛。

扁金张大了嘴，他很想反驳女孩，一时却说不出话来。他相信是女孩平息了刚才这阵枪林弹雨，问题是扁金不能想象这件神奇的事情，一块白布，就是那炔白布吗？扁金走过去想好好看看那块白布，他对女孩说，让我看看你手里那块白布，那块白布是什么白布？

就是一块白布呀。女孩抖开了手里的白布，她捏住白布的一角，将白布上下左右挥舞着，我来教你怎么挥白布，女孩说，开始时我也害怕，后来就不怕了，你一挥白布他们就知道你没有枪，你是老百姓，他们就不会朝你开枪了。来呀，我来教你，女孩抢过扁金的一只手，把白布塞在他手里，女孩说，挥吧，挥起来你就不怕了。

扁金的手被一只温热而粗糙的小手抓着，你别教我了，挥白布谁不会呀，扁金说，可我还是不敢相信，一块白布就能躲过子弹了？

那是著名的雀庄战役打响前的一个夜晚。养鸭人扁金突然得知了白布在战争中的用途，他抱着半篓泥鳅离开打鱼船时，名叫小碗的女孩仍然手提一盏灯站在船上，他记得女孩灯光下的微笑，女孩说，我知道爹就在对岸的树林里，他看见三盏灯啦，他就要上船啦！

6

被雀庄人抛下的几只公鸡站在草垛上观察黎明的天色，公鸡终于此起彼伏地啼起来了。椒河两岸的许多树林、坟地和农舍有大片的人影活动起来，据我们所知雀庄战役的得名就是缘于雀庄的几只公鸡，雀庄的公鸡在椒河一带总是最早啼叫的，公鸡一叫雀庄战役就打响了。

扁金听见一种巨大而沉重的响声震荡着河滩，所有的鸭子都乱跑乱叫起来，扁金手拿一块白布从鸭棚冲出来，他知道这次是真的打仗了。椒河的水不再向下游流了，黎明的天空破碎了，扁金觉得天空被他们打出了许多洞，流着黑红交杂的脓血，真的打仗你看不见飞来飞去的子弹，也听不见士兵们冲锋陷阵的声音，只是看见一片一片的硝烟，像大雾一样升起来，看见一群一群的麻雀惊惶地掠过河滩，它们昏头昏脑地迷失了方向。这是真的在打仗了，扁金没想到打仗会打出这么大的黑雾，也没想到打仗的枪炮声会响过马桥镇除夕夜的爆竹声。

雀庄战役的战场沿着椒河呈丁字形铺开，河汊那里是双方火力最密集的地方，远远地可以看见干芦苇燃烧起来了，一条火龙借助风势蜿蜒地朝雀庄这里游走。扁金看见那条火龙走得飞快，被火苗吞噬的干芦苇噼噼啪啪的发出爆裂的声响。扁金无法估计交战军队与他的距离，但他看见一颗流火落在鸭棚顶上，顶上的茅草转眼之间也烧起来了。扁金不知道子弹会不会打到他身上，他只是急着要把受惊的鸭群集合起来，让它们离开无遮无掩的河滩，他要把鸭群

赶到村子里去。

扁金赶着鸭群往村子里去，他头上的破铁锅突然的一震，他知道那是一颗流弹打在破铁锅上了。扁金现在对枪弹没有以前怕了，他拼命地摇晃着手里的白布，我是老百姓，我没有枪！他朝每一棵树每一个草垛这么喊着，但他只遇见几棵树几个草垛，村里似乎没有什么危险。扁金目睹了战火横飞的场面，却还没有看见一个士兵。扁金猜想那些士兵的身形大概是让火光和黑雾湮没了。

走到娄家祠堂那里，扁金终于看见了人，看见人扁金就吓呆了。祠堂仅有的半扇门被那群士兵卸掉了，门口停着两辆大轱辘的板车，两个士兵从板车上搬下了什么东西。扁金很快就看清了，那不是什么东西，是一个人，只是那个人不像一个人了，他的脸也不像一张脸了，那个人血肉模糊，他的裤子被烧毁了大半截，露出一条断腿，它像被砍了一大半的树杈挂在那儿晃晃悠悠的。

扁金吓呆了，原来他想把鸭子赶到祠堂里去的，现在祠堂也不能去啦。扁金进退两难，看见路边有个草垛就闪进去了，但是他闪躲的动作明显迟笨了点，而鸭子们不知闪躲，反而叫得更响，你就是长了三头六臂也没法把它们藏起来，于是扁金听见有人从祠堂里冲出来，有人高叫着，草垛后面有人！

扁金知道他藏不住，他想起女孩小碗在捕鱼船上挥动白布的情景，横下一条心走了出来，当然他没有忘记女孩教他的挥动白布的动作，他向祠堂门口的士兵们挥动着白布，我是老百姓，我没有枪，扁金说，我不是十三旅的探子呀。

士兵拉开了枪栓，他们几乎同时喊道，口令，口令！

口令！口令在哪儿？扁金朝身后望了望，但头上的铁锅遮挡了他的视线，我没带口令，扁金说，就这些鸭子，我是养鸭子的老百姓呀。

把你头上的铁锅拿下来！士兵喊道。

扁金拿下了铁锅，他看见五六支黑漆漆的枪管对着他，有一个士兵冲上来把他的双手反剪了，在他身上从头到脚摸了一遍。你摸好了，扁金驯服地站在那里不动，他说，那你们就在祠堂待着吧，我把鸭子赶到别处去。

那个士兵最后用枪在扁金肋下拍了一下，你是傻子呀？这种时候到处乱跑，你想找死？他看见扁金站在原地发愣，又朝扁金屁股上踢了一脚，傻子，你还不从这里滚开？

扁金知道他应该离开这里，一时却不知该把鸭子往哪里赶，他在记忆中搜寻着雀庄最安全最可靠的地方，想到的仍然是村长娄祥的家。于是在雀庄战役如火如荼之际，扁金赶着鸭进了村长家的院子。

扁金没有让鸭子进屋，他知道村长的女人是特别爱干净的。扁金走进屋里就闻到了粮食和木材的清香，那口棺材的棺盖仍然打开着，几粒谷糠在棺盖上闪着小小的金黄色的光。扁金的一颗惊兔般的心现在安静了，不知为什么进了村长的家他就不觉得害怕，他走到屋子一角对准尿桶，不慌不忙地撒了一泡尿，然后就跳进了那口棺材。

你不能不信那口棺材在战争中奇妙的作用，棺材里真的很暖和，你知道一个饥寒交迫的人假如觉得暖和了，那他的瞌睡很快也来啦。扁金起初还竖着耳朵倾听村外的枪声，隔着厚厚的棺板，那枪声听来像锅里的爆豆，而且越来越远了，越来越淡了。那时候椒河南岸绵延数里的开阔地上血光冲天，雀庄战役进入了激烈的白刃肉搏阶段，而瞌睡的扁金在棺材里错过了这幕百年难遇的战争场

景。他依稀看见村长家的木窗被推开了，一个扎绿头巾的女孩把铁皮油桶放在窗台上，你又来了，扁金嘀咕道，三盏灯，你还要点三盏灯呀？扁金听见自己在说话，但同时也听见了自己香甜的鼾声。

扁金其实看不见打鱼船上的女孩，其实钻进木窗的是一只鸭子，只是一只鸭子而已。

7

平原上的战争是一朵巨大的血色花，你不妨把腊月十五的雀庄一役想象成其中的花蕊，硝烟散尽马革裹尸以后战争双方吸吮了足够的血汁，那朵花就更加红了，见过它的人对于战争从此有了一种热烈而腥甜的回忆。

午后的椒河一片死寂，河面上漂浮的几具死尸像鱼一样顺流而下，像鱼一样的死尸意味着枪炮声暂时结束，这种常识连养鸭人扁金也明白。扁金刚刚走出村子就扔掉了头上的破铁锅，后来又扔掉了手里的白布。扁金之所以确信打仗已经结束，还因为麻雀又栖在树枝上叽叽喳喳了，天空中的黑雾已经消散，冬日的阳光又照到了屋顶的积雪上，更重要的，是祠堂里的那群士兵不见了，祠堂门口的烂泥地上留下几道深深的车辙印，一直延伸到远处的官道上。扁金走过祠堂忍不住把头探进去，墙上地上到处都是血污，他看见一个红白斑驳的东西浸在血污中，很像人的半条腿，扁金好奇地走近它，一下子就跳了起来，那真的是人的半条腿，扁金大叫起来，腿，一条腿。他的惊叫并非出于恐惧，而是一种错愕，扁金不知道祠堂在雀庄战役里曾经作了临时医院，他不知道一个人的腿为什么被锯断了扔在地上。

战争的垃圾与战争一样使扁金充满了疑惑。扁金先是沿着路上的几道车辙印走，沿途捡到了许多新奇的东西，一个子弹夹和几枚弹壳，一只黄帆布胶底的鞋子，半盒老刀牌香烟，还有两只散了架的木条箱。扁金试着把那只鞋穿在脚上，大小尺寸很合适，但他觉得脚底黏黏的，脱下鞋一看，原来鞋子里面汪了一摊血，血还没凝干呢。扁金就把鞋放在木条箱里，他想等血干了穿就不粘脚了，长这么大他还没穿过胶底鞋呢。扁金拖着木条箱走了一段路就止步了，空旷的大路和野地使他感到某种危险，他想该去河滩看看，仗打完了，谁知道河滩那里现在是什么样子呢?

被烧过的芦苇秆子散发着焦煳的气味，除了芦苇，还有另一种奇怪的气味随风而来，扁金分辨不出那是腥味还是甜味。扁金朝着那股气味走，实际上也是朝着河汊那里走，渐渐地他的目光不再留意椒河上那些顺流而下的死尸，死尸开始零乱地出现在野地里，地上残存的积雪被他们染成了深红或者淡红色。扁金不怕死人，他在一具死尸边捡到了一支冲锋枪，钢质的枪管和上了亮漆的枪把显示了它奢华的气派，扁金举起枪比画着，不知怎么就扣动了扳机，一束子弹喷着火苗朝天空射去，扁金吓得扔下了枪，它望了望四周，四周仍然一片死寂，幸亏没有人听见。扁金长长地吁了一口气，他对自己说，就剩下我一个了，他们都死光啦!

扁金走到红薯地边才看见了雀庄战役最庞大的尸山。那是一次罕见的白刃战后留下的尸山，扁金惊呆了，他甚至从来没有看见过这么多聚在一起的活人。那么多死人像一捆一捆的柴火堆在红薯地里，红薯叶子和沙上都是暗红色的了。扁金透不过气，现在他明白那种又腥又甜的气味就是来自这片红薯地。那么多人，他们穿着黄色或灰色的棉衣棉裤，还有棉帽和棉鞋，他们有枪有刀，他们不知

道是从哪儿冒出来的，刚冒出来就死了，有人用枪口对着扁金，有人手里还抓着刺刀，但扁金知道死人是不会开枪的，现在他不用害怕子弹会飞到脑门上来啦。

扁金站在那里思考了几分钟，后来他就开始捡尸堆里散落的棉帽，那种棉帽是有护耳的，冬天戴着它耳朵上就不会生冻疮了，扁金一口气捡了二十几顶棉帽，收拢在一只木条箱里。他的手上很快就沾满了血，黏黏的很难受，他跑到水边去洗手，沟里的水却也是血水，扁金只有草草涮了涮双手。他拖着一箱棉帽在尸山里穿梭，他想赶快回到村里去。但是死人脚上的那些胶底棉鞋，攫住了他的目光，那些鞋也是好鞋呀，就是娄福的新棉鞋也没它暖脚没它结实。扁金舍不得走，他开始为死人脱鞋，一口气就脱下了六双鞋。脱到第七双鞋时扁金被那死者吓了一跳，他竟然在扁金的肚子上端了一脚，扁金跳起来，他发现那个满脸血污的士兵还只是个少年，他的年纪也许还没自己大呢。扁金看见少年的眼睛愤怒地瞪着他，少年的脑袋却无力地歪到一边。扁金相信他已经死了，他大概是刚刚咽气的。你死了嘛，扁金对着少年嘟囔了一句，你要是没死我就不会扒你的鞋。

但是扁金不忍心再扒第七双鞋了，少年愤怒的眼睛使他心神不宁。扁金把木箱里的棉帽和鞋子码好了，拖着木箱在尸堆里穿梭，他想回村子去，他想这些帽子这些鞋子够他穿戴一辈子了，以后他再也不怕冬天的北风和冰雪了。扁金走出了红薯地，这时候他突然想起了那条打鱼船，那个名叫小碗的女孩，还有女孩垂死的母亲，她们的船原先就停在附近的河滩上，应该能看见那条船的。扁金极目四望，在一片枯焦的芦苇后面，他看见了三个小小的金黄色的光点。三盏灯，扁金认出那是船上的三盏灯，是冬日斜阳下的三盏灯，那三盏灯不如昨天夜里那么明亮，但三盏灯亮着船就在那里，三盏灯亮着女孩小碗就会在灯下守候着。

后来扁金就拖着木箱朝三盏灯跑去。

扁金是在半途上遇见那个伤兵的。伤兵在泥泞的河滩地上爬行，拖着一条长长的弯弯曲曲的血线，那是扁金在雀庄战役结束后看见的唯一一个活人。扁金起初有些惊慌，但他注意到那个人身上没有枪，他的两条腿肯定被打断了，否则他为什么要在地上爬呢？否则一个人怎么比蜗牛爬得还慢呢？

扁金屏住呼吸悄悄地跟在那个伤兵的后面，他的脚时不时地踩住了泥地上的血线，他猜不出那些血滴是从伤兵的胸前还是腿上淌出来的。扁金觉得那个伤兵发现了自己，伤兵的头往旁边侧转，他似乎想回头看一眼身后的人，但很明显他无力回过头来。现在扁金意识到那个人对自己丧失了任何威胁，他三步两步地就跑到了伤兵的身旁。

你要爬到哪儿去？扁金轻轻地朝伤兵肩上捅了一下，他说，你爬得比蜗牛还慢，要爬到哪儿去？

伤兵艰难地侧过了脸，他的喘息声显得急促而粗重。去那儿，伤兵说话的声音模糊不清，但扁金还是听清了。三盏灯，伤兵抬起一只手指着芦苇丛后面说，三盏灯。

你看见三盏灯了？扁金说，你要去那条打鱼船上？去干什么？你是个兵呀。

三盏灯。伤兵说。

我知道那儿有三盏灯，我又不是瞎子。扁金说，可你不该往那儿爬，那是小碗的家，又不是你的家。

我要回家。伤兵说。

你是小碗的爹吗？扁金蹲下身子捧住伤兵的脸，仔细地审视春，你不是小碗的爹，扁金说，你是个老头了，你这么丑，小碗那么水灵，你不像小碗的爹。

小碗……碗儿……小……碗儿。伤兵说。

伤兵其实已经虚弱得说不出话来了，他在泥地里爬着，爬得越来越慢，现在扁金看清了那条血线的渊源，这是从伤兵的腹部、肩部和腿部分别滴淌下来的。扁金看见了伤兵的眼睛，深深塌陷的布满血丝的眼睛，他觉得这个人很奇怪，人快死了，但眼睛里的光却闪闪发亮。

你要真是小碗的爹，我就把你背到船上去，扁金说，可你怎么证明你是小碗的爹呢？

三、盏、灯。伤兵说。

伤兵吐出这三个字后便不再说话了。扁金猜他是没有力气说话了。扁金想这个人是不是小碗的爹很快会水落石出的。他们离三盏灯已经很近了，他们离那条打鱼船只有几步之遥了。

扁金高声地喊着小碗的名字，他没有听见女孩的回应。女孩不在船头上，似乎也不在舱里，扁金看见了那条被战火熏黑的打鱼船，油毡制成的船篷已经毁于一旦，只剩下几根木架歪斜地竖在那里。奇怪的是船头的桅杆，桅杆和桅杆上的三盏灯在一夜炮火中竟然完好如初。那三盏灯现在淡如荧光，但它们确确实实地亮着，它们让扁金想起灯油和有关女孩小碗的所有事情。

小碗，去捡棉帽呀，红薯地里有好多棉帽。

打鱼船上寂然无声，女孩不知道跑到哪儿去了。

小碗，去红薯地里捡东西吧，去晚了就让别人捡走啦。

扁金的喊声突然沉了下去，他看见打鱼船的船舷上露出一只黑黑的小手，一块白布从那只小手的指缝间垂下来，白布的下端浸在了水中。扁金认出那是女孩的手，女孩没有离开她家的船，女孩躲在残破的舱里。

小碗，别害怕，仗打完了，你出来吧。

扁金疾步跳到了船上，他先是看见了船头上的那只铁皮油桶，油桶打翻了，灯油淌了一地，你怎么把油桶打翻了？没有灯油你还点什么灯啊？扁金扶起了油桶，然后他看见了船舱，船篷毁于炮火，打鱼船便再也没有遮蔽了。扁金看见了那母女俩，母亲紧紧地搂抱着女孩，但女孩一只手挣脱了母亲的怀抱，那只手顽强地伸出了船舷，挥动一块雪白的布，当然那只小手现在已经安静了，手里的白布也已经垂入了水中。扁金不再对女孩说话，一天来见了无数个死者，他已经能准确地区分活人和死者，他知道名叫小碗的女孩和她母亲已经死去。

两只黑鱼鹰却活着，一只站在船尾，一只蹲在船头，它们像两个哨兵守护着打鱼船。

她不是有白布吗？她不是挥白布了吗？扁金对鱼鹰说，挥了白布怎么还会死？

扁金知道他不该问鱼鹰，鱼鹰跟他的鸭子一样，主人对它再好也不会对你说话。扁金突然觉得眼角那里冰凉冰凉的，是一滴泪，他流泪了，流泪是心里难受的缘故。扁金心里有说不出的难受。扁金想昨天她还是个活蹦乱跳的小女孩呢，他不希望子弹打到她身上，现在他情愿用一百只鸭子换回她的性命，扁金抓起女孩的手，他用了很大的力气才把她手里的白布拽出来。扁金迁怒于那块白布，他把它狠狠地揉成一团，扔进了河里，没有用的，白布有什么用？扁金突然哽咽起来，他说，你还小，你不懂事，子弹从来是不

长眼睛的。

那个伤兵爬过来了，伤兵的身子在剧烈地颤抖，而他的右臂艰难地向前抓攀着什么，扁金看出来他是想抓住船舷上的那只小手，那是女孩小碗的手。扁金不想让他抓那只小手，他用自己的大手盖住了那只小手，你别抓她，她已经死了，扁金哽咽着说，她们都已经死了。

扁金忘不了那个伤兵的眼睛，他眼睛里的亮光倏地黯淡下去，他眼睛里原来也有一盏灯，但扁金觉得从自己嘴里吹出了大风，大风倏地吹熄了那些灯，也吹断了伤兵那条颤抖的右臂。他看见那手臂沉重地落下去，落在水里，溅起了几星水花，他看见伤兵脸上掠过一道绝望的白光，那张布满血污的脸也沉重地落下去，埋在椒河的河水里。

扁金狂叫起来，直到此时他仍然不能确信伤兵与打鱼船的关系，但扁金意识到自己的手盖住的不是小碗的手，是那个人游丝般最后的呼吸。扁金有了一种杀人后的恐惧的感觉，扁金跳下了船，他把士兵从水里搬起来，你不是说你是小碗的爹吗？你不是说要回家吗？扁金摇晃着那具沉重的滑腻的身体，他说，你怎么死了？你是傻子呀？死了怎么能回家？扁金失声恸哭起来，他把死去的士兵拖到了船上，你说你是小碗的爹，就算你是小碗的爹好了，扁金说，你想回家就回家好了，可你为什么会死，好像是我害死了你们，我没有枪，我是老百姓，我是养鸭子的扁金呀。

扁金哭泣着把死去的士兵推进了舱里，他看见三个死者恰巧躺在了一起，三个死者的脸上有一种相仿的悲伤肃穆的表情，一个男人，一个女人，还有一个名叫小碗的女孩，他们看上去真的像一家人。扁金的心现在变得空空荡荡，他注意到船桅上的三盏灯相继熄灭了，暮色从椒河上缓缓地升起来，而那三盏灯却终于熄灭了。椒河两岸一片苍茫，假如你极目西眺，你能看见落日悬浮在河的尽头，天边还残留着一抹金色的云影，但扁金看见三盏灯熄灭了，扁金的心碎了，他的稚笨的灵魂和疲惫的身体已经沉在黑暗中。

扁金后来做了一件令人不可思议的事情。你想象不出他是怎么把一条打鱼船从岸边推向河心的，后来扁金打着寒战走进冰冷的河水里，他用尽了全身力气把船推向了河心。离开这儿吧，这儿不是一个好地方。扁金对着船头的鱼鹰说。船头的鱼鹰沉默不语，扁金又对着船尾的鱼鹰说，带着他们离开这儿，到不打仗的好地方去吧。

打鱼船在暮色中顺流而下，两只鱼鹰不知道它们的船会漂向何处，去哪个好地方呢？其实扁金也不知道。

那是雀庄战役结束后的第一个黄昏，打归战场的士兵和车辆姗姗来迟，他们途经雀庄的时候看见一个形迹可疑的人，那个人拖着一只木条箱在河滩地上走，对所有的警告置若罔闻。士兵们看不清木条箱里装了什么东西，有人想过去盘问他，但好几个士兵都认出了扁金，他们说，别去管他，那人是雀庄的傻子。

8

战争的火球在雀庄留下了许多焦状物和黑色擦痕。连续几天出了太阳，满地的积雪化成了泥泞，满地的泥泞被阳光烤干了，土地便露出了土地的颜色，晒场是黄里泛红的，村巷是灰中透黄的，河滩是黑色的，但是村外那片广袤的红薯地里的黑上却变成了红色。

曾经被枪炮声吓昏了的家禽牲畜现在醒过神来，它们饿坏了，成群结队地跑到晒场上来寻觅食物。晒场上除了散落的子弹壳，没有任何柔软可食的东西，饥饿的猪羊鸡鸭们开始追逐扁金，向他发出各种乞食的叫声。它们似乎也没有错，偌大的村庄里中只有扁金一个人，它们不向他要吃的又向谁要呢？

可是扁金顾不上别人家的畜生，他自己的一大群鸭子还半饥半饱的，从河里捞来的螺蛳小鱼只够喂他自己的鸭子，所以扁金一路走着一路驱赶着那些讨厌的畜生，扁金很忙碌，他要趁着好天气洗洗木条箱里的一堆东西，十几顶棉帽，好多只棉鞋，那些棉鞋棉帽都沾着血迹，不洗干净怎么能戴在头上，怎么能穿到脚上呢？但是要把它们全部洗干净真不容易，扁金蹲在河边拼命地洗，腰都蹲酸了。

扁金把洗好的东西整齐地晾在河滩地上，那些棉鞋，那些棉帽，它们在阳光下仍然散发出一股暖暖的甜腥味，那是钻进了棉花深处的人血的气味，扁金逐个地把那些棉鞋棉帽嗅了一遍，他想这股怪味还真不容易洗掉。但那又有什么呢？你要知道它们比娄福的棉鞋好上一百倍，比娄守义的狗皮帽好上一百倍，扁金爬上草垛守护着他的东西，冬天的椒河水就在他视线里流淌。扁金从来没有见过这么肮脏的漂满垃圾的河水，几天来大堆死去的牲畜、烧焦的木头和腐烂的衣物浩浩荡荡穿过椒河，战死的士兵们早就被一车车地拖走，但河面上仍然有死尸顺流而下。扁金看见了他不想看见的东西，他想看见的东西一时却想不出来。后来他看见一块白布条在水边漂浮着，扁金就想起来了，他想看见的就是这块白布条，不，是手摇白布的女孩小碗，以及女孩家的那条船和船上的三盏灯。

三盏灯已经熄灭，那条打鱼船不知漂到哪里去了，椒河水很

长，流经三城七县二百多里地，谁知道那条船漂到哪儿去了呢？有关女孩小碗的记忆总是伴随着震耳欲聋的枪炮声，想起女孩小碗扁金就感到难过。有一些看不见的子弹在他体内疯狂地爆响了，扁金的手便狂躁地在身上摸索着，他想把那些可恨的子弹拔出来，但扁金所做的一切都是徒劳的，他的全身甚至骨头都被那些子弹炸疼了。扁金痛苦地蜷缩起身子，他无法理解他体内的那些砰然作响的子弹，他安然地躲过了雀庄战役的枪林弹雨，可这么多的子弹是怎么钻进他身体的呢？

雀庄战役的幸存者扁金突然沉浸在一种意想不到的痛苦中。几天来扁金的脖子、胳膊和胸前新添了许多瘀血和疤痂，那都是他自己弄伤的，扁金怎么弄都不能消除他体内的那些子弹。后来他发现了唯一能够减轻痛苦的方法，他闭上眼睛堵住耳朵去想，想女孩头上的绿围巾，想那条打鱼船上的三盏灯，想起这些他的身体就变得松软了，体内的那些子弹也渐渐地沉寂了。

你知道扁金的生活必将改变，现在他生活中不仅仅只有那些鸭子了，鸭子对扁金的影响终于无法与女孩小碗匹敌。有一天扁金发现他晾在河滩上的棉帽棉鞋落满了鸭屎，扁金就追赶着鸭子大发雷霆，你们就会拉屎，你们就会嘎嘎乱叫，扁金在河滩挥舞着拳头吼道，你们怎么没让子弹打死？你们一百只鸭子也顶不上小碗一个人！

腊月二十八那天，村外的官道上开始出现了疏散归来的车马人群。人们急于归来是因为春节临近，虽然平原上的战争未见偃旗息鼓的迹象，有万人的军队从西南向东北方狂流般地挺进，战车马蹄腾起的黄尘狼烟在十里以外仍然清晰可辨。但是你想想吧，雀庄有多少人会愿意在异乡他壤燃放除夕的爆竹呢？所以村长娄祥带着

七八户思家心切的村民先回来了。

离了很远扁金就看见了那几辆马车，他欢呼了一声，他扔下手里的一只棉鞋朝乡亲们跑去，但跑了几步就站住了，扁金看见村长的身影就想起自己做错的事，他想起自己曾睡过村长母亲的大棺材，村长是个出名的孝子，为了这件事他肯定能拧下自己的耳朵。而他的鸭子也惹了祸，鸭子们把村长家洁净整齐的院子弄得满地污秽，村长的女人最不能容忍牲畜在她家拉屎，村长又怕他女人，为这件事村长也绝不会轻饶了他。扁金撒腿就往村里跑，他要赶在村长回家之前把他留下的痕迹抹掉。

扁金冲进村长娄祥家，他做的第一件事情全部围绕着那口棺材展开，他想在棺材里放回十几个红薯，但这么着急上哪儿去找红薯呢？扁金一时没有主意，就匆匆地到灶旁抓了几块木拌子扔进棺材里，木拌子与红薯看上去很不一样，扁金情急之中就拖过一捆干草盖在上面，他知道他无法让棺材里的东西恢复原状了，他没有办法，没有办法就只好拉上了棺盖。扁金要做的第二件事就是如何把村长的灯油桶灌满，这似乎容易一些，他很快地解开裤带对着灯油桶撒了一泡尿，然后把桶放回到村长的大床底下。剩下的那些鸭屎其实是最好办的，扁金抓过一把破笤帚扫地，他用的力气太大了，那些干结的鸭屎甚至飞过院墙，落到了外面的村巷里。

扁金跑出村长家时稍稍松了一口气，他爬到一棵树上观望着远处的乡亲，那几辆马车刚到村口，扁金坐在树上，他想不如就在树上迎接乡亲们。直到此时他才发现自己是坐在娄守义家的老桑树上，他眼前的大瓦房就是娄守义家的大瓦房。扁金的心倏地往树下坠去，他的身子也一起坠到了树下，现在他意识到那大瓦房顶上的窟窿才是他惹下的大祸，他想爬到那房顶上去，但他知道自己连茅草屋顶都不会苫补，怎么会苫补大瓦房的房顶呢，扁金急得大汗淋漓，他想起娄守义有五个力大如牛的儿子，还有三个凶神恶煞的女儿，他们肯定饶不了他，他们每人踢他一脚就能要了他的命，扁金蹲在老桑树下茫然失措，一种巨大的恐惧压得他直不起腰来。后来扁金就捂着脸蹲在那里，他听见体内的那些子弹又乒乒乓乓的爆响了，他的全身上下甚至骨头都开始疼了。

材长娄祥发现扁金的时候欣喜若狂，娄祥跳下牛车，张开双臂扑过来，像鹰捕小鸡一样抓住了扁金。

娄祥说，你个傻子，你还活着嘛，都说子弹不长眼睛，谁说子弹不长眼睛，它就是不打傻子嘛。

扁金说，我不是傻子。

娄祥说，谁说你傻子？傻子能从枪炮下活过来？谁说你傻子他自己就是傻子。

扁金说，子弹打到我了，就是拔不出来，我身上到处都疼，疼死我了。

娄祥伸过手在扁金身上捏了几下，哪儿挨子弹了？你这身皮比牛皮还结实呢，娄祥抓着扁金的耳朵说，你个傻子，又跟我胡说八道了。

别拧我耳朵。扁金满脸惊惶地瞟了眼村长的大手，我没去你家。扁金突然叫起来，我的鸭子也没去你家拉屎。

你去我家干什么？你的鸭子跑我家拉屎？怕我拧不下你的耳朵？

别拧我耳朵。扁金仍然叫喊着，他的脑袋始终躲避着娄祥的大手，他说，我没拿过你家的灯油，小碗也没拿，你家的灯油桶还在床底下放着呢。

娄祥突然不说话了，他的光头凑到扁金面前，他的犀利的目光刺得扁金双颊通红，好你个傻子，娄祥冷笑道，我就猜到你干了坏事，给我说实话，你到底干了什么坏事？

扁金垂下头，他用两只手紧紧地护注了两只耳朵。他说，我没睡过你家的棺材，棺材是给死人睡的，我没睡过。棺材里的红薯有油漆味，我也没吃过棺材里的红薯。

娄祥的嘴里吐出了脏话，他的大手终于掰开扁金的十指，他的两只大手同时揪住了扁金的两只耳朵，同时狠狠地拧了几下，然后娄祥就急如火星地奔回家了。

扁金捂着耳朵站了起来，他觉得耳朵快掉下来了，但他还是忍着疼痛朝村长的背影喊了一声，村长，我告诉你，娄守义家的房顶让子弹打了个窟窿！

许多村里人朝扁金围过来，他们七嘴八舌地向扁金打听雀庄战役的各种细节，扁金一句也听不进去，扁金粗鲁地推开人群往外走，你们像老鼠一样逃走了，你们的房子却没起火，我在这儿守着我的鸭子，可我的鸭棚让他们毁啦。扁金说，你们知道吗，我在祠堂里睡了好几天啦。有个孩子拉住扁金的衣角问，扁金，你怎么没让子弹打着呢？扁金甩掉了孩子的手，他突然哽咽了一下，想哭而又忍住了，扁金哽咽着说，你们知道什么？子弹都藏在我的肉里，我都快疼死了！

在雀庄人看来扁金说话从来都是语无伦次傻里傻气的，他对雀庄战役的描述虽然莫名其妙，但还是引起了一阵嬉笑声。他们疑惑不解的是扁金最后的呐喊，你们不是好人，扁金扯着嗓子在村口呐喊，你们一百个人也顶不上小碗一个人！

他们当时不知道那是扁金在雀庄留下的第一次呐喊，也是最后

一次呐喊。

9

养鸭人扁金在腊月二十八的夜里离开了雀庄，也许是腊月二十九的凌晨，这已经无关紧要，村长娄祥那天气冲冲地步遍雀庄附近的每一个角落，却没有看见扁金和他的鸭子的影子。王寡妇的儿子在椒河边捉螃蟹，他告诉娄样扁金赶着鸭子顺河滩走了，他说扁金一边走一边还在哭呢。

村长娄祥以为扁金在天黑以前会回家，但扁金再也没回家。说起来扁金在雀庄也没有什么家，他带走那群鸭子就把家也带走了。后来是娄福娄守义他们回家了。他们不会不回来，雀庄人谁也不愿意在外面过年嘛。扁金离村那天，娄祥在他家的柴堆上发现了一只棉帽和一双棉鞋，他是个闯过码头见过世面的人，一眼就认出那是军用品，而且他很快猜到它们是从死人身上扒下来的。娄祥咒骂着扔掉了棉帽和棉鞋，刚扔掉又捡了回来，他是个识货的人，这么暖和实用的棉帽，这么结实耐穿的胶底棉鞋，娄祥实在舍不得扔掉它们，他知道那是扁金赎罪的一份礼物。

收到棉帽和棉鞋的还有娄守义一家。娄守义起初喜出望外，但后来弄清了那些棉鞋棉帽和房顶上大窟窿的联系，娄守义的脸便气白了，几只烂鞋烂帽来换我家的房顶？娄守义咬牙切齿地骂道，这个傻子，这个傻子怎么会没挨子弹？他就是被子弹打成个蜂窝，也解不了我心头的恨！

不管是村长娄祥还是娄守义，他们都舍不得扔掉扁金的礼物。大年初一的早晨，娄守义去娄祥家拜年，看见娄祥头上戴着和自己

一样的棉帽，脚上穿着和自己一样的棉鞋，他们两个盯着对方愣了一会儿，突然一齐会意地笑起来。

娄守义说，这帽子很好，有两个护耳，冬天不冻耳朵。

村长娄祥说，棉鞋也很好，又结实又暖和，我还没穿过这么好的棉鞋呢。

过年那几天村长娄祥常常想起扁金，他不知道扁全为什么像个老鼠一样逃离雀庄。过年了，别人都回家了，他却像个老鼠一样地逃啦。娄祥想起扁金以前也做过不少让人痛恨的事，有一次他差点把人家的猪拖进椒河呢，以前他从来不害怕，从来没跑过，这次为什么怕成这样？娄祥后来很自然地联想到雀庄战役的枪林弹雨，他猜扁金大概是让子弹和炮火吓破了胆。

直到这年秋天，雀庄的乡亲们没有谁再见过养鸭人扁金。秋天的时候娄福跟着一条稻米船去椒河下游贩米，船过桃县地界的时候，娄福看见了养鸭人扁金，扁金赶着一群鸭子在椒河岸边走。娄福说他认出了扁金，扁金却不认识他了。娄福问他去哪儿，扁金说他不去哪儿，他要找一条打鱼船。娄福问他要找什么样的打鱼船，扁金说是一条有三盏灯的打鱼船。娄福说从来没见过有三盏灯的打鱼船，他问扁金找那条船干什么，扁金就不说话了，扁金像个哑巴一样赶着鸭子走，后来扁金就埋下头，像个哑巴一样赶着鸭子在椒河边走。

什么打鱼船？什么三盏灯？娄福回村后说起这件事就咯咯地笑，他对乡亲们说，我早就说过扁金是傻子，你们偏不信，现在你们该相信了吧？

现在我们该相信了，扁金和他的鸭群仍然在椒河边走，他们大概会一直步到椒河下游，走到椒河水与其他河流交汇的丘陵地区。

这其实是一条异常险恶的行走路线，我们知道平原上的战争是一只巨大的火球，它可以朝四面八方滚动，秋天的时候，战争的火球恰恰正在向丘陵地区滚来。

灼热的天空

今天夹镇制铁厂的烟囱又开始吐火了，那些火焰像巨兽的舌头，粗暴地舔破了晴朗的天空。天空出血了。我看见一朵云从花庄方向浮游过来，笨头笨脑地撞在烟囱上，很快就溶化了。烟囱附近已经堆满了云的碎絮，看上去像黄昏的棉田，更像遍布夹镇的那些铁器作坊的火堆。天气无比炎热，我祖父放下了所有窗子上的竹帘，隔窗喊着我的名字。他说你这孩子还不如狗聪明，这么热的天连狗都知道躲在树荫里，你却傻乎乎地站在大太阳下面，你站在那儿看什么呢？

整个正午时分我一直站在石磨上东张西望，夹镇单调的风景慵懒地横卧在视线里，冒着一股热气，我顶着大太阳站在那儿不是为了看什么风景，我在眺望制铁厂前面的那条大路。从早晨开始大路上一直人来车往的非常热闹，有一支解放军的队伍从夹镇中学出来，登上了一辆绿色的大卡车，还有一群民工推着架子车从花庄方向过来，吱扭吱扭地往西北方向而去。我还看见有人爬到制铁厂的门楼上，悬空挂起了一条红格标语。

我总觉得今天夹镇会发生什么事情，因此我才顶着大太阳站在石磨上等待着。正午时分镇上的女人们纷纷提着饭盒朝制铁厂涌去，她们去给上工的男人送饭，她们走路的样子像一群被人驱赶的鸭子，只要有人朝我扫上一眼，我就对她说，不好啦，今天工厂又压死人啦！她们的脚步戛然停住，她们的眼睛先是惊恐地睁大，很快发现我是在说谎，于是她们朝我翻了个白眼，继续风风火火地往制铁厂奔去。没有人理睬我。但我相信今天夹镇会发生什么事情。

除了我祖父，夹镇没有人来管我。可是隔壁棉布商邱财的女儿粉丽很讨厌，她总是像我妈那样教训我，我看见她挟着一块布从家里出来，一边锁门一边用眼角的光瞄着我，我猜到她会叫我从石磨上下来，果然她就尖着嗓子对我嚷嚷道，你怎么站在石磨上？那是磨粮食的呀，你把泥巴弄在上面，粮食不也弄脏了吗？

今天会出事，我指着远处的制铁厂说，工厂的吊机又掉下来了，压死了两个人！

又胡说八道，等我告诉大伯，看他不打你的臭嘴！她板着脸走下台阶，突然抬起一条腿往上搐了搐她的丝袜，这样我正好看见旗袍后面的另一条腿，又白又粗的，像一段莲藕。我不是存心看她的腿，但粉丽大惊小怪地叫起来，你往哪儿看？不怕长针眼？小小年纪的，也不学好。

谁要看你？我慌忙转过脸，嘴里忍不住念出了几句顺口溜，小寡妇，面儿黄，回到娘家泪汪汪。

我知道这个顺口溜恰如其分地反映了粉丽在夹镇的处境，因此粉丽被深深地激怒了。我看见她跺了跺脚，然后挥着那卷棉布朝我扑来，我跳下石磨朝大路上逃，跑到来家铁铺门口我回头望了望，粉丽已经变成了一个浅绿色的人影，她正站在油坊那儿与谁说话，一只手撑着腰，一只手把那卷棉布罩在额前，用以遮挡街上的阳光。我看见粉丽的身上闪烁着一种绿玻璃片似的光芒。

我祖父常常说粉丽可怜，我不知道她有什么可怜的，虽说她男人死了，可她爹邱财很有钱，虽说她经常在家里扯着嗓子哭嚎，但她哭完了就出门，脸上抹得又红又白的，走到哪儿都跟人有一搭没一搭地说话。我懒得搭理她，可是你不搭理她她却喜欢来惹你，归根结底这就是我讨厌粉丽的原因。

远远地可以听见制铁厂敲钟的声音，钟声响起来街上的行人走得更快了，桃树上的知了也叫得更响亮了，只有一个穿黄布衬衫的人不急不慌地站在路口，我看见他肩背行李，手里拎着一只网袋，网袋里的脸盆和一个黄澄澄的铜玩意碰撞着，发出一种异常清脆的响声。我觉得他在看我，虽然他紧锁双眉，对夹镇街景流露出一种鄙夷之色，我还是觉得他会跟我说话。果然他朝我走过来了。他抓着脖子上的毛巾擦了擦额头，一边用恶狠狠的腔调对我说话，小孩，到镇政府怎么走？

他一张嘴就让我反感，他叫我小孩，可我估计他还不满二十岁，嘴上的胡须还是细细软软的呢。我本来不想搭理他，但我看见他的腰上挎着一把驳壳枪，枪上的红缨足有半尺之长，那把驳壳枪使他平添了一股威风，也正是这股威风使我顺从地给他指了路。

小孩，给我拿着网袋！他拽了我一把，不容分说地把网袋塞在我手里，然后又推了我一下，说，你在前面给我带路！

我从来没有遇见过这么霸道的人，他这么霸道你反而忘记了反抗，世界上的事情有时就是无理可说的。我接过那只网袋时里面的

东西又哐啷哐啷地响起来，我伸手在那个铜玩意上摸了摸，这是喇叭吧？我问道，你为什么带着一个喇叭？

不是喇叭，是军号！

军号是干什么用的？

笨蛋，连军号都不知道。他粗声粗气地说，部队打仗用的号就叫军号！宿营睡觉时吹休息号，战斗打响时吹冲锋号，该撤退时吹撤退号，这下该明白了吧？

明白了，你会吹军号吗？

笨蛋，我不会吹带着它干什么？

我们夹镇不打仗，你带着军号怎么吹呢？

他被我问得不耐烦起来，在我脑袋上笃地敲了一下，让你带路你就带路，你再问这问那的我就把你当奸细捆起来。他走过来一把夺回了那只网袋，朝我瞪了一眼说，我看你这副懒懒散散的样子，一辈子也别想上部队当兵，连个网袋也拿不稳！

就这样我遇见了尹成，是我把他带到镇政府院子里的。我不知道他到夹镇来干什么，只知道他是刚从部队下来的干部。夜里邱财到我家让祖父替他查账本，说起税务所新来了个所长，年纪很轻却凶神恶煞的，我还不知道邱财说的人就是尹成呢。

夹镇税务所是一幢两层木楼，孤零零地耸立在镇西的玉米地边。那原先是制铁厂厂主姚守山给客人住的栈房，人民政府来了，姚守山就把那幢木楼献给了政府，他想讨好政府来保住他在夹镇的势力，但政府不上他的当，姚家的几十名家丁都被遣走了，姚家的几百条枪支都被没收了，政府并不稀罕那幢木楼，只是后来成立了税务所，木楼才派上了用处——这些事情与我无关，都是那个饶舌

的邱财来串门时我听说的。

我常常去税务所那儿是因为那儿的玉米地，玉米地的上沟里藏着大量的蛐蛐。有一天我正把一只蛐蛐往竹筒里装，突然听见玉米地里回荡起嘹亮的军号声。我回头一看便看见了尹成，他站在木楼的天台上，一只手抓着军号，另外一只手拼命地朝我挥着，冲锋号，这是冲锋号，他朝我高声叫喊着，你还愣在那儿干什么？你耳朵聋啦？赶紧冲啊，冲到楼上来！

我懵懵懂懂地冲到木楼天台上，喘着气对他说，我冲上来了，冲锋干什么？尹成仍然铁板着脸，笨蛋，这几步路跑下来还要喘气？他说着将目光盯在我的竹筒上，语气突然变得温和起来，小孩，今天抓了几只蛐蛐啦？我还没来得及说什么，尹成冷不防从我手中抢过了一节竹筒，他说，让我检查一下，你逮到了什么蛐蛐？

我看得出来尹成喜欢蛐蛐，从他抖竹筒的动作和眼神里就能看出来，但这个发现并不让我高兴，我觉得他对我的蛐蛐有所企图，我又不是傻瓜，凭什么让他玩我的蛐蛐。我上去夺那节竹筒，可气的是尹成把我的手夹在腋下，他的胳膊像铁器一样坚硬有力，我的手被夹疼了，然后我就对着他骂出了一串脏话。

你慌什么？尹成对我瞪着眼睛，他说，谁要你的蛐蛐？我就看一眼嘛，看看这儿的蛐蛐是什么样。

看一眼也不行。弄死了你赔！

我赔，弄死了我赔你一只。尹成松开了我的手，跟我勾了勾手指，他说，我逮过的蛐蛐一只大缸也盛不下，一只蛐蛐哪有这么金贵，你这小孩真没出息。

尹成倒掉了搪瓷杯里的水，很小心地把蛐蛐一只只放进去，我看见他在屋檐上拔了一根草，非常耐心地逗那些蛐蛐开牙，你都逮

的什么鬼蛐蛐呀？都跟资产阶级娇小姐似的，扭扭捏捏的没有精神！尹成嘴里不停地奚落着我的蛐蛐。他说，这只还算有牙，不过也难说，咬起来多半是逃兵，我看干脆把它们都踩死算了，怎么样，让我来踩吧？

不行，踩死了你赔！我又跳了起来。

尹成咧开嘴笑了笑，他把那些蛐蛐一只只装回竹筒，对我挤着眼睛说，看你那熊样，我逗你玩呢。

我眼睛很尖，我注意到他把竹筒还给我时另一只手盖住了搪瓷杯的杯口，因此我就拼命地扒他的手想看清杯里是否还留着蛐蛐，而尹成的手却像一个盖子紧紧地扣着杯子不放，这么僵持了好久，我灵机一动朝天台下喊起来，强盗抢东西啰！这下尹成慌了，尹成伸手捂住我的嘴，不准瞎喊！他一边朝四周张望着一边朝我挤出笑容，他说，你这小孩真没出息，我也没想抢你的蛐蛐，我拿东西跟你换还不行吗，怎么样，就拿这杯子跟你换？

不行！我余怒未消地把手伸进杯子，但杯子里已经空了，我猜尹成已经把蛐蛐握在手里，他空握着拳头举到空中，身子晃来晃去地躲避着我，我突然意识到尹成很像镇上霸道的大孩子，偏偏他年纪比我大，力气也比我大，遇到这种情况识趣的人通常不会硬来，后来我就识趣地坐下来了，但嘴里当然还会嘀嘀咕咕，我说，玉米地里蛐蛐多的是，你自己为什么下去逮呢？

笨蛋，我说你是笨蛋嘛，他脸上露出一种得胜的开朗的表情，他说，我是个革命干部，又不是小孩子，撅着屁股逮蛐蛐？成何体统，让群众看见了什么影响？

我看着他小心翼翼地把那只蛐蛐放回搪瓷杯里。杯子不行，等会儿还得捏个泥罐，他自言自语地说着，回头朝我看了一眼，大概

是为了安抚我，他走过来摸了摸我的脑袋，你还撅着嘴？不就一只蛐蛐嘛？告诉你解放军不拿群众一针一线，可是你不要杯子，我还真想不出拿什么东西跟你换，你别瞪着我的军号，我就是把脑袋给人也不会把军号给人的，要不我给你吹号吧，反正这几天夹镇没有部队，吹什么都行。

吹号有什么意思？我的目光开始停留在尹成腰间的驳光枪上，我试探着去触碰驳壳枪，你给我打一枪，我说，打一枪我们谁也不欠谁。

不行，小孩子怎么能打枪？他的脸上幡然变色，抬起胳膊时捅了我一下，滚一边去！他朝我怒声吆喝起来，给你梯子你就上房啦？你以为打枪跟打弹弓似的？子弹比你的蛐蛐金贵一百倍，一枪必须撂倒一个敌人你懂不懂？怎么能让你打着玩？

尹成发怒的模样非常吓人，难怪邱财他们也说他凶。我突然被吓住了，捡起竹筒就往楼下跑，但我还没跑下楼就被他喊住了，给我站住，尹成扶着天台的护栏对我说，我可从来不欠别人的情，告诉我你想打什么，我替你打，只要不打人和牲畜，打什么都行。

我站在台阶上犹豫了一会儿，随手指了指一棵柳树上的鸟窝，然后我就听见了一声脆亮的枪响，而柳树上的鸟窝应声落地，两只朝天翁向玉米地俯冲了一程，又惊惶地朝高空飞去。

枪声惊动了税务所小楼里的所有人，我看见他们也像鸟一样惊惶地窜来窜去，有个税务干部抓住我问，谁打枪。哪儿打来的枪？我便指了指天台上的尹成，我说，反正不是我打的枪。

所有人都抬眼朝尹成望着，尹成正在用红缨擦驳壳枪的枪管，看上去他的神色镇定自若，你们都瞪着我干什么？尹成说，是枪走火啦，再好的枪老不用都会走火的。

我听见税务员老曹低声对税务员小张说，他打枪玩呢，就这么屁大个人，还来当税务所长。我知道两个税务员在说尹成的坏话，这本来不关我什么事，但尹成的那一枪打出了威风，使我对他一下子崇敬起来，所以我就扯着嗓子朝尹成喊起来，他们说你打枪玩呢！他们说你屁大个人还当什么税务所长！

我看见尹成的浓眉跳动了一下，目光冷冷地扫视着两个税务员，尹成没说什么，但我分明看见一团怒火在他的眸子里燃烧。然后尹成像饿虎下山一样冲下台阶，一把揪住了税务员小张，楼下的人群都愣在那里，看着尹成抓住小张的衣领把他提溜起来，瘦小如猴的小张在半空中尖叫起来，不是我说的，是老曹说的！尹成放下小张又去抓老曹，老曹脸色煞白，捡了块瓦片跳来跳去的，你敢打我？当着群众的面打自己的同志？你还是所长呢，什么狗屁所长！老曹这样骂着人已经被尹成撞倒在地，两个人就在税务所门口扭打起来，我听见尹成一边喘气一边怒吼着，我让你小瞧我，让你不服气，我立过三个二等功，三个三等功，我身上留着一颗子弹十五块弹片，你他妈的立过什么功，你身上有几块弹片？

我看老曹根本不是尹成的对手，要不是邱财突然冒出来拉架，老曹就会吃大亏了。谁都看得出来尹成拉开了拼命的架势。他的力气又是那么大。邱财上去拽人的时候被尹成的胳膊抡了一下，差点摔了个狗啃泥。

邱财不知道是从哪儿冒出来的，他这会儿倒像干部似的夹在尹成和老曹之间，一会儿推推这个，一会儿搡搡那个，世上没有商量不了的事，何必动拳头呢？邱财眨巴着眼睛，拍去裤管上的泥巴，他说，干部带头打架，明天大家都为个什么事打起来，这夹镇不乱套了嘛？

税务员老曹不领邱财的情，他对邱财瞪着眼睛说，邱财，你这个不法奸商，你想浑水摸鱼吧，我们打架轮不到你来教训我们，我会向领导汇报的。

你看看，好心总成驴肝肺。邱财啧着嘴转向尹成说，尹同志年轻肝火旺，又是初来乍到，水土不服人的脾气就暴，这也不奇怪。尹同志明天到我家来，我请你喝酒，给你接风，给你消消气。

尹成没有搭理邱财，我看见他低着头站在那儿，令人疑惑的是他突然嘿嘿一笑，然后骂了一句脏话，操他娘的，什么同志？我现在没有同志！人们都在回味尹成的这句话，尹成却推开人群走了，我看见尹成大步流星地走到路边那棵老柳树下，捡起被打碎的鸟窝端详了一会儿又扔掉了。然后他对着柳树撒了泡尿。他撒尿的声音也是怒气冲冲的，好像要淹死什么人，因此我总觉得尹成这个干部不太像干部。

今天从椒河前线撤下来的伤兵又挤满了夹镇医院，孩子们都涌到医院去看手术，看见许多的士兵光着身子大汗淋漓地躺在台子上，嘴里嗷嗷地吼叫着。大夫用镊子从他们身上夹出了子弹，当啷一声，子弹落在盘子里，孩子们就在窗外拍手欢呼起来，有人大声数着盘子里的黄澄澄的弹头，也有人挤不到窗前来，就在别人身后像猴子似的抓耳挠腮，一蹦一跳的。我知道他们都是冲着那些弹头来的，等会儿医生把盘子端出来，他们会涌上去把那些弹头一抢而光。夹镇从来没有打过仗，孩子们就特别稀罕子弹头这类玩意儿，当然我也一样，虽然尹成给过我几颗，有一次他还开玩笑说要把肩胛骨里的弹头挖出来给我，我知道他在开玩笑，但假如他真那么做我会乐意接受的。

有个年轻的军官左手挂了彩，用木板绷带悬着手，他在水缸边洗澡，用右手一瓢一瓢地舀水，从肩上往下浇。我看见尹成风风火火地闯进医院的院子，他见到洗澡的军官嘴角就咧开笑了，他朝我摆了摆手，然后蹑手蹑脚地走到军官身后，提起一桶水朝他头上浇去。

看得出来尹成跟那个徐连长是老战友，他们一见面就互相骂骂咧咧的，还踢屁股，尹成见到徐连长脸上的乌云就逃走了，到夹镇这些日子我第一次看见他咧嘴傻笑。后来尹成就拽着徐连长往税务所走，我跟在他们身后，听见他们在谈论刚刚结束的椒河战役，主要是谈及几个战死的人，那些人我一个都不认识。

徐连长说，小栓死了，踩到了敌人的地雷，一条腿给炸飞了，操他娘，我带人撤下来时他还在地上爬呢，铁生上去背他，他不愿意，说要把那条腿找回来，铁生刚把他背上他就咽气了。

尹成说，操他娘的，小栓才立过一个三等功呀。

徐连长说，老三也死了，胸前挨了冲锋枪一梭子弹，也怪他的眼病，一害眼病他就看不清动静，闷着头瞎冲，身上就让打出个马蜂窝来了。

尹成说，操他娘的，老三家里还有五个孩子呢，谁牺牲也不该让他牺牲，他也才立过二个三等功呀。

徐连长说，老三自己要参加打椒河，他老犯眼病，年纪又大了，组织上已经安排他转地方了，他非要打椒河不可，老三也是个倔人嘛。

操他娘的，尹成低着头走了几步，突然嘿地一笑，说，也没有什么可惜的，老三跟我一个脾气，死要死得明白，活要活得痛快，他要是也跟我似的去个什么夹鸡巴镇，去个什么税务所闷着闲着，

还不如死在战场上痛快。

你还是老毛病，什么痛快不痛快的？徐连长说，干革命不是图痛快，革命事业让你在战场上你就在战场上，让你在地方上你就在地方上，不想干也得干，都是党的需要。

那你怎么不到地方来？尹成说，你怎么不来夹镇当这个税务所长？凭什么你能打仗上战场，我就得像个老鼠似的守着那栋破楼？

你他妈的越说越糊涂了，徐连长说，我知道你最不怕死，可我告诉你，你尹成是党的人，党让你去死你才有资格去死，党让你活着你就得活着，像只老鼠怎么了？革命不讲条件，革命需要你做老鼠，你还就得做好老鼠！

我在后面忍不住哈咯地笑起来，尹成猛地回过头朝我吼道，不准偷听，给我滚回家去。尹成一瞪眼睛我心里就犯怵，我只好沿原路往回跑，跑出去没多远我就站住了，心想我何必这么怕尹成呢，我祖父说尹成不过是个愣头青，他确实是个愣头青，跟谁说话都这么大吵大嚷的，一点也不像个干部。我钻到路边姚家的菜地里摘了条黄瓜咬着，突然听见尹成跟那个徐连长吵起来了，他们吵架的声音像惊雷闪电递次炸响，菜地里的几只鸟也被吓飞了。

徐大脑袋，你少端着连长的架势教训我，你以为你能带着一百号人马上战场就了不起了，你就是当了军长司令我也不尿你的壶，徐大脑袋，你除了脑袋比我大多几个臭文化，你有哪点比我强？

徐大脑袋，你别忘了，我在十二连吹号时你还在给地主当帮工呢，打沙城的时候你还笨得像只鹅，你伸长了脖子爬城墙，要不是我你的脑袋还在脖子上吗？操他娘，你忘了我脖子上这块疤是怎么落下的？是为你落下的呀！

徐大脑袋，我问你我身上有多少光荣疤，十五块对吗？你才有

几块光荣疤，我知道你加上这条胳膊也才八块，十五减八等于七对吗？徐大脑袋你还差我七块呢，差我七块呢，凭什么让你在战场上让我下地方？

我听清楚的就是尹成的这些声音。从夹镇西端去往税务所的路上空旷无人，因此尹成就像一头怒狮尽情地狂吼着，吼声震得路边的玉米叶子沙沙作响。我很想听到徐连长是怎么吼叫的，但徐连长就像一个干部，他出奇地安静，他面对尹成站着，用右手托着悬绑的左臂，我沿着玉米地的沟垄悄悄地钻过去，正好听见徐连长一字一句地说出那句话。

徐连长说，尹成，你是不应该来夹镇，你应该死在战场上，否则你会给党脸上抹黑的。

徐连长说完就走了，他疾步朝夹镇走去，甚至不回头朝尹成看一眼，我觉得徐连长的言行都有藐视尹成的意思，一个干部藐视另一个干部，这是我所不能理解的。透过茂密的玉米叶子，我看见尹成慢慢地蹲在路上，他在目送徐连长离去，尹成的脸上充满了我无法描述的悲伤，我不知道他为什么突然蔫了下来，更加让我惊愕的是他蹲在路上，一直捏弄着一块土疙瘩，我看见他的脸一会儿向左边歪，一会儿向右边歪，脖子上的喉结上下耸动着，我觉得他像要哭出来了。

我拿着那条咬了一半的黄瓜走到尹成面前，我把黄瓜向他晃着，说，要不要吃黄瓜？

尹成抬起手拍掉了我手里的黄瓜，他看了我一眼，又低下头瞪着那块土疙瘩。我听见他用一种沙哑乏力的声音说，小孩，去把徐连长叫回来，我要跟他喝顿酒，我要跟他好好聊一聊，徐大脑袋，他才是我的同志呀。

他已经走远了，我指着远处徐连长的身影说，是你自己把他气走的，你骂了他，你把他气走了。

我不是故意气他的。尹成说，我见到他心里别提有多高兴。怎么说着话就斗起嘴来？好不容易见一次面，怎么能这样散了？

你骂他徐大脑袋，你说他的光荣疤不如你多嘛。我说。

我真是给他们气糊涂了。我跟徐大脑袋头挨头睡了三年呢，天各一方的又见面，怎么就气呼呼分了手？他们还要去打西南，这一走我恐怕再也见不到尖刀营的同志了。尹成这时把我的脑袋转了个向，我正在纳闷他为什么要转我脑袋呢，突然就听见了尹成的哭声，那哭声起初是低低的压抑住的，渐渐的就像那些满腹委屈的孩子一样呜呜不止了。我在一旁不知所措，我想尹成是个干部呀，平时又是那么威风，怎么能像孩子似的呜呜大哭呢？我忍不住地往尹成身边凑，尹成就不断地推开我的脑袋，尹成一边哭一边对我嚷嚷，你从这里滚开，快去把徐大脑袋追回来，就说我不是故意的，我想找他聊一聊的，我想跟他一起喝顿酒！

是你把他骂走的，你自己去把他叫回来嘛。我赌气地退到一边说，我才不去叫呢，我又不是你的勤务兵！

这时候税务所木楼里有人出来了，好像是税务员老曹站在台阶上朝我们这里张望，我捅了捅尹成说，老曹在看你呢！尹成一下子从地上跳了起来，他在脸上胡乱抹了一把，突然想起什么，恶狠狠地看着我说，今天这事不准告诉任何人，你要是告诉别人我就一枪崩了你！

我知道他所说的就是他呜呜大哭的事情，但我不知道自己是否能忍住，不把这件事情告诉别人。

我与税务所长尹成的友谊在夹镇人看来是很奇怪的，我常常在短褂里掖个蛐蛐罐往税务所的木楼里跑，税务员们见我短褂上鼓出一块，都想拉住我看我藏着什么东西，我没让他们看见，是尹成不让我把蛐蛐罐露出来，他喜欢与我斗蛐蛐玩，却不想让人知道。我知道那是我们之间的秘密，我也知道我与尹成的亲密关系就是由这些秘密支撑起来的。

我祖父常说夹镇人是势利鬼，他们整天与铁打交道，心眼却比茅草还乱还细，他们对政府阳奉阴违，白天做人，夜里做鬼，唯恐谁来沾他们的便宜。从制铁厂厂主姚守山到小铁匠铺的人都一个熊样，他们满脸堆笑地把一布袋钱交到税务所，出了小楼就压低嗓音骂娘，他们见到尹成又鞠躬又哈腰的，嘴里尹所长大所长尹同志这样地叫着奉承着，背过身子就撇嘴冷笑。有一次我在税务所楼前撞见姚守山和他的账房先生。听见姚守山说，我以为来个什么厉害的新所长呢，原来是个毛孩子，鸡巴毛大概还没长全呢，他懂什么税，懂什么钱的交道！哪天老曹他们起了反心，把钱全部弄光了他也不知道！账房先生说，别看他年轻，对商会的人凶着呢。姚守山冷笑了一声说，凶顶个屁用？解放区的天是晴朗的天，他再凶也不敢在夹镇掏枪打人。

我转身上楼就把姚守山的话学给尹成听，尹成坐在桌前擦那把军号，起初他显得不很在意，他还说，小孩子家别学着妇女的样搅舌头，背后怎么说我都行，我反正听不到。但我知道他是假装不在意，因为我发现他的眉毛一跳一跳的，他突然把桌上什么东西狠狠地摔在地上，然后用脚跟狠狠地踩着。我一看是一盒老刀牌香烟，我知道那是姚守山送来的，姚守山经常给干部们送老刀牌香烟。

这条资本家老狗！尹成吼了一声，从地上拾起那盒踩烂的香

烟，塞到我手里说，给我送还给姚守山去，你告诉他让他等着瞧，看我怎么收拾他们这些反革命资本家!

我不去。我本能地推开那盒烂香烟，我说，我又不是你的勤务兵，我们还是斗蛐蛐玩嘛。

谁跟你斗蛐蛐？尹成涨红了脸，一把揪住我的耳朵，你以为我是小孩，整天跟你斗蛐蛐玩？操你娘的，你也敢小看我？你们夹镇人老老少少没一个好东西。

我的耳朵被他揪得快裂开了，我想好汉不吃眼前亏，我不应该跟他犟的，于是我一边掰尹成的手一边叫喊着，我没说你是小孩，你是大人，大人不能欺负小孩。

尹成松开了我的耳朵，但他还是伸出一只手抓着我，瞪着我说，别跟我耍贫嘴。这盒烟你到底送不送去？

我赶紧点点头，抓过那盒烟就往外跑，但你知道我也不是那么好惹的，跑出木楼我就冲着楼上大喊了一句，尹成，你算什么好汉，你是个毛孩子，你鸡巴毛还没长全呢!

没等尹成应声我就跑了，我觉得我跟尹成的友谊可能就此完蛋了。这要怪姚守山那条老狗，也要怪我自己多嘴多舌，但说到底还要怪尹成，他是个干部，怎么可以跟孩子一样，耳朵盛不住一句话，心里压不住一件事？夹镇的干部多的是，他们都有个干部的样子，而尹成他怎么威风也不像个干部，我突然觉得夹镇人没有说错，尹成是个愣头青，尹成是个毛孩子，尹成他，就是个孩子!

我怀着对尹成的满腔怨恨一口气跑到制铁厂，看门的老王头把我堵在门口，他说，你慌慌张张地跑什么？厂里不准小孩来玩。我就把那盒烂烟啪地拍在老王头手上，凶恶地大喊道，尹成派我来的，告诉姚守山，让姚守山小心他的狗命!

老王头张大了嘴巴瞪着我，你胡说些什么呢，到底是谁要谁的命？

尹成要姚守山的狗命，尹成要枪毙姚守山！我这么大声喊了一嗓子就往家跑了，反正我已经完成了尹成的任务，我懒得再管他们的事了。

就在那天夜里。邱财跑到我家来眉飞色舞地透露了一件关于尹成的新闻，说姚守山纠集了夹镇的一批商人去镇政府告尹成的状，镇长把尹成找去狠狠地训了一顿。尹成那小子真是个愣头青呀，镇长训他他也嘴硬，镇长一生气就把他的枪收掉啦！邱财眨巴着眼睛，突然嘻嘻笑起来，他说，我看着那小子从镇政府出来，还踢鸡撒气呢，也怪了，那小子腰上挂个驳壳枪还像个小干部，如今腰上没了驳壳枪，怎么看都是个半大小子呀。

我祖父说，他本来就是个孩子，他还不知道到夹镇工作有多难呢，十八九岁的孩子，怎么斗得过夹镇的这些人渣？

棉布商的女儿粉丽端着一匾红枣出来了，粉丽端着红枣在门口走来走去的，阳光洒满了空地，可她就是拿不定主意把匾放在哪里。我看见她乜斜的眼神就知道她的心思，粉丽比她爹邱财还要小气抠门，她就是害怕谁来偷吃她家的红枣。

我把红枣晒这儿了，你可不准偷吃。粉丽说，偷吃别人家的红枣会拉不出屎的。

你才拉不出屎呢，我说，你们家的红枣送我我也不吃。

逗你玩呢，你生什么气呀？粉丽伸手在匾里划拉着红枣说，怎么不见你去找尹成玩了，他不理你啦？

他不理我？我哼了一声，转过脸说，是我不理他。

尹成到底有多大？还不满二十吧，怪不得会跟你玩呢，粉丽说，不过也难说，有的人天生长得孩子气，没准他还比我大一两岁呢，你该知道的，尹成有二十了吧？

我不知道，你自己去问他！我说。

我怎么去问他，他多大关我什么事？粉丽朝我翻了个白眼，两只手挥着驱赶空中的苍蝇，她腕子上的一对手镯就叮当叮当地响起来。我爹请他来家喝酒呢，粉丽突然说，请了好几次了，你说他肯不肯来？

他才不会来喝你家酒，干部不喝群众的酒。我说。

哎哟，你是他肚子里的蛔虫呀？粉丽咯咯地笑起来，说，你怎么知道他不肯来，万一他来了呢？

我就是不愿意和粉丽说话，有一搭没一搭的让人讨厌。杂货店的妇女们都说邱财不想让粉丽在家吃闲饭，急着要把女儿再嫁出去，我看粉丽自己也急着想嫁人，要不她为什么天天涂脂抹粉穿得花枝招展的？我突然怀疑粉丽是不是想嫁给尹成，她要真那么想就瞎了眼了，尹成是个革命干部，怎么会娶一个讨厌的小寡妇？说尹成从来不正眼看一下姑娘媳妇，我觉得他跟我一样懒得搭理她们。

我没想到尹成那天傍晚会来敲我家的窗子，我以为他不会再理睬我了，因为我祖父觉得尹成的麻烦一半是我惹出来的，我的嘴太快，我唯恐天下不乱，祖父为此还用刷子刷过我的嘴。尹成在外面敲窗子，我祖父就很紧张，他以为尹成是来找我算账的，他对着窗外说，我孙子给尹同志惹了麻烦，我已经教训过他了，他以后再也不敢啦，但尹成还在外面敲窗子，他说，他还是个孩子嘛，能给我惹什么麻烦？我要去喝酒，想让他陪陪我。

我走到外面，耳朵又被尹成拉了一下，他说，你敢躲着我？

躲着我也不行，你就得当我的勤务兵。我注意到他的皮带上空荡荡的，我说，镇长真的收了你的枪？尹成拍了拍他的髓部原先挂枪的位置，他敢收我的枪？是我自己交出去的，他们怕我在夹镇杀人嘛。尹成做了个掏枪瞄准的姿势，他用手指瞄准着制铁厂的烟囱，然后我听见尹成骂了句脏话，他说，操他娘的，没了枪人还是不对劲，走起路来飘飘悠悠的，睡觉睡得也不踏实。尹成说到这儿噎了一下，突然把手在空中那么一劈，说，去喝酒喝酒，喝醉了酒心里才舒坦！

尹成领着我朝昌记饭庄走，走到那里才发现饭庄关了门。隔壁铁匠铺里的人说饭庄老板夫妇到乡下奔丧去了。尹成站在那儿看铁匠们打铁，看了一会儿说，不行，今天真是想喝酒，不喝不行。然后他突然问我邱财家住哪里，我一下就猜到尹成想去邱财家喝酒，不知为什么我惊叫起来，不行，你不能去他家喝酒！尹成说，怎么不能去？我还怕他在酒里下毒吗？我又说，你是干部，不能喝群众的酒！尹成这时候朗朗地笑起来，他是什么群众？尹成说，他是不法商人，家里的钱都是剥削来的，他的酒不喝白不喝！

我几乎是被尹成胁迫着来到了邱家门前，站在邱家的台阶上我还建议尹成到我家去喝酒，我记得祖父的床底下有一坛陈酿白酒的，但尹成不听，他偏偏要去邱家喝酒。我觉得他简直是犯迷糊了，你爷爷是群众，不喝群众的酒，尹成说，我就要喝不法商人的酒！

出来开门的是棉布商的女儿粉丽，粉丽把门开了一半，那张白脸在门缝里闪着一条狭长的光，我听见她哎呀叫了一声，然后就不见了，只听见木屐的一串杂沓的声音。然后邱财举着油灯把我们迎了进去，邱财的脸在油灯下笑成了一朵花，他抓着尹成的手说，尹

所长呀，盼星星盼月亮，我总算把你盼来啦。

邱财家就是富，我们刚刚在桌边坐下。一碗猪头肉就端上来了，花生米、煎鸡蛋和白面馒头也端上来了。端馒头的是粉丽，粉丽把一屉热馒头放到桌上，嘟着红红的嘴吹手指，一边吹手指一边还扭着腰肢，她斜脱着尹成说，刚出锅的馒头，烫死我了。

我看着尹成，尹成看着邱财，邱财正撅着屁服从香案下取酒，邱财说，粉丽，你愣在那儿干什么？赶紧招呼客人呀。

粉丽又扭了扭腰肢，突然就往尹成身边一坐，粉丽坐下来时还莫名其妙地白了我一眼。

我说，你别朝我翻白眼，我又不要吃你家的饭，是他让我陪着的。

尹所长胆子这么小呀？粉丽给尹成排好了筷子和碗，抿着嘴扑哧一笑，说，到我家吃个饭还要人陪着，怕谁吃了你呀？

我发现从粉丽坐下来那一刻起尹成就很不自在，尹成的脖子转来转去的，眼睛好像不知往哪儿看，后来他就看着我笑，但我知道尹成很不自在，我看见他脸红了，额头上冒出豆大的汗珠，我看见他的身板僵直地挺在凳子上，邱财终于把一坛酒抱到桌上，也就在这时尹成突然站起来说，你家这凳子怎么扎人呢？尹成拍了拍凳子就往我身边挤过来，他说，我还是坐这儿，坐这儿舒坦些。

粉丽把脑袋凑到那张凳子前，说，凳子上没钉，怎么会扎人呢？但邱财朝他女儿瞪了一眼，没钉子怎么会扎人？邱财说，尹所长说有钉子就是有钉子，他坐那边不也挺好吗？

后来就开始喝酒了。

起初只有邱财没话找话，尹成对他爱理不理的，我看着尹成一口口地喝酒，一碗酒很快见底了，粉丽就很巴结地又倒上一碗。粉丽的眼神像笤帚一样在尹成身上扫来归去的，但尹成就是不看她，尹成不看她她还干坐在那里，我觉得粉丽有点儿贱，也有点可怜巴巴的。

邱财说，尹所长我不是在你面前充好人，那次姚守山带着商会一帮人去告你的状，我就是没去呀，我还想拦着他们，可惜没拦住，姚守山那人你知道的，夹镇地方一霸，张开一只手就遮住半边天呢。

尹成说，他遮什么天？称什么霸？哪天露出了狐狸尾巴，一枪让他去见阎王爷。

邱财说，尹所长你不知道呀，好多人在背后说你坏话，就连你们税务所的老曹也在反对你，他说你嘴上没毛办事不牢，说你连算盘都不会打还来当税务所长，还有小张，他也在背后讥笑你，他们对你就是不服气呀。

尹成说，谁都对我不服气，都在暗里给我使绊子呢，用不着你来挑唆，我全知道，邱财你也不是什么好东西，你请我喝酒安的什么心？以为我不知道？你想拉拢腐蚀我呢，可我就是不怕，我在前线打仗死了两次都活过来了，我还怕你们这些不法商人？我怕个球！

邱财说，尹所长这话说哪儿去了？我邱财可没想拉拢腐蚀你，我邱财拥护革命在夹镇也有了名，怎么能说是不法商人呢？我邱财做的是小本生意，可哪次交税我不争个第一呀？

尹成说，你们都是两面派，明里一套，暗地一套，我又不是傻瓜，我还不知道你们这些不法商人的心思？我什么都知道。

邱财的笑脸渐渐地撑不住了，他的筷子也被尹成碰到了地上，我俯下身去看邱财捡筷子，看见的是一张阴沉的几近狰狞的脸。桌

子底下的那张脸使我倒吸了一口凉气，我突然想到什么，于是凑到尹成耳边说了一句悄悄话，我说，你要小心，他们想把你灌醉了暗害你。但是尹成听了却哈哈大笑起来，尹成豪迈地笑着说，谁敢暗害我？借他十个胆子也不敢！

我知道尹成喝得半醉了，我看着他的脸一点点地变成鸡冠色，听着他的嗓门越来越大，突然觉得这事不公平，我不喝酒，又不吃邱财的菜，凭什么陪着尹成呢？再说我也困了，我的眼皮渐渐往下沉了，有几次我从凳子上站起来，都被尹成扯住了，尹成说，不准走，你得陪着我，等会儿说不定要你扶我回去呢。邱财在旁边赔着笑脸说，小孩子家入夜就困，你还是让他去睡吧，你要喝醉了我扶你回去。尹成对邱财说，我跟我的勤务兵说话，没你的事，谁要你扶我回去，你以为我不知道你安的什么心？

我不知道尹成为什么非要让我陪着他，他还抓了一把花主米硬往我嘴里塞，他说，不准睡，不准当逃兵，等我喝够了心里就舒坦了。等我心里舒坦了我们就走，尹成说着还跟我勾了勾手指。勾了手指我就不能走了。我本来是想遵守诺言陪他到底的。但我突然想撒尿了，尹成这次放开了我。他说，撒完尿就回来。回来扶我走，我也喝得差不多啦。

我在外面的月光地里撒了一泡尿，事情就发生了变化。我撒尿的时候还想着去陪尹成，但不知怎么搞的，最后我撞开了我家的门，爬到了我的凉席上，碰到凉席我大概就睡着了。我想那天夜里我是太困了，把尹成的事情忘了个一干二净。

我也不知道那天夜里邱财家辽发生了什么事情，那大概是整个夏季最凉爽的一夜了，我一觉睡到天亮。天亮时隔壁棉布商家里又响起了粉丽呜呜的啼哭声，我祖父把我弄醒了。他问我昨天夜里

我们在邱财家干了些什么，我睡眼惺忪地说，没干什么，他们喝酒呢，祖父谛听着隔壁的动静说，没干什么会闹成这样？隔壁大概出了什么事了。我突然想到了什么，差点惊出一身冷汗，邱财把尹成暗害了！我这么喊了一句就往门外跑，我先去撞邱财家的门，但邱财硬是把我推了出来。我就又朝税务所那边飞奔而去。隔着很远我听见从木楼中传出一阵嘹亮的军号声，是军营中常常听见的早号，我一下就放心了。我觉得尹成在那天早晨的吹号声惊天动地，似乎在诉说一件什么事情，但我确实不知道那是一件什么事情。

事情过后的那天早晨我去了税务所小楼。

我走到楼前正碰上税务员小张蹲在外面刷牙，他从地上拿起眼镜来认真地看我，说，又是你，大清早地跑来干什么？我说，我又不找你，我找尹成。小张嗤地一笑，站起来挡着我的去路，他昨天夜里跑哪儿去了？小张指了指楼上，眼睛在镜片后闪闪烁烁地盯着我，你肯定知道他上哪儿，去喝酒了吧？我因为讨厌小张，就甩开他的手说，我不知道！

我一抬眼恰好看见尹成手执军号站在天台上，他对我的回答露出了赞许的微笑，我知道这次我立功赎罪了。然后我就听见尹成对着天空吹了一串冲锋号，收起军号对我喊道，今天逢集，我们赶集去！

尹成如此轻易地原谅我昨天夜里的背信弃义，我真的没想到，但我才懒得想那么多，他带我去集市我就去，他给我买什么我就拿。在嘈杂拥挤的夹镇集市上，尹成显得心事重重的，他会突然把我的脑袋转向他，好像要对我说什么，但每次都是欲言又止。还是我先忍不住了，我说，有话快说，有屁快放嘛。

尹成为我买了几只桃子就把我按在一堆破竹筐上，对我说出了他想说的话。

我真不知道该不该跟你说这些，尹成搓着他的一双大手看着我，他说，你还小，你还是个孩子，说这些也不知道你明不明白？

我明白，你明白的事我就明白。

我昨天喝醉了，尹成说，我长这么大就喝过两次酒，一次是在凤城下河捞枪，那儿有个土豪在河里藏了几十条枪，连长拿了坛酒让我们喝了下水，说是酒能抗冻，我喝了几口下冰水，捞了八条枪上来，还真是一点不冷。

你又说捞枪的事，说过好多回了，还有你爬水塔摸哨兵的事，也说过三回啦！

好，不说那些事。尹成瞪了我一眼，咽下一口唾沫，继续搓着他的手说。我昨天喝醉了。人一喝醉了就把什么都忘了，我不知道是怎么回事，我把我的裤衩弄丢了！

我忍不住咯咯大笑起来，但我的嘴很快就被尹成捂住了，尹成的表情看上去有点儿窘迫也有点愠怒，他说，不准笑，严肃起来，我正要问你，你有没有看见我的裤衩？

我没看见，我又不是你媳妇，谁管你的裤衩呀？我推开了尹成的手，开始揉除桃子上的毛霜。

肯定是让邱财那狗日的拿走了。尹成的嘴呼呼地往外吐气，一般残余的酒味直扑到我的脸上。肯定是在邱财家里，尹成按着我的肩膀说，我派给你一个任务，你到邱财家里把我的裤衩偷出来，你要是完成了任务我给你记一个三等功。

我可不做小偷，我咬了一口桃子说，到别人家偷东西我爷爷会打死我的。

那不叫偷东西，那是革命工作呀！尹成说。

那你自己为什么不去？是你的裤衩，你去要回来不就行了吗？我说，邱财家那么有钱，才不稀罕你的臭裤衩呢。

笨蛋，跟你这个笨蛋说什么好呢？尹成推了我一下，蹲在地上抓耳挠腮的，过了一会儿他说，这件事情很复杂，跟你说了你也不会明白的，你还是个孩子嘛。我告诉你，我犯下错误啦。

丢裤衩就算错误啦？我说。

我明明知道邱财那狗日的不是好人，我知道他会给我下圈套，可我还是喝了他的酒。尹成抱着脑袋，目光直直地瞪着地上的几片鸡毛，他说，我喝糊涂啦，我肯定犯下错误啦，操他娘的，我钻了邱财的圈套啦。

尹成失去了与我说话的耐心，他的脑袋焦躁地转来转去，他的眼睛中有一种愤怒的烈焰渐渐燃烧起来，然后他一扬手拍掉了我手里的桃子，吃，吃，你就知道吃桃子，不准吃了！尹成突然把我从竹筐上拉起来说，走，我们去邱财家，我就不信他敢跟我耍什么花招？

我来不及拾起那半只桃子，就被尹成推到了赶集的人群中，我被尹成推着在密密匝匝的人群中走，有人以为我是尹成抓到的什么俘虏，他们挤过来，嘴里啧啧有声地打量我的脸，他们说，尹所长，这孩子犯什么事了？这真让我恼火，我就扯着嗓子叫起来，不是我，是邱财，是邱财偷了——我还没说完嘴巴又被尹成堵住了，那只手冰凉冰凉的，手心上浸着咸涩的汗，尹成已经恼羞成怒，他凑到我耳边恶狠狠地说，你再敢乱喊乱叫的，我宰了你！

走到集市的尽头了，我觉得尹成抓着我的那只大手突然松开了。尹成回过头看着一个打花阳伞的女人，他的眼睛瞪得大加牛铃，两道浓眉在前额中央打了个死结，我觉得他的模样就像是撞见了一个鬼魂。

打着花布阳伞的女人不是一个鬼魂，不是别人，正是棉布商邱财的女儿粉丽。我看见粉丽的脸抹着一层厚厚的粉霜，嘴唇搽得又红又亮，因此粉丽看上去还真的有点像戏台上的女鬼。粉丽站在离我们十几步远的地方，她在朝我们这里看，准确地说她是在看尹成，我觉得她看尹成的目光也有点像戏台上的女鬼，眼睛不像眼睛，像嘴巴那样张大了要把尹成吃到肚子里去。然后我听见粉丽喊了一声，尹，同，志，呀，听上去就像女鬼的台词了，凄凄惨惨的似哭非哭的，我觉得粉丽的样子实在可笑，我忍不住的咯咯大笑起来。

我一笑尹成就跳了起来，尹成慌慌张张的一下从地上跳了起来，我完全没有料到他会如此害怕粉丽，就好像粉丽真的成了一个女鬼。我完全没有料到尹成看见粉丽会逃之夭夭，尹成撇下我就跑，起初他只是大步地走，但走了没几步他就跑起来了，就好像身后有个索命的女鬼。

后来就出现了夹镇人津津乐道的那个场面：在集市通往夹镇的大路上，我在追赶尹成，而粉丽在后面追赶我们——主要是粉丽追我们显得不成体统，她穿着旗袍打着花布阳伞在路上跑，她紧咬着嘴唇，一手提着旗袍的角边在路上跑，跑得还挺快的，我没追上尹成，她却快把我追上了，我又气又恼，干脆就站住了。

你是个女鬼呀，大白天的在路上追男人，也不嫌害臊。我对粉丽嚷道。

粉丽手中的阳伞掉倒了地上，这下她终于站住了，她捂着胸口喘气，喘了一会儿她拾起那把伞，用伞尖捅着我说，好狗不挡道，

你别挡着我呀！

我偏要挡你的道，谁让你大白天的在路上追男人呢？我张开双臂站在路上挡着粉丽，我说，你得告诉我为什么追尹成，我才放你过去。

粉丽又用伞尖捅了捅我，她的目光仍然追着尹成的去影，你别管我们的事，粉丽说，你什么都不懂，你不懂我们的事！

你们会有什么事？你们到底有什么事？我说，你告诉我我就放你过去。

粉丽不搭理我了，她踮起脚尖朝远处望，尹成的身影已经消失在制铁厂的围墙后面，她还踮着脚尖傻乎乎地朝那边张望。我看见粉丽的嘴起初是噘着的，渐渐地就咧开了，然后她的喉咙里滚出一种类似打嗝的声音，我知道她快哭了。我正在纳闷她为什么又要哭呢，粉丽已经呜呜地哭开了，她一哭就会把身子扭来扭去的，还像死了亲人似的跺脚，这些我都不管，我就是想弄清楚她为什么要哭，但无论我怎么追问，她就是不搭理我，她就会用伞尖捅我。我后来就丢下她去找尹成了，我想尹成肯定知道她为什么这样出丑的。

那天的事情把我忙坏了，我在夹镇的街道与税务所小楼之间来回奔跑，总想解决个什么问题。我再次跑到税务所去，恰好看见尹成提着背包从台阶上下来，那只军号被他拴在裤腰上，人一跑军号就摇摆起来，当当地撞击着木栏杆，尹成明明看见我了，但他也不理我，手一挥撩开了办公室的门帘，然后我就听见了税务员老曹和小张七嘴八舌的嚷嚷声。

你这是要去哪儿？老曹说。

去前线，我回尖刀营打仗去。尹成说。

什么时候接到的命令？小张说。

我不管什么命令不命令的，这鬼地方快把我害死了，我还是去打仗，死在战场上比现在痛快多啦。尹成说。

你开什么玩笑？干革命又不是买小猪，还能挑肥拣瘦的？还能由着你性子胡来？老曹说。

你给我闭嘴，老曹你算个什么东西？一身人皮光溜溜的，你有几块光荣疤？你就敢来教训我？尹成又雷吼起来，别跟我翻眼珠子，把你的手伸出来接着钥匙，给我好好守住钱箱，少一个铜板我回来拿你脑袋。

税务所的钥匙又不是你家仓房钥匙，想给谁就给谁啦？你给我我还不接呢。老曹在里面嘭嘭地敲着桌子。他说，尹成同志我劝你一句，你这样自由主义——很危险呢。

老曹你这个四眼狗！我最瞧不上的就是你这号人，上了战场就尿裤子，到地方反倒成了人啦，你们这号人，我操你们八辈子祖宗，一个敌人也没撂倒，就会暗里给自己同志使绊子。尹成的声音因为暴怒而气冲屋顶，有一刹那我觉得那幢木楼的屋顶快被他震塌了。我走到窗户前看见尹成一把揪住了老曹的衣领，一下一下地搡着老曹，老曹你这个四眼狗！你算什么同志？你也是一个敌人！小张你这条小油虫，你也不是我的同志，我在夹镇没有同志！尹成的喉咙像被什么堵住了，他仰起脸吐出一口气，一边用手指在眼角上狠狠地擦了一下，我看见了尹成眼睛里的一点湿润的泪光，虽然只是一滴泪光，又被他擦去了，我还是担心尹成会像上次那样哭出来，要是在老曹小张面前哭出来，那尹成的脸就丢尽了，所幸尹成毕竟是尹成，他很快就清了清喉咙，满面鄙夷之色把老曹推到了墙角，他说，谁要你们这种人做我的同志？你们瞧不上我，我更瞧下

上你们，我回尖刀营找我的同志去！

尹成走出税务所时举起军号对着阳光照了一下，我看见一道灿烂的金光在空中掠过，我喊起来，快吹呀，吹一段冲锋号，尹成你不是要去打仗吗？但尹成只是把军号对着他说，我不吹，让太阳吹。我说，太阳怎么吹军号，太阳又没有嘴！尹成说，太阳会吹军号，你听着吧。我看见尹成向着太阳旋转他的军号，渐渐地军号发出一种神奇的嘤呜声，这个瞬间我目睹耳闻了一个传奇，太阳吹响了军号！尹成让太阳吹响了军号！你想想还有什么事能比这种奇迹令我折服呢，就在这个瞬间我决定要追随尹成，跟他去当兵。

我说过那一天里我已经多次来往于通向税务所的小楼，但最后一次心情大不一样，我是昂首挺胸地跟在尹成身后走，因为我决定要去当兵了，想当兵就得像尹成那样，昂首挺胸地走。因为我要去当兵了，我再也不怕李麻子家的狗，那条恶狗蹲在路边朝我汪汪地叫，我飞起一脚。那畜生就吓跑了。李麻子正在地里采药草，他弯起腰咒骂我，我对他也不客气，拾起一块泥巴朝他扔去，李麻子还真给我弄傻了。我正在路上耍威风呢，忽然就听见尹成在前面说，别跟着我，跟着我也没用，我送你到你爷爷那儿去？走了几步，尹成又说，夹镇的人有吃有穿，有吃有穿的人就贪生怕死，贪上怕死的人怎么能当兵？你也一样，你也是个贪生怕死的大熊包。

我被尹成的蔑视激怒了，我猜他还在为偷裤衩的事耿耿于怀，为了证明我的勇敢，我大叫起来，你别小瞧人，我现在就去邱财家把你的裤衩偷出来，偷出来你就带我走，不准反悔，谁反悔谁就是小狗。

我没想到尹成一把拽住了我，你胡说什么？尹成涨红了脸，凶狠地逼视着我，谁让你去邱财家偷裤衩了？我的裤衩穿在身上呢，你再胡说八道的看我揍扁你!

我一下子被尹成弄糊涂了，难道他已经忘了早晨的事吗？我真弄不明白，为什么尹成老是这样说翻脸就翻脸，这种人你怎么跟他交朋友呢？你能想象到我一下子就像霜打的茄子蔫了，我又怨又恨地跟在尹成身后走，突然看见路边那棵老柳树，突然就想起了尹成的那支驳壳枪，那支驳壳枪让镇长没收了，到现在还没有还给他呢，我想起这事便幸灾乐祸地笑了，我一笑尹成就回过头来，于是我对他说，你还去前线打仗呢，枪都让镇长没收了，没有枪你去打什么仗？

尹成这人的耳朵根子就是浅。我这么一说他就站定在路上了，他的手在裤腰上徒劳地摸索了一圈，当然只摸到那把军号。只有军号没有枪了，这件事尹成应该习惯了，但他还是把手伸到那儿摸了一圈。我说，你怎么不敢去向镇长要还你的枪？没有枪你去打什么仗呀？尹成的手按着右胯部，紧紧地按着不放，我看见他的脸上又泛出了生铁的颜色，我怀着怨气继续讽刺尹成，我说，腰上拴把军号算什么？军号又不能当枪使，你怎么不去要还你的枪？你肯定要不回你的枪，谁让你老犯错误？尹成的耳朵根子就是这么浅，我这么一说他就解了军号把它塞进了被包里，但与此同时我听见了他咯咯咬牙的声音，我知道这是一个危险的信号，但我还没来得及躲闪，人已经被尹成一脚踢进了路边的玉米地。

就这么鬼使神差地，我与尹成又闹翻了。我刚才还准备跟着尹成去当兵呢，没一会儿就又和他闹翻了，我躺在玉米地悻悻地想，尹成这样的人，被邱财偷去裤衩也是活该!

我祖父那天正在镇政府门口与人下棋，他看见尹成背着行李闯

进了镇政府，满头大汗的，好像浑身冒着火，尹成进去了没多久，我祖父就听见尹成和镇长吵起来了。

镇长说，这会儿你还要去打仗？好像中国革命离不开你似的，告诉你吧，解放军早就打过了长江，南京早解放了，前一阵上海也解放了，马上都要解放大西南了，还用得着你尹成去打仗？

尹成说，我不管那么多，只要去前线就行，只要能打仗就行，大西南不是还没解放吗？我就去大西南！

镇长说，隔了几千里路，你怎么去？插上翅膀飞着去？尹成，我知道你的毛病，个人英雄主义害死了你，群众对你很有意见呐，说你动不动就撩开衣服，给人展览你的光荣疤。

尹成说，放他们的狗屁，是他们要看我才撩衣服给他们看的。我可不管那么多，你把我的枪还给我，我要找部队去。

镇长说，我猜到你是来要枪的，本来枪是该还你了，可是你的思想问题越来越严重，错误越犯越严重，把枪还给你会害了你，你死了这条心吧，枪不能还你。

尹成说，你得把枪还给我，那是我的枪，你给我枪我就走，你别让我磨嘴皮子了，我不会磨嘴皮子！

镇长说，那好吧，我们不磨嘴皮子，我给你一个命令，你听着，现在你向后转，正步走，一直走到门口去！

我祖父这时看见尹成以标准的军人步伐向后转，然后正步走，走到镇政府门口他站住了，他等着镇长的下一步命令，等了一会儿没有动静，他就侧转脸张大了嘴瞪着镇长。镇长抽空到院子一角撒了泡尿，镇长说，还是正步走，目标夹镇税务所，给我回去好好工作！

就是这时候我祖父听见了尹成的一声怒吼，尹成像一头豹子一

样扑到镇长的身上，他的嘴里吐出一串脏话，而他的手疯狂地抢夺着镇长腰下的那把枪。我祖父目睹了尹成和镇长的搏斗，他看见尹成用一只手卡住镇长的脖子，把镇长死死地顶在墙上，而镇长的双手只是全力以赴地捂住他的枪，尹成就用另一只手掰开镇长的手，祖父说要不是秘书小红领着一群民兵赶来，真不知道会闹出什么事来，祖父说那一刻他觉得尹成是疯了，只有疯了的人才会做出这种不计后果的事。

后来镇长就叫民兵们把尹成捆绑起来了。尹成被捆绑起来后还在辱骂镇长，镇长就在他嘴里塞了一块汗巾，即使这样尹成还在用脑袋撞人，镇长就说，把他关起来！关他几天禁闭，什么时候认识错误什么时候放他出来！后来我祖父看见四个民兵像抬铁砧一样把尹成抬进了镇政府的厢房。

我难以描述听到这个消息后的心情，开始时我说，他活该，谁让他这么蛮？后来我就不吱声了，因为祖父目光炯炯地盯着我，似乎在寻找我与这件事情的瓜葛。我被祖父盯得有点心虚，就说，我没让他去跟镇长要枪，是他自己要去的！祖父沉默了一会儿又问我，你们昨天夜里在邱财家干了什么啦？我说，我什么都没干，尹成也没干什么，他光是喝酒，他说他的裤衩被邱财偷走了。祖父想笑又没笑出来，他叹了口气说，尹成还是个孩子，我说他也不会干那丑事，可他要让邱家缠上了，什么都说不清楚，怪不得他心急火燎地要走呢。

我仍然不知道祖父所说的丑事指什么，我只是觉得所有的夹镇人都在自以为是地谈论尹成，包括我祖父，你说的都是什么呀？我这么为尹成辩驳了一句就去给我的蛐蛐喂豆子去了。喂蛐蛐的时候我突然想起尹成的那只蛐蛐，那只蛐蛐黑牙粗脚勇猛善战，那只蛐蛐本来是我的，他要离开夹镇怎么不把它还给我呢？他总不能带着它上前线打仗呀。

坦率地说我去镇政府见尹成就是为了那只蛐蛐，民兵小秃站在厢房门外看管尹成，他不让我靠近厢房的窗子。我就远远地喊了一声，尹成，我的蛐蛐呢？我看见尹成从黑暗处一蹦一跳地来到窗前，就像我祖父所说的那样，尹成被捆起来了，只是他嘴里的汗巾已经没有了。我看着他这种狼狈的样子，忍不住地想笑，但尹成投射过来的目光是那么奇怪，我说不出那是悲伤还是倔强。我第一次发现尹成有着一双女孩似的水汪汪的眼睛。我以为尹成会骂我，但他却只是朝我挤了挤眼睛，他说，蛐蛐在我衬衣口袋里呢，你来摸一下，看看它是不是还活着。

我往窗边跑，被小秃捉住了。小秃说，他在关禁闭，不准跟他说话！我正在犹豫呢，尹成在窗里喊起来，别怕他，你这么胆小，怎么去前线打仗？我被尹成这么一喊凭空多了一个胆子，硬是从小秃的腋下挤到窗前。我的手迫不及待地在尹成的口袋上按了一下，尹成又叫起来，你他妈的轻点呀，小心把它压死，口袋用别针缝着呢。我解开尹成口袋上的别针，伸手一摸就摸到了蛐蛐冰冷的尸体，于是我失声尖叫起来，死啦，死啦，你把它弄死了！

我从尹成脸上看到了相似的如丧考妣的表情，不是我弄死的！尹成愣了一下，随后朝里面蹦了一步，他用一种负疚的目光看着我说，肯定是刚才打架的时候让他们挤死的，不能怨我，你他妈的怎么怨我呢？

不怨你怨谁，这蛐蛐我是借给你养的，弄死了你就得赔我一只，赔我一只大黑牙！

赔就赔，你个小气鬼。尹成说，等我出去了就给你抓一盆蛐蛐

来，抓个蛐蛐还不容易？

你不是说干部抓蛐蛐会让人笑话吗？

去他妈的干部，谁稀罕？尹成恶狠狠地骂了一声，他跳到厢房角落里，挨着墙慢慢坐下，沉默了一会儿，尹成突然嗤地一笑说，我哪儿是当干部的人？这回好了，这回我想当干部也当不成了，镇长说我的错误是反党，他诬赖我反党呢！

看守尹成的小秃这时候咳嗽了一声，他走过来不容分说地把我拉开，他不敢对尹成怎么样就拿我撒气。他说，你再赖这儿我就把你也捆起来，让你们哥俩一起关禁闭！

我被小秃推出政府的门洞时差点撞到一个人，是粉丽提着一只篮子，像一个贼似的左顾右盼的，猫着腰往里面走。我的手碰到了她的篮子，一只雪白的馒头就从篮子里飞到了地上，粉丽哎哟叫了声，手上忙着拾馒头，嘴一张就骂开了，你们两个要上法场呀，眼睛长在后脑勺上啦，馒头都掉在地上还让人怎么吃？

掉在地上怎么就不能吃？小秃涎着脸嬉笑道，我吃呀。

谁给你吃？粉丽说，你这号人就配吃牛粪。

你这是给谁送馒头呀？小秃说，还没拜堂成亲呢，就学上王宝钏探寒窑来啦？

你管不着，粉丽噘起嘴吹了吹那只馒头，放回篮子里，她对小秃扭了扭腰说，我跟尹成是同志关系，你们再说三道四的，看我不撕烂你们的嘴！别把你那杆烂棍横在我面前，让我进去！

谁也不让进。小秃仍然用长矛挡住粉丽，他说，镇长说了，尹同志犯了大错误，尹同志在关禁闭，谁也不让进！

我偏偏就要进！粉丽推搡着小秃，一挥手把长矛打掉了，好你个小秃子，当了民兵自以为是个人了？那次赶集谁趁乱捏我屁股了？是哪个畜生捏我的？你再堵着我，我就告你个调戏妇女罪！

粉丽一闹小秃就软了，小秃给粉丽让出一条路，说，让你进去也没用，门锁着呢，人也给捆着呢，你就是提一篮燕窝馒头他也没法吃，还不如给我吃了呢。

你们捆着他？你们不给他吃饭？粉丽的又黑又细的眉毛拧成个八字，粉丽的眼睛不停地眨巴着，手指戳到了小秃的鼻梁上。你们吃了豹子胆啦？粉丽说，他是革命干部，他是战斗英雄呀，你们怎么敢这样对他？

我的姑奶奶呀，你别冲着我来了，小秃左右躲闪着粉丽的手指，他说，不关我的事，是镇长下的命令，镇长说尹成犯了大错误啦。

镇长算什么东西？他身上有几块光荣疤，他就敢把尹同志捆起来了？粉丽朝镇长的办公室狠狠地啐了一口，然后就环顾着镇政府的院子，捏细嗓子喊起来了，尹同志哎，你在哪里呀？我给你送馒头来啦！

是我把粉丽带到厢房的窗边的，粉丽这种女人也实在没意思，我好心给她带路，她还死死捂着篮子里的馒头，生怕我抢了她的馒头，她还嫌我在旁边碍事，想撵我走，可我就是不走，我倒想听听粉丽和尹成有什么悄悄话说。

粉丽拗不过我，就一边朝我翻白眼一边敲起厢房的窗子来，她说。尹同志呀，你饿坏了吧？我给你送馒头来啦。

尹成在里面一声不吭，我看见他坐在幽暗的角落里，好像是坐在他的黄背包上。

粉丽说，这可怎么办呢？篮子塞不进来，馒头是进嘴的，总不能一个个扔进来呀，这帮人，他们怎么就这样狠心呢？

尹成还是一声不吭，我以为他睡着了，我也朝他喊了一声，他不说话，但我听见什么东西撞在墙上，发出慌乱而清脆的撞击声。是那把军号，我看见那把军号在幽暗中闪着唯一的明亮的光芒。

粉丽又说，尹同志，你别生他们的气，忍着点，过两天他们就放你出来了，尹同志你是革命干部战斗英雄，他们敢把你怎么样？嘁，他们才不敢把你怎么样呢。

我听见尹成在里面清了一下喉咙，我知道他遇到了难堪的事总要这样清喉咙的，过了一会儿我果然听见了尹成瓮声瓮气的说话声。尹成说，这是我们同志之间的矛盾，不要你管。你赶快带上馒头回去吧，我不想吃，我不吃你的馒头。

粉丽愣了一下，迁怒于我地送给我一个白眼，粉丽敲了敲窗子又说，尹同志呀，人是铁饭是钢，天大的事在身上也得吃饭，人不能不吃饭呀！

你别叫我同志，谁是你的同志？你们一家人死缠着我，没安什么好心！

尹成突然又发作了，他总是把人吓得一惊一乍的，我看见他从角落里站起来了，刚站起来又訇然坐下，我不知道他想干什么，我正在琢磨尹成是怎么回事呢，粉丽已经呜呜地哭开了。粉丽倚着窗捂着脸哭，一边哭一边还跺脚。她一哭我就觉得很滑稽，我趁机从篮子里抓了一只馒头扔进窗子，我说，尹成，馒头还热着呢，你不吃就是傻瓜。

粉丽一哭邱财就应声而来了。邱财满脸杀气地冲过来，手臂一挥就给了粉丽一记耳光，你哭什么哭？我还没死呢，你就在这里给我哭丧？邱财一手操起装馒头的篮子，一手推着粉丽，邱财说，还不给我回家？丢人丢到政府来了，拿了这么多馒头，这么多馒头给谁吃？我们家开面厂啦？我们家粮食吃不光啦？要你到这里来充好人。

也就在这时候小秃带着镇长和几个干部来了，粉丽看见他们哭声便戛然而止，她从旗袍襟上抽出一块丝帕捂着脸，猫着腰从那群人身边逃过去了。镇长沉着脸问邱财，你女儿怎么回事，跑到政府撒泼来了？她跟尹成是怎么回事？她跟尹成到底什么关系？邱财对镇长笑脸相迎，邱财说，他们没有什么关系吧？人家尹同志是革命干部，我家粉丽看得上他，他可看不上粉丽呀！要不粉丽给他送馒头，他也不会把她骂出来，门不当户不对的，能有什么？镇长你可别听外面的谣言呀。镇长走近邱财，抢过他手里的篮子检查那堆馒头，他还掰开一只馒头看里面有没有藏了什么，馒头里什么也没有，馒头只是馒头而已，镇长就撕了一片放进嘴里，小心地品尝着。邱财在一边叫起来说，镇长你这是在干什么呢，你还怕粉丽在馒头里下毒？这真冤枉死人了，她就是毒死了自己也不会给尹同志下毒呀。镇长对邱财冷笑了一声，说，你们腐蚀毒害革命干部的阴谋诡计多着呢，不一定要靠下毒嘛。

我看见邱财的脸被镇长说得红一阵白一阵的，他一边摇头嗤笑着一边往人群外面钻，有几个看热闹的铁匠伸手去抓篮子里的馒头，邱财就啪啪地打那些手。邱财指桑骂槐地说，这是毒馒头，这是毒馒头！谁敢吃就让他七窍流血，谁敢吃就让他进棺材！

今天夹镇热得快要烧起来了，天空中不见一丝云彩，没有云彩也就没有了风，只有滚烫的阳光大片大片地落下来，落在制铁厂的烟囱和煤山上，落在夹镇空寂的街道上，落在我们房屋屋顶的青瓦上，只要你仔细倾听，便可以听见太阳烤的屋顶青瓦的声音，所有

被烤的青瓦都在噼剥噼剥地呻吟或喘息。

我不知道夹镇为什么突然变得如此安静，细细听才发现是镇上的十几家铁匠铺停止了工作，不惧炎热的铁匠们放下了长锤，夹镇便彻底地安静了。这种安静令人陌生，因此我觉得夹镇变成了一座灼人的坟墓。

我正在家里大声朗读小学课本时，突然听见有人在敲窗，是隔壁的粉丽站在外面，她大概是刚洗过澡，湿漉漉的头发一直垂到腰际，看上去活像一个女鬼。粉丽一边梳她的头发，一边用木梳敲我家的窗板，她说，你还不快去？尹同志放出来啦，你怎么还不去呀？

我说，你没头没脑地嚷什么？你让我去哪儿？

粉丽说，去税务所呀，尹成回税务所了，我说镇长不敢把他怎么样的！撤了所长又怎样？他不还是个干部？咦，你还愣着干什么，还不快去？

我就是不爱听粉丽说尹成的事，主要是觉得她不配对尹成好，所以粉丽一说尹成的名字我就不耐烦，我说，我早知道这事了，还用得着你说？你自己想去就去呗，我们的事不用你来管。

哎哟，你倒神气起来了？粉丽在窗外格格一笑，她说，你们俩有个屁事？你以为你就是他的同志啦？告诉你吧，尹同志实在是太孤单了才找你玩的，你能顶什么事？你还什么都不懂呢。

粉丽尖牙利齿的时候我就更讨厌她，我跑到窗边，像赶苍蝇一样把她赶走了。我祖父在里屋的鼾声忽起忽落，他说，你跟谁说话呢？快读你的书。我捧起课本又大声读了几句，但课本上的字却视而不见了，耳朵里也隐隐约约地听见了军号的回响，不知为什么，我想起尹成就会听见军号的回响，听见军号的回响我便会往尹成身边跑。

正午时分我就要去找尹成的，但我祖父把门反锁上了。我去祖父的床边搜寻挂锁钥匙时，被他一把揪到了床上，他按着我的手说，躺这儿睡觉，这么热的天跑出去人会烤焦的！我只好躺着等祖父的鼾声再响起来，他睡觉时总是鼾声如雷，但讨厌的是只要我一动弹他就醒了，而且他睡得这么糊涂还知道我的心思，他说，今天不准去找尹成，以后也不准找他，那孩子脑筋缺根弦，放不下那杆枪，哪天他起了杀性，一枪把你崩了！我申辩道，他没有枪，镇长早把他的枪收啦！祖父说，没有枪还有手呢，他掐死个人更容易。祖父说完又呼噜噜地睡着了，人睡着了两只手却醒着，像铁钳夹住我的手，因此整个午后时分我只好躺在祖父的床上。我本来不想睡觉，但祖父的呼噜声震得我昏昏欲睡，后来我就做了那个奇怪的梦。我梦见尹成对着太阳摇晃那把军号，尹成站在玉米地里斜举着那把军号，一个劲地摇晃着军号，军号发出了一种低沉的呜咽声，那声音真的酷似人的呜咽，而且呜咽声越来越响越来越细碎，我对尹成喊，别让它哭，你别摇军号，你吹呀，尹成你吹呀，但梦中的尹成与我形同陌路，他只是回头漠然一瞥，他把军号举得更高，对着太阳摇晃着。然后我突然看见那只军号从尹成手中落下来了，它像一个金黄色的精灵铮铮有声地滚过玉米地，朝我这里滚过来，我想去接住军号，但我的手却怎么也伸不出去，你知道我是在做梦，而我的手是一直被祖父紧紧压住的。

那个奇怪的梦使我若有所失，我醒来的时候祖父正用布擦洗凉席上的汗渍，祖父说，你睡觉也不安稳，又打又踢的，看你出了多少汗？我坐在床上回想梦中的军号，我问祖父，军号怎么会哭？军号也会哭吗？我祖父想了想说，什么东西都会哭的，庄稼受旱受涝

了会哭，牲口被主人打了会哭，军号怎么就不会哭？不打仗了，没人吹它了，它就哭了嘛。

按说我一醒就该去找尹成的，但我祖父偏偏要我跟他去菜园浇水，我觉得他是故意阻止我去见尹成，这方面祖父跟夹镇人一样势利，好像尹成犯了错误，英雄就变成了狗屎，别人就不该搭理他了。我们为菜园浇水的时候太阳一步步地下了山，我看见棉布商邱财从路上走过。这么热的天，太阳下了山，他还穿着长衫长裤，戴着白草帽，在路上东张西望地走。我祖父问他去哪儿，邱财说，去西关跟人谈点棉布生意。邱财一边说话一边对我们龇着牙笑，他喊着我的名字说，尹同志出来了，你怎么不找他玩哪？话说到一半他自己给自己打了岔。这么热的天，你就别去找人家了，还是陪你爷爷浇菜好，他说着话话又拐了弯，压低嗓门说，告诉你们呀，尹成犯了大错误，当不成税务所长了。

我不知道邱财那天为什么对我们撒谎，假如他告诉我们是去尹成那里，我正好借机跟着他去，假如他做事不是那么鬼鬼祟祟的，假如他肯带我一起离开菜园，那么后来的事情肯定就不会发生了。当然话也不能说得这么满，邱财讨厌我，我还讨厌他呢，就算他预见到后来的事，就算他要带我去税务所，我还不一定跟他去呢。

我是天黑以后才溜出家的，我溜出去时我祖父没察觉，隔壁的粉丽却突然从门后探出脑袋，对我说，你去哪儿？又去找尹同志呀？我没好气地瞪了她一眼，我去哪儿关你屁事？我怕粉丽去向我祖父告密，因此我撒腿就跑，从西北方向传来的军号声使我越跑越快，到了大柳树下我才停下来喘了一口气，让我纳闷的是当我停下奔跑的脚步，一直在我耳朵里萦回的军号声也悄然地消失了。当我停下脚步，我才发现那阵军号声是虚幻的，它仅仅来自我对那把军

号的渴念。

税务所小楼不见灯光，黑漆漆地耸立在路边，远远看上去就像一个拦路的怪兽，我无端地有点害怕起来，我想税务员小张今天怎么不在灯下打算盘呢，我又想尹成说不定还在镇政府蹲禁闭，说不定尹成一出来就离开夹镇去找部队了呢。我站在通往税务所的小路上进退两难，但就在这时候我听见军号声又低沉地若有若无地响起来了，我还看见一大片飞蛾从税务所那里飞过来，于是我试探地朝税务所那里喊了一嗓子，尹成，尹成，你放出来了吗？我这么一喊军号声又倏然消失了，这真让我纳闷，更让我纳闷的是军号声消失后，另一种声音清晰地传入我的耳朵，是谁在泼水，好像有人在水缸边洗澡。

我壮着胆子朝水缸那里跑过去，看见一个人光着身子站在那儿，用一只水瓢往身上泼水，我一眼就认出那是尹成，是尹成摸黑在水缸边洗澡，而那把军号在水缸一侧闪的着一圈幽光。

尹成，我喊你你怎么不答应？我还以为这里闹鬼呢。看见尹成我就松了一口气，我坐到缸沿上，脚踢到了什么东西，当的一声，我低下头便看见了那把军号，我说，尹成，你刚才在吹军号吧？

尹成转过身去用水瓢浇他的肩膀，他好像不愿让我看见他光着身子，他说，我要洗个澡，我身上又脏又臭，你离我远一点。

我说，你没吹军号，军号怎么会响？你会让太阳吹军号，你不会让月亮也吹军号吧？

尹成说，你离我远一点，我溅了一身的血，我得好好洗一个澡，我的衬衣上全都是血，你离我远一点。尹成又转了个身，他不让我看他的私处，说，才几个月没打仗呀，见了血就恶心，我得好好洗个澡。

我不明白尹成为什么突然提到血，哪来什么血？我这么说着就跳下水缸。我想去拿地上的那把军号，但尹成冲过来抢先一步抓住了军号。尹成说，别碰军号！别碰我的军号！然后我看见尹成把军号放在水缸里用力地漂洗着，水缸里的水随之呜呜地吟唱起来。尹成说，我的军号上都是血，我得好好把军号洗一洗。

看见军号淹在水里我就觉得心疼，我嚷了起来，军号不能洗的，一洗就吹不出声来了！

那当然是我一厢情愿的抗议，尹成肯定比我更懂洗军号的危害，但他没有听见我的抗议，他只是用力地漂那把军号。水缸里的水纷纷溅了出来，我听见尹成说，军号上沾着血，我得把血洗掉，你离我远一点，我得把军号洗干净了。我听见尹成老在说血呀血的，可我就是没听进去，我还讥笑他道，你关了几天禁闭有点傻了，哪来的血呀？军号又不是刺刀，军号上哪来的血呢？

尹成说，我把军号当刺刀了，军号上全是血，我得把军号洗干净。

我从来没见过尹成这种傻乎乎的样子，我想尹成大概真是关禁闭关傻了，这种想法使我壮着胆子上前抢那把军号，我说，你个傻子，快给我住手，我们还是来吹军号，快来吹吧！我记得就是这时候我的颧骨处挨了冰凉湿润的一击，我记得尹成突然用军号抡向我的面颊，我所熟悉的那种吼叫声也重返耳朵。离我远一点！他晃动着军号对我吼道，我告诉你啦，离我远一点，今天我杀人啦！那会儿我还不知道疼痛，我捂住右脸颧骨惊恐地望着尹成，我说，尹成你说什么呀？你真的傻了吗？

我看见尹成的暴怒像闪电掠过夜空，仅仅像闪电一掠而过，他很快就平静了。我看见他把军号举高了对着天边的月亮，太阳能吹响军号，月亮吹不响的，尹成喃喃自语道。他好像在用军号照月亮，又好像让月光照他的军号。我记得尹成曾经让太阳吹响军号，但那天夜里他没能让月亮吹响军号，也许他不想让月亮吹响军号，只是借月光察看军号是否已经洗濯干净，因为他后来把军号放到我的鼻子前，他说，你替我闻一闻，军号上还有没有血的气味？我忍着伤口的疼痛闻了闻军号，我说，有点腥味，军号是铜做的，铜本来就是腥的。尹成这时候突然古怪地笑了，他说，铜是腥的，可邱财的血是臭的，你没闻到什么臭味吧？我一时愣在那儿，然后我就听见尹成说，我把军号当武器了，我用军号把邱财砸死啦！

我以为尹成是在开玩笑，但我一转眼就看见一只白草帽挂在旁边的玉米秆子上，我知道那是邱财的草帽。我还看见玉米地陷下去一块，里面好像躺着个人。我半信半疑地跑进玉米地，跑进玉米地我一脚踩到了邱财的一只手，一只软绵绵的像棉花一样的手。我尖叫着跳了起来，然后我拔腿就逃，但我可能吓糊涂了，我绕着水缸跑了几圈，最后还是撞到了尹成的怀里。尹成抱住我说，你看你这孬样，见了个死人就吓成这样，还想去当兵呢。

尹成那句话对我还是起了点作用的，后来我一直站在水缸后面，小心地与尹成保持着距离，正因为我没有逃跑，我听到了尹成本人对尹成事件的解释——你知道尹成事件后来轰动了整个解放区，而人们在谈论这件事情时都会提到一个男孩，说只有那个男孩知道尹成为什么用军号砸死棉布商人邱财，那个男孩不是别人，那个男孩当然就是我。

就在那个炎热的七月之夜，就在税务所长尹成杀死棉布商邱财的现场，我怀着惴惴不安的心情盘问了事件的真相，我以为他不会回答，但出乎意料的是尹成把一切都告诉我了。

他把我的肺气炸了，尹成说，他就像一只苍蝇盯着我，他以为我免了职就跟他平起平坐了，他以为我不爱说话是让他抓着了把柄，他以为我躲他是怕他呢。

那你把他撵走不就行了？你干吗要杀他？

我的肺气炸了。尹成说，我不想杀老百姓，可我压不下那股火呀，他硬要把他闺女塞给我呢，他把我当什么人了？夹镇的女人我一个也不要，我就是打一辈子光棍也不要他的闺女。

你不要她就不要了嘛，他又不能把你们绑在一起，你干吗要杀他呢？

他把我的肺气炸了。尹成说，他东拉西扯他说我那条裤衩，他来讹我呢，说要把裤衩交给政府。

他要交政府就让交呗，你就说是他把你的裤衩偷了，那不就行了？

那裤衩——不说它了，你还小呢，说这些脏了你的耳朵。尹成说，我早猜到他会拿这事讹我，光为这事我也不会杀他。我不理他他还得寸进尺了，他又东拉西扯跟我说做棉布生意的难处，说他要借一笔钱去进货，我见他老用眼睛瞄那只钱箱就问他，你想跟谁借钱？他一张嘴就把我气炸了，他让我打开钱箱借钱给他呢，他把我的肺都给气炸了，他以为我犯了错误就会跟他勾结呢，他以为我是党的叛徒呢！

你别开钱箱，你不给他钱他敢怎么样，你不该杀他呀！

那会儿我还没想杀他，他要光站在那儿说，说到天亮我也不理他，尹成说，可他以为我不说话就是答应他呢，他把手伸到我裤子口袋里啦，他涎着脸在我口袋里摸钱箱的钥匙呢。

你不该把那钥匙放口袋里，你别让他在口袋里摸嘛。

我的肺给他气炸了，他一摸我我的火就直往头顶上蹿。尹成说，我警告他了，可他就是不怕我呀，他说你能把我怎么样，你能白摸粉丽我就不能摸你，我说你再摸一下我就宰了你，他还是涎着个脸，他一点也不怕我了，他说你能把我怎么样，你连枪都给镇长没收了，他说你连枪都没了还能把我怎么样，他一说到这事我就忍不住了，我的火蹿到头顶上，操起军号就给了他一下，我实在是忍不住啦！

你砸他一下他就死了？砸一下死不了的，你刚才也用军号砸我脸了，我怎么没死？

我不记得砸了几下。我在河南前线也用军号砸死过一个国民党兵，谁记得砸了几下呢？尹成突然蹲了下来，我看见他在黑暗中用手指擦抹着军号，军号在月光下反射出一圈幽幽的光，它的轮廓看上去那么美丽而又那么坚硬。我们沉默了一会儿，我们不说话水沟里的青蛙便聒噪起来，受惊的蚊群也趁机从玉米地里飞回来，我看见尹成在头顶上挥舞着军号驱赶蚊群，他说，这是什么鬼天气，热死人了，这么热的天逼你杀人呢。

你胡说，夹镇每年都这么热，我怎么没杀人？

这么热的天，我的脑袋都给热晕了。尹成说，要不是天热得你没办法，兴许我就不会砸他那么多下，兴许就砸一下教训他。

是你杀了他，你不能怪天热，我爷爷说他早就看出来了，他知道你会杀人。

我不想杀人。主要是心情太坏了，到夹镇这么多天我的心情一天比一天坏。尹成说，要不是心情太坏，兴许我下手不会那么狠，兴许他就不会死。

你不能怪心情，心情又不长手，心情不会杀人，是你用军号砸死人了。

我用军号砸死他了，尹成说，看见他咽了气我就犯糊涂了，以前我不知杀过多少敌人，他们的肠子粘在我身上我摔两下就继续往前冲，我从来没犯过糊涂，这回我却站在他身边犯糊涂了，我不知道自己怎么会像个傻子似的，怎么会站在那儿犯糊涂？

你当然会犯糊涂，他是老百姓，他再坏你也不该杀他嘛。

我不该杀他。尹成说，我抬头看了眼天，天那么黑，我一下就明白了，我为什么犯糊涂了，以前我打仗杀敌人时太阳当头照着呢，以前我杀敌人时敌人的鼻孔毛都看得清清楚楚呢，可这回什么也看不见，就看见他像条狗似的趴在地上，天那么黑，我什么也看不见了。我一下子都想不起他是谁啦。

他是邱财，是粉丽她爹，你别忘了你还在他家喝酒呢，我不让你喝你偏要喝！

我把邱财给宰了。尹成说，现在我心里明镜似的，我不是犯错误，我是犯了罪啦，告诉你你也不懂，现在我的心反而落下来了，到夹镇这么多天，我的心一直没落下来，我的心一直跟着徐大脑袋他们走呢，现在好了，我的心反而落下来了。

你是干部，干部犯了罪会不会拉出去枪毙？

我正想这事呢，尹成说，他们要是把我枪毙在夹镇，那我就吃亏了，我可不愿意跟邱财换这条命，我正想一件好事呢，他们要是愿意让我死在战场上就好了，我尹成一条命起码得换回敌人十条命，他们要是让我死到战场上，那我死得也值啦……

尹成眼睛里闪烁的光点在黑暗中无比晶莹剔透，我怀疑那是一滴泪，我一直想弄清楚那是不是一滴泪，因此我突然跑过去用手背碰了碰尹成的眼睛。尹成抓了我的手使劲地捏了捏，我以为他会

对我发怒，但尹成在那个夜晚把我当成了他的亲人，我没想到尹成会如此坦诚地承认那滴眼泪，你别碰它，别碰它，尹成捏住我的手说，我就是这点没出息，碰到个伤心事那尿滴子就滴出来了，怎么忍也忍不住。尹成捏住我句手使劲地晃着，他说，你以后别学我，男子汉大丈夫，一辈子别滴那尿滴子！

我从来不滴尿滴子！

我这么自豪地宣布着，突然发现尹成其实也有不如我的地方，我因此异常勇敢地走到玉米地里，绕着邱财的尸体走了几圈。我用食指碰了碰邱财的手，那只手像一个枯玉米棒子摊在地上。我突然想起夹镇人流传的一件事。说制铁厂厂主姚守山杀了人就把死人埋在玉米地里，我想尹成怎么这么笨，他为什么不把邱财埋在玉米地里呢？于是我朝尹成喊道，你怎么这么笨？把他埋到玉米地里，把他埋起来，谁也不知道你杀人呀。

尹成还站在水缸边，尹成在黑暗中穿好了裤子，他说，我不笨、我知道你在动什么鬼点子，可我不能埋他，我不能做这种事。

你怎么这么笨？埋了他你就逃，等别人发现你早到了前线啦！

要是我想这么跑早就跑了，可我就是不能这么跑，我是个革命干部，我是党的人，杀了人就逃，那我还怎么继续革命呢，革命只能向前冲，革命不能往后逃的。

说到革命我知道自己茫然无知，我不再说服尹成藏尸灭迹，但我总觉得有件事情该跟尹成谈一谈。后来我的目光一直盯着水缸边的军号，军号在那个炎热的夜晚发出一种奇妙的颤音，军号在那个炎热的夜晚好像快跳起来了，好像快奔跑起来了，好像快高声呐喊起来了，那只军号在黑暗中凝望它的号手，号手却凝望着夏夜的黑暗，无人吹奏的军号便自己吹响了。我听见了军号自己吹响的声

音，你知道我想跟尹成谈的就是军号的事情，我想要那把军号，可我张口结舌地就是开不了口，我想要是尹成自己把军号送给我就好了，可那好像是不可能的。我正这么想着奇迹就发生了，我看见尹成拿着军号走到我面前，他的手像老人似的颤索着，他说话的声音也像老人一样颤索着，但每一句话我都听清楚了。尹成说，过一会儿天就亮了，天一亮我还不知道自己是死是活呢，还是把军号送给你，要不我死了也放不下心，还是把军号给你吧。

我正要去接军号奇迹就发生了，关于那把军号的奇迹你一辈子也不会相信，而我一辈子也没有想明白，那把军号滚烫滚烫的，比铁匠铺里的热铁还要烫上一百倍。告诉你你绝不会相信的，那把军号燃烧起来了！我惊叫着，眼看着那把军号在尹成手里慢慢泛红，军号之光由古铜色转为玻璃色，那把军号慢慢燃烧，最后像一团血红的篝火似的燃烧起来啦！

我像个傻子一样惊叫着，对着那把燃烧的军号束手无策，我记得尹成一次次把他心爱的军号往我怀里放，可我最后还是没有接住它，因为那时候我祖父打看一盏灯笼来找我了。我祖父在路上一声声地喊着我的名字，我觉得我真的像个傻子一样，我后来没有去接尹成的军号，却撒腿朝我祖父那儿跑过去了。

然后我听见了尹成最后的军号声，我朝我祖父跑过去时尹成吹响了军号，嗒嘀嘀嗒嗒嘀嘀嗒，军号声一响我跑得更快了，你知道听见军号声我总是跑得比马还快，我跑得比马还快，我觉得身边的空气呼呼地燃烧起来，整个夹镇也呼呼地燃烧起来啦。

第二天尹成从夹镇消失了，没有人知道尹成的去向，镇上的干部们肯定是知道的，但他们都对这件事讳莫如深。镇长有一次亲自

跑到我家来，向我问这问那的问了半天，我把知道的一切都告诉他了。末了我问镇长尹成的下落，问他尹成会不会被枪毙，他却不肯告诉我。他不仅不告诉我，还不准我把尹成的事告诉别人。

我是尹成在夹镇唯一的朋友，尹成杀人的事我才不会乱说呢。让我头疼的是隔壁的粉丽，自从她爹死了以后她老是像个鬼魂一样跟着我。我走到哪儿她跟到哪儿，她的眼睛肿得像只核桃，蓬头垢面地跟在我身后。我对她说，你别像个鬼魂似的跟着我，又不是我杀了你爹，粉丽的喉咙里就发出一声打嗝似的呜咽，她呜呜咽咽地说，告诉我尹成在哪儿，我要跟他说一句话，我只要跟他说一句话。

我不知道粉丽要跟尹成说一句什么话，问题是我自己还想跟尹成再说句话呢，我想问他那天是我看花眼了，还是军号真的燃烧起来了。但我知道尹成不会回来了，不管是死是活，尹成终于离开了他讨厌的夹镇。尹成，我的朋友尹成，我所知道的最年轻的革命干部尹成，他再也不会到讨厌的夹镇来了。

我后来一直讨厌我的故乡夹镇。在别人看来这几乎是一件不可理喻的事情，但我觉得我可以解释这种厌恶的缘由，其中最重要的一点也许与尹成有关。一个人总是对他童年时代的朋友满怀赤子之情，我相信我讨厌夹镇是因为夹镇断送了我与尹成的友谊，夹镇毁了尹成，也吹灭了我通往军旅生涯道路上的一盏指路灯，你知道我本来是会跟着尹成去从军的。

大概是六年以后，我在省城参加了工作。我所在的区委负责筹备抗美援朝烈士纪念馆，每天都有志愿军烈士的遗物运到纪念馆来。有一天我正在布置橱窗，一个同事突然挥着一张照片朝我冲过来，他说，小李，这个烈士的名字和你一模一样！我好奇地看了眼

照片后面的名字：李小牛，果然跟我的名字一模一样。我把照片翻过来，想看一眼这位与我同名同姓的烈士的模样，我把照片翻过来，看见的是一张年轻而沉郁的脸，尽管照片已经被朝鲜半岛的炮火烧掉了半个角，但是烈士充满野性的眼睛逼视着我，烈士的嘴角坚毅地抿紧着，不露半丝笑容，而他的一道浓眉高高地挑起来，向我划出一个问号。我失声大叫起来——你这会儿大概已经猜到了，烈士李小牛不是别人，他就是我童年时代的朋友尹成。

一个谜在六年以后终于解开了。不知为什么我后来在纪念馆一角阅读烈士的材料时有一种如释重负的心情，坦率地说我并没有为尹成之死感到悲哀，只是感到庆幸。我不知道尹成是怎么跑到朝鲜去打美国鬼子的，让我感到庆幸的是尹成终于完成了他的夙愿，尹成终于死在了战场炮火之中，对于我的朋友来说，他是死得其所了。坦率地说我真是为尹成感到骄傲，我刚知道他隐姓埋名参加了志愿军，尹成总能创造奇迹，我一时无法查考这奇迹是如何出现的，但他去朝鲜打仗用了我的名字，这简直让我受宠若惊，我想没有一件事比它更能说明我们的友谊了。

有关烈士李小牛——不，应该说有关烈士尹成的文字材料非常简短。材料中说尹成死于著名的白头山战役，尹成为了掩护战友用身子堵住了一座碉堡的枪眼。唯一让我怅然若失的就是这段文字不仅过于简短，而且许多地方都错了：譬如尹成的籍贯写成了我的老家夹镇，尹成明明是山东人，我老家夹镇又怎么能承受这样的荣誉？譬如尹成的年龄在材料中是十九岁，我记得尹成在夹镇那年就是十九岁，这么多年过去了，他怎么还是十九岁呢？当然我后来很快就想通了，这种错误不能归咎于整理材料的人，那个文书或者宣传干事又怎么知道烈士李小牛就是尹成呢？他也许根本就不认识尹成，又怎么知道尹成在夹镇的那段故事呢？

尹成留下的所有遗物是一只军用帆布包，我打开帆布包时一只军号訇然落地，一只像黄金一样熠熠闪亮的军号落在我脚下，还散发着战场特有的焦硝味。我拾起军号走到了纪念馆外，我举起军号对准太阳，看见整个天空整个世界都是金黄色的，我听见阳光震动了空气，空气吹响了军号，然后我所熟悉的尹成的军号声响彻了城市的上空。我模仿我的朋友尹成，举起军号对准太阳，我看见的就是太阳，还有太阳周围金黄色的灼热的天空。

蝴蝶与棋

他们告诉棋手，水边棋舍只是一间草棚，就在对面的湖岸上。你可以走路去，你要是怕走路就搭捕鱼人的小船去。寺前村的老人们端详着风尘仆仆的棋手，他们说，那地方没人去，只有放羊的孩子在那里躲雨躲太阳。你为什么要到那里去呢？

棋手拍了拍他的黄色帆布背包，背包里响起了一阵类似石子相撞的清冽的声音。棋手微笑着把背包放到老人们耳边，他说，听，棋的声音，我去那里下棋。棋手初到寺前村就以他的言行引起了本地人对他的注意，他的眼睛当时仍然纯净而明亮，正像他背包里的棋子一样黑白分明。

那年春天我也来到了寺前村。我是听从了一个昆虫学者的建议来这里寻找紫线凤蝶的。当然，假如你了解蝴蝶栖生的习性并且到过寺前村，或许你也会向我提出同样的建议。

再也没有像寺前村这样适宜捕捉蝴蝶的地方了，这么开阔的湖边草滩，这么繁茂的花树灌木，湿润的空气里似乎也浮满了花粉，有时候你甚至怀疑闻到了蝴蝶分泌物的气味。在寺前村周围你随处可见蝴蝶集队起舞的景象，你把纱兜往空中一扑，扑到的不是一只，而是两只，三只，甚至有时是一堆五彩纷呈的蝴蝶。

我记得那天始终没有找到那种紫线凤蝶，但我捕捉到了红翅尖粉蝶、粗脉棕斑蝶，我的标本夹里还躺了一只金裳凤蝶，应该说我已经感到满意了。我忘了湖边的暮霭已经越来越浓重，太阳也早就跌入了远处的山谷，我曾想起路边的那家小旅店，那该是我度过这个乡村之夜的唯一去处了。

湖沉在暮色底部，水面上隐约浮升起淡淡的雾雨，浅滩上的芦苇无风而动，偶尔能听见鹧鸪和野鸭的叫声。我环湖疾走的时候突然发现寺前村一带充满着罕见的安宁气氛，就是这种安宁使我莫名地慌乱起来，我一路小跑地穿过了一片低矮而茂密的桃树林，也就在那时我看见一只被惊飞的硕大的蝴蝶，它掠过我的额角遁入黄昏树影之中，我依稀看见一丝紫色的荧光。我没有看清那只蝴蝶真实的色彩和线纹，但不知怎么我敢确定那就是我苦心搜寻的紫线凤蝶。

小旅店里空无一人。门厅里的一盏油灯照亮了墙壁和地面的局部，都是灰暗的斑斑驳驳的，柜台实际上是一只学校里搬来的课桌，我的手放在上面摸到了一层油腻和灰尘的混合物，又把手伸到桌洞里，结果掏出了一个笔记本。我猜那算是来客登记簿，在油灯下我看见几个陌生的人名躺在泛潮的纸页上，最近的登记日期距此也已半月之遥。

我始终没有找到小旅店的主人。墙上曾经写过几排字，来客须知，但除了这几个字还能辨认，别的字迹已经完全被胡涂乱抹的墨汁覆盖了。我又朝着走廊深处喊了几声，回应我的竟然是一只野猫的叫声，那只猫奔过我身边，在旅店洞开的窗户上它回过头朝我喷出一些粗重的鼻音，然后便跳到窗外去了。那只猫使我感到心神不宁，我想在登记簿上写下我的名字，那只猫让我改变了主意。

走廊两侧的房间都锁着门，但最顶端的两间门是虚掩着的，我先推开了第一扇门，里面黑漆漆一片，我把油灯举高了，终于看清满屋堆放的那些农具和化肥袋，特别引人注目的是一件红色的塑料雨披，它使我相信这里是有人出没的真实的乡村旅店。我返身走进了另外一个房间，这次我一推门就闻到了香皂和烟草的味道，紧接着我又看见了床和脸盆架，还有搪瓷脸盆里的半盆污水，这一切让我感到安全，我终于放下了手里的标本夹和所有工具。

那颗白色的围棋子是我在临睡前发现的，它就放在枕边，一颗被机器磨成饼形的小石子，在我眼前放出微弱而温和的白光。其实我当时还不知道那是一粒棋子，我只是喜欢上了这颗圆形的小石子，我以为它是别人遗落在这家乡村旅店的东西。

不知道棋手是什么时候回来的。我看见一个瘦长的男人站在门边朝我这里张望，很明显他对我的出现没有思想准备，他背包里有什么东西嚓嚓地响着。我不知道该说什么，他似乎也不知道该说什么，但我发现他在朝我这里挪步，我立即警觉地坐了起来。

你睡错了床。那是我睡的床。他说。

我不知道这是你的床。我松了口气说，那我换一张床吧。

不用了，你就睡那张床吧。他摆了摆手，把身上的背包解下来扔在对面的床上，然后他向我提出了一个我预计中的问题，你到这里来干什么？

捕蝴蝶。我说，我是昆虫爱好者协会的会员，蝴蝶属于昆虫类，你知道吗？

蝴蝶？他好像有点愕然，他说，这里有蝴蝶吗？蝴蝶，我怎么没看见有蝴蝶？

这里到处是蝴蝶，可能你不注意吧？我说。

可能我没有注意，我不喜欢蝴蝶，他在脸盆架那儿停留了一会儿，好像在洗手，我看见一个抖动着的瘦长的背影，突然那个背影又转向我，他说，你会下棋吗？围棋，你会下围棋吗？

不会，象棋我会一点。我说，你带着象棋吗？

我不下象棋，假如是象棋我也不用跑到这里来了。他叹了口气说，水边棋舍就在湖那边，有人告诉我围棋二老就在那里下棋，我每天都去水边棋舍，但我一次也没见到他们。

什么围棋二老？我问。

是两位老人，不，是两位棋仙。他的声音在暗夜里透出一种激越之情。你不懂的，他说，我学棋八年，一直想到水边棋舍与他们对弈一次，我在找他们，可是奇怪的是我隔着湖明明看见他们在水边棋舍里坐着，我明明看见他们在下棋，但等我走到湖那边他们的人影就找不到了。

他们下完棋走了吧？我想当然他说。

不，假如那么快就下完一盘棋，他们就不是什么棋仙了。他说，我猜他们故意躲着我，明天我要早一点去，我要把他们堵在那里。

后来我就迷迷糊糊地睡着了。依稀听见窗外下起了雨，雨点打在小旅店的瓦檐和周围的树草上，听来就像催眠的音乐。因为夜雨

潇潇，也因为有了一个旅伴，我睡得很好，甚至梦见了那只美丽的紫线凤蝶。我的梦是被夜半来客的脚步和撞门声惊醒的，那个人在进入我隔壁的房间之前不止撞倒了一件东西，我一下子从床上跳了起来。

谁来了？我问对面的棋手。

棋手还没睡，他自己在与自己下棋，黑黑白白的棋子摆了一床。他看了我一眼，走到门边检查了一下门锁，然后他淡淡地说，你睡你的，大概来了一个旅客。

深更半夜怎么还会有人来这里？

我不知道，我在打棋谱，棋手说着又坐到床上去摆他的棋于了，他的表情告诉我他现在需要安静。

但是隔壁房间里的人却并不安静，我先是听见什么重物被乒乒乓乓摔打的声音，然后好像是玻璃被打碎了，我身边的那堵墙也被咚咚地击打着。什么声音？我对棋手说。但棋手埋头于他的棋局，对一切充耳未闻。我无法再睡了，起初我想出去看个仔细，但恐惧使我一直徘徊在门内，我听见隔壁的来客渐渐安静了，后来就响起了一个女人哭泣的声音，是一个女人，这一点完全出乎我的预料。

橱柜后面的那扇门是意外的发现，我先是看见那里有几道微弱的光，很快我就意识到那扇门原先是这两个房间的通道。我请棋手帮我搬动橱柜，他很勉强地下了床，但他毫不掩饰地刺了我一句，隔壁来了什么人，与你有什么关系呢？我说，难道你不觉得有点奇怪吗？他说，奇怪什么？我在寺前村住了半个多月了。告诉你寺前村永远平安无事，否则围棋二老不会选这个地方下棋。

我通过门上的裂缝看见了隔壁房间的景象，一个女人坐在散乱的农具堆里掩面哭泣，我看见她穿着那件红色的塑料雨披，我看不清她的脸，但从她的两条长辫上可以判断她还年轻。还有她发梢和红色雨披上的水珠，它们一齐在幽暗中晶莹地颤动。还有她手里攥着的一个小东西，我花了很长时间才看清那是一粒白色的围棋子，你认识她？我向棋手招手，你看，她的手里也抓着你的围棋子！

我谁也不认识。棋手钻进被窝说，我只想认识围棋二老。

寺前村的早晨真的是在鸟语花香中来临的。我醒来后发现棋手的床已经空了，我后悔自己贪睡而导致了孤身一人的局面，幸亏窗外的阳光和雨后的乡村景色冲淡了昨夜的恐慌记忆。我背起所有行囊匆匆逃出小旅馆，在经过那个堆农具的房间时我推门朝里面偷看了一眼，一切与昨夜的记忆相仿，只是那件红色的雨披不见了。

我是在去往长途汽车站的路上被那群人追赶的。当时我发现了路边灌木丛上盘旋着几只蝴蝶，其中一只是金裳凤蝶，我总是容易把它当作紫线凤蝶，因此我为了那只蝴蝶耽搁了很长时间，当我意识到自己犯了一个错误已经来不及了。那群人，我猜主要是寺前村的一些干部和社员，他们像一群麋鹿一样迅疾地穿过树林出现在我面前。

你昨天夜里住在小旅馆里吗？有一个男人看上去是干部，他始终伸开双臂示意别人安静，他说，为什么不说话？昨天夜里你住哪儿了？

小旅馆。我竭力镇定着情绪说，我是来捕蝴蝶的，我是昆虫爱好者协会的会员。

为什么不在来客登记簿上登记？男人问。

没有人负责登记，我只住一夜。我说，我来找紫线凤蝶，你们这里禁止捕蝴蝶吗？

只住一夜。男人沉吟着说，问题就在这里，为什么只住一夜？

我来不及赶长途汽车回家了。我突然压抑不住地愤怒起来，我朝那群人喊道，那么吓人的旅店，那么脏的地方，谁愿意住？

男人盯着我审视了一会儿，终于朝我摊开他的手，我看到那只粗糙宽大的手掌上躺着一颗白色的围棋子。

你认识这颗小石子吧？他说，是你的吧？

不是我的，是另外那个房客的。我觉得我正在把某种祸端往棋手身上推，我想我不得不这样做，我说，我不下围棋，他下围棋。

那个男人的目光这时候投向果树林搜寻着什么，我听见他在喊，小彩，别害怕，你出来认一下这个人，是不是这个人？

这样我注意到了果树林深处的那个女人，女人穿着那件红色的塑料雨披，两个妇女搀扶着她，也恰恰遮住了她的脸。我听见了她啜泣的声音，啜泣过后便是悲怆的撕心裂胆的尖叫，抓住他，抓住他，你们快抓住他！

刹那间恐惧压倒了我，我一边申辩着一边寻找着逃跑的方法，我瞥见了路边的一辆自行车，在那群人朝我挤来之前我飞奔几步，跨上了那辆自行车。

我不记得他们追赶我的具体过程了，当我骑车急驰通过一座木桥后，我回头望了一眼，那群人在河边止步了。他们没有继续追赶我，这让我感到幸运。我怀着历险过后特有的惊悸的心情到了康镇，我记得我挤上长途汽车时全身衣服都被冷汗浸透了。

当然，我也把那些珍贵美丽的蝴蝶标本连同工具扔在了寺前村。

棋手是在去水边棋舍的路上被那群人堵住的，那群人簇拥着一个穿红色塑料雨披的女人，女人一边啜泣一边低声诉说着，而她的目光始终固定在他的脸上，像火也像冰。棋手觉得女人的目光很古怪，那群人的出现岂有点气势汹汹，但他没有在意，他朝他们微笑着，一边拍打着背包里的围棋子，他说，这么多人，你们在干什么？

我们干什么？那个男人冷笑了一声说，正要问你呢，你来这里干什么？

我来下棋，你们知道围棋二老在哪里吗？

就在这里。男人再次亮出了手里的那颗白色围棋子，他的脸上已经浮现出某种胜利者的表情，这颗小石子，不、这颗围棋是你的吧。

是我的，你在哪里捡到的？

这要问你了，男人松了一口气，然后他转向那个穿红色塑料雨披的女人说，小彩，别害怕，昨天夜里是不是这个人？小彩你说，是不是这个人？

那个叫小彩的女人先是捂着脸哭了几声，猛地她抬起头怒视着棋手，她说，抓住他，抓住他，就是这个人！

棋手后来是被他们拉拽着走进水边棋舍的，起初他不理解寺前村人对他的谴责和谩骂。他的平静而茫然的态度恰恰更加激起寺前村人的愤怒，有一个青年大叫一声，你还装蒜？跳起来打了棋手一拳，棋手摸到了鼻孔里的血，终于明白过来，他开始苦笑着重复一句话，无理，无理，棋手说，无理，这一招太无理了。

你别装蒜。干部模样的男人夺下棋手的背包，把手伸进去划拉了几下，他说，寺前村人从来不去害别人，你也别来害我们，什么事情都要讲理，你自己也说了。现在该留一句话了，这事你是要公了还是私了？

怎么公了？怎么私了？我不懂。棋手说。

又装蒜。公了就绑你去公安局。男人说，私了简单，你娶了小彩，留在这里或者带她走。

我为什么要娶她？我不认识她！

还在装蒜，你不娶她谁还肯娶她？

又是无理。棋手高声说，我要下棋，我根本不想娶她。

那个男人的目光落在棋手的背包上，他大吼了一声，让你下棋，我让你下棋，他那么吼叫着开始把背包里的棋子倾倒在地上，你们每人来抓一把，男人对身边那些人说，每人来抓一把，全部给他扔到湖里去，我让他再下棋！

棋手看见许多双手朝他的黑白棋子伸过去，棋手不顾一切地扑倒在地上，用身体保护住他的黑白棋子，他拼命地推那些手，一边推一边喊，我私了，我娶她啦，娶她啦！

从寺前村归来我没带回一只蝴蝶，这个结局你已经是知道了的。但你想不到我带回了一粒白色的围棋子，它不知怎么藏在了我的衣袋里，出于某种玩味旧事的心情，我一直把那粒棋子放在枕边。

我没有预料到那粒棋子会使我每天都想象围棋并迷恋上了围棋，我更没有想到围棋会取代蝴蝶在我生活中的位置，让我从一个昆虫爱好者摇身一变，跻身于本市围棋迷的行列。我一直记得当年的寺前村之行，当然也记得那个到处寻访高人的棋手，在弈棋多年后我终于理解了那个棋手狂热而凄凉的行踪。有几次我向那些资深棋友描述了他的外貌以及他的故事，棋友问，他叫什么名字？我说我不知道，棋友说那就好了，那就是一个无名棋手，这样那样的无名棋手是很多的。

五年后我重访寺前村已与蝴蝶无关，也与围棋无关，我是跟随一个朋友去收购那里的桃子和枇杷的。那个朋友是个聪明人，他听我说过寺前村的故事，我猜他邀我同行也是为了预防某种不测。

正值初夏季节，寺前村在任何季节似乎都是桃红柳绿花草繁茂的，别处罕见的蝴蝶也依然在湖边开阔地里嘤嘤乱飞，当然我说过我对所有蝴蝶都不感兴趣了。我跟随我的朋友在寺前村的果林里穿行，与寺前村人讨价还价，好多张脸都似曾相识，但奇怪的是他们没有一个人能认出我来了。

我没有想到我会在湖边遇见棋手，我先是看见一个干瘦的男人在那挥舞着捕蝴蝶的网兜，那种熟悉的动作使我感到亲切。我站住了，看着他从网兜里夹出一只黑峡蝶放进标本夹，我看清了他的脸，我差点叫出声来。

棋手，你还认识我吗?

棋手缓缓地偏过脸看了我一眼，他的神情显得疲惫而憔悴，目光与当年相比也浑浊了一些，他只看了我一眼，没有回答我。

棋手，你还在下棋吗？你怎么捕起蝴蝶来了？

我不下棋，我捕蝴蝶。棋手这么说着突然朝远处飞奔而去。我看见远处的桃林里飞起一群色彩斑斓的蝴蝶，我猜那一群蝴蝶里可能会有几只珍稀品种，我猜棋手也是这么判断的。棋手抓着网兜飞奔时我下意识地跟他跑了几步，但我的朋友在后面喊住了我，他说，喂，你去干什么？你不是不要蝴蝶了吗，来，帮我装桃子吧。

一筐一筐的寺前村桃子被抬上了卡车，我被人群和水果筐挤来撞去的，听见寺前村人的乡音此起彼伏地响着。这种时刻你往往会

自以为发现了人类生活的微妙之处，其实你什么也发现不了，我就觉得我很茫然。后来我抓住了一个寺前村少年的手，那个少年有着一双诚实而善良的眼睛，是他回答了我对棋手的最后的疑问。

那个人现在不下棋了吗？我问。

你说谁？说小彩的男人？他不下棋，他就喜欢到处捕蝴蝶。少年说，你认识小彩的男人？

小彩是谁？我又问。

小彩是他的女人呀。少年突然笑了，露出一排歪斜的牙齿，他说，你不认识小彩，小彩是蝴蝶精，她是蝴蝶变的！

我想这是我在寺前村听到的唯一的新闻，也是唯一的令我恐惧的新闻。

亲戚们谈论的事情

现在亲戚们都在谈论怀情的事情，他们就站在医院的走廊上，一堆健康而丰满的声音忽高忽低的，说到怀情怎么抢下珠珠手里的那瓶农药，说到怀情怎么将那瓶农药一饮而尽时，姑妈、大嫂，三姐都失声呜咽起来，其他的人也纷纷掏出手帕在眼角周围抹来抹去的。这时走廊上的噪音达到了高潮，那个被他们称作烂货的年轻护士从值班室冲出来叫喊道，安静，安静，你们不知道这里是病房吗?

大家当然都知道这里是病房，但是当你听说了怀情的事情，当你知道怀情是个多么善良多么可怜的人，当你知道怀情喝下那瓶毒药意味着什么，你又怎么能安静下来呢?

怀刚来了，怀刚魁梧敦实的身影一出现走廊上便真正安静下来。亲戚们的目光像乱箭般地射向怀刚，那两个可恶的肇事者之一。怀刚明显地感觉到这种尖利的目光，他突然驻足不前，抓了几下耳朵，眼睛朝走廊尽头的那堆人瞄了一眼，很快就躲闪开了。走廊里一下子安静得出奇，大约过了十秒钟左右，猛地听见怀刚大声吸溜鼻子的声音，怀刚横着挪动了几步，对准墙角的痰盂吐了几口唾沫。

怀刚这么做并不能逃脱什么，他手里提着的一兜水果对于这出悲剧也无济于事。亲戚们都注意到了他手里的一兜水果：六只苹果，七只或者八只橘子。三姐首先忍不住地冷笑了一声，说，现在知道给怀情送水果了？他什么时候把怀情当人了？就是一颗苹果核也要留给珠珠吃呢。

怀刚朝三姐瞪了一眼，但那种威胁不像以前那样吓人了。其实怀刚很心虚，这从他红一阵白一阵的脸色上就能看出来。怀刚提着一兜水果往前走，脚步是迟迟疑疑的，他想在亲戚们的眼皮底下闯进怀情的病房，他想这么做，但这明显是办不到的、姑妈一把就抓住了怀刚的胳膊。

到底怎么回事？姑妈说，你给我把事情说清楚。嗯？怎么回事？咹？到底怎么回事？

知道了还问？就那么回事。怀刚说。

怎么回事？你跟珠珠吵架，她拿农药是吓唬你，你怎么能让怀情喝？咹？怎么让怀情喝？

不是我让她喝，是她要喝，她从珠珠手里抢过去的，对你们讲过多少遍了，你们还弄不清楚，耳朵里塞了屎啊？

我们耳朵里没塞屎，我看你脑子里倒是长了屎。难道你不知道怀情那个人，她巴望你们小夫妻好，为了你她什么事都肯做，你就看着她喝？珠珠就看着她喝？咹，你们还是人吗？

对你们讲过多少遍了？我没想到！我跟珠珠吵架与她有什么相

干？我没想到她真喝，我抢下瓶子她已经喝了一大半，我又抠不出来！

三姐推开姑妈冲到前面来了，三姐用颤抖的食指指着怀刚的鼻子骂，你的良心让狗吃了，说什么与她有什么相干？亏你说得出口，爹妈死得早，你就是怀情拉扯大的，没有她就没有你，你说出这种话，你的良心不是让狗吃了让什么吃了？

什么狗呀猫的，那些事跟这事有什么相干？你在这里哇啦哇啦叫什么？脑子里有屎啊？大嫂推开了三姐，她轻轻拍了拍三姐的肩膀说，别生气了，现在出了这样的事，生气也没用，指望怀情好了才是真的。大嫂叹了口气又转向怀刚，她说，怀刚，你这个态度不对，出了这样的事，家里人说你几句也是应该的，怎么说你也有责任，那农药瓶上画着骷髅头呢，你无论如何不该让怀情喝的。我让她喝的？越说越滑稽了，要我说多少遍？我拦不住她，我抢下瓶子她已经喝下去啦。也没说是你让她喝的，不过你这么个壮小伙子，怎么也该抢下瓶子的，你力气大嘛。好了好了，我跟你们说不清楚，我也不想说，你们不是说我让怀情喝了农药吗？别在那儿摇头，别给我假惺惺的，说了就说了，没关系，我现在认罪，我现在给你们偿命，你，怀珍，你现在给我去拿一瓶毒药来，去找你药房的朋友要一瓶乐果来，我喝给你们看，我让你们舒心，我不喝就不是人，我不喝就是王八蛋。亲戚们突然鸦雀无声，他们箭矢般的目光被怀刚的怒火折断了几支，慢慢弯曲和碎裂了，他们不再逼视怀刚。只有三姐不依不饶地嘟囔了一句，珠珠不让你喝你会喝吗？三姐的声音很轻，但大嫂还是及时地捏了捏她的手，捏手的暗示再明显不过：不要火上浇油。走廊里的嘈杂声再次引来了值班室的干涉，被视为烂货的护士又出来了，你们要喝什么？喝什么？要喝什

么去冷饮店喝去，不要在病房外嚷嚷！她愤愤地摇晃着手里的一瓶药剂说，这哪儿是病房？这是菜市场！

只有服毒的人安静地躺在病床上。先看看怀情的脸，那张比实际年龄更显衰老憔悴的脸现在像涂上了一层蜡，鼻孔里插着两根细橡皮管。再看看怀情脸上的表情，现在怀情的表情其实就是没有表情。

二姐握着怀情的手，怀情的手冰凉冰凉的，手背上还残留着冻疮的痕迹，而五根手指上被刀割破或洗衣粉浸坏的皮肤看上去酷似石头的纹理。二姐握着这样一只手，想起他们兄弟姐妹凄苦艰难的童年生活，想起怀情几十年来为这个家庭所做的一切，她的眼眶里便长出两颗珍珠般的泪滴，一颗滴在怀情的手背上，另一颗后来自己消失了。

二姐说，怀情，你怎么这样傻？你让他们去打去闹好了，你不是不知道怀刚，他打珠珠一下会让珠珠打他十下，他不是不知道珠珠那人，她真敢喝那瓶农药？她就是真喝了也是白喝，死了也是白死，凭什么你抢过来喝，你的命就这么贱吗？

怀情说，你们不知道是怎么回事，我不要听他们吵，他们一吵我的脑袋就疼得厉害，像是要炸开了一样，听他们吵架不如让我死了。

二姐说，那你就走开呀，离他们远远的，你也犯不上去抢那瓶农药喝。

怀情说，你们不知道是怎么回事，我讨厌珠珠的脾气，人不可以那么凶那么自私的，不可以动不动就拿个农药瓶吓人的。

二姐说，你也说讨厌珠珠的脾气了，那你干什么要替她去死？

怀情说，我不是替她去死，我是想让珠珠有个教训，人不可以拿死去吓人，你们不知道，一点也不知道，我快死了，这回进了医院就出不去了。

二姐捂住怀情的嘴叫起来，别胡说，医生说你胃里的农药全都清洗干净了，没有危险，听见了吗？不准你胡思乱想。

怀情微笑了一下，她抬了抬手掌，示意二姐松开她的手，二姐就松开了手，怀情把鼻孔中的输液管移动了位置，脸微微转过去，她说，你捂着我的嘴，我透不了气，死了似的，怀刚是不是来了？你们别骂他，他没有什么错，他其实也不知道是怎么回事，怀刚，可怜的怀刚，你让他进来吧。

不让他进来。二姐却愤然地站起来，她走到门边，随时准备阻挡怀刚的进入。二姐说，他还有什么脸来见你？他要进来就让他跪着，让他一路跪进来！

或许是过于冲动了，二姐的嗓音听来有点歇斯底里，病床上的怀情被吓了一跳，而病床旁的输液瓶也在挂架上当当撞了两下，怀情看着输液瓶在挂架上摇晃着，突然莞尔一笑。

你笑什么？二姐不解地问。

我没笑。怀情轻声说，我笑了吗？

二姐不知道怀情心里在想什么。

怀刚才不会在这群妇人面前跪下呢，怀刚只是蹲在她们面前。他看见她们的手指在自己头顶上指指戳戳的，他忍受这种指戳并非因为甘心听从妇人的絮叨数落，只是他觉得有点疲劳。当那些手指在头顶上活动得过于嚣张时，怀刚就猛然挥手朝它们拍去，他看见妇人们立即缩回了各自的手指，就像躲避马蜂的螫咬一样敏捷，怀

刚的嘴角不由得浮出一丝狡黠的笑意。

你以为怀情不结婚真是她嫁不出去吗？三姐说，还不是为了你？她怕你照顾不了自己，她要等你成家立业了再离家，这一等等了多少年，白白地把自己耽误啦。

耽误什么呀？现在西方流行独身主义，有六十岁女人都没结婚的，怀刚鄙夷地仰起头说，你们懂什么？你们懂个屁！屁！

话不能这么说。大嫂频频摇头，她说，谁都知道怀情为你这个弟弟作了牺牲，就说她现在睡的阁楼吧，又闷又小，哪能住人？还不是让你和珠珠能有个好婚房嘛。

北屋也能住，她非要睡阁楼我有什么办法？她非要像老鼠似的躲在那儿，我有什么办法？

你说怀情是老鼠？你的良心让狗吃了！姑妈的手指再次忍无可忍地指到了怀刚的额头上，怀刚朝她翻了个白眼，但他似乎懂得姑妈是个长辈，所以他的有力的手掌只在膝盖上磨了几下，他朝左右两侧转动着脑袋，让那根手指无法触及自己。怀刚能闪避姑妈的手指，却无法闪避姑妈的言语。姑妈说，良心让狗吃了？嗯？你忘了你的小命都是怀情从河里捞上来的，嗯？你忘了你小时候大家叫你小阎王，满世界找不到一个比你更淘气的孩子，还是冬天腊月呀，你坐着那该死的滑板车哧溜一下就窜进河里去了，你倒是知道喊救命，谁救了你？还是怀情呀，可怜怀情还不会游水呢，三步两步就扑进河里去了，也不知道她哪来的蛮力，反正就是把你捞上来了。等我们赶到了，看见她紧紧地抱着你坐在地上发抖，可怜她的头发都给你抓掉了好多，她的棉袄袖子也给你扯掉了。怀情那孩子从小就懂事呀，我们一到她就嚷嚷说，给弟弟熬姜汤，给弟弟熬姜汤，她还舍不得那半截棉袄袖子，让我们去把那袖子捞回来。

姑妈的声音这时候噎住了，走廊里的亲戚们鸦雀无声，又有人开始吸鼻子掏手绢，他们的目光也再一次集结起来，像乱箭一样射向怀刚。

怀刚仍然蹲在地上，但你能清晰地听见他的呼吸慢慢急促粗重起来，他的脑袋不安地扭过来又扭过去，这有什么？她掉进河里我也一样会救她的。怀刚讪讪地笑了一笑，但你从他脸上已经可以看到他内心的不安，怀刚站起来，眼睛看着墙说，怀情她现在没事吧？没有人回答他。怀刚的眼睛茫然地扫过亲戚们，又盯着病房的门说，水果是珠珠买的，她想来我不准，我让她过几天再来。还是没有人接过怀刚的话茬，但亲戚们现在似乎看到了他们满意的局面，他们互相交流着目光。姑妈首先长长地吁了一口气，她想对怀刚说什么，一块手帕被她捏紧了又松开，她想说什么的，但突然又有一股什么火气蹿上来，于是姑妈斜睨着侄子，只是在鼻孔里哼了一声。

怀刚不想对亲戚们说什么了，他来医院不是为了跟她们说话的。怀刚去推病房的门，门却关紧了，他透过门上的玻璃朝里面张望，望见的是二姐怒气冲冲的脸，那张脸贴在玻璃上，故意遮挡怀刚的视线。怀刚只是从二姐的耳垂下看见了怀情的病床，看见怀情的一堆散乱橘黄的头发，它们像一堆枯草堆在雪白的枕褥上。

我来了，让我进去。怀刚敲着门喊。

你回去，怀情不想看见你！二姐在玻璃那侧尖声说。

让我进去，怀刚用水果兜击打着病房的门。

你还有脸来见怀情？她刚被抢救过来，你还想来要她的命吗？二姐的嘴离玻璃太近，她说话的热气很快就使玻璃上凝了一层水珠，因此怀刚后来只看见二姐的两片模糊的急速抖动的嘴唇。二姐说，你要是真有那份心，以后别再把怀情当佣人支使，别让珠珠再骑在她头上，现在别来伤怀情的心，她不想看见你！

怀刚看不见病床上的怀情，也听不见她的声音，他想撞门，但医院不是一个适宜于撞门的地方，怀刚对着门喊了一声，怀情，我来了。怀刚这么喊了一声就愣在那儿了，他依稀闻见走廊上弥漫着一股强烈的刺鼻的异味，他的两侧鼻翼紧张地收缩，再放松，那股异味让怀刚想起了那只可怕的农药瓶，怀刚往后退了一步，然后他听见走廊上回荡看那个尖厉的声音：不想看见你。

不、想、看、见、你。

怀刚不知道那是谁的声音。怀情的声音和二姐的声音听来是极其相似的，所以怀刚无法分辨那是怀情的声音还是二姐的声音。

我想见怀刚，你为什么非不让他进来？怀情虚弱的目光落在门玻璃上，玻璃上现在像蒙了一层雾，怀情其实什么也没看见。

你有胃口见他，我还没这个胃口呢。二姐坐到床边说，这回让他好好清醒一下。

又不是他的错。我说过多少遍了，你们不知道这是怎么回事，我不想说这事，可现在看来不说不行了。

说什么事？你别吓唬我。

我这回真的出不了医院了，过几天我要转到肿瘤病房去，你们不知道，我得了肝癌，去年就查出来的，你们不知道，我本来就活不了几年。

你别吓唬我，怀情，你要吓死我了。

我为什么吓唬你？你们不知道，我这样快死的人最恨别人拿死来吓唬，我恨珠珠，她活得那么好，还怀着孩子，她凭什么拿着农药瓶来吓唬人?

二姐木然地瞪大了眼睛，眼睛里又有珍珠般的泪滴在生长，很快就长圆了，很快就无声地坠落下来。

她活得好好的，不该拿着农药瓶来吓人，你们不知道，快死的人最怕说死，你们不知道快死的人，快死的人最恨别人说死这个字。

二姐抹了一把泪说，你不该瞒着我们，你不该再做怀刚他们的佣人的，前几天我还看见你在给他们洗床单，你怎么还给他们洗呢?

反正洗不了几次了，等我死了让他们记得我的好处，我这大半辈什么也没有，落下的也就是这好人的名声，还有什么呢?

二姐抱住怀情呜呜地哭泣起来，二姐一边哭一边说，你是累出来的病，你是让他们气出来的呀！怀情任凭二姐摇晃着她的身体，现在她随便二姐怎么说了，她已经无力去更正或澄清别人对自己的说法，还有别人对别人的说法。怀情现在对一切无动于衷，她觉得疲倦极了，她觉得自己的心突然变成了一个黑洞，她觉得自己该安静地睡上一觉了。

后来二姐蹑足走出了病房，她捂着脸站到亲戚们中间，半天说不出话来。三姐扒掉二姐的那只手，看见她的眼睛肿得像两颗核桃一样，闪烁着一种紫褐色的光。

二姐不说话没什么，二姐一说话走廊上便再次嘈杂起来，起先是三姐呜呜地哭，很快亲戚们尤其是几个妇人都哭开了，哭声中还夹杂着其他人七嘴八舌的疑问。有人想进病房去安慰怀情，被二姐坚决地拦住了，二姐说，谁也别去吵她，她大半辈子从没睡过午

觉，现在让她好好睡个午觉吧。

亲戚们的哭声戛然而止，是那个烂货护士砰的一声出来了，她像一只鞭炮砰然炸响，你们这些人怎么搞的，现在又没有死人，你们哭什么哭？她说，要哭丧就到太平间去哭。

烂货。姑妈低低地骂。

烂货，你们家才死了人呢！二姐却朝烂货吐去一口唾沫。

走廊上的这群人几乎同时扭过脸直视着那个年轻护士，现在他们的目光又一次组成了箭阵，那么多目光乱箭般射向一张故作镇静的脸，年轻护士也许感觉到了某种疼痛，她张大了嘴在走廊另一端站着，忽然一转身就溜走了。

欺软怕硬的烂货。姑妈鄙夷地说。

这群人中间还数二姐最冷静，二姐后来看见窗台上的那些水果，便想起了怀刚，二姐说，咄，怀刚呢，他人呢？

表嫂说，走了，你不让他进去，他就走了。

二姐数了数兜里的水果：六只苹果，七只橘子。二姐说，哼，这些烂水果抵得了怀情的一条命？

二姐说着说着就不冷静了，她的眼泪又像珍珠般地嵌在眼眶里，最后她用一种严肃的语气对亲戚们说，谁也别去告诉怀刚和珠珠，他们的良心让狗吃了，别让他们觉得怀情白死了，别让他们觉得自己脱得了干系。

怀情喝了农药，他们脱不了干系，其实这也是亲戚们一致的看法。

棚 车

祖母五十多年没坐过火车了。祖母把火车叫作棚车，她说，现在的棚车比以前好多了，都说现在的棚车上每人都有座位，没想到是这么好的座位，都是皮沙发呀。姐姐说，什么皮沙发，其实就是椅子上蒙了一层人造革。祖母说，人造革比皮沙发还光滑呢，那人造革不比猪皮牛皮强？你没坐过以前的棚车，以前的棚车上连硬板凳都没有，现在，现在的棚车比以前好到天上去啦，你还撅着嘴？你还嫌挤？

姐姐不知道祖母为什么把火车叫作棚车，祖母的解释听上去振振有词，她说，运货的火车叫煤车，运人的火车就是棚车，我没有说错，你别以为我什么都不懂，我五十年前就坐过火车啦！姐姐仍然不明白，而且她始终觉得棚车这个字眼听上去很可笑。棚车，棚车，姐姐嘀咕着朝邻座人扮了个鬼脸。邻座的人笑了。那是一个五十多岁的干部模样的男人，没想到他很乐意接过我祖母的话茬，

棚车，棚车就是货车的空车厢，那人说，我年轻时也坐过棚车的，买棚车票很便宜，没有座位给你，你可以站着，也可以坐在地上，有时还可以铺张报纸在车上睡一觉。

姐姐看了看邻座，又看了看祖母。姐姐对以前的老掉牙的事情根本不感兴趣，她以为祖母会附和那个邻座的话，但她听见祖母鼻孔里嗤地响了一声，祖母对邻座男人的回忆明显表示了不以为然。嘁，还坐在地上呢，还在车上睡一觉呢，祖母瞥了那人一眼说，连站的地方都没有，一个人挤着一个人，人都踩在人的脚背上站着，孩子就吊在大人肩膀上，哪有地方给你坐给你睡呀？邻座一时语塞，想了一会儿讪讪地说，那么挤的棚车我没坐过，你坐那会儿大概是战争年代吧？姐姐再去看祖母的脸，祖母的脸上终于出现了得胜者的满意表情。就是到处打仗那会儿呀，到处兵荒马乱的，你们知道我是怎么挤上棚车的？怀里抱着一个孩子，手上还牵着一个，肚里还拖着一个呢，这还不算，我背上还背着一篓鸡崽，祖母的手开始前后左右地游动着，模拟当时上火车的情景，她的声调也变得生动活泼起来，你们想一想我受的那份罪，为了逃命，就那样在棚车上站了一天一夜，人最后就像一根木头了，下了车想坐，可腰背却弯不下来，怎么也弯不下来啦！

姐姐扑哧笑了一声，但她立即捂住嘴低下头来，不让祖母发现她笑了。姐姐后来埋头一心一意地嗑瓜子，她听见祖母絮絮叨叨地向邻座说着五十年前的往事，姐姐不想听，但她的眼前渐渐地浮现出五十年前的一列火车，火车在遍地的炮火弹雨中驶过原野。在姐姐的想象中那列火车驮载了许多木棚，木棚里站满了衣衫褴褛面如菜色的难民，其中包括青年时代的祖母。不知为什么姐姐无法想象祖母年轻时的模样，她依稀看见白发苍苍的祖母站在五十年前的火

车上，拖儿带女，背上还驮着一只装满小鸡的篓子。姐姐无法想象祖母当时的心情，但她能够准确地想象那篓小鸡惹人喜爱的模样，它们肯定是鹅黄色的毛茸茸的，它们叽叽喳喳地挤在祖母的篓子里，一定可爱极了。

那篓小鸡呢？姐姐突然抬头问祖母。

什么小鸡？祖母没听清，她说，我没说鸡的事。

你带的那篓小鸡，小鸡后来怎么样了？

小鸡能怎么样？死了几只，活了几只，公鸡卖了，母鸡留着生蛋。祖母朗声笑起来，她在姐姐腮上拧了一把。傻孩子，鸡能怎么样？又不是人，能活上五十年吗？

姐姐觉得祖母根本没有说出小鸡的故事，祖母总是这样，有意思的事情她都不记得了，没意思的事情却说个没完。为什么鸡不能活上五十年？假如人不杀鸡不吃鸡，鸡或许就能活上五十年，姐姐想到这里就忍不住抢白道：只有人才能活五十年吗？那可不一定。

祖母灿烂的笑容一下子凝住了，祖母最恨的就是姐姐跟她顶嘴，她的干瘪的嘴唇嚅动了几下，想说的话没有说出来。姐姐记得祖母就是从这时候开始生她气了。祖母不高兴的时候，她的头会向左侧轻轻摆动，不停地摆动，它让姐姐想起了祖母房间里的那只老式挂钟。

火车在一个小站停靠了五分钟，车上乱了一阵，下车的人还没有挤出去，上车的人群行李已经涌了进来。一个背着铺盖的汉子从人堆里跌跌撞撞地冲出来，恰巧撞在祖母的身上，姐姐听见什么东西嘎嗒一下折断的声音，便慌忙地去抓祖母的手，抓住的却是那汉子的衣角。

原来是祖母脚下的篮子被那汉子踩住了，篮子里的锡箔元宝溅了出来。你干什么？姐姐愤怒地推了那汉子一把。那汉子仍然是满脸紧张之色，目光在车厢四周搜寻着，他说，我不干什么，我在找座位呀，姐姐又推了他一下，你找座位干吗要撞人？篮子给你踩坏了，你要赔！姐姐一边骂着一边转向祖母问，他有没有撞疼你？有没有撞疼？祖母已经把篮子抱到了膝上，她捡起了地上的几只锡箔元宝，放在嘴边吹了吹，祖母对孙女的关心似乎置若罔闻，她饶有兴味地打量着那个汉子。第一回坐棚车吧？祖母说，座位肯定没有啦，我们先来的才有座位，你现在上车当然就没有座位啦，这过道不是还空着吗？你还是坐在过道上吧。

过道上不能坐，他坐了别人怎么走路？姐姐高声叫道。

怎么不能走？偏一下身子就过去了，祖母说，这棚车比从前的空多了，座位没有，可过道还都空着呢。你还嫌挤？一点也不挤！

姐姐愤愤地瞪了祖母一眼，但祖母仍然不理睬姐姐，她好像还在生孙女的气，姐姐便把愤怒的目光投向那个汉子，她想把他赶走，故意把一只脚伸到过道上，但是她看见那汉子朝祖母咧嘴一笑，卸下背上的铺盖卷朝地上一放，然后就稳稳地坐下去了。姐姐想不出别的办法，眼睁睁地看着那汉子和祖母一高一低地坐到了一起。你这是去哪儿呀？祖母说，去走亲戚吗？

不，回家去。汉子瓮声瓮气地答道。

家在哪儿？听你口音像是塔县的，我听得出来，你是塔县人吧？

跟塔县隔着条河，我是宝庄人。

咳，什么塔县宝庄的，喝的还不是一条河里的水？祖母说，我娘家嫂子也是塔县人。塔县北关的老孙家，你知道吧？

不知道，我不是塔县的，我是宝庄人。

那汉子神情木讷，祖母很快看出来那是一个少言寡语的人，与这样一个人攀谈并没有多大乐趣，祖母便叹了口气说，出门在外不容易呀。祖母说这句话的时候目光又移向邻座的那个干部，那个干部含笑点了点头，但随后他就拿起报纸挡住了自己的脸。

姐姐看见祖母脸上掠过一丝惘然之色，她的白发苍苍的头部又开始向左侧轻轻摆动起来。挤什么？一点也不挤！祖母又说。姐姐知道祖母这会儿又想与她说话了，但姐姐心里也在生祖母的气，她故意侧转脸去望着窗外。

祖母一时找不到人说话，便从篮子底部摸出一叠锡箔，后来祖母便专心致志地叠起元宝来了。

我姐姐说其实那个坐铺盖卷的汉子还不算讨厌，他上车不久便开始打瞌睡了，只是他侵占的面积大了些，我姐姐的腿再也不能伸来伸去，而且那汉子的鞋隐隐约约地飘出一股臭昧，很多时候她不得不捂着鼻子。

最讨厌的是一个又黑又瘦头扎花毛巾的老妇人，姐姐说她看着那老妇人拎着一只大篮子从车厢那头过来，一路搜寻着座位，谦卑的笑容像一朵凋谢的菊花，她走近祖母身边时眼睛兀自一亮，就像找到了亲人。姐姐看见了她篮子里的东西，与祖母的一样，也是一篮锡箔叠成的元宝。

我这儿不挤，坐我这儿吧。祖母盯着老妇人的篮子说。

事实上祖母看见那个老妇人时眼睛也亮了，姐姐说两篮子锡箔元宝成了什么联络暗号，她眼睁睁地看着那个老妇人与祖母挤坐在一起，而且是祖母主动地为对方腾出了一半位子。

清明啦，该上坟啦。老妇人说。

可不是吗，我是回老家上爹娘的坟，祖母说，我五十年没回老家了，老家里也没什么人了。本来不想回去，可前一阵做梦，梦见我爹娘坟上的草枯了，树上的叶子掉光了，醒来一想，是不是爹娘在阴间没钱花了呢，五十年啦，爹娘从来没向我要过什么，这回想起我来啦，想起跟我要钱花啦。

可不是吗，清明雨一下，死人们全都跑来托梦了，老妇人说，你还算清净的，我这几天就没睡过一个好觉，谁都来向我要这要那的，就连我那个死鬼叔叔，他是喝酒醉死的，他在阴间还喝着酒呢，那天梦里就摇着个酒瓶对我说，酒瓶空啰，酒瓶空啰，死人张嘴你又不好回绝的，我就只好多买了一量锡箔给他做酒钱。

我姐姐说她在一旁听得又好笑又生气，忍不住就大声刺了那老妇人一句，既然他跟你要酒喝，那你就买一瓶白酒给他送去嘛。

那老妇人脸上幡然变色，但她忍住没有发作，阳世的酒瓶是送不到阴间去的，过了一会儿老妇人悻悻地说，要不然锡箔纸扎派什么用处呢？烧成了灰，变成了烟才能送过去呀。

变成了烟就没有了，谁收得到呀？你这套鬼话能骗谁？姐姐没有能尽兴地批驳那个老妇人，因为她的脚被祖母重重地踩住了。

祖母停止了叠锡箔的动作，她用罕见的严厉森然的目光盯着姐姐，眼睛里渐渐地闪出怒火。姐姐便慌乱地低下头去，低下头去嗑瓜子，后来她听见了祖母悲伤沉痛的声音，你看看现在这种孩子，将来我们去了什么也不会有的，这种孩子，他们不会送一个锡箔元宝给你的。

姐姐心里在说，当然不送，但她不敢说出声来，姐姐把瓜子壳吐在那汉子的铺盖卷上，吐在那老妇人的脚下，但她不敢再惹我祖母生气了。姐姐咯嚓咯嚓地嗑瓜子，火车就轰隆轰隆地往前开。

火车就轰隆轰隆地往前开，火车将把我祖母送到我曾祖母的坟茔边，送她去上坟。

火车开到我老家大约要九个小时，对于我姐姐来说，这段旅程已经变得乏味而难以忍受，姐姐的耳朵里灌满了她讨厌的闲言碎语，鼻子里则钻进了任何人都讨厌的脚臭味，祖母对此浑然不觉。祖母恰恰变得愈来愈活泼了，因为她发现自己渐渐成了半节车厢几十个人的中心，她与老妇人关于阴曹地府的谈话吸引了许多人的注意，有人干脆就跑过来站在祖母身边，竖起耳朵听她说阎王爷抓人的故事。

阎王爷抓女人就抓她的头发，不过阎王爷的心也是肉做的，你要是不想跟他去，他也会手下留情。祖母说，我六十三岁那年就让阎王爷抓过头发，我不想去，我力气大，拼命地犟呀，犟呀，结果阎王爷就松手了，只带走了一绺头发，祖母说着低下头，分开她的白发，让众人看那个真实的痕迹，你们看见了吗？让他抓去一绺头发呀！

头扎花毛巾的老妇人仔细鉴别着我祖母的一小片光裸的头顶，她沉吟了一会儿说，是被抓过的，不过我看那不是阎王爷抓的，是阎王爷派来的小鬼抓的，阎王爷不会轻易出马来抓人。

姐姐不止一次听祖母说过头发的故事了，姐姐不敢阻止祖母继续这个话题，就把怒气撒到那个老妇人头上，你怎么知道是小鬼抓的？姐姐说，难道你也是阎王爷手下的鬼吗？

但是姐姐的出言不逊没有什么作用，那个老妇人只是朝她翻了一下眼睛，她仍然和我祖母挤坐在一起，叠着元宝一唱一和。我姐姐悲哀地发现那节车厢里装的都是无知的崇尚迷信的人，他们竟像

黄蜂采蜜一样朝我祖母这边涌来，人挤着人，塞满了旁边的过道和座位前的空隙，所有的脑袋都像向日葵一样对准我祖母，挤死了，挤死了！我姐姐嚷着开始推搡身边的那些人，她说，你们都是傻瓜呀，都跑来听这些鬼话，你们真的相信这些鬼话呀？

那堆人却不理睬我姐姐，他们像木桩一样坚固地立在我祖母四周。有的张大了嘴满脸惊悸之色，有的窃窃私笑，只有一个男人对我姐姐说，你推什么推呀？这儿热闹就站这儿，坐火车闷，听她们说说解个闷嘛。

姐姐气得满脸绯红，她为祖母充当了这个角色而生气，也为自己的空间被一点点蚕食分割而愤怒，挤死我啦！姐姐最后尖叫了一声，推开人堆逃了出来，她一边冲撞着那些人一边说，我不坐这儿了，让你们坐，让你们坐吧！那群人对我姐姐的愤怒无动于衷，更让姐姐生气的是她刚离开座位就有一个男人坐了下去，一个肥头大耳的男人，坐下去的时候还很舒服地叹了口气。

火车当然还是向前开着，但姐姐现在只能站着了，姐姐满腔怒火地站在车厢尽头，目光狠狠地盯着车厢中部人头攒动的地方，姐姐站了一会站累了，她想凭什么把座位让给那个可恶的男人，她想祖母关于阎王和头发的故事该讲完了，那堆人也该散了，姐姐就一路吆喝着走过去。姐姐走过去就听见了一种苍老的嘶哑的哭诉声，她这才明白了那堆人迟迟不散的原因，现在他们竖着耳朵，就是在听那种苍老的嘶哑的哭诉声。

幸好不是我祖母，是头扎花头巾的老妇人突然哭起来了。姐姐在一旁听了很久才明白了事情的原委，她没想到老妇人的悲伤居然是从她身上引起的。你有福气呀，回家扫墓有孙女陪着，老妇人涕泪横流地拍着我祖母的手说，我也有一群儿女子孙，你别以为我没有儿女子孙，可他们谁肯陪我去？谁肯陪我去？想想就害怕，哪天我也让阎王抓了去，那就一粒米也吃不上一块布也穿不上呀！

我姐姐说她一开始对那老妇人还动了恻隐之心，但听着听着就烦了，而且她看见祖母也被老妇人弄得凄惶惶，祖母的眼睛湿了，她从前襟里抽出自己的手帕给那老妇人擦泪，但那个老妇人接过手帕却擤了一把鼻涕。

姐姐不能忍受这列火车了，她想从人堆里钻进去回到自己的座位，钻来撞去的却怎么也过不去，那群人或者是听得入了迷，或者是不让姐姐占据什么，他们像一堵墙挡住了她，姐姐被挤在人堆中间进退两难。这样持续了很久，姐姐突然急中生智，她扯着嗓子对我祖母喊，奶奶，下车啦！我们到啦！

要知道我祖母坐火车最担心的就是下错了站，最担心的就是火车到站时她不知道。姐姐这么一叫我祖母立即从椅座上跳了起来，祖母慌忙地提起她的篮子，慌忙地推着她身边的那堆人，她说，你们别堵着我，你们堵着我怎么下车呀？急死我了，你们快让我下车呀！

我姐姐后来向全家人描述人群散开的情景时得意地笑了。我们认为那是一次有趣的旅程，可是我姐姐并不这么看，她说，那叫什么坐火车。坐的简直就是，棚？对，就是棚车，棚车。

事实上我们只能想象祖母五十年前坐过的棚车了。火车就是火车，棚车就是棚车，反正火车和棚车是两种不同的车。这个区别我祖母现在也弄清楚了，现在我们要出门远行时祖母会嘱咐几句：要坐火车去，不要坐棚车，棚车上人挤，火车一点也不挤。

小　猫

他们家是一座孕儿生产作坊。从六十年代到七十年代初，那个嗓音洪亮丰乳宽臀的女人让邻居们刮目相看。她在家门口倚墙而立时，怀里总是像塞了一个米袋，她的浑圆的双臂交叉着做成一个容器，里面盛着一个毛茸茸的婴儿。你或许已经注意到那些婴儿的脸颊泛出粉红的光彩，是那种健康而美丽的粉红色，有点近似于月季花花瓣外侧的颜色。

女人们都叫她蓬仙，蓬仙生下了九个孩子，她自己对别人说，生到最后她咳嗽一下孩子就会出来，这叫什么事呢？都是冯三害了我，有一次蓬仙对几个女邻居赌咒发誓说，冯三要是再逼我做那档事，我，我他妈的就把他阉了！说着蓬仙还亮出了一把新的锋利的剪刀，她一边晃着那把剪刀，一边咯咯笑着，女邻居都知道蓬仙是在开玩笑，她们猜想蓬仙骨子里也是喜欢那档事的。

鬼才相信蓬仙那番话呢。蓬仙的衣裳又扣不住了，过了几个月，有人看见蓬仙又在剪尿布、手里抓着的正是那把缠了红线的剪刀。又过了几个月，蓬仙怀里的米袋看上去要掉下来了，又过了几天，冯家的第九个婴儿来到了我们的世界，没怎么就来了，只是啼哭了几声。

是个女孩，冯家人都叫她小猫。

冯家夫妇商量好了把小猫送给别人家当女儿。东门小学的老秦家无子嗣，又跟冯三沾亲带故的，蓬仙就在一大堆名单中挑选了老秦家，她说，那两口子不是老师吗？图他们是文化人，知书达礼的，孩子给了他们家，日后没准也能戴上个金丝眼镜呢，冯三挥挥手说，你说送谁就送谁，孩子一窝窝的都是你下的，我不管。

小猫生下来第三天老秦夫妇就来了，男的抱来一床棉胎，女的提着半包红糖，他们一来就被这个家庭吓着了，老秦抱着的棉胎被几个男孩撞落在地上。他刚要俯身去捡，从桌底下冲出两个女孩，争先恐后地跳到棉胎上蹦开了。老秦叫起来，别在上面蹦，这是新棉胎呀。冯三闻声出来，朝两个女孩头上一人扇了一巴掌，转脸对老秦说，到我家来不能带东西，什么好东西部让他们糟蹋了。老秦说，棉胎带来包孩子的，那包红糖是送给嫂子补身子的。冯三瞟了眼女人手里的半包红糖，有点鄙夷地说，没用，这些东西到我家都没用，我们的孩子三九天光着身子也能出门，冻不死他们，红糖更没用，蓬仙她什么都不爱吃，就喝粥。

蓬仙坐在床上纳鞋底，老秦夫妇一进里屋她就把脸转向墙壁，蓬仙说，抱走吧，我不心疼，我转着身子，你们别让我看见就行。

老秦夫妇绕着婴儿的摇篮转了几圈，夫妇俩交换着眼色，不时地耳语几句，却不跟蓬仙说话。蓬仙就用鞋底往墙上笃笃敲了几

下，她说，喂，你们葫芦里卖什么药？是我送孩子给你们，难道还要我来下跪求你们吗？

老秦慌乱之中把婴儿的摇篮摇得吱吱地响，他说，嫂子，你别催我们，让我们再考虑考虑。

蓬仙对着墙嗤地一笑，说，考虑考虑？那能考虑出个孩子来吗？

老秦的女人脸上有点挂不住，她伸手摸了摸婴儿的胳膊，吞吞吐吐地说，这女孩儿怎么不如他们结实健康，瘦得像只小猫，哭起来也不响亮嘛。

蓬仙对着墙说，你说这话就像个三岁的孩子，小宝宝生下来才三天，她才喝了三天的奶，怎么能比得上哥哥姐姐呢？

老秦的女人又伸手按了一下婴儿鼻子，她说，这女孩的模样长得也不如哥哥姐姐周正，眼睛就不大，鼻梁也有点塌，女孩儿家鼻梁塌一点是常有的事，但眼睛吃亏不得。

这次蓬仙按捺不住了，她忽然从床上冲下来，抱起摇篮里的小猫放进她的被窝，她像赶鸭子一样朝老秦夫妇挥着手，嘴里嘘嘘地叫着，走吧，你们快走，我还以为你们有文化，你们的墨水都灌到膀胱里了？我的孩子，刚生下三天的小宝宝，你嫌她丑？你这样的女人要是能生孩子，那才是老天瞎了眼睛。

老秦的女人当场就捂住脸哭起来了，她捂住脸跑到门边，还是回敬了几句，你有什么了不起？你怎么知道是我不会生？你们这种人除了生孩子什么也不懂，你们不懂科学！

蓬仙坐在床上拍了拍受惊啼哭的婴儿，她的嘴角上浮起一抹冷笑，哼，怪到男人头上去了？蓬仙低声嘀咕道，科学？科学也不能让公鸡下蛋呀！

你知道蓬仙是那种脾气火爆口无遮拦的人，一般人斗嘴斗不过她。更何况老秦夫妇多少有些理亏。他们夫妇脸色煞白地跑到门外，冯三还在后面追着说，孩子抱不抱都行，别这么走呀，喝口水再走。老秦的女人果然回来了，她想带走那半包红糖，但那些红糖其实已经不存在了，冯家的几个孩子每人手里都抓着一把，每人嘴里都发出吧嗒吧嗒品味的响声，她看见两岁的男孩小狗坐在桌子底下，正舔着包红糖的那个破纸包。老秦的女人站在一旁朝那堆孩子巡视了一番，出来就对老秦说，冯家的孩子，哼，我一个也不想要。

小猫还在蓬仙的怀里，小猫要送人的消息却传出去了。街上有人在谈论冯家的事情，那些菩萨心肠的妇人看见冯家的孩子，眼睛里便泛出湿润的悲悯的光，她们追上了玩铁箍的小牛和小羊，争着去摸小羊的辫梢，去替小牛翻好肮脏的衣领。绍兴奶奶毕竟有点老糊涂了，她没弄清楚冯家要送掉哪一个女孩，抓住小羊的胳膊不肯松手，绍兴奶奶说，这么俊俏的女孩儿，女孩儿大了比男孩疼爹妈呀，蓬仙怎么舍得把你送走？绍兴奶奶从衣襟上抽出手帕抹着眼睛，六岁的女孩小羊却朝她狠狠翻了个白眼，小羊尖声说；谁说我要送走啦？老东西，你才会让你妈送走呢！

与蓬仙交好的几个妇人则相约一起去看那个可怜的女婴。她们看见那个被唤做小猫的女婴，真的像一只小猫一样躺在蓬仙的怀里，两只小手也像小猫的爪子似的抓挠着蓬仙硕大的乳房。蓬仙一边喂奶一边缠旧毛线，或者说篷仙在缠旧毛线时腾出了身子给小猫喂奶。

一个妇人替蓬仙绷起毛线说，喂着奶手也不肯闲着，你要累死

自己呀？

蓬仙说，我要不把自己累死，这些孩子怎么长得大？

另一个妇人上前抢过小猫抱住，在她脸上亲着，嘴里忍不住含沙射影开了，她说，可怜的小东西，你还笑呢，你妈要把你送人了你还在笑，你怎么笑得出来呀？

蓬仙的眉头跳了跳，沉下脸说，你要是心疼你抱回家去。

第三个妇人说，羊圈大了好养羊，七个孩子九个孩子还不是一样养，蓬仙你怎么会舍得把她送人？

蓬仙说，站着说话不腰疼，你才生了几个？告诉你们你们也不懂，生孩子生到我这份上，男孩女孩，长壶嘴的没壶嘴的，个个都心疼，个个都不心疼。

妇人们一时哑口无言，都愕然地看着蓬仙。蓬仙的眼圈有点红，抓过一块尿布嗤啦嗤啦地擤了把鼻涕，突然又笑起来说，我也糊涂了，我一心要找个比我疼孩子的人家，那不是糊涂？天底下的父母疼的是自己的骨血，哪儿会有我找的那户人家？我还在想呢，我这九个孩子个个跟野孩子似的，就不能有个白白净净戴金丝边眼镜的？细想想也不对，女孩子家眼睛坏了才麻烦，日后嫁了人，要是大伯子小叔子什么的爬错了床，她也看不清楚，那不是白白吃大亏吗！

你知道蓬仙就是这种像黄梅雨季的女人，雨下得急，太阳也说出就出，那天也一样，几个妇人后来被蓬仙逗得蹲在地上笑，蓬仙却不笑，瞪着女婴的手怔了一会儿，没头没脑地说，我是可怜他们。

你知道我们街上的妇人们大多是爱管闲事的，她们不打算把自己的孩子送给别人，但她们开始热心地为小猫物色一户好人家，当然她们每个人都清楚蓬仙心目中的好人家是什么条件。有一天她们终于与化工厂的女会计碰了头，女会计与一个海军军官结婚十几年了，还没有孩子，丈夫远在南海疆域，没有谁比女会计更需要一个孩子。几个女人在化工厂一角与女会计嘁嘁咕咕说了半天，后来她们就把女会计领到蓬仙家里来了。

那天恰逢小猫满月，蓬仙煮了一锅红蛋，顺手蘸了点蔻汁点在小猫的前额上，而冯家的其他孩子脸上额上也都画得红红绿绿的，分成两排伏在桌上，他们正吸溜吸溜地享受着小猫的满月面。

蓬仙却不怎么理睬女会计，旁边的说客刚要兜出来意，就被蓬仙制止了。别说了，我知道你们干什么来了，蓬仙咬烂了一口面条塞进女婴的嘴里，她说，真滑稽，把我们家当卖人口的铺子啦？

女会计脸色立刻尴尬起来，好在说客与蓬仙厮混惯的，她凑到蓬仙耳边低声说了一番话，蓬仙终于窃窃一笑，又说了一番话，蓬仙就哈哈笑开了，一边笑一边还揉搓着胀奶的乳房。蓬仙不时地朝女会计瞥上一眼，眼光有时是猜忌的，有时却充满怜悯。

这女孩长得丑，鼻梁塌，眼睛也小。蓬仙突然说。

孩子都可爱，我觉得她一点也不丑。女会计说。

这女孩瘦得像只猫，以后不知道能不能长得大。蓬仙又说。

你说到哪儿去了？女会计笑着说，只要细心照料，孩子哪儿有长不大的道理？只要你放心给我，我保证这孩子以后白白胖胖的。

我放了一半心。蓬仙审视着女会计，沉默了一会儿，倏地钻到被窝里去，用被子蒙住头说，抱走吧，抱走吧，别让我看见我就不心疼。

旁边的说客朝女会计使了个眼色，女会计求婴心切，果然抱起

婴儿的褪褓就走。小猫并没有哭，倒是四岁的小牛追上来拽女会计的衣角，嘴里尖叫着，你偷我们家的东西。女会计夺路而走，边走边说，不是偷的，是你妈送的。女会计疾步走出冯家门，蓬仙还是追了出来，蓬仙光着脚追出来，一迭声地喊着，奶，奶，奶呀！

什么奶？女会计回头一看，蓬仙满脸是泪，倚在门框上，双手紧紧地按着自己的乳房。

奶，奶，蓬仙抹了把眼泪说，你没有奶水，你怎么喂孩子呀？那没问题，人工喂养，我早想好了，女会计抱紧了婴儿，她说，我买奶粉、奶糕，还有鲜牛奶，鲜果汁，不会饿着孩子的。

人工喂养怎么行？孩子长不出力气。蓬仙上前在小猫脸上亲了一口，然后她突然做出了一个奇怪的决定，我来喂奶，我每天抽空给小猫喂两次奶，蓬仙说，三袋奶粉也顶不了我的一碗奶汁，不喝我的奶小猫长不大的。

后来的纠葛其实就是由喂奶引起的。女会计当时勉强点头应承了蓬仙，但她只遵从了两天。她告诉别人，看看蓬仙给小猫喂奶的样子，她心里别扭极了。既然你把孩子送给我，就该让我来哺养孩子，女会计满腹牢骚地说，凭什么说她一滴奶顶过三袋奶粉？孩子给了我，我就是她的母亲了，为什么非要喝她的奶呢？

蓬仙等了两天，不见女会计和小猫的影子，人就有点失魂落魄的。她想把小猫饿死啊？蓬仙这么喊了一声就冲出家门。她先是走了半个城市找到女会计的家。那门上挂着铁锁，门前晾着一排用新纱布剪成的湿尿布，蓬仙摸了摸那些尿布，忍不住嘀咕道，懂个屁，新纱布哪有旧的好？女会计的邻居告诉蓬仙说，陈会计还没下班呢，她刚过继了弟弟家的孩子，这几天忙坏了。蓬仙一听就笑了，那不是她亲生女吗？又问那邻居，那孩子夜里闹不闹？邻居

说，怎么不闹？夜里闹得左邻右舍都睡不着。蓬仙一听就不说话了，心里想，没生养过的女人就是不会带孩子。

蓬仙急急匆匆地又穿越半个城市，朝女会计所在的化工厂走去，走到半途上，奶汁涨得厉害，蓬仙就找个僻静处把奶汁挤掉了一半。大约午后两点钟左右，蓬仙闯进了化工厂，传达室的老头想拦住她盘问几句，蓬仙却急匆匆地往里面奔跑，她说，不喂不行了，要饿坏了，要饿坏了！老头在后面追着喊，你跑什么？什么饿坏了？蓬仙头也不回，边跑边叫了一声，我的孩子！

蓬仙来到了化工厂托儿所的窗外，一眼就看见小猫，一个保育员正拿着一瓶淡黄色的液体往小猫嘴里塞。蓬仙或许是急晕了头，一时竟然找不到托儿所的门，干脆就从窗子里翻了进去。里面的保育员惊呆了，纷纷过来围住了蓬仙，蓬仙也来不及解释，衣裳一撩就抢过了小猫。这样过了一分钟，母婴俩脸上都露出了一种轻快幸福的笑容。保育员们却仍然没醒过神来，七嘴八舌地盘问开了，你是陈会计的什么人？你是她弟媳妇吗？你是她请来的奶妈吗？

蓬仙不理睬这些问题，她伸出食指在婴儿脸上轻轻划了一圈，说，才两天不到，就瘦了一圈。又指着床上的奶瓶问，那瓶子里黄颜色的，是什么东西？保育员说，橘子汁呀，陈会计关照的，两点钟给孩子喂橘子汁。蓬仙一听火又蹿上来了，她说，懂个屁，橘子汁也能顶饱？这么酸的东西，孩子的胃怎么受得了？孩子那胃比豆腐还嫩呀，这么喂孩子不得胃病才怪。蓬仙说话的嗓门很高，几个午睡的孩子被吵醒了，哇哇大哭起来，保育员们就请蓬仙到外面说话，蓬仙一边走一边说，这儿的孩子胆小，换了我家那些孩子，就是来个戏班子在他们床前唱戏打鼓，他们也不会哭一声。到了外面蓬仙仍然抱着小猫，后来女会计闻讯赶来，看见蓬仙抱孩子的那模

样那表情，她就预感到这个女婴已经不属于她了。蓬仙的目光冷冷地投射过来，充满了愤怒和轻蔑。

女会计说，你怎么找到这里来了？

蓬仙说，我要是不来，孩子是死是活还不知道呢。

女会计急了，她说，你怎么这样说话？孩子不是好好的吗？你以为就你的奶水值钱，孩子离了你就活不成啦？

蓬仙抱住小猫朝左边右边晃了几下，现在看来我的孩子离了我就是活不成。蓬仙的语气忽然变得平静，她抱着小猫走到女会计面前，说，我要带她回家，你要不要再抱一抱她？女会计绝望地扭过头去。你不要抱最后一下？蓬仙在女会计身边停留着，她脸上的表情像雨云一样急迅地变幻着，最后变成一丝悲哀的冷笑，她说，你也不怎么样，我还是看错人了。

女婴小猫就这样被她母亲又抱回了家，第二天我们街上那些好事的妇人来到冯家，她们叽叽喳喳地议论着女会计的那瓶橘子汁。蓬仙听得不耐烦了，她说，咳，喂点橘子汁也没什么了不起，我变卦也不是为了橘子汁，是她没经住我的考验，我让她抱孩子最后一下，我想看她抱孩子时哭不哭，她一哭我的心肯定软了，可是她不要抱，她不要抱，那个女人，她没经住我的考验呀！

小猫像一只小猫一样偎着蓬仙长大了。

冯家九个孩子中，蓬仙最疼爱的就是小猫，小猫的哥哥姐姐嫉妒她，吵起嘴来就说，你以为妈疼你？你刚生出来时差点让妈送给人家。小猫不相信，跑去问蓬仙，蓬仙笑着回答她，别听他们胡说，就是把他们八个都送人了，妈也不会把你送走的。

蓬仙到哪儿都带着小猫，蓬仙到哪儿小猫都跟着。小猫七岁那年跟着母亲去杂货后买扫帚，看见一个女人在柜台另一侧买凉席，那女人的手在凉席上一遍遍地搓摸着，眼睛却直勾勾地注视着自己。小猫有点害怕，就躲在蓬仙的身后不让她看见，等到那女人走出了杂货店，小猫就大声地问蓬仙，那人是谁？她为什么要盯着我看呢？

蓬仙沉默了一会儿，突然哈哈地笑起来，她在小猫脸蛋上拧了一把，说，她当然要盯着你看，看你长得漂亮不漂亮，看你懂事不懂事，你差点做了她的女儿嘛。小猫瞪大了眼睛张大了嘴巴哇哇大哭起来，小猫还用新买的扫帚打母亲的屁股，蓬仙怎么哄也没用，一咬牙就使了个撒手锏，她高声喊道，再哭，你再哭我真的把你送给她，送给她去做女儿！

这下小猫被吓住了，小猫顿时止住了哭闹，她的两只手死死地抓住蓬仙的衣角。她的眼睛恐惧地望着杂货店门外，幸运的是那个女人已经拐过街角不见了，那个女人已经不见了。

蓬仙朝杂货店的女店员挤了挤眼睛，她说，没有办法，自己的孩子就得自己养。

那还用说吗？女店员不假思索地回答，那还用说吗？

玉米爆炸记

六月以来兆庚一直在村子里诟骂城里的知县大人，他说那知县大人白长了半尺须髯，白扣了一顶乌纱，他的笆斗大的脑袋里学识不及一勺淡肥，他的死鱼一样的眼睛看不清东西南北，他的耳朵也似乎被虫子堵塞了，有理的听成没理的，黑的听成白的，白的却听成红的。兆庚骂官骂得唾沫横飞，有人便提醒他，别骂了，小心李家听到，小心让他们告了密，县衙门来人把你捕了去。

我不怕。兆庚梗着脖子喊，我怕什么？是龙水翻脸不认账，输了想赖账？跑到哪里都没这个理，输了就可以赖账吗？兆庚突然愤怒地拍着自己的肚子，三十个玉米棒，三十个玉米棒都在老子肚里呢，龙水的瓜地归我了，他要跟我赌的，赌输了就赖账？他赖不了，你们听着，我可不管那狗屁知县怎么说，从今往后河边那三亩瓜地就是我兆庚的啦！

龙水就是赌输了三亩瓜地的人。

六月以来龙水的脸上结满了霜，龙水的女人被龙水打断了颈椎骨，用一块黄花布裹住脸，歪着脖子，像一棵向日葵一样逃回了娘家。女人走了龙水就搬到瓜棚里住，但村里人知道龙水不是因为少了女人才搬到瓜棚里住的。

龙水，你还守在这里干什么？你的瓜地不是输给兆庚了吗？路过瓜地的人说。

他在做梦呢。龙水说，吞下三十个玉米棒就要想我的瓜地，他在做梦呢？

龙水手持梭镖站在瓜地里。他这样顶着六月的毒日头站在瓜地里，比吓鸟吓虫的草人站得还要直。龙水不这样站着不行，河对岸的农人都看见龙水的那个僵直的身影，那个僵直的身影突然动起来，龙水突然用梭镖捅倒了旁边的草人。河对岸耕田的人们都笑起来，他们说那个草人本来也没用了，龙水现在不要吓鸟，他要吓走的是人。

有些人故意舍近求远地路过瓜地，路过瓜地的人都喜欢责备龙水几句，龙水你昏了头啦，你打的是什么赌？兆庚吞玉米关你屁事？他爱吞多少吞多少，你怎么赌上了三亩瓜地呢？你怎么不跟他换一换，你来吞玉米，让兆庚赌上他家的大瓦房呢？

那天我喝酒了，喝糊涂了，喝糊涂了什么话都说了，喝糊涂了说什么都不算话了。龙水铁青着脸说。

龙水你撒谎了，你连饭都快断了顿啦，酒坊早就不给你赊账了，你喝什么酒？我都看见你们打赌了。路过瓜地的人一针见血地说，打赌就打赌了，输了就输了，可不要撒谎。

那天的日头太毒了，我热糊涂了，热糊涂了，龙水的脸泛出了窘迫的红色，他嘀嘀咕咕地申辩了几句，突然又愤怒起来。我打

赌关你屁事？知县大人都不受理这个案子，轮得着你们来说东道西的？龙水挥动着梭镖对那些多嘴的人吼着，快闭上你们的臭嘴，别踩着我的瓜藤，快给我滚开，我龙水的眼睛认识你，我的梭镖可不长眼睛。

龙水起初是遭到乡亲们同情的，但他的恶狗一样的脾气几乎把村里人得罪光了，后来村里人就躲着龙水七嘴八舌地议论那件事，甚至有人这样怂恿打赌的赢家兆庚：兆庚，河边那三亩瓜地不是归你了吗？瓜都熟透了，再不摘都烂啦。

龙水不仅输掉了三亩瓜地，在村里人看来他的人品也输个精光了。

三十个玉米棒全部来自兆财的玉米地。他们打赌的时候兆财不在村里，兆财在邻村帮人挖井，晚上兆财才听说兆庚吃掉了他的三十个玉米棒，他赶到玉米地里，看见许多玉米秆光禾秃的，弯着腰朝他身上倒伏，似乎像开了欺侮的孩子向大人告状。兆财就骂起来，狗日的畜生，这么嫩的玉米棒他也啃得下去，三十个玉米棒，三十个，怎么就没噎死那狗日的畜生？

兆财拖了一捆玉米秆子在村子里怒气冲冲地走，他们打赌我不管，赌人命我也不管，凭什么糟蹋我的玉米？三十个玉米棒，我要让他把三十个玉米棒都吐出来，从哪棵苗上掰的就接回哪棵苗上，三十个，差一个也不行。兆财的声音在村里一路爆过去，沿途一片鸡飞狗跳的景象。

兆财站在兆庚家的大瓦房前，将手里的那捆玉米秆在白粉墙上摔打着。兆庚的狗从黑暗中窜出来，兆财一个马步蹲下来，双目圆睁瞪着狗。他说，你过来？你敢过来？你敢过来我一拳擂死你个畜生，那狗果然就退下了，退到黑暗中摇着尾巴，兆财不无鄙夷地想，狗随主人，兆庚的狗和兆庚一样欺软怕硬。

兆庚你出来一趟。兆财在门外喊。

屋里的油灯光闪了闪，突然灭了，什么东西乒乓响了几声，油灯又亮了。

兆财你进屋来。兆庚在里面说。

你出来！兆财说。

你进来！兆庚说。

进来就进来！兆财想了想就用玉米秆捅开了门，兆财走进去就把玉米秆扔在地上，他说，玉米都让你掰光了，这些秆子你留给谁？一口气吞下三十个玉米棒，你也不怕撑烂了肚子？

兆庚嘻嘻地笑起来，他搬了个树桩在兆财身边放下，吃你三十个玉米棒你就心疼了？兆庚说，我们还是叔伯兄弟呢，身上的血都是一个颜色的，不能那么见外吧？

说得好听。兆财说，去年我闺女到你家来借盐，你借了她几粒盐？还说那些难听话，那会儿你怎么不念我们是叔伯兄弟了？

别提那回事啦，兆庚摆摆手，他的口气又像平日一样盛气凌人了。兆庚说，几粒盐，才几粒盐？亏你说得出口，就算是几粒盐吧，我让你还了吗？嗯，我让你还盐了吗？

好，还就还，我兆财人穷志不短。兆财从地上的玉米秆里抽走了一根，他说，一个玉米棒换那几粒盐，够不够？兆财听见兆庚鼻孔里发出一声冷笑，你嫌不够？兆财说着又抽走一根玉米秆，心够黑的，兆财说，两个玉米棒总能换你那几粒盐了，那么还有二十八个玉米棒你说怎么办吧？

你说怎么办？兆财你在讹我呢，你知道我没种玉米，你就来讹

我？兆庚的脸在油灯下红一阵白一阵的，兆庚的大手猛地拍了拍桌子，他说，呸，不就是三十个玉米棒吗？我地里有南瓜，我拿三十个南瓜换你那三十个玉米棒，我吃亏让你沾光，这回让你沾光好啦。

南瓜不充饥，我不要南瓜。兆财说。

你糊涂了？兆庚大叫起采，他说，三十个玉米棒换三十只大南瓜，你随便到哪儿问一下，谁吃亏了？谁沾光了？

我没糊涂，我就知道你拿我的三十个玉米棒换回了三亩瓜地。兆财说，跟你直说了吧，那三亩瓜地该有我一份，玉米都是我的，那瓜地怎么说也该有我一份。

你在胡说些什么？你再说一遍？

再说一百遍还是那句话，那三亩瓜地该有我一份。

兆财我看你是穷疯了，穷疯了吗？

你当我是疯子好了，我告诉你，那三亩瓜地你得给我一亩，至少给一亩，不给不行。

兆庚先是呵呵地笑，后来便笑不出来了。兆庚在地上焦灼地走了几圈，突然站住，眼睛狠狠地斜睨着兆财，三十个玉米棒换一亩瓜地？呸，你以为我是傻瓜？兆庚说，最多分你半亩地，看在老祖宗的面子上，给你半亩地。

半亩就半亩吧，看在老祖宗的面子上，我就不跟你争了。兆财最后点了点头。

夜里兆财拖着一捆玉米秆子出了兆庚的大瓦房，兆财一路上心情很好，遇见别人家的狗朝他吠叫，兆财也朝狗吠叫。兆财还爬到草垛上去眺望龙水的瓜地，瓜地在月光夜色里仍然显示了富饶和肥美，兆财觉得他的心里长出了一只又甜又脆的大西瓜。

兆财万万没有想到龙水第二天就赖掉赌账了，兆财后来眼巴巴地等着兆庚去县府告状的消息，他以为兆庚能言善辩，以为兆庚会带回那三亩地的地契，没想到兆庚碰了一鼻子灰，知县大人不管打赌的事，兆庚回村里时捂着屁股走，兆财怀疑他在衙门前挨了官兵的鞭子。

兆财对知县大人也很不满，他在村子里愤愤地说，当官的不是说君子一言驷马难追吗？龙水算什么东西，他说话打赌却可以不追吗？

龙水的梭镖差点就梭到兆庚的身上去了。

兆庚那天跑到河边瓜地去摘瓜，他刚弯下腰，龙水就像一头豹子一样扑了过来，龙水盯着兆庚的手，他说，你别动，我告诉你这是李家传了三代的瓜地，你别动我的瓜，连瓜藤也别想动。

我怎么不能动？这瓜地归我了，瓜当然也归我了。兆庚说，嘁，怪了，我摘我的瓜，关你什么屁事？

你别动我的瓜。龙水说，我告诉你了，我龙水长着眼睛，我龙水跟你打过赌，我的梭镖可没长眼，我的梭镖可没跟你打过赌。

没有王法了？我怕你的梭镖？你真以为知县大人是你舅爷？兆庚说着把两只手在膝上擦了擦，两只手又向一只西瓜垂下去，垂得很慢，两只手在瓜藤附近停顿了一会儿，终于抓住瓜藤拧了一下。但兆庚紧接着就狂叫了一声，龙水的梭镖真的刺了过来，梭镖穿过兆庚的腋下，挑破了他的布衫。兆庚跳起来，挟着梭镖跑了几步，突然醒过神来把梭镖抱在怀里，龙水，你没有王法了？霸着瓜田不放，还要杀人？兆庚破口大骂，没有廉耻的畜生，你还敢杀人？我隔天带着这把梭镖这件布衫去见知县大人，看你还能不能霸住这三

亩瓜地？

龙水看见兆庚抓着梭镖往村里奔去，一路上朝乡亲们挥着梭镖喊，龙水拿梭镖扎我了，龙水要杀人了，杀人啦，龙水要杀人啦！兆庚的声音像女人一样尖利地回荡在村庄上空，龙水恨不得追上去用猪粪堵住他的嘴，但龙水不肯离开瓜地半步。龙水抱起一只石碌碡朝兆庚的背影砸去，石碌碡没砸到兆庚，却恰恰砸碎了一只西瓜，龙水捧起破碎的半生半熟的西瓜，龙水的心在刹那间也破碎了，六月以来的悔恨，悲伤和愤怒化成一行热泪，挂在他乌黑枯裂的面颊上。

村里来了几个白发长者。长者们蹲在瓜田一侧，用谴责或者怜悯的目光注视着龙水，瓜田里的瓜、瓜秧和瓜叶在夏日阳光里继续生长，人却都在夏日阳光下沉默着。终于有一个长者先说话了，他说，这样闹下去真要闹出人命，龙水，你跟兆庚的事该有个收场了。

怎么收场？龙水扭过脸说。

你们不是喜欢打赌吗？接着打赌吧，长者说，吞三十个玉米棒换三亩瓜地不公平，你让兆庚吞一百个玉米棒嘛，他要是能吞下去你就把瓜地给他，打赌要打得公平，半条命换三亩瓜地，这样差不多，这样不就收场了吗？

一百个玉米棒？龙水先是愣怔着，后来他就一口一口地干咽着口水，似乎在模拟吞咽一百个玉米棒的全部过程。后来龙水咬紧了牙齿骂了一句脏话，他说，这回我真豁出去了不就三亩瓜地吗？豁出去，赌啦！

村里人几乎都汇集到兆财的玉米地边来了，兆财一家人唯恐别人踩坏了玉米，高高低低地站成一排人墙，挡住了那些乱糟糟的人和那些顺手牵羊的手。一百个玉米棒，我看准了，谁也别想乱拿。兆财的目光盯紧了所有围观者的手，他说，除了兆庚，谁也别碰我的玉米。

只有兆庚在掰玉米，兆庚掰下一个玉米三口两口就吞下去了，他的脸腮忽然鼓出来，忽然瘪下去，他的嘴里发出一种呱唧呱唧异常锋利的声音，而他的面部在相对平稳的时候便浮现出一抹藐视一切的微笑。

七个，八个，九个，现在第几个了？兆庚偶尔也转过脸对龙水笑着，龙水你给我数准了，你数不准也没关系，这么多乡亲都数着呢。兆庚又对他女人说，你慌什么？一百个玉米就能撑死我？撑不死我，还给你省下几天的口粮呢。

玉米地边的乡亲们都笑，他们看见兆庚的肚子也渐渐地鼓起来了，兆庚的额头上流下一片一片的汗，他的眼珠子不再乱转了，他的手一样粗大的喉管似乎也被堵住了。二十八，二十九，三十。人们数到三十的时候笑声沉寂下去，只有龙水一个人张大了嘴，发出一些含糊的似笑非笑的声音。而兆庚的女人突然上去抢下了兆庚手里的玉米棒，不吃了，女人边哭边喊，我们不要他的地了，不能这么把人当牲口耍，我们不吃了。

谁……耍……谁？兆庚推开了女人，他这么咕噜了一句，又往嘴里塞下一个玉米棒。

兆庚继续在众目睽睽下吞食玉米，他的脸色现在已经变成灰白色，而且突然间有半截玉米棒从他嘴里冲出来，接着玉米的残渣也噗噗地冲出来，溅在兆庚的光裸的身上。女人又狂叫，不吃了，不能吃了！女人拉扯着兆庚，兆庚抬起手想把吐出来的东西塞回去，但那只手最后却无力地搭在女人肩上。

围观的人都去看龙水，龙水坐在地上搓手，他不说话。但兆财却突然扑过来推开了女人，兆财的眼睛红了，他说，你糊涂了，再让兆庚吃几个他就赢了，三亩瓜地就到手啦！女人没好气地说，瓜地要紧还是人命要紧？这玉米兆庚不能吃了，你想要瓜地你自己去吃吧。兆财揪着兆庚不松手，他说，不能这么算了，你要走我的这些玉米怎么办？这些玉米算到谁的账上，你就不能再挺一挺，已经吃了这么多了，还差几个你就赢了，三亩瓜地就到手啦！兆庚对兆财点了点头，他的嘴唇嚅动了一下，好像在说，挺一挺，挺一挺。玉米地里的几个长者觉得兆庚是想继续这次赌博的，他们于是上来劝走了兆庚的女人，他们说，兆庚还能吃，你别怕，出不了人命的。

但是兆庚已经没有力气去掰玉米了，兆财就帮他掰，帮他把玉米塞进嘴里。九十一，九十二，九十三，兆财的声音充满了惊喜，他说，兆庚你再挺一挺，还有七个了，还有七个你就赢下三亩瓜地啦！

但是兆庚却突然挺不住了，兆庚的身子突然歪倒在兆财怀里，与此同时那些玉米粒玉米渣子像烟花爆竹一样从兆庚的嘴里喷泻而出。乡亲们后来回忆当时的情景都说，那些玉米怪了，它们不像是玉米，它们像烟花爆竹一样从兆庚嘴里喷泻出来，然后就乒乒乓乓地爆响了，乡亲们说玉米不是烟花爆竹，但它们爆响的声音比过年时的烟花爆竹更热闹更快乐。乡亲们说这事也奇怪，玉米，好好的玉米，好好的那些玉米怎么会爆炸了呢？

玉米怎么会爆炸呢，你去问兆庚，你去问龙水，还有兆财，还有那些村里人。

十八相送

花旦在前往塔县的路上看见了她熟悉的七里池塘，七里池塘岸上逶迤着八里长亭。花旦拉开了车窗，四月的风灌进来，花旦听见一种美妙的人声混杂在草长莺飞的声音中，她的心事被风吹来吹去的，吹出了泪珠，后来她就伏在小生继华的背上嘤嘤哭泣起来。

小生继华握着花旦的手不知所措，他看了看周围的人，人们都在午后的旅程中昏昏欲睡，小生继华就拈起花旦鬓后的一绺长发，凑到她耳边柔声问道，谁欺负你？好好的怎么哭了？

花旦仍然啜泣着，过了一会儿她轻轻吐出几个字，就像在戏台上的念白，稍稍拖长了音拍，所以花旦虽然压低了声音，小生继华还是听清了那四个字的内容。

《十八相送》？你是说《十八相送》？小生继华惊疑地问，你还在想那出戏？

十、八、相、送。花旦的吐字更加清晰了。

你还在想继璜？小生继华松开了花旦的手，他的脸上浮现出悻悻之色，他说，我就知道你还想着他，我对你好有什么用？

我刚才看见他在池塘边走。花旦最后止住了哭泣，她发现旁边有人开始在注意她和小生继华的谈话，花旦一下子便噤声不语了。

但是车上的人已经在窃窃低语，有一只蜜蜂贴着车窗玻璃哧啦哧啦地飞旋，车尾箱子里的锣钹随着汽车的颠动，突然会敲出些声音，除此之外你能听见的便是继璜的名字了。小生继璜离团出走已经一年多了，但人们都记得他风流倜傥的扮相和行云流水的唱腔；几乎每一个旦角都曾企望与小生继璜配戏，但他却在一个暴雨滂沱之夜不告而别了。剧团的人都知道小生继璜的出走与花旦有关，那一对痴男怨女，戏里戏外，真情假意，人们已经无意去缅怀或推断，现在他们一边谈着小生继磺一边朝窗外观望着，七里池塘从他们视线里退去了，八里长亭最后一片廊檐也一掠而过，塔县县城就在前面，除了花旦，并没有人看见小生继璜在池塘边徘徊的身影。

塔县的这个戏台又高又大，据说是多年前一个乡里豪绅为他的女眷们特意修筑的，那些女眷嗜戏如命，乡绅干脆就包了一个戏班子，平时戏班子里的人就住在戏台下面。

戏台下面其实是一间巨大的屋子，里面放了许多床和许多镜子，可以住宿也可以化妆，从前的戏班子住在里面，现在的小剧团来塔县还是住在这里。那天花旦站在人堆里看着人和箱包一起往戏台下面涌，花旦突然尖叫起来，别进去，不能住在戏台下面！剧团的团长厉声呵斥了花旦，你又撒什么娇？到了塔县只能住戏台。他说，别人能住你为什么不能住？花旦脸色苍白，她的目光惊惧地在大屋四周扫来扫去的，她说，这么大，这么空，我害怕。团长说，

你就是娇气，我们那么多人住在一起，怕什么？没有鬼的！花旦倚着门委屈地看着她的同伴们，她说，我不是怕鬼，我是怕继璜，我刚才看见他，他真的在池塘边走，他跟着我们！

花旦最近情绪反常，她说话在旁人听来常常是颠三倒四的，剧团里的人都相信演戏演多了人会痴迷，所以没有人留意花旦的那份莫名的恐惧，况且他们都认为花旦的话不可信，除了她，剧团里没有第二个人看见过继璜的身影。

只有小生继华过来拽花旦的旅行袋，他说，我给你去占个好床位，迟了你就只好睡在桌子上了。

花旦说，我怕，我不住在戏台里。

小生继华笑着说，小姐呀你怕什么？那么多人呢，女的睡里面，男的睡外面，中间拉了块旧幕布，这比住招待所有趣多了。

花旦仍然站在门口朝里面张望着，里面的灯突然亮了，原来在一片幽暗中晃动的人影都清晰起来，花旦终于把她的旅行袋交给小生继华，花旦说，夜里不要关灯，夜里一定要开着灯。

你到底怕什么？小生继华说，有我在你怕什么，有什么你喊我一声，见鬼抓鬼，见人抓人，你不用害怕。

花旦以袖掩面扭转过身子，她知道继华在调节她的紧张情绪，她想笑但怎么也笑不出来。我真是见鬼了，我刚才还看见继璜跟在汽车后面，现在又不见了，花旦说，他大概躲在哪儿了吧？他会躲在哪儿呢？

小生继华嗤地冷笑了一声，扔下花旦走了。

那只黑毡鞋是花旦临睡前在床下发现的，花旦刚脱了鞋又要下地，就把两只脚伸到床底下去勾鞋，没想到勾上来一只男演员穿的

黑毡鞋，花旦便惊叫了一声，把旁边的女演员都吓了一跳。

一只黑毡鞋，你们看这只黑毡鞋。花旦踢掉了脚上的鞋，大声说，你们快看那只鞋呀！

女演员们围上去看那只鞋，有人把鞋倒扣着摇了摇，说，没什么东西，我以为鞋里有老鼠呢。又有人不满地数落花旦说，大惊小怪的吓人一跳，一只黑毡鞋，肯定是那边道具箱里掉出来的。

不是，花旦脸色苍白地爬下了床，她说，你们没看见那道红边吗？那是继璜的鞋，他跟我演《十八相送》都穿那双鞋，是继璜的鞋，他走时把那套戏装都带走了。

是继璜的鞋怎么会在这里？他也来塔县了吗？女演员们于是再次叽叽喳喳地议论起小生继璜来，每个人都相信花旦掌握着小生继璜出走的秘密，所以女演员们一边交头接耳一边不时地朝花旦瞥上一眼。

花旦似乎四处搜寻着什么，她在找另一只黑毡鞋，但没有找到。奇怪，花旦嘀咕着把唯一那只鞋放在道具箱里，锁住了箱子，你们难道不觉得奇怪吗？花旦恍惚的目光扫过女伴们的脸，她说，我说过继璜一直跟着我们，你们却不相信，现在你们该相信了吧？

可是继璜他跟着我们干什么呢？老旦高声大嗓地说，他要是想唱戏就回团里来，何必要像个鬼魂似的跟着我们？

花旦默然无语，过了一会儿她像被什么东西刺了一下，从道具箱旁跳过来，挽住老旦的胳膊，你们看那灯，灯丝在跳呀，花旦仰望着天花板跺着脚喊，别关灯，别让灯灭了！

然而电灯恰恰在这时突然灭了，女演员们已经被花旦惊惶的情绪所感染，灯一灭便齐声尖叫起来。有人朝幕布外面的男人们喊道，谁关的灯？快把灯打开！外面的男人们却幸灾乐祸地哄笑着，不知谁把一面铜锣扔了过来，哐当一声巨响把女演员吓得跳了起来。团长在混乱中敲起鼓，敲了一会宣布说，塔县一片漆黑，看来是县里拉了电闸，谁也别闹，都老实睡觉！

黑暗中的混乱渐渐平息，女演员们也安静下来，只有花旦惊魂未定，她始终拉着老旦的手不放，花旦不肯回到她的床上去，最后她钻进老旦的被窝时听见幕布那侧的男演员轮流发出怪叫声，鬼来啦，鬼来啦。女演员都骂开了，花旦捂着耳朵，她想他们叫她反而不怕了。

半夜里下起了淅淅沥沥的雨，花旦睡不着，就专心地听着外面的雨声，她以为夜雨能够催眠，但是雨点打在戏台上就像打在她的耳边，花旦还是睡不着。她记得她从枕下摸到手表，还没看清手表上的时间显示，就听见了那阵奇怪的脚步声。脚步声来自上面的戏台，疾走三步，停顿，缓行三步，停顿，后退一步，然后花旦听见了继璜久违了的深情华丽的唱腔。

七里池塘送不走戏水鸳鸯
八里长亭留住了风中杨柳
我如今欲走还留
独不见小姐来送行

花旦在黑暗中睁大了眼睛，她去推身旁的老旦：继璜又来了，你听，他在唱《十八相送》。老旦翻了个身，迷迷糊糊地问，他在哪儿？花旦说，就在上面的戏台上，你快听呀。老旦说，我就听见外面在下雨呢，别疑神疑鬼的，早点睡，明天就要演出了。

老旦又睡着了，别人总是不相信她，即使他们听清了继璜的

台步，这使花旦感到迷茫而孤单。花旦听见四周围都响着同伴们紊乱的鼾声和鼻息声，难道就没有一个人听见戏台上继璜的声音？有人醒着吗？花旦欠起身子对着黑暗轻声喊了一下。幕布那侧有了动静，一只手电筒的光从幕布缝里挤出来，对着花旦这边晃悠了几圈。花旦知道那是小生继华，她知道他想干什么，但花旦现在无心和他出去干什么。

早晨天刚放亮，剧团的人就被一种尖厉的叫喊声吵醒了，是花旦在戏台上踩着脚尖叫。人们纷纷披衣奔出去跑上了戏台，他们看见花旦站在偌大的戏台中间，双臂环抱着自己的身子在那里哆嗦，你们来看，花旦指着戏台上的一只鞋子喊道，你们快来看，是继璜的鞋！

又是一只男演员穿的厚底黑毡鞋，它被孤零零地遗落在戏台上，鞋面已经被夜来的雨淋得精湿，鞋帮内汪着半寸积水。

团长捡起那只鞋倒掉了里面的积水，他对花旦说，你能肯定是继璜的戏鞋吗？花旦点了点头，她说，继璜的那套戏装就是烂了我也认得出来。团长拎着那只鞋沉吟了一会儿说，他也来塔县了？塔县我认识好多人，他要是在这儿，我就能找到他，可是，可是他这样悄悄跟着我们想干什么呢？旁边有人打断团长的话说，哪儿是跟着我们？继璜跟着谁你还不知道吗？人们于是会心一笑，都转过脸去看花旦，花旦在许多人目光的逼视下双颊陡然飞红，你们别这样看着我，继璜的事跟我没关系，花旦捂着脸说，我们只是戏台上的恋人，我跟继璜没什么关系！

花旦后来独自站在戏台上远眺塔县景色，城外的七里池塘八里长亭清晰可辨，水光潋滟之处柳梢滴翠，那里正是花旦想象中的《十八相送》的布景，花旦记得他们在排演《十八相送》的时候继璜曾说过，这出戏应该去塔县唱。他的话当时听来没头没脑，现在看来却隐伏着玄机。花旦突然想到继璜的去而复返与那出戏有关，十八相送，十、八、相、送，继璜在那个暴风雨之夜不辞而别，她竟然没有为他送行？花旦想这一年多来她愁肠辗转心如秋水，放不下的就是这件事。花旦凄然一笑，甩了几个水袖，几句哀婉的唱词也在戏台上荡漾开来。

七里池塘不见了水
奴家的话儿还说不出口
八里长亭走到了头
郎呀，你的心思才吐了一半

剧团在塔县的演出差点砸了锅，起初是花旦称病缩在台下不肯登台，团长看见她脸上画过了戏妆，绣衣只穿了一半，另一半却坚决不肯穿了，团长断定她没病，只是情绪失常，他就挥舞着一根棍子把花旦逼上了戏台。

那天花旦与小生继华合演《断桥会》，但花旦穿的不是白素贞的月白色戏装，而是《拷红》里红娘穿的青缎裤，花旦亮相时台下的戏迷便起了小小的骚动，及至后来，戏迷们发现那个台上的花旦神情恍惚，步履踉跄，更奇怪的是她的念唱与《断桥会》毫不沾边，台下的人就一齐大声喝起倒彩来。

花旦掩面逃到了后台，团长冲上去想掴她的耳光，看见花旦失魂落魄的样子又忍住了，你撞见鬼啦？团长怒吼道，让你唱《断桥会》，你怎么唱起《十八相送》来了？

是十、八、相、送。花旦惊惧地望着周围的人，她说，这回你

们看见继璜了吗？他在戏台上，他在跟我唱《十八相送》。

哪来的继璜？是继华在台上。老旦示意众人安静，她走过去摸了摸花旦的额头，半晌无言，后来老旦把众人叫到一边，严肃地宣布了她的发现。花旦患了相思病，老旦说，她肯定患了相思病，她想继璜想疯了。

不管她什么病，这种样子不能登台演戏了，剧团团长最后气恼地挥了挥手，换人，换戏！

花旦的戏目就这样被换掉了，所以在塔县的最后几天里，花旦成了一个无所事事的人。人们注意到花旦美丽的容颜日见憔悴，花旦不再演戏，但她的举手投足一颦一笑比戏台上更显柔弱凄丽。好好的一个人怎么患了相思病？同伴们仍然像以前一样照拂着花旦，但是不再有人愿意听她说小生继璜了。我看见继璜了，你没看见他吗？每当花旦这样问别人，别人就支支吾吾地一走了之。

花旦邀小生继华一起出去逛街，继华犹犹豫豫的推说上午要排练，不难看出继华对花旦的爱慕已经被她的病阻退了。花旦站在门边凝望着继华，转身之际两滴清泪已经挂在腮边，都以为我有疯病，花旦拭着泪说，连你也以为我有疯病，也罢，就算我有病吧，从今往后你们谁也别来理我了。

花旦轻移莲步独自朝街市走去，走出去没多远小生继华尾随而来，继华说，我不排练了，还是陪你散散心吧。花旦只是回过头瞥了他一眼，说，我有病，你为什么还来跟着我？小生继华无言以对，跟在花旦身后走着，突然看见花旦的手从身后伸过来，翘着一颗兰花指，小生继华会心地握住了花旦的手，继华说，你的手好冷。花旦说，我有病，我的手当然冷。继华刚想说些轻松的话题，

突然觉得花旦的那只手剧烈地颤索起来，她的声音也在颤索。继璜的手更冷，昨天夜里继璜握住了我的手，花旦说着把整个身体都依偎着继华，告诉你你又不会相信，夜里他握过我的手，你们不会相信的，继璜他的魂灵一直跟着我！小生继华无可奈何地笑了笑，他知道无论怎么也改变不了花旦的错误，但他还是忍不住刺了花旦一句，你是说继璜死了？他要是不死怎么会有魂灵？花旦这时候突然站住了，双手捂住胸口，求求你别吓我，她说，我不知道他是死是活，我只知道他一直跟着我，十、八、相、送，你懂吗？

他们路过了塔县的旧货市场，他们本来是想穿过旧货市场去路口买水果的，但花旦突然像一根木桩呆立在一个卖帽子的小摊前，脸色苍白如纸，手指着一顶旧青纱帽，却说不出话来。继华上去拿起那顶帽子问道，你要买这顶帽子？花旦摇着头，手指仍然指着那顶帽子，过了好一会儿终于叫出了声：那是继璜的帽子！继华一愣，说：你怎么知道是他的帽子？花旦叫：是继璜的帽子，他的戏装我都认得出来，快问问那个卖帽子的人，他从哪儿弄来继璜的帽子？

卖帽子的小贩脾性火爆，他明显懒得回答两个演员的问题，一顶旧帽子，别人卖给我，我卖给别人，你管我从哪儿弄的？小贩从继华手中抢过那顶青纱帽，他说，想买便宜给你了，不买就快走，你们把帽子揉来捏去的，让我卖给谁？

卖给我吧。花旦躲在继华的身后，但她的手伸过去抢回了那顶帽子，花旦把帽子重新放回继华的手里，她说，把它带回去让服装师傅看看，是不是继璜的帽子，我说了你们不相信，他说你们就该相信了。

小生继华记得起初是他抓着那顶帽子，他们朝水果摊走的时候

天空突然阴沉下来，他们想买了水果就该回去了，但事情来得那么突然那么神奇，让你来不及细想其中的因由。继华记得他在一筐杏子里挑拣杏子，他把那顶青纱帽随手放在一只倒扣的空箩筐上，就在这时候狂风乍起，他先是看见那顶青纱帽被风卷起来，飞旋了一段距离，紧接着花旦就扔下了手里的满把杏子，抓住它，抓住继璜的帽子！花旦尖声叫着从继华身边冲过去。花旦追赶帽子的身姿让继华万分惊愕，她跑得那么快那么疯狂，继华无法相信那就是他曾经爱慕的柔弱多情的花旦，这个瞬间他忽然意识到花旦对继璜的爱恋有多深，它现在终于变成了疯狂。

小生继华目睹了那件奇事的过程，他看见狂风挟卷着那顶帽子，就像挟卷一片树叶，帽子有几次落在花旦脚下，但花旦始终抓不住帽子，继华觉得风或者帽子比花旦的奔跑更为疯狂，他看着他们一齐在满地黄烟中消失。继华曾经想去追赶花旦，他说他跑到路口暴雨就落下来了，塔县湮没在一片烟雨之中，他根本不知道花旦往哪儿追赶那顶帽子，他不知道花旦跑到哪里去了。

花旦一夜未归。剧团的人第二天全体出动去寻找花旦，小生继华带着几个人去了塔县城外的七里池塘，一个捕鱼的老翁说他昨天确实看见过一个手捧青纱帽的女人，但是令人纳闷的是捕鱼老翁声称还有一个男的，他说昨天有一男一女挽着手从七里池塘边走过，昨天风大雨急，但那对男女手挽着手，风把柳树枝都吹断了，却吹不开那对男女如胶似漆的身影。

还有一个男的？小生继华脸上布满疑云，他说，那个男的，那个男的不是鬼魂吧？

哪来什么鬼魂？捕鱼老翁不满地瞪了小生继华一眼，我亲眼看见他们走过去，哪来什么鬼魂？告诉你了，是两个人，一男一女两个人！

小生继华所在的剧团后来再也没去过塔县，这年夏天青衣去塔县探亲，回来时带回了一个惊人的消息，青衣说塔县那个大戏台现在常有一对夫妻档在唱戏，女的就是花旦，男的就是失踪了的小生继璜。青衣最后卖了关子，她说，猜猜他们俩唱哪出戏？众人都说，那还用猜？肯定是《十八相送》。

确实不用猜了，现在剧团的人都知道花旦和小生继璜是天造地设的一对好搭档，他们不再去回忆那双黑毡鞋那顶青纱帽以及花旦古怪的相思病了，所有目睹了这场传奇的人都开始相信，有些人的爱情比戏文更缠绵更动人。只有小生继华在别人谈论此事时不为所动，保持着缄默，他对花旦和小生继璜的传说充满怀疑。有一次他忍不住把青衣拉到一边，说，别再编造那对男女的故事了，他们早就成了塔县的鬼魂！

小生继华出语惊人，我们所有人都被他吓了一跳。

把你的脚捆起来

除了遥远的婴儿时代，一鸣的双脚总是处于某种不安定的状态中。一鸣两岁刚学会走路就有了一次远游的经验，他在一个阳光绚丽的早晨爬出了立桶，直奔门外的街道。一鸣他跌跌撞撞地混在早晨出门的人群里，像一匹小马驹沿街奔走着，一直走到邮电所那里才停下来，他摸了摸墨绿色的邮筒，他当时还弄不清楚那是不是一个人，或许他知道那不是一个人，所以他大胆地对着它撒了一泡尿。然后他就站在邮电所门口朝这个陌生的世界东张西望，从他身边经过的人们都以为他的父母正在邮电所里寄信呢，没有人注意两岁的小男孩一鸣，但一鸣注意到地上有半截被人丢弃的油条，他捡起油条放在嘴里咬着，虽然已经被别人的脚踩脏了，但油条毕竟是油条，一鸣吃得很香，吃完油条他又发现了地上的一颗烟蒂，一鸣照例去捡了放在嘴里，咬了几下，大概觉得味道不时，却不知道把它吐出来，于是一鸣就张大了嘴站在邮电所门口大哭起来。

这件往事当然是一鸣的父亲告诉他的。一鸣不记得父亲说过多少遍了，他不喜欢父亲如此回忆孩提时代的事。他不喜欢在换鞋出门前听见父亲的絮叨，看见父亲挑剔谴责的目光，那种目光久久停留在他的球鞋和鞋带上，他的尼龙袜上，以及他的整个腿部。当父亲的目光终于上升，最后投射到一鸣的脸上时，他的眼神倏地变得坚硬而犀利，并且总是匆匆的冷冷的一瞥。

去捡油条吃吧。父亲对着墙壁说。

你小时候就没捡过油条？一鸣说。

去捡烟蒂吃吧。父亲对着桌子说。

一颗烟蒂，吃了又怎么样？一鸣说。

什么怎么样？我没跟你说话！父亲终于勃然大怒，他朝儿子挥着手说，想出去就快滚吧，没人拦你，我不管你，你出去了不回来也行，脚在你身上，没人想捆着你的脚！

一鸣的脚很大，而且形状也有点奇特，大脚拇指比其他四颗长出一大截，因此一鸣的鞋袜的寿命都很短，它们的顶端外侧一律都有一个洞。一鸣记得母亲活着的时候经常为他缀补那些鞋袜，袜子容易一些，在破洞上补一块就行了，补鞋洞就难得多，母亲有时拎着他的球鞋到汽车修理行去，回来时那双球鞋上便增添了两块黑色橡胶，工人们像补汽车轮胎一样为一鸣补鞋，虽然火补的痕迹很粗糙，但两块黑色橡胶分列于一鸣的左脚和右脚，看上去很对称，就像脚的眼睛一样。

母亲去世后一鸣的大脚拇趾便常常露在外面了，一鸣在穿或脱鞋的时候才注意到那两个破洞，往往这时候他会突然地思念母亲，而且他也意识到母亲一旦离去，不会再有人来关心他的大脚拇趾，也不会有人注意他球鞋上的两个破洞了。他的鞋子也不会有两只黑眼睛了。

我的鞋破了。一鸣拿着他的鞋给父亲看。

没有破，春节刚买的鞋，怎么会破？父亲的目光在两只球鞋上环视一圈，独独略去了鞋尖部分，他说，好好的新鞋，怎么破了？

那个洞，我的大脚拇趾露出来了。一鸣说。

那不是破了，是你自己顶破的。父亲说，男孩子，露出点脚趾怕什么？穿着吧，你的脚长得那么快，鞋没问题，是你的脚有问题。

一鸣拎着鞋子还想说什么，但他知道父亲不同于母亲，父亲对于他的脚的看法也不同于母亲。不知为什么，一鸣始终觉得父亲不喜欢他的脚，甚至是厌恶，甚至是仇视。他的鞋子以及他的脚。

他的脚后来需要穿四十三码的鞋子。

现在一鸣穿着四十三码的鞋子几乎走遍了中国。他的青春时光就像无数箭头标向这里、那里，他要到这里去，他又要到那里去了。地图上的那只公鸡看上去精巧，其实是幅员辽阔的，很明显一鸣的脚印虽然有四十三码，但靠它们去填满真实的公鸡却难于上青天，一鸣的父亲就是这么批评儿子的。

中国那么大，你每个地方都要去吗？

我没说每个地方都要去。一鸣说。

你就是把两条腿走断了，你也走不完中国的一条线。父亲说，去这里，去那里，你想把中国走遍吗？你想让报纸电台都来采访你？

我没说我想要什么采访。一鸣说。

那就别走了，别白费工夫了，给我好好地待在家里。父亲说，你在家里好好地待上几天，在家里待着你就会死吗？就会死吗？

我没说待在家里就会死，我不过是想去看看洞庭湖。一鸣往他的旅行包里塞着照相机、袜子、电池和毛巾一类的东西，他说，你发那么大火干什么？我已经在家待了二十多天了，我没去过洞庭湖，我一定要去一次洞庭湖。

一鸣很少去正视父亲的脸和眼睛，他认为这是一种减少冲突和口角的好办法。有时候在旅途上他突然想起父亲，浮现在眼前的竟然是父亲年轻时的模样，父亲把他从自行车后座上抱下来，父亲把他往小学校的大门那里轻轻一推，去吧，慢点走，别跑，别跑呀！那个声音严厉而机械。一鸣现在其实很少想起父亲，但是在开往邵阳的火车上，车窗外猛地掠过一个老人佝偻的背影，老人打着一柄黑雨伞站在细雨中等候火车从道口通过，一鸣看见了老人花白的头发和他手里的另一柄雨伞，另一柄雨伞被老人抱在腋下，一鸣突然发现了父亲真实的苍老的脸，花白如霜的头发，纵横交错的皱纹，还有像别人嘴里的苹果那样渐渐收缩的腮颊，像苹果核一样的父亲，遥远的独坐家中的父亲，父亲的形象第一次使一鸣感到某种不安。

也是在开往邵阳的火车上，一鸣做了一个梦，他梦见自己睡在家里的老式铁床上，他梦见父亲坐在他身边，准确地说父亲是坐在他的脚边，父亲的眼睛久久凝视着他的双脚，那么悲哀，那么愤怒，他在梦中感到了某种危险，他看见父亲在身后摸索着什么，摸出了一条绳子，他听见了父亲的声音，我要把你的脚捆起来，把你的脚捆起来，捆起来。

在开往邵阳的火车上，一鸣的双脚乱踢乱蹬了一番，把邻座旅客的一篮橘子踢翻了。一鸣醒来时看见那个农村妇女弯着腰到处捡橘子，他怀着歉意帮着一起捡橘子。那个农村妇女并不怪罪一鸣，她笑着对他说，你这是在长身体呢，我儿子也这样，睡着觉两只脚乱踢乱蹬的。一鸣不知道该怎么解释，他仍然带着一点惊惶之色，不是长身体，一鸣说，是我父亲，他要把我的脚捆起来。

一鸣是在外地的一个业余摄影者学习班上认识修兰的。一鸣参加过许多类似的学习班，他从来不期望在这种萍水相逢的场合发现爱情，但当修兰出现在那间简陋的教室时，一鸣的眼睛倏地亮了起来，他一下子就被女孩的长发和浑身迸发的青春活力打动了，就在辅导老师侃侃大谈人像造型时，一鸣当场试验，偷偷地举起相机为修兰拍下了好几张侧面像。

后来一鸣拿着冲洗好的照片去找修兰，修兰只注意一鸣手里的照片，却不多看一鸣一眼，她留下两张她认为照得美丽的，另外几张被她毫不客气地扔进了废纸篓里。

你不会用自然光，修兰先是批评一鸣，紧接着她想起什么，说，我又不认识你，你为什么偷偷地给我照相？

因为你长得太美了。一鸣说。

那我也要给你照几张。修兰说。

为什么要给我照？一鸣说。

因为你长得太丑了。修兰说着已经抓起了她的照相机。我最讨厌你这种摄影观念，修兰说，你们都喜欢拍美的东西，我就偏偏喜欢拍丑的。

照相机快门被咯嗒咯嗒揿响的时候，一鸣预感到爱情即将来临，他朝修兰的镜头扮着鬼脸，但他的脸却被某种灼热的激情

烧红了。

后来一鸣就开始和修兰恋爱了。

一鸣记得他第一次向父亲出示修兰的照片时，父亲的眼光近乎审视一个危险的罪犯，他把老花眼镜戴上，又摘下，他的嘴里发出一种含糊的不置可否的声音。

她长得很美。一鸣说。

美吗？她配你当然是绰绰有余了。父亲说，不过，她的眼角上是不是有颗痣？是不是有颗泪痣？

什么叫泪痣？一鸣说。

这是你母亲以前告诉我的，她说长泪痣的女孩命苦，父亲说着观察着一鸣的反应，当然这是迷信的说法，他说，当然你不必在乎。

我当然不会在乎一颗痣，一鸣嗤地笑了一声，说，泪痣？什么泪痣？我们就要结婚了。

结婚？刚刚认识就要结婚？父亲怔了一会儿，突然有点忸怩起来，结婚当然好，不过我还没有准备，什么准备都没有呢。

不用你准备，我们当然是旅行结婚。一鸣说，是我结婚，要你准备干什么？

我猜到你们会旅行结婚，父亲皱起了眉头，他的双手不安地揉着膝盖，而他的目光也沉下去，凝视儿子的腿，儿子的脚，父亲的手轻轻拍着膝头，我是说你们旅行回来，结婚，总得办一办，总不能弄得偷偷摸摸的吧？

那些事再说吧，我和修兰都不喜欢这一套。一鸣挥了挥手说，修兰家在厦门，就在海滨，我喜欢那地方，也许结了婚就住那儿了。

一鸣记得父亲就是这时候开始沉默的，父亲盯着他的脚，一鸣觉得他的双脚脚背似乎被乱针刺击着，他就来回挪移着他的脚。他听见父亲的呼吸声很急促，父亲的手伸到桌上摸索着什么，一鸣冲过去抓过小药瓶，从瓶里取出了一颗药片，他说，是不是血压又高了？我在跟你说我和修兰的事，我没想惹你生气，你现在怎么这样爱生气呢？

一鸣把药片塞进父亲的嘴里，但父亲把药片又吐出来了，与此同时他的手继续在桌上摸索着，一鸣听清了父亲的嘟囔声，他在说，绳子，绳子，绳子呢？

绳子？一鸣突然想起了他在去洞庭湖的旅途上做的那个梦，他说，你真的想找绳子？你真的想把我的脚捆起来？

父亲的神情恍然若梦，他慢慢地开始安静下来，不，谁说我要绳子？父亲终于摇了摇头，我的血压太高了，我老了，谁捆谁还不知道呢。

窗外夕阳西斜，夕阳摸到了父亲苍老的脸，一鸣第一次感受到时光机器对人的铣刨和漂染，他心中升起某种莫名的温情，因此一鸣扶着父亲瘦削的双肩，在黄昏薄暮中，在他从小生长的家里站立了很久。

就像所有青年男子一样，一鸣的心紧跟着恋人的心，一鸣的脚步也紧跟着恋人远离家门。新婚旅行的目的地是一鸣以前想去而未去的西双版纳森林。一鸣和修兰从厦门出发前往云南，就在他们登上火车的时候一封加急电报送到了修兰的家中。电报是从一鸣家里打来的，电报内容恰恰是所有人最害怕的那种：父病危，速归。

但是一鸣和修兰已经登上了火车，修兰的母亲拿着电报冲进站台时火车已经远去，她只好返身来到邮局给一鸣家里回了份电报。修兰的母亲是个语文教师，因此她拟定的回电内容也显得言简意赅：一鸣已在途中。

一鸣和修兰在西双版纳度过了真正的蜜月，一切都浪漫而富有诗意，只是在夜晚修兰常常发现一鸣的脚乱踢乱蹬，修兰有一次就对一鸣说，我恨死你的脚了，夜里睡觉老是乱踢乱蹬的，下次再这样我就用绳子把你的脚捆起来。一鸣不由得看着他的双脚出神，他说，我不知道，大概是做梦，大概是梦见我父亲拿着绳子，他想把我的脚捆起来。

一鸣不知道父亲的事情，也不知道父亲在脑溢血的情况下又转危为安了。一个月后一鸣回到家中，看见家里的每扇门窗都贴着双喜剪纸，所有的墙壁都粉刷过了，所有的旧家具都油漆过了，而新家具都在一鸣的房间里摆放得有条不紊。一鸣的两个妹妹都在家里忙碌着，但她们只是用谴责的眼神扫视着一鸣和他的行囊，一鸣觉得家里的气氛有点异样，他推开父亲的房门，看见父亲坐在床上，父亲枯瘦的脸上有一种灿烂的微笑一掠而过。

你还是回来了，父亲说，你还知道有个家。

回来啦。修兰明天就到，一鸣说。

随便她什么时候到，什么时候都行，父亲说。

你又病了吗？一鸣走近父亲的床边。

什么叫又病了？好像我老在给你添麻烦？父亲表情又归于漠然，他说，天有不测风云，可我这里什么都安排好的，该病就病了，该死就死了，我会挑时间挑地点，不会给你添麻烦，一鸣不知道父亲为什么总是这么说话。

一鸣后来从妹妹手里接过了那封电报。一鸣已在途中。他念出

了声音。一鸣念那封电报时觉得那六个字像六颗钉子打在心上，刹那间他对父亲乃至整个生活充满了负疚之情。

一鸣的妹妹说，你把电报撕了吧，别让父亲看见它，他一看见它就伤心。

我把它收起来。一鸣小心地折叠好那份电报，把它塞进了衬衣口袋，然后他站在父亲的房门口沉默了很久。一鸣的整个青年时代似乎就是在这片刻的沉默中重归家门，最后他严肃地对两个妹妹说，放心吧，我以后不会再让父亲伤心了。

我们知道一鸣信守了他的诺言。一鸣后来真的成了他父亲的好儿子。一鸣和修兰就在我们这里居住和工作，他们的家离一鸣的父亲只有三条街的距离，一鸣常常穿过这三条街到父亲那里去，有时去为他做饭，有时陪他下棋，有时什么也不做，只是陪他在寂静的黄昏中坐着，只是坐着。

就那么坐在父亲身边。有一天一鸣看见父亲的脚后跟在地上磨蹭着，他的整个仰坐在藤椅里的身体似乎也躁动起来，一鸣下意识地去抓桌上的药瓶。但他听见父亲说，不，不是血压，是鞋底下沾着什么东西。

一鸣蹲下来看父亲的鞋底，果然沾着东西，是一张皱巴巴的纸。一鸣说，没什么，是一张纸，我来把它拿掉。

不用你拿，我自己来。父亲说着把膝盖慢慢抬高，右手慢慢地伸向鞋底，他抓住了那张纸。是什么纸？上面写着什么字？父亲戴上了老花眼镜凑近了那张纸，是份电报，父亲说，我想起来了，是那份电报，说你已经走了，走了。

一鸣已在途中。

一鸣也已经看清了那份电报，他觉得奇怪的是它早被藏起来了，什么时候掉到了地上？怎么又恰恰被父亲踩在了鞋底下。但一鸣来不及细想了，他看见父亲的手指突然松开了那份电报纸，父亲的身体突然歪倒在他的臂弯里。

一鸣的父亲最后死在一鸣的怀抱里。

一鸣记得他看见父亲的亡灵，父亲的亡灵年轻而健壮，他抓着一根绳子朝一鸣走过来，他说，别害怕，儿子，现在我要把你的脚捆起来把你的脚捆起来。

把你的脚捆起来。

花生牛轧糖

女孩走到钟表店门口用手撑着玻璃门，她以为母亲就在身后，但尾随她出来的却是一个穿着西装的老人。老人拎着把雨伞侧身而过，一边很礼貌地朝她颔首一笑，女孩却朝天翻了个白眼。然后她回眸寻找着母亲，她看见母亲还在柜台边与营业员说着什么，母亲的声音时高时低，不是我丢了，是你们忘了给我发票。母亲说，没发票怎么行？到时手表坏了你们肯保修吗？母亲突然提高了嗓门，女孩听见她在用什么敲打柜台，母亲说，岂有此理，你们对顾客就是这种态度。

女孩站在钟表店门口显得很不耐烦，她用一种怨恨的目光浏览着橱窗里陈列的那些钟表，那些钟表在她看来一只比一只庸俗难看，滑稽，谁让你在这里买手表的？女孩这么嘀咕了一句猛地扭过身子对母亲嚷道，别说了，再不走就下雨了，外面下雨啦！

雨点确实已经打在外面的街道上了，街道两侧的人群开始快

速地移动或奔跑。女孩拉住她母亲的手跑了几步，母亲说，跑什么呀？出门时让你拿一把雨伞你偏不拿，现在好了，就淋成落汤鸡吧。女孩甩掉了母亲的手，跳到一家电影院的台阶上，她用一块手帕擦着头发说，这有什么了不起的？下雨躲雨，我们干脆看场电影吧。

母亲抬头看了看电影院的大幅广告画，她的表情显得更加愠怒了。广告画上是一对骑在马上的男女，女的正微微侧转着脸和身子，男的揽住了女人的腰，两片鲜红的嘴唇正迎向另两片更加鲜红的嘴唇。

不看。回家。母亲说。

下这么大雨，你不看我看。女孩撅着嘴说，你一个人回家吧，滑稽，你去淋雨吧，淋成落汤鸡吧！

不准看，等雨停了就回家，母亲说。

雨停不了，你没看人家都买票进场了？女孩跺了跺脚说，这部电影肯定很好看。

这种电影不好看，我不准你看。母亲说。

滑稽，你没看过怎么知道不好看？他们都说很好看。女孩冲过来抓住母亲的皮包，手伸进去摸着，她说，给我钱，你不看我要看。

母亲在女儿手上打了一记，她怒气冲冲地盯着女儿的手，过了一会儿她自己走到售票窗前，对着窗内说，算了算了，买两张票吧。

电影院里黑漆漆的，只有银幕那一块变幻着明亮绮丽的色彩。蓝天白云、赭红色的山脉和碧绿的草场，一个美丽的穿白裙的女孩

策马狂奔，她好像正在逃离几个男人的包围圈。很明显电影已经开场了。女孩先是倚靠在母亲的肩膀上，当英俊风流的男主角脚蹬马靴走近女主角的帐篷时，女孩的身子渐渐挺直了，她往嘴里塞了一颗话梅，但那颗话梅被遗忘在唇齿之间进退两难。

母亲说，又是这一套，俗气死了。

别说话。女孩捅了捅她母亲，低声警告道，你在这里乱说话，别人还看不看电影了？滑稽！

母亲说，这种电影，骗人的，看这种电影还不如在家看电视。

女孩侧过身去往她母亲嘴里塞了一颗话梅，但母亲突然从座位上跳了起来，不好了，炉子上还在煮开水呢，母亲仓皇地拽着女孩说，快回家，会闯祸的，都是你催我催得头昏。

你糊涂了？不是灌好了开水才出门的吗？女孩说。

谁灌的？我让你灌你灌了没有？母亲仍然紧拽着女孩的手，快走呀，要闯大祸了，你在这里还坐得住？

你糊涂了，女孩甩脱了母亲的手，愤愤地说，我看着你灌的水，这种记性，闯了祸也是活该，真滑稽。

你走不走？母亲几乎叫喊了一声，与此同时她注意到电影院的所有人都转过头来朝这边看，于是她压低声音又重复了一遍，急死我了，你到底走不走？

不走。我要看下去。女孩坚决地说，你要是不相信我你自己回家看吧。

女孩后来就独自留在电影院看电影，女孩有点心神不定，但她的眼睛始终专注地盯着银幕。假如你当时恰巧坐在电影院前排，假如你恰巧向后面望了一眼，你便能够看见一双像猫一样在黑暗中闪烁的眼睛，多情而胆怯，摄取或被摄取的眼睛，不错，那就是女孩的眼睛。

后来银幕上就出现了男女主人公在马背上长吻的镜头，女孩看见草地上的野花一朵一朵地绽放，白色的长鬃上凝结着几滴露珠，马背上那女人似乎已经溶化在她的情人的怀里，她佩戴的花环和珠链纷纷坠落，而那个魁伟英俊的男人怀抱女人的姿态仍然那么迷人，他不说话，他的背影纹丝不动，只有那双黑牛皮马靴上的金属扣闪闪发亮。

爱情的声音充溢在电影院里，女孩开始坐立不安起来，她低下头，又抬头，又低下头，如此犹豫了一番，女孩突然站了起来。她急匆匆地穿过黑暗的过道，走到门口又回头望了望银幕。那个马背长吻的镜头刚刚切换，女孩看见一遍沐浴在阳光里的松树林，两只鹿正在争食一颗松果。女孩站在门口欲走还留，远眺银幕的目光黯淡下去。走吧，女孩对自己说。不知为什么她走出电影院时若有所失，她也不知道为什么要对外面的引座员说那句话，这部电影不好看，真是滑稽，女孩对自己的表现很不满意，她想早知道是这样还不如跟母亲回家呢。

外面的雨已经变成稀疏的鹅毛细雨，女孩站在台阶上，把手帕的四角打了结，做成一顶小帽扣在头上，也就在这时她发现一个青年男子在旁边观察自己的举动，他微笑着看她头上的那顶小帽，女孩狠狠地白了他一眼，伸手就把小帽从头上摘下来了。

我这里有伞。那个人说。

女孩不理睬他，她发现他两手空空，风衣口袋里插着一叠报纸。他根本没有伞。女孩不禁冷笑了一声：滑稽！

我的风衣就是一把伞，那个人展开他的风衣，展开了又迅速合

上，奇怪的是他脸上的微笑以及动作都显得温文尔雅，他说，你跟我走，你不会淋到雨的。

女孩不理睬他，但她的双颊已经一片绯红，女孩转过脸看了眼细雨中的街道，然后猫腰冲下了台阶，女孩就像一只受惊的小鸟，飞一程停一会儿，飞一会儿回头张望一会儿。拐过街角远远地看见了公共汽车站的站牌，女孩终于松了口气，滑稽，滑稽，她这样嘀咕着放慢了脚步。运动鞋的鞋带松了，女孩蹲下来系鞋带，这时她眼角的余光里便出现了一个人的黑皮马靴，它离女孩大约有五米之遥，但是它的式样以及靴部上端的金属扣与电影里男主角那双马靴如出一辙，女孩愕然地抬起头，然后女孩便惊叫了一声。

就是那个穿风衣的青年男子，他又跟上来了，女孩惊惶之余仍然为他脚上的那双马靴感到迷惑，他为什么也穿着那种马靴？她刚才为什么没发现他也穿着那种马靴？

女孩经过他身边时走了一个之字形，她听见他说，喂，小姐，你不认识我了吗？女孩装作没有听见，她想起母亲以前的告诫，不要搭理他们，你不理他们就主动，你要与他们搭话就会越来越被动。女孩想，不要搭理他，也不要看他，她低着头奔跑了几步，但紧接着她回过头朝那人脚上的马靴望了一眼，那双黑牛皮马靴踩在雨地里竟然未着一星泥水，它甚至比电影里男主角的那双更加光彩动人。女孩很快意识到她对那双马靴的注意引起了某种错觉，那个人低头看了看自己的马靴，双脚在地上轻轻跺了几下，然后他便继续尾随着女孩。

公共汽车还没有来，站牌下聚集了许多湿漉漉的人，他们使女孩拥有了些许安全感。女孩钻到人堆里，从别人的肩膀上偷偷窥探那个穿马靴的男人，那个人也在搜寻女孩，当他们的目光突然相撞时女孩便低下头，女孩涨红了脸嘀咕着，滑稽，真滑稽。她躲到了一个中年妇女的伞下，对她说，让我躲躲。那个妇女说，没关系，你再进来一点，淋了雨会感冒的，女孩说，我不怕雨，我怕——女孩欲言又止，她看见公共汽车在雨中的街道上蹒跚而来，女孩突然紧张起来，她在翘首以待的人群里撞来撞去的，竭力与那个人保持最远的距离，当公共汽车的车门打开时女孩奋力率先冲了上去，但她觉得有人紧紧拉住她的手，甩了几下都甩不掉，女孩吓得尖叫了一声，她睁大惊恐的眼睛侧过身，却发现那不是谁的手，那是一把雨伞，雨伞的伞柄恰恰勾住了她的手。

女孩坐在车窗前惊魂未定，那个穿马靴的男人还站在下面。她能看见他，还有他马靴上那个闪闪发亮的金属扣，她看见他隔着车窗朝她微笑着，那种微笑有点虚假，但看上去并不令人憎厌。女孩闭上眼睛等待着汽车发动的声音，汽车开动了，她发现那个人靠着站牌杆朝她眨眼睛，似乎在向她传递一个隐秘的信号，女孩扭过脸捂嘴一笑，现在她放心了，但是这个结果多少有点出于她的预料。

春天其实不是多雨的季节，在更多的阳光绚烂的日子里，女孩枯坐于钢琴前，一遍遍地弹奏着她最熟悉的曲子：《少女的祈祷》。但是女孩觉得窗外强烈的阳光妨碍了她的练习，她拉上了窗帘重新坐下来，纯净美好的琴声却仍然显得杂乱无章，于是女孩明白那不是阳光的缘故，是她的心里长出了一些杂乱无章的声音。女孩在钢琴的黑白键盘上看见了那匹飞驰的白马，看见了白马上一夕长吻的那对男女，甚至还看见了那双镶有金属扣的黑牛皮马靴。

母亲从厨房那边走过来，探询地盯着女儿，她说，你的钢琴越弹越差了，怎么搞的？这样下去怎么去考级？

谁说我越弹越差了？我只是有点烦了。女儿合上琴盖说，我想出去，出去玩玩。

去哪儿玩？母亲皱着眉问。

我去钟表店吧，替你把那张发票要回来，女儿有点局促地朝母亲笑着说，我一定能把发票要回来。

别来骗我，你骗不过我的。母亲的目光变得严厉起来，她说，你到底想去哪儿玩？

女孩怔住了，她的手指在钢琴琴盖上滑来滑去，过了一会儿她突然大声冲母亲喊道，我就是要出去，那部电影我没看完，我要把它看完！

母亲无疑是被女儿突如其来的愤怒吓了一跳，她在女儿身旁茫然地转了个圈，小心翼翼地从各个角度打量了她一番，最后母亲说，你发什么火呀？我也没说不让你看电影，你要实在喜欢看就去看吧，要我陪你去吗？

女孩咬着指甲思考母亲的话，我不要你陪着我，我又不是三岁小孩子，女孩脸上升起了莫名的红晕，我要一个人去，滑稽，为什么要你陪着去？

女孩又站在电影院门口的台阶上了，不管是雨天还是晴天，电影院门口总是站着不少人，地上也总扔满了瓜皮果壳，女孩目不斜视地穿过台阶上的一群青年，她脸上流露出一种夸大的严肃的表情，但是女孩从售票窗那里得到了令人沮丧的回答，电影院已经换片了，现在上映的是一部武打动作片。女孩难以掩饰她的失望，什么武打动作片？瞎打胡闹，讨厌死了。女孩对着售票窗埋怨了一句转身就走。她走下台阶时有个青年跟在她身后说，要当场票吗？加一块钱就给你。女孩没好气地挥了挥手说，讨厌，白送我我也不要。她听见那群青年在后面起哄怪笑，赶紧疾走了几步，边走边想，我怎么啦？怎么去搭理这种人了？滑稽，真是滑稽死了。

外面的电影海报还没有撤换，女孩看见那匹白马仍然在墙上扬蹄奔驰，白马上的那对男女也仍然在热烈地长吻，只是几天的风雨损坏了海报画面的色彩，马上的那个女人唇角似乎在淌血，而男人的那双黑皮马靴也被雨水洇成两块墨团。女孩在海报前逗留了大约两分钟，她觉得她该离开这里了，但是一种朦胧的期待使她裹足不前，也使她的脸色变得忽红忽白，后来她就听见了那种马靴敲击街道的声音，那个穿马靴的青年正再次靠近她，直到此时女孩才像一只受惊的小鸟飞了起来。

喂，你不认识我了？穿马靴的人说。

女孩不理睬他，女孩径直朝街角走去。

你想看那部电影？这家不放映了。我知道哪家还在上映，穿马靴的人尾随着女孩，他说，你别跑呀，我可以带你去看。

女孩不理睬他，女孩想我要是搭理他我就被动了。

你跑什么？我又不是坏人。穿马靴的人始终与女孩隔着三尺之距，他说，我不骗你，我可以带你去看那部电影，那部电影很好看，你不看会后悔的。

女孩不理睬他，女孩想谁知道你是不是坏人，不管你是好人还是坏人，我都不能搭理你，我搭理你我就被动了。

你害怕什么？看部电影有什么？我又不是坏人，穿马靴的人在女孩身后大声叹了口气，他说，我不是坏人，我真的在哪儿见过你。

女孩按照她设计好的路线逃遁，她朝公共汽车站跑去，一边跑一边回头用目光警告身后的那个人，这种警告当然是徒劳的，穿马

靴的男人步履轻松自然，他对盯梢节奏的控制简直像一个天才。女孩终于抓住了站牌下的柱子，以前拥挤不堪的站牌周围现在空空荡荡，女孩觉得很奇怪，紧接着她抬头看见了糊在站牌上的一则布告：此站因故移往新民巷口。女孩的头脑里顿时一片空白，她依稀记得新民巷就在附近，但她却不知道准确的方位了。有几个人骑着自行车认她身边鱼贯而过，你知道新民巷往哪儿走吗？女孩连声问了几遍，但那些人只顾骑车，没有人回答她傲慢而突兀的问题。

穿马靴的人站在三米以外的地方，他仍然朝女孩微笑着，你不想看电影了？他说，你去新民巷坐车回家？你家住哪里？

女孩的脸色有点慌张，她左顾右盼地寻找过路人问路，她坚持不理睬那个盯梢者。

我告诉你新民巷怎么走，那个人说，往南走一百米，拐弯就是，我可以陪你走过去。

女孩似乎被提醒了，她又疾步走了起来，但她是往北走的，女孩想既然他让我往南走，那我就应该往北走，他肯定在骗人。女孩往北走出大约十米远，回头看见那个人还跟着她，女孩终于陷入了真正的恐慌之中，她几乎是带着哭腔了一声，别跟着我，谁让你跟着我？！

那个人站注了，他脸上的微笑也凝固了，告诉你新民巷往南走，你偏要往北走。他弯下腰把裤角塞进马靴里，然后他用一种讥讽的语调说，谁跟踪你了？你以为你漂亮吗？你要回家我就不能回家吗？我也是回家。

女孩的脸色苍白如纸，她想现在后悔也来不及了，她必须摆脱这个可怕的盯梢者。女孩终于不顾一切地奔跑起来，她知道街道上的所有行人都朝她侧目而视，但她顾不上这些了，她听见身后响着一串马靴踩地的声音，还有马靴上那种金属扣也一路鸣响着。他在追我，他还在追我。女孩狂乱地往前奔跑，女孩朝一家人头攒动的商店里奔跑，女孩终于跑不动了，她倚在糖果柜台上大口大口地喘气。

你也要买花生牛轧糖吗？女营业员满脸狐疑地打量着女孩，她说。你不用跑这么急，花生牛轧糖来了三大箱呢。

女孩艰难地摇了摇头，她一边喘气一边朝后门口张望，她没有看见那个穿马靴的人，却看见一个异常熟悉的身影挤在人群中，女孩惊喜交加，她揉了揉眼睛，走进商店的确实是她母亲，于是女孩跳了起来，女孩像一只受伤的小鸟扑向她的母亲。

别怕，我一直跟着你呢。母亲搂着女孩的肩膀说，我猜你会碰到坏人，让我猜到了。

女孩想哭，但强忍住了，女孩说，滑稽，真滑稽死了，我又没有跟他说话！

你跑那么快，我差点就跟不上你了。母亲抚摸着女儿的头发说，让你别一个人出来，你偏不听。

女孩仍然把脸藏在母亲的怀里，过了好久她终于破涕而笑，拉着母亲往糖果柜台走，女孩说，有花生牛轧糖，我要吃花生牛轧糖。

种了一盆仙人掌

这家人住在一条缺乏绿化的街道左侧，街道左侧和右侧在我转身之际会发生混淆，所以你须去分辨孙某一家的准确方位。你想分辨也不一定就能分辨清楚，要知道我们所处的城市北区以统一规划和规划统一而著称，每户人家的窗户和阳台甚至窗帘的色彩都有惊人的相似之处，所以我提醒你不要用手指着别人家的窗口谈论这个孙某以及他的家庭。

孙某家的窗台上养着一盆仙人掌，那种热带植物不管被移植到什么地方，一般都能存活下来，但你别指望它像植物园里的仙人掌那样长得怒气冲冲或者喜气洋洋的。在消极的主人手里仙人掌仅仅是活着而已，它的肉刺均匀地附在绿色掌茎上，但当你去捻动那些细小的肉刺时，它们很可能会驯服地粘在你的手心里。

那天孙某的手心就粘了几颗仙人掌的肉刺。孙某站在窗前，把手放在窗框上蹭了几下，他觉得右手手心处很痒，于是更加用力地又蹭了几下，没想到刺痒的感觉不仅没有减弱，反而更加厉害了。孙某就关上了窗，靠在窗边用左手抓挠右手。他看见妻子和女儿在家里慌乱地窜来窜去，妻子在找她的钥匙，女儿却在找一只红色的发卡，很明显她们把寻找东西的希望都寄托在孙某身上。

小孙，你把我的钥匙放哪儿了？

老孙，看见我的发卡了吗？红色的那只，你看见了吗？

她们都是在叫孙某，妻子叫他小孙，女儿叫他老孙。她们找不到东西时便会这样乱喊乱叫的。孙某对此已经习以为常，他不会去帮她们找，他给她们时间冷静地想一想，要找的东西其实就在眼前，这是孙某的经验，孙某从来都是凭借他的经验处理家庭里大大小小的问题的。

妻子果然先找到了钥匙，她找到了钥匙才真正把目光投射到孙某身上，她说话的声音总是显得焦急而匆忙：你怎么还不换鞋？你站在那儿磨磨蹭蹭地干什么？

我的手痒，孙某仍然抓挠着手。

手怎么痒起来了？你在那儿干什么？

那盆仙人掌好像快死了。孙某望着窗外说。

你从来不管它，怎么会不死？妻子的语速越来越快，她提包里钥匙相撞的声音也越来越快，别去管什么仙人掌了，我来不及了，妻子说，你做晚饭，菜都洗好了在盆里泡着，多泡一会儿，现在蔬菜都打农药的。

多泡一会儿。孙某注视着那盆仙人掌说，咦，真奇怪，好好的一盆仙人掌，怎么突然就不行了呢？

妻子已经走到门外，她在门外重重地敲了敲门，小孙，你还站在那里干什么？快换鞋，你还不快换鞋？

我就换鞋。孙某大声回答着，心里却突然浮起一丝疑云，为什么换鞋？换鞋干什么？孙某依稀记得妻子让他换鞋是为了某一件事，但现在他无论如何想不起那件事了。

孙某推开女儿房间的门，女儿正对着镜子朝脸上抹着什么东西，孙某推门探头的动作尽管很和缓，女儿还是受了惊吓，她几乎从椅子上跳了起来。

干什么，女儿大叫道，吓死我了，你吓死我了！

她让我换鞋干什么？孙某说，你不知道吗？

换什么鞋？我都 17 岁了。女儿冲过来关上门，把孙某关在门外。她在门内继续宣泄着她的愤怒，告诉你我已经 17 岁了，进我房间一定要先敲门。

孙某有点愠怒，他不知道女儿刚才在脸上抹什么东西，其实不管抹什么他都不会反对，何必像做贼一样偷偷摸摸的呢？ 17 岁？ 17 岁又怎么样？孙某觉得女儿莫名其妙。他走到厨房里，拧开水龙头让水冲洗右手手心，那种刺痒的感觉暂时消失了，孙某的心情也只是暂时轻松了一会儿，他很快想起了那个烦人的问题，换鞋干什么？她让我换鞋出门买东西吗？孙某的手在桌上的玻璃瓶里逐个摸了一遍，他发现酱油瓶是空的，会不会让我去买酱油呢？孙某这样想着就把那只空酱油瓶拎在手上了，他走到门边，用脚趾把自己的皮鞋从鞋堆里勾出来，然后他的双脚非常轻松地塞进了那双旧皮鞋。

老孙，我去买酱油，你该做功课了，不准看小说。孙某临出门时这么吩咐女儿，走到门外他想起什么，又喊道，老孙，我没钥匙，你不准溜出去玩。

孙某一直把他女儿尊称为老孙，你从这种称谓方式中也可以发现孙某一家的生活是多么轻松多么诙谐，就像我们平素习惯从邻居的表情气色去判断他的家庭生活是否美满那样，我们看见一个面色红润身材微胖的中年男人走下楼梯，他手里拎着一只空酱油瓶子，他的嘴里模仿着流行女歌星的缠绵多情的歌声，看见这样一个人，你确信那是一个生活美满家庭幸福的人。

一辆装满盆栽植物的三轮车停在杂货后门口。孙某走出杂货店时才真正注意到了那些植物，或者说他注意到了藏在几盆大叶植物阴影下的仙人掌。令他惊异的是，那盆仙人掌开花了，仙人掌竟然开花了，开着一朵黄色的鲜艳的花。

你的仙人掌怎么开花了？孙某走近卖花的男人说。

仙人掌会开花，养好了就会开花。男人说。

我知道它会开花，孙某放下酱油瓶，把手伸进花盆堆里拉过那盆仙人掌。他说，让我看看，你这盆仙人掌怎么开花了，我那盆怎么，怎么，好像快死了。

你不会养，当然要死了。男人说。

不是说仙人掌养不死吗？孙某说，我那盆怎么快死了呢？

不会养，什么花木都会死的。卖花的男人笑着说，你就是把木棍插在土里，它最后也会烂掉的，别说是仙人掌了。

孙某趁卖花人不注意的时候捏了捏仙人掌的黄色花朵，花朵摸上去柔软而饱含汁液，看来那是真的花，孙某想收回他的手，但他的手无法控制地移向仙人掌的肉刺，那些肉刺坚硬而锋利，扎破了孙某的手指，孙某忍着疼痛拔下了其中一颗仙人掌刺。

别碰它，小心那些刺。卖花人回过头说。

孙某朝扎破的手指吹了几口气。他看见被拔下的那颗仙人掌刺从指缝间掉落到地上，他不知道自己为什么要把它拔下来。你的仙人掌跟我的不一样，孙某怀着些许不安的心情对卖花人说，真的不一样，连那些刺也不一样，你的刺那么硬那么尖，简直比针还厉害。

我养的花都好。卖花人自得地扫视着车上的每盆植物，他说，你这么喜欢仙人掌，我这盆便宜卖给你了。

仙人掌好，可长了那么多刺。孙某说。

人家喜欢仙人掌就是喜欢那些刺呀，卖花人打量着孙某，嘴角上露出一丝调侃的微笑，世上哪有不长刺的仙人掌？你就是跑到纽约伦敦去，也买不到不长刺的仙人掌。

我知道仙人掌都长刺，我不是那个意思。孙某有点张口结舌起来，他觉得他与卖花人的交谈纯属废话，其实他什么意思也没有，他只是想比较一下自己的仙人掌与别人的有什么差异。孙某最后朝卖花人点了点头表示歉意，然后便拎起酱油瓶走了。他听见卖花人在后面喊，你这个人，你到底是什么意思？

孙某敲了很长时间的门，他听见女儿的脚步声在家里时隐时现，但她就是不来开门。孙某失去了耐心，他的耳朵紧贴着门，嘴里高声喊着，老孙你在搞什么鬼？快开门。

门终于打开了，孙某看见一个浓妆艳抹的女孩倚着门框，她的嘴唇涂成了鲜红的血色，两颗白色的虎牙欲藏还露。孙某首先是从那两颗虎牙上认出女儿的。他知道那是女儿，但他的脚步还是快速倒退了半米左右。

你在搞什么？孙某大叫一声。

我今天化了妆。女儿说。

我知道你化了妆，你为什么要化妆?

我今天想化妆，女儿说。

你今天为什么想化妆？莫名其妙。脸上涂成什么样子了？孙某把酱油瓶递给女儿，他说，把它放到厨房里去，把脸上那些东西都去洗掉。

女儿接过酱油瓶往桌上一放，她的目光闪闪烁烁的，在孙某脸上身上游移着，孙某觉得女儿的样子有点怪，他刚刚想说什么，脖子突然被女儿勾住了，紧接着孙某觉得脸颊上被重重地啄了一下。你干什么？孙某惊叫起来，他下意识地去摸，摸到一小片黏稠的红色，你干什么？孙某又叫了一声，女儿没回答，她朝孙某窘迫地笑着，突然转身逃走了。

孙某摸着一半脸颊怔了一会儿，然后他意识到这件事情已经无可挽回了，他想现在该做的第一件事是把脸上的红印擦掉。孙某站在水池边，用毛巾在脸上擦了几遍，又用香皂洗了一次脸，镜子里映现的那张脸终于一尘不染了，它让孙某松了一口气。孙某对着镜子把自己好好端详了一番，那张脸除了有些惶然之色外，其余一切都一如既往，没什么新鲜的。孙某想现在他该去问问女儿了，她到底是怎么一回事？不管她是否肯说，他一定要弄清楚她心里在想什么。

孙某先把耳朵贴着女儿的房门听了一会儿，里面没有动静；孙某轻轻叩了下门，他用一种极其温婉的语调让女儿开门，老孙，开开门，他说，我要跟你谈谈。

女儿的房间里一片死寂。

你别害怕，我并没有怪你。孙某说，老孙，我只要跟你谈几

句，谈几句就行了。

谈什么？我不跟你谈。里面传来女儿阴阳怪气的声音。

不谈不行，不谈不能解决你的问题，孙某加快了叩门的节奏和力度，他开始给女儿施加压力，你不开门也行，你不跟我谈也行。孙某清了清喉咙说，那就让你母亲来跟你谈，她的脾气你是知道的。

孙某这一招果然产生了效果，他听见门锁咯嗒转了转，门打开了，孙某先把脑袋探进去，他看见女儿背对他半跪半坐在椅子上，女儿手里抓着那只红色发卡，她的手指在发卡齿缝上一遍遍扫过，弄出一阵令人牙酸的噪音。她的姿态充满了拒绝的意味。孙某又清了清喉咙，他想说什么，他很快意识到自己并没有想好说什么，他并不知道现在该对女儿说什么。

我都 17 岁了。女儿说。

我知道你 17 岁了。孙某皱了下眉头说，可是 17 岁又说明什么呢？你想说什么呢？

我什么也不想说，是你想说，你不是说要跟我谈吗？

谈？当然要谈的，孙某脑子里有一些思想的气泡翻滚了几下，紧接着便消失了。他在房间里踱了一圈，目光则密切观察着女儿。女儿仍然背对着他，她的背影显得桀骜不驯，包括她说话的语调也近乎挑衅。孙某突然有一种畏难情绪，心里莫名地有点害怕，至此他觉得自己与女儿交谈的想法过于轻率了，没有充分的准备只会把这件事搞糟。于是他慢慢地退出女儿的房间，他说，我暂时不跟你谈了，先让你自己好好想一想吧，好好想一想吧。

大约是下午三点钟光景，从楼下的空地那儿传来一个外乡人弹棉花的声音：嘣、嘣、嘣。有人在弹棉花，孙某站在窗前朝楼下俯瞰，他觉得这个下午景象与往日相仿，他的心情却比往日任何时候更迷惘更空虚。

妻子回来的时候孙某正在摆弄那盆仙人掌，孙某用剪子把仙人掌的所有刺茎都剪掉了，那些黄绿芜杂的断刺堆在一张旧报纸上，看上去就像一堆草药。

你疯了？妻子蹲下来看了会儿孙某的园艺，她说，你把那些刺剪了，仙人掌还能活吗？

本来就快死了，剪掉刺或许能活，活不了也没关系，做个试验嘛。

你真是吃饱了撑的，你有时间就不能拖拖地擦擦窗什么的？

我烦那些事，我喜欢养花，你又不是不知道。

你喜欢养花？妻子鄙夷地撇了撇嘴，谁知道你喜欢什么？你要是喜欢养花仙人掌也不会死呀。

对于妻子的攻击孙某一般都不予理睬，他埋头剪掉仙人掌上的最后几颗刺，听见妻子走进了女儿的房间。孙某突然紧张起来，他蹑足走过去，心里急迫地想听见她们的谈话。孙某觉得自己如此紧张是毫无必要的，但他却无法控制自己的心跳和呼吸声。他如此紧张，不是因为他犯了什么错误，而是害怕错误突然出现，再次酿成一个难堪的现实。

老孙，今天又在看小说吧？妻子说。

没看，谁看小说？全是骗人的鬼话。女儿怨气冲天地说。

今天怎么懂事了？妻子似乎很欣赏女儿对小说新的态度，但她又有点怀疑这种突如其来的转变，她说，你没看小说难道在看功课？我才不信你会这么自觉。

什么都没看，我什么都不想看，女儿恶声恶气地说，我都17岁了，你们知道不知道？

就是这时候孙某在门外警觉起来，17岁，又是17岁；危险就来自这个17岁。孙某怀着虎穴救子的心情闯到母女俩面前，用剪刀敲打着椅背说，什么17岁18岁的，天都快黑了，该吃晚饭啦！

后来天真的黑下来了。后来孙某一家也坐在了晚餐桌旁，孙某一手端碗一手顺便打开了电视机，我们知道边看电视边吃晚饭是孙某一家的习惯。

电视里正在播映一个叫作《与你谈一谈》的节目，女主持笑容满面地询问一个年轻人。她说，能告诉我吗，你生活中最大的烦恼是什么？那个年轻人非常直率地说，当然能告诉你，我最大的烦恼就是没有钱。

孙某听见妻子咯咯地笑起来，电视里的人总是能轻易地让她发笑。孙某也跟着笑，但他心里在说，这有什么可笑的呢？嘴里也便嘀咕一句，这也笑？这有什么可笑的呢？

妻子止住了笑声，她用筷子指了指闷头吃饭的女儿，模仿女主持人的腔调说，能告诉我吗，你生活中最大的烦恼是什么？

女儿无疑心事重重，她拒绝母亲在餐桌上制造的轻快气氛。最大的烦恼？女儿哼地冷笑一声，她用一种异常乖戾的目光扫视着父母说，我都17岁了，怎么还不死？

胡说八道。妻子扬起筷子在女儿饭碗上打了一下，她说，你今天是怎么啦，谁惹了你，死呀活呀的吓唬谁？

她不过是信口开河。孙某打断妻子说。

我知道她怎么回事，用得着你说。妻子白了孙某一眼，紧接着她将筷子指着孙某说，那么你呢，你生活中最大的烦恼是什么？

我嘛，我当然有我的烦恼，孙某吞吞吐吐起来，他看了眼妻子，又后了眼女儿，最后他扭过脸看着窗台，准确地说他是看着窗台上那盆仙人掌，我的烦恼就是那盆仙人掌，孙某说，仙人掌剪了刺不知道能不能活？不能活我就白剪了，不能活我只好再去买一盆，孙某的声音至此突然亢奋起来，他说，你们知道吗，仙人掌也会开花，只要你把它养好了，仙人掌会开出一种黄色的花！

我对孙某一家日常生活的描述也许已经流于琐碎，好在城市北区现在已沉入黑夜之中，孙某的一天也临近尾声了。

孙某临睡前总要把双脚浸在热水里，浸泡十分钟左右，这是他的习惯。他看见妻子穿着内衣往卧室走，妻子边走边说，还在磨磨蹭蹭的，该睡了，明天你不上班了？

我想跟你谈一谈，孙某往脚踝处泼了点水，他说，有件事，我想跟你谈一谈。

什么？你想跟我谈一谈？妻子转过身子，满脸诧异之色，她说，今天是怎么啦，你想跟我谈什么？

妻子脸上的表情像一团乌云把孙某的思想罩注了，孙某突然感到某种极度的恐慌，他还是不知道谈什么，怎么谈，他不想让妻子看见自己张口结舌的样子，于是他低下头在脚踝上狠狠地搓了一下，换鞋干什么？孙某瓮声瓮气地说，中午你让我换鞋干什么？

换鞋就是换鞋，你那双破皮鞋不能再穿了。妻子从门口拖出一只鞋盒说，新鞋就在这儿，难道还要我动手替你穿上？

孙某心里泛起一阵暖意，他嘻地怪笑了一声，朝妻子挥挥手说，好了，你去睡吧，我跟你谈的就是这件事，唉，其实也没什么可谈的。

夜里十点钟，孙某趿着拖鞋在家里进行最后的巡视，沿路关掉每一盏灯。灯灭了，孙某一家只剩下几个黑洞洞的窗口袒露在我们的视线里。关于孙某一家的夜间生活，现在你想看也看不见了。

那种人

一

让我来描绘这个城市寒冷的冬天吧，可怜的行人们缩着脖子在冰碴上行走，他们从鼻孔和嘴里吐出一些乳白色的热气，这种与大自然抗争的行为就像古代的那种堵路挡车的螳螂，有什么用呢？天气仍然寒冷，而且街道房屋阻挡了早晨仅有的一点阳光，却让西北风尽情地呼号奔走。有时候我觉得整个城市就像一只硕大的琴岛－利勃海尔冰箱，这种冰箱在电视广告里显得气势恢宏，它的许多冷藏盒让人倒吸一口凉气，无数黄瓜、西红柿和红肠、啤酒被分门别类地冷冻，所有食品的表层一律都凝结着一层白色的细霜。我就是难以忍受这种白色的细霜，它让我想起自己在冬天的形象，一条被冷冻的黄瓜，冷冻就冷冻吧，偏偏还长满了这种白色的像细菌

一样的冰霜。

一个人不能因为讨厌某个季节便在某个季节死去，人与植物花卉是有本质区别的。因此我在冬天其实也活得很好，穿着冬天该穿的棉衣棉皮鞋，吃着冬天该吃的白菜汤和涮羊肉，做着与另外三个季节一样的工作。也许我的焦虑并没有我想象的那么严重，我想假如没有河滨街的那次经历，这年冬天也会像往年的冬天一样静静地过去，不留任何痕迹。

但现在不一样了，有一个奇怪的人，在河滨街这种寻常世俗的地方，送给我一条来历不明的围巾，我要告诉你，围巾是大红色的，是用真正的羊毛编织的，当我把这条围巾沿脖子绕一圈，让它们的红色在我的棉衣后半掩半露，这年冬天对于我便变得意味深长了。

河滨街一带店铺云集，每天黄昏那里的霓虹灯是本城最艳丽炫目的，人们似乎都喜欢拎着塑料袋在那种虚假的霓虹灯光下走走停停。那天黄昏我也这样拎着一只塑料袋在河滨街走走停停，我觉得我是来选购什么东西的：一顶皮帽？一双棉手套？或者一件既暖和又耐穿的夹克？但是我不能确定我想要什么，这种茫然的心情决定了我茫然的脚步。我走过一家店铺，看见玻璃橱窗后面有一团红色的东西闪烁，不知怎么我就拉开门闯了进去。

店铺里面很冷清，两个女孩子围坐在石英取暖器边，四只手上下左右地翻动着，看见她们烤火的动作，我便也觉得很冷。我朝那团红色的东西走近了，终于看清那是一堆红色的围巾，是一堆围巾，这并没有超出我的想象范围，但我还是下意识地伸出手，在第一条围巾上轻轻捻了一下。

是围巾。一个女孩在后面说。

我知道是围巾。我说。

是女人的围巾，另一个女孩说。

我知道是女人的围巾，是红色的嘛。我说。

其实现在也不分什么男女，男的也可以戴红色的围巾，第一个女孩又说。

我知道男的也可以戴红色的围巾，我说。

我说完就想离开这家店铺，莫名其妙地进来了，莫名其妙地离开没什么不可以，我推门出去的时候听见身后的女孩扑哧笑了一声，于是我回过头，那个女孩立即用她的小手捂住嘴——那只可怜的小手被烤成粉红色，上面散落了几块冻疮。寒冷的天气使每一个人深受其害，我一下子就原谅了女孩不敬的笑声，但她似乎对我怀着歉意，她朝我妩媚地一笑说，给你女朋友买一条吧，全羊毛的，才卖五十元，很便宜呀。

我知道很便宜。我说。

回到河滨街上我有点心灰意懒。我对自己这种游逛的实质产生了某种怀疑。那条红色的真正羊毛的围巾，那条红色的围巾，我为什么去摸它？我想或许我只是喜欢那种红色。可是我为什么喜欢红色？我记得以前我从来没有喜欢过红色。

我的塑料袋里仍然空空荡荡，冬天的风从我身后左侧的方向吹来，吹动我的塑料袋，我听见一种悉悉索索的声音，我觉得那不仅是风吹塑料的声音，也是一些人在冬天黄昏的寂寞而怯懦的心跳。

街角上有一个卖报纸杂志的摊子还没有收摊，后来我就一直站在那里随手拿起一本杂志，又随手放下一本杂志。让我惊诧的是许多泳装女郎冰凉地站在杂志封面上，你想想，在这么寒冷的季节，

在这么寒冷的冬天的街头，她们仍然满面桃红春光乍泄地站着。我的嘴里忍不住地吐出一口口冷气，我的双手开始慌忙地替她们遮盖什么，用一本杂志遮盖另一本杂志。我这么做的时候报摊的主人一直斜睨着我，他终于捅开了我的手。你到底要买什么？他很不耐烦地说。我一下子意识到了自己的问题。我说，你这里有《舰船知识》吗？报摊的主人说，什么知识？没有。这本杂志刚来，买的人很多。我接过他递来的杂志，一看封面上仍然是个女郎，不过是穿着衣服的。不知怎么我与报摊主人相视一笑，似乎在这个瞬间达成了许多方面的默契和谅解。

现在我已经记不清那本杂志的名字了，《现代家庭》《家庭卫生》《美与时代》或者诸如此类的名字。我记得信手翻阅中看见了一个我感兴趣的题目，为什么人们选择在冬天自杀？为什么呢？文章列举的理由很多，但我觉得缺乏足够的分析和引证，譬如文章说自杀者多为身体孱弱气虚畏寒之辈，我觉得这几乎就是想当然的唯心论思想。我不禁想起去年服毒自杀的朋友大鱼，大鱼体壮如牛，既不怕热，也不怕冷，那他为什么也选择在冬天自杀呢？许多事情很沉重也很复杂，我想人们不该如此轻率地为它们做出结论。我记得我站在河滨街的街口怀着某种不满和挑剔的心情阅读那篇文章，我觉得有人在我身后站了一会儿，但我没有回头，后来我便突然觉得脖颈那里变得暖和起来，伸手一摸，摸到了一团绵软的红色的物质，告诉你你也许不相信，有人悄悄地在我脖颈上搭了一条红色的围巾！

是一条红色的真正羊毛的围巾，似乎就是刚才在店铺里看见的那种红色的羊毛围巾。我受惊似的跳起来，朝前后左右观望，我看见一个穿着风衣的男人正疾速穿过街口，那个男人走路的姿势有点奇特，他抱着自己的肩膀疾速穿过街口，我隐约看见他的右手手指还在拍打左肩肩部。就是那个男人，他站在街对面，朝我微微转过脸，但只是短短的一秒钟，他便消失在人群和霓虹灯光中了。

谁给了我这条围巾？我问报摊的主人。

什么，谁给了你这条围巾？他满脸迷惑地反问道。

这条围巾不是我的。我摘下围巾给他细看，我说，你看这是一条红色的围巾，不是我的，你看见刚才是谁给我搭上了这条围巾？

是谁给你搭上了这条围巾？我没看见。报摊的主人木然地瞪着我说，连你自己都不知道，我怎么会知道？谁平白无故给你围上一条围巾？怎么会有这种好事？

你看清刚才是谁站在我身后了吗？我说，你看见那个穿风衣的男人站在我身后了吗？

穿风衣的男人？怎么会是男人？报摊的主人突然笑起来说，要是真有谁给你围上一条围巾，那也该是个女孩呀，再说这种红色的围巾，这种红色的围巾，只有女孩子才会买。

我决定不再和那个人多费口舌了，要知道许多庸人无法理解世上奇谲的事物。我扔下手里的最后一本杂志，这时候我发现了那条围巾对于我是多么重要，似乎一个下午徘徊于河滨街的目的就在于这条围巾，我一下子变得心静气顺，我的整个身体都变得温暖起来。

然后我带着那条红色围巾回家去了。

事实上我很少戴上那条红色围巾出门，我把它挂在朝南的窗户上，借助冬日太阳的光线和玻璃的反光观察那种红色，就像观察一件心爱的壁挂一样。我发现那种红色会随光的变化而变化，早晨它

的色泽酷似一块透明的红玛瑙，午后微微趋向橙色，而到了黄昏日落后就是深厚的绛红了。我惊异于这种奇丽的变化，我想从前的日子里一定有许多红色围巾被我轻易地忽略了。

我害怕听见别人的敲门声，一旦有人登门，我不知道是否该把红色围巾从窗框上取下来，在我无法向别人证实那天河滨街的奇遇时，一定有那些鬼鬼祟祟的目光朝窗框上张望，然后朝我张望，我害怕所有探秘的诡谲的目光，我没有什么秘密，不，也许我真的有什么秘密，我害怕。

我变得坐立不安起来。为了稳定自己的情绪，我坐到桌边让自己思考那个罕见的问题：人为什么选择在冬天自杀？但是我很快意识到我没有任何准确的答案，我其实不知道人为什么选择冬天自杀。当你在思考有关死亡的问题时你会头痛欲裂，我头痛欲裂，于是我忍不住去看窗框上的那条红色围巾。现在它安静地悬垂着，左端高于右端约三厘米左右，它在黄昏日落后呈现出这种深绛色，令人安宁。

谁在河滨街悄悄地给了我这条红色围巾？

我再次出现在河滨街时已经成了一个形迹可疑的人。我在河滨街的霓虹灯光和人流里走走停停东张西望的，没有人知道我是在搜寻另一个形迹可疑的人。

一个穿风衣的抱着双肩走路的男人。

当然我是带着那条红色围巾的，我让它在棉衣里半掩半露的，我希望只有那个人注意到它，别人都视而不见。但河滨街的现实与我的心愿恰恰相反，许多行人，尤其是年轻的女孩都朝我脖间匆匆一瞥，然后是匆匆的暧昧的一笑，而我所搜寻的那个穿风衣的男人却杳无踪影。我的脚步和我的心情一样变得焦灼而沉重，谁给了我这条红色的纯羊毛的围巾？我差点拦住一个过路的穿风衣的男人，但当我走近他的时候，我感受到他投射在我脖间的目光，那么惊惶，那么嫌厌，我便像一个木偶一样站住了。

你想干什么？那个人警觉地望着我。

我想干什么？我不。我张口结舌起来，我觉得我没必要这样紧张，但我仍然无法询问那个问题，然后我便听见了自己更为愚蠢的声音，请问去河滨街怎么走？

这儿就是河滨街。那个人嗤地笑了一声，他的眼睛仍然盯着我脖间的红色围巾，他说，我知道你们这种人，我不是那种人。

我知道你不是那种人——等等，什么那种人？你以为我是哪种人？

我是突然明白那人对我的蔑视的，那种人？他以为我是哪种人？我想拉住他与他继续谈下去，但那个人已急急地走去，他摆开双臂急急地走到街道对面，似乎正在摆脱一个纠缠他的幽灵。很明显他不是那个抱着双肩走路的人，他跟我的红色围巾毫无关系。那种人？你以为我是哪种人？我朝着那个人的背影嘀咕着，心里莫名地充满了悲愤，我想现在我真的成了一个形迹可疑的人。

冬天以来我第一次对自身产生了强烈的不满。我开始有点迁怒于那条红色围巾，我把它从脖肩上摘下来，狠狠地抻了几下，又揪了几下，我听见了那些柔软的红色纤维轻轻断裂的声音，那种受伤的声音，那种无辜的声音，它们使我恢复了理性，我想一个人假如一定要伤害什么，那就伤害自己吧，不要去伤害这种红色的真正羊毛制成的围巾。然后我小心地折叠好那条围巾，把它装进了棉衣的口袋里。

夜色渐渐浓了，街道两侧的灯光更加艳丽也更加虚假了，而那些拎着塑料袋的行人像潮汐似的渐渐退去。一个盲人在美容店门口拉着二胡，一支描述离别相思的二胡曲，但我听见的却是一种快乐的嘶叫，而且我认为那个盲人的表情也快乐得令人生疑。我捂着耳朵从他身边经过，猛地又回过头瞪了他一眼，我想对他喊，你不该这么快乐。但转念一想我是错的，为什么我可以不快乐，他就不可以快乐呢？正如我刚才碰到的那个人说的，我不是你们那种人。你是那种人。我不是那种人。一切都是多么的合乎人类生活的原则。

后来我走进了一家电影院看最后的那场电影，一部好莱坞生产的枪战片。黑暗中火光、鲜血，水果和美女交织摇曳，枪声惨叫声不绝于耳，我一边看着屏幕一边摇头叹息：假的，骗人的，太可笑了。我每次看电影都是如此失望，但这并不意味着我讨厌那种电影。那种电影，那种人。

我想我就是那种人。

我遇见那个穿风衣的男人是在深夜时分。

最后一场电影散场后河滨街一带已经空寂无人。我穿越街口时突然看见了那个人，那个人穿着常见的浅色风衣，抱着他的双肩往黑暗的地方走。从他的背影和独特的走路姿态上可以确定他就是那个人。我从棉衣口袋掏出那条红色围巾，我觉得我像一个埋伏在雪地里的猎人，终于搜寻到了真正的目标。

那个人其实是在黑暗中踯躅，我注意到他交叉抱肩的两只手，抱得那么紧，手指拍击肩部的动作那么急促，这使我突然怀疑他有什么严重的病症。我开始犹豫是否应该在深夜的街头与这么一个人谈话。我看见他站在一家服装店门外，准确他说他是站在一具被店主遗忘的塑料模特儿旁边。他的双手终于从肩膀上放下来，他的脑袋低垂着，我不知道他站在那里想干什么，我觉得他在思考，我不知道他在思考什么。但很快我就知道了。我看见那个人突然向塑料模特儿张开双臂——你不会相信我说的事情，那个人张开双臂，紧紧地拥抱着那具塑料模特儿，而且我还清晰地听见了塑料模特儿的底座摇晃的吱吱嘎嘎的声音，还有那个人压抑的然而却是激昂的声音：拥抱……拥抱……拥抱……

拥抱？拥抱。

我在黑暗中愕然站着，我手里的那条红色围巾也许还在我手里，也许已经掉落在地上。不知过了多久，我看见那个人站在我面前，他的脸部湮没在午夜的黑暗中，他的眼睛却明亮如灯。我觉得那个人比我更加镇静，他似乎正在微笑，而且我看见他向我张开了双臂。

拥抱？我说。

拥抱。他说。

不，我听见我自己冰冷的声音，不，我不是那种人。

那种人？哪种人？他说。

我不是你那种人。我说。

我这样叫喊了一句就跑了，我跑得很快，感觉到自己像一列火车，而河滨街像一个黑暗的隧洞。在一个灯火通明的广场上，我终于站住了。广场上的枯草和路灯以及夜班公共汽车都告诉我这是一个真实的冬夜，气温骤降，空旷的广场寒气逼人，我看见我的投射在水泥地面上的影子，那个影子活动起来，双臂上升、交叉，最后紧紧抱住影子的肩膀，我看见我抱住了我自己。我还听见我自言自语的声音，你不是那种人。你不是哪种人？你不是那种人，那么你到底是哪种人？

莫名其妙的语言来自莫名其妙的事件。正像这个寒冷的冬季，有人在河滨街默默地给我一条纯羊毛的红色围巾，但是不知怎么我又把它丢在河滨街街上了。

二

请你注意这个黑衣黑裙的女人，除了一张苍白的精心化妆过的脸，她的全身，她的手套、帽子、羊皮靴甚至她的耳坠都是黑色的。就是这个女人，这个黑色的女人，冬天的时候曾经来敲我的门。

我不认识那个女人。

我在修理一张木椅，用锤子、螺丝、铁钉和锥子，当然只能用这些工具，因为我不是木匠。假如是木匠他会很好地处理木椅上的所有接榫，他用不着像我这样忙得满头大汗，把椅子和地板一起敲得乒乒乓乓地响。正因为我不是一个能干的木匠，我对自己的手艺很恼火，继而开始迁怒于那张木椅以及木椅的制造商，我猛地把木椅举起来砸在地上。听见一声类似汽车轮胎爆炸的巨响，应该承认我被自己的举动吓了一跳。

就是这时候那个女人来了。

我起初以为是楼下的邻居来提抗议了，我提着锤子去开门，看见那个女人站在门外，出乎我的意料之外，她脸上没有任何谴责或愠怒的表情，她几乎是妩媚地微笑着，目光越过我的肩膀，朝里面扫了一眼。

你是木匠吗？她说。

不。我不是木匠。

那你家里请了木匠？

没有。没有木匠。我晃了晃手里的锤子说，是我自己，我在修椅子。

我听见这里乒乒乓乓地响，我以为是木匠。她不知为什么捂着嘴偷偷笑了笑，然后她说，我正在找木匠，我家里需要一个木匠。

对不起，吵着你了，我说，刚才那响声，那响声，我不是故意的。

什么？她迷惑地看着我。突然明白了我的意思，她的戴着黑手套的手便再次捂着嘴，无声地一笑。你误会了，她说。我不住这栋楼，我可不是你的邻居。我不过是走过这里，还以为能找到一个木匠呢。

女人说话的腔调渐渐有点忸怩作态，但却没有引起我多少反感，或许是她的不同凡响的衣着容易给人留下美好的印象。我看着她轻盈地拾级而下的背影，暗自估算了一番她的年龄。当然我知道她的年龄于我是毫无干系的。我预感到她在楼梯上会有一次驻足回头的过程，果然她站住了，她第三次用黑手套捂着嘴，那样偷偷地笑，我说不上来一个女人的这种仪态是好是坏，但有一点可以肯定，它使我感到莫名的紧张。总觉得哪里出了问题，因此当她回眸而笑的时候我迅速检查了自己的全身上下，并没有什么可笑的地方，唯一会产生疑义的是手里的那把锤子，于是我把它藏到了身后。

你好面熟，我在哪儿见过你。女人站在楼梯上说，喂，你认识赵雷吧？

哪个赵雷？男的还是女的？

老赵呀，你们一起开过书店的吧？

女人没有等我做出任何回答就转过了楼梯拐角，我记得她的最后的表情显得意味深长，她下楼的脚步声听来也是自信而急促的，这同样使我感到莫名地紧张。赵雷？书店？我从来不认识任何叫赵雷的人，更没有和那个人一起开过书店。

我猜那个女人认错了人。

我所居住的城市北部人口密集，站在阳台上朝四面了望，你常常会发现你的那些陌生的邻居在各个窗口晃动。当你企图窥见别人的生活细节时，对方也轻而易举地窥见了你。我认为这是密集型住宅区居民的一种尴尬，为了避免这种尴尬，我极少开启通往阳台的那扇门。

我记得是一个星期天的下午，我去阳台晾晒刚洗好的衣物，猛然发现一条鱼躺在阳台护栏上，是一条腌过的青鱼，内脏当然已经掏空，鱼嘴里还衔着一根锈蚀了的铁丝。我猜它是从楼上邻居的阳台上掉下来的，只是它的落点如此巧妙令人惊叹，好像就是我把它晾在那里的。

我拎着那条腌鱼往楼上走，但走到中途我就改变了主意，我的楼上的邻居有四户，他们都有可能是腌鱼的主人。我想我或许没有必要拎着腌鱼迅门逐户地打听，或者说我觉得自己没有这个义务，谁丢了腌鱼该让他自己来寻取。就这样我又把腌鱼拎回了阳台，挂在晾衣架上，我想现在的天气很少苍蝇，只要不招来苍蝇，就让它挂在那儿吧。

我没有预料到那条腌鱼后来会给我带来莫名其妙的麻烦。

那个女人再次造访大概是在十天以后，我们这个城市刚刚下了第一场雪，我记得那个女人用手帕擦抹衣服上雪片的优雅高贵的姿态，在她没有开口说明来意之前，她一直站在门口擦她身上的雪片，偶尔地向我莞尔一笑，似乎是要消除我的疑惑。

后来她终于说了，我在找赵雷，你有赵雷的消息吗？

我说过我不认识什么赵雷。当我再次向她解释这一点的时候她已经进来，她在挑选她落座的位置，很显然她喜欢洁净和舒适，她挑选的正是我平时习惯了的皮椅。她坐下的时候舒了一口气，说，你欢迎我这种客人吗？我刚想说什么，但很快发现她并不想听我说，她的苍白的脸上微笑倏然消隐，代之以一种满腹心事的哀婉的表情。

我听说赵雷回来了，他为什么躲着不肯见我？

我不知道。赵雷是谁？

他没必要这样怕我，他就是一个懦夫，一个胆小鬼。女人摘下她的黑手套，把她的纤纤素指轮番放到眼前打量了一番，她说，你们这些人都崇拜他保护他，其实你们不知道他的内心，他藏得很深，他很会蒙骗别人，只有我知道他是一个什么样的人，所以他怕我，你说是不是？

我不知道，我真的不认识赵雷。

为什么躲着我？我知道他在南方做生意失败了，这很正常，他不是个做生意的人。女人说，我希望他不是为了钱，我不在乎那些钱，用金钱不能计算我与他的感情账，他一错再错，假如他是为了钱不敢见我，那他又错了。

我不知道，你可能搞错了，我不认识他。

他总是会有你这么忠诚的朋友，女人略含讥讽地瞟了我一眼，

她说，其实我现在已经不是那么在乎他了，我已经结婚了，我丈夫对我很好，我很幸福，你别笑，我说的是真的，你别把我看成水性杨花的女人，跟着一个男人，又想着另外一个男人，我不是那种人，我只是不明白他为什么要这样煞费苦心躲着我。

我不知道。不过有的人天生就像贼一样地躲着别人。我终于决定投合她的思维，应和了一句，没想到女人对此非常反感。

不，她用谴责的目光盯着我的脸，不要在背后败坏他的名誉，你们是好朋友，你不该这么说他，你的好朋友。

我们不是什么好朋友，我说过我根本不认识他。

不认识就更不该随便伤害别人，恶语中伤，捕风捉影，人就是这样随便伤害别人，我尝够了这种滋味。女人的声音突然低沉下来，她的神情看上去是悲怆的无可奈何的。然后是一阵沉寂，冬天的风在窗外徘徊，而雪花飘舞的姿态因为隔着玻璃更显得美丽凄清。我觉得我的境遇像一个荒谬的梦境，我觉得面前的这个女人不太真实，于是我转过身去悄悄地拧了自己一下，这时候我听见那个女人说，现在看来你真的不认识赵雷。我回过头看见她又用黑手套捂住了嘴。她的表情变化如此丰富，我看见她又在笑了，更让我愕然的是她最后那句话，她说，其实我知道你不认识赵雷。

其实我知道你不认识赵雷。

那个女人后来消失在外面的风雪中。我一直在想她最后那句话。一切似乎都是意味深长的，我猜那是一个很孤独也很特别的女人，当然我也想起了小说与电影中常常出现的爱情故事，许多爱情故事都是在猝不及防或莫名其妙的情况下产生的。我还得承认，许多个冬夜我在黑暗中想念那个奇怪的女人。

腌鱼挂在阳台上好几天了。

我本来不会去注意那条腌鱼的，但那天下午我到阳台上收衣服，突然发现对面楼房有个妇女伏在窗台上朝我这里探望，起初我以为那是漫无目的的目光，但很快我发现那目光停留在那条腌鱼上，不仅如此，那个妇女的身后又来了个男人，好像是夫妇俩，夫妇俩一齐注视着我的那条腌鱼，而且他们开始轻声地耳语什么。

我以为那对夫妇是腌鱼的主人，我指了指鱼，又指了指他们。我当然是以手势询问他们。我看见那对夫妇迅速地分开，从窗边消失，他们对我的手势毫无反应，只是把窗子重重地关上了。我不了解他们对腌鱼的想法，凭借简单的物理学知识，我认定他们的腌鱼不会飞到我的阳台上，所以他们不会是腌鱼的主人。

谁是腌鱼的主人呢？我下意识地把半个身体探出阳台，朝楼上仰望了一眼，说起来很玄妙，我恰巧看见五楼的那个老人朝下面怒目相向，我敏感地觉察到老人的怒气与腌鱼有关，这时我突然觉得我必须让腌鱼物归原主了。于是我取下那条腌鱼，拎着它上了四楼、五楼，又上了六楼，结果是你所预料到的，楼上的邻居竟然都不是腌鱼的主人，包括那个怒气冲冲的老人——我进了他家才猜到他正在跟儿子怄气。四楼的邻居对我说，一条腌鱼，掉在谁家就是谁家的，你把它炖了吃掉吧。而五楼的那个老人对我高声喊，他们腌的鱼？腌个狗屁，他们什么都不会做。

我把那条腌鱼重新挂好的时候，无意中朝楼下一望，发现楼下空地上有几个男孩，他们的脑袋一齐仰着，他们也在注视我手里的鱼，我把手里的鱼朝他们晃了晃，听见他们突然一齐嘻嘻哈哈地笑了起来。我朝下面喊，笑什么？你们笑什么？那群男孩先是一愣，紧接着便发出一阵更为响亮的哄笑声。

你想象不到一个人被一条腌鱼弄得心烦意乱的情景。那天下午我一直让阳台的门开着，我从各个角度观察悬挂着的那条腌鱼，我觉得它并没有什么违反常规的问题，问题到底出在哪里呢？我越是在思考的时候越是紧张，越紧张就越烦躁，什么事情也不能做。这样枯坐着看见黑夜降临了城市北端，我心里终于跳出了一个好念头，我想既然那条腌鱼无端带给我烦恼，既然我不爱吃腌鱼，既然我找不到腌鱼的主人，那我为什么不把它扔掉呢。

扔掉当然是唯一的办法，后来我拎着那条腌鱼穿过黑漆漆的楼梯，把它放进了垃圾筒里。我站在垃圾筒边拍了拍手，当时我以为问题彻底解决了。我想任何人都会以我的方式处理那条腌鱼，我绝对没有预料到它会产生一个非常恶劣的后果。

请你注意这个黑衣黑裙的女人，她已经是第三次来敲我的门。我相信我的邻居们已经注意到了这个女人，因为在她逗留的一个多小时里有几位邻居突然登门造访，虽然每位邻居都有一条堂而皇之的理由，其中一个上门来收取垃圾管理费，另一个则要我买下一袋灭鼠药，她说这是居民委员会统一部署的灭鼠大行动。我说，我家里没发现有老鼠。她撇了撇嘴说，谁知道呢，老鼠也是隐藏得很深的。我发现她的犀利的目光射向我家里的客人，那个黑衣黑裙的女人。我意识到邻居们的兴趣就在于这个黑衣黑裙的女人。

我拿着那袋灭鼠药不知所措，是我的客人用冷淡厌烦的语调提醒了我，她说，这种东西，你把它扔进抽水马桶，放水冲走。

后来我们终于可以面对面坐下来了。她那天显得失魂落魄的，一张苍白的脸让我想起某部旧电影里的徘徊江边的悲剧女性。正因为如此我与她独处时的紧张不安消释了，温柔的心情使我的语言甚至呼吸都温柔起来，我总觉得一场爱情正随着夜色的降临而降临，我似乎闻见了从她的黑衣黑裙上飘散的爱情香味，它使我陶醉，很多次我注视着她的戴着黑手套的手，我强忍着一个欲望，替她摘下黑色的手套，把她的素手纤指一齐揽到我的怀里。

我这次不想找任何借口了。那个女人说，我想找个人谈谈，我的痛苦，我的痛苦不是随便什么人都能理解的，也许你可以，也许你有点与众不同。

想谈什么就谈吧，我说，我们已经第三次见面了，我们就该——

应该找个人倾诉，否则我要发疯的，女人突然低下头，幽幽地叹息了一声，她说，告诉你你不会相信，我嫁了一个死人。

什么？我吓了一跳，你是在开玩笑？

一个死人。女人对我剧烈的反应有点不满，她瞟了我一眼说，死人，我是说他活着也跟死人差不多，或者说他是一个木偶？一具肉体？反正我觉得他像一个死人。

原来是这样，原来他是一个活人。我说。

问题是我跟他在一起觉得自己也成了一个死人。我的家装潢布置得像一个皇宫，可我觉得那里快变成一个漂亮的殡仪馆了。我很害怕，我真的很害怕。

这时候她开始双手掩面呜咽起来，她呜咽的样子非常哀婉动人，我觉得她的身体摇摇晃晃的似乎在寻找倚靠，我先站到了她的右侧，她的头部却逆势往左偏转，我又站到她的左侧，没想到她又朝右躲开了。

别来碰我，我不是那种女人，她呜咽着说。

我很窘迫，正在我为自己的轻率而后悔的时候，突然看见一只

黑手套伸到我的面前。

请你替我把手套摘了。她仍然呜咽着说。

我压抑着紊乱的心情异常轻柔地替她摘下那副黑手套，我在想她的这个要求意味着什么，难道她已觉察到了我刚才的欲念？也就在这时我又听见了她的颤抖的声音。

请你握着我的手，握着，不要松开。

我有一种如梦似幻的感觉，再次怀疑这次事件的真实性。但我握着的那只手确实是一个女人的手，纤小而光滑，手指细长，指甲上隐隐泛出粉红之色，除了它的温度显得异常低冷，我想说那是一只无懈可击的女人的手。

我的手冷吗？女人轻声问道。

有点冷，不，不是很冷，我说。

像一个死人的手吗？女人又问。

不，当然是活人的手。我说。

你握着它，别松开，现在我觉得自己像个活人了，女人说。

就这样我握着那个女人的手，一动不动，我记得我听见窗外传来过沉闷的钟声，我不知道附近什么地方会传来那样的钟声，我也不知道这样握着她的手过了多久，只记得楼下的邻居老曲在一片寂静中敲响了我的门。

我本来不想在这种时候去开门，但老曲的敲门声愈来愈急愈来愈粗暴，当然还有一个原因在于她，她的手从我手里渐渐逃脱了。

我来取那条腌鱼，是我家的腌鱼。老曲说。

你家的腌鱼？我很惊愕地观察着老曲，我说，你住我楼下，腌鱼怎么会跑到楼上来？

怪我家那只猫，那只猫讨厌，它老是衔着我家东西扔到别人的阳台上。对不起，给你添麻烦了。

是我对不起你，我把腌鱼扔了。我说。

吃了？你说你把腌鱼吃了？老曲说。

不是吃了，是扔了。我说。

扔了？你别骗我，你怎么会把腌鱼扔了？

真的扔了，我不知道是你家的。我莫名地慌乱起来，因为慌乱我的解释也有点语无伦次，我没吃你家的腌鱼，我说，我不喜欢吃腌鱼，老曲，不骗你，我最讨厌腌鱼的气味。假如我喜欢吃腌鱼为什么不自己来腌一条呢？

老曲脸上的表情已从错愕转为怀疑，他用充满怀疑的目光审视着我，沉默了一会儿，他的眼神里又新添了嘲讽和蔑视的内容。别解释啦！老曲突然冷笑了一声，他说，不就是一条腌鱼吗，其实你要是喜欢吃我可以送你几条的，都是邻居嘛！

老曲说完扭身就走，我听出他话里有话，他几乎是在污辱我，于是我一个箭步冲出去拦住了他，我说，你什么意思？你把话说清楚了再去。

什么意思？你自己心里清楚。老曲凛然地昂起头斜眼着我说，不打交道还看不出来，你还成天在家听交响乐呢，原来是这种人！

那个瞬间我已经忘了家里的黑衣女人，被辱后的怒火也使我丧失了理智，我先朝老曲脸上打了一拳，老曲下意识地反击了一拳，紧接着我们便在楼梯上扭打起来。我不记得我们最后是怎么被邻居们拉开的，我气喘吁吁地走回家，看见门敞开着，坐在我家里的那个黑衣女人已经不见踪影。

其实我应该猜到她在这种时候会不辞而别，但我心里仍然感到深深的怅然，我迁怒于可恶的邻居老曲，迁怒于那条可恶的腌鱼，

我想是老曲和腌鱼把她赶走了。但是正如老曲无法从我这里要回他的腌鱼，我也无法向他们索要那个女人的踪迹了。我只是在椅子上发现了一只黑丝绒缝制的手套。

一个女人的黑手套。

你知道整个冬天我都在等待一个黑衣女人的采访，但她却没再来敲过我的门，我收藏了那个女人遗落的黑手套，有人以为我陷入了情网，但我说事情不是这么简单这么庸常，对于我来说更重要的是归还那只黑手套，然后听她把她要说的话说完。

春节前夕我终于在一个水果市场上发现了那个女人。我看见她挎着一篮新鲜欲滴的橙子，依然是黑衣黑裙，仍然风采动人，我注意到她的黑手套，她的黑手套只有一只。我当时就迎上去了，我站在她面前说了一句意味深长的话，喂，你想要你的另一只手套吗？那个女人看了我一眼，然后看了看她的两只手，她莞尔一笑，只是那么一笑，什么也没说，我看着她从我身边绕过去，朝水果市场的出口走了。

我仍然不懂那个女人的想法，茫茫然地尾随着她，一直走到一条僻静的街巷，我看见那个女人猛地回过头，她几乎用一种严厉的眼光盯着我。不要跟着我，她说，我结婚了，我不是你想象的那种女人。我不是那种人。

我也不是你想象的那种人，可是你忘了一只手套，我说，你难道不想要回另一只手套了？

什么手套？我从来都喜欢戴一只手套，她说，我戴一只手套跟你有什么关系？

你真的不认识我了？我大声喊了一句。

你很面熟。她把盛满橙子的竹篮从左侧换到右侧，她凝视着我想了一会儿，最后说，你好像是赵雷的朋友，你们一起开过书店？

不，我说过我不认识赵雷。我仍然大声地喊着。

你别那么大吵大嚷的，她竖起手指嘘了我一下，她又想了想，突然笑了，说，我想起来了，你是那个木匠，你手艺不错，但我们家现在不需要木匠。

然后她就转身走了，我闻见一股水果的清香徐徐而去。然后我的这个浪漫而多情的冬天也就结束了。

犯罪现场

启东有一天满头大汗地闯到莫医生家，说他祖母死了。启东拉起圆领衫的下摆在额角和鼻子上胡乱地擦着，露出一个浑圆的食物过剩的肚子。“我祖母死了！”启东一连说了三遍，说到第三遍时他已经不再结结巴巴，他的目光绕过莫医生和他手里的书，像一束探照灯的灯光照亮了橱柜上的那堆东西：听诊器、血压计、红十字药箱和一只异常光滑而洁净的铝盒。莫医生没有留意启东的目光，他一边穿上白大褂一边说，“什么时候死的？”启东说，“刚刚死的，莫医生你干吗把针筒藏在饭盒里？”莫医生这时突然意识到什么，他的脚步停在橱柜旁边，“已经死了？”莫医生皱着眉说，“死了我去有什么用？你叫我去干什么？”启东咽了一下唾沫，脖子扭来扭去的，“我没说她死了，也许，也许她还没死透呢。”他偷偷地瞄了莫医生一眼，又说，“你是医生嘛，不找你找谁？”

你知道莫医生那个人的，他是个古道热肠的好心人，虽然他的

医术囿于治疗感冒惊风一类的病症，但只要你求助于他，他总是一丝不苟地把你的嘴用木片撬开，把听诊器按在你胸口，听你的心是如何跳动的，我们街上不知有多少人的心跳声被莫医生听过。所以那天莫医生照例拿起听诊器塞在口袋。“去了也不一定有用，”莫医生说，“可不去也不行，都是街坊邻居嘛。”

莫医生随手拉上门走到街上，走了几步突然发现启东不见了，他想启东应该在前面带路的，怎么一下子就不见人影了呢？他高声喊了几声，没听见启东的回应，倒是几个妇女满脸堆笑地跟他打招呼，莫医生柔声应酬着，一边大步流星地朝街东走。他心里想启东肯定先跑回家去了，病人的亲属们跑起来都像一阵风，这没什么奇怪。莫医生一边走一边又想起启东的祖母，那个眉毛上长了三颗痣的老妇人，几天前还看见她提着一篮腌菜在街上走呢，怎么突然就不行了？莫医生对这件事突然有点疑惑，但你知道莫医生那个人，救死扶伤是他的最高信条，有人在奄奄一息地等他，他不容许自己产生这样那样的疑惑。在通往启东家的路上，莫医生预先设想了老妇人的病症，他猜那肯定是脑溢血，肯定是脑溢血。

莫医生不知道他随手把启东反锁在家里了。

我们至今难以确定那天的事是一次意外，还是谁蓄谋已久的计划。让人哭笑不得的主要是启东，莫医生拉门的时候他一声不吭，鬼知道他葫芦里卖什么药？唯一可以确定的是启东愿意被反锁在莫医生的家里。

门被拉上后光线突然暗了下去，启东的心随着撞门声怦然一跳，然后它也渐渐地沉到一种奇妙的幽暗中去了。启东张大了嘴，呼呼地喘着粗气，他闻到一股酒精或者乙醚的气味，有点刺鼻，但也令人警醒，眼前的处境酷似某个梦境的翻版，启东只是记不清什

么时候做过这个梦了，许可以想象他当时脸上的表情，一个间谍潜入敌方的档案库该是什么样子？启东就是那样，他握住一支假想中的手枪，朝屋子的门窗瞄准着，一步步往橱柜那儿退去。

启东打开了橱柜上的那只铝盒，不出所料，盒子里装着整套的注射用品：三个针筒，七八个针头，两瓶普鲁卡因还有一堆药棉。启东先是抓起针筒往口袋里塞，转念一想他为什么不连盒子一起拿走呢，启东想把铝盒往口袋里塞，但口袋太大小了，塞不进去，一着急就把口袋撕扯坏了。启东抓着铝盒在莫医生家里徘徊，他在假想莫医生失去了这只铝盒会怎么样，会怎么样呢？不会怎么样的，他是个大好人，启东想他这样的大好人不该把他当小偷的，再说，他是个医生，医生才不会稀罕针筒针头这些东西呢。

墙上的自鸣钟当当地敲了几下，突然敲响的钟声使启东吓了一跳，启东决定离开莫医生的家，当启东从门上的气窗缝里一点点地挤出脑袋时，他最后打量了一眼莫医生的家，古旧的漆色剥落的家具，有点潮滑的水泥地面还有被他最后撞到的电灯绳，它们都在启东的视线里摇摇晃晃，启东仍然觉得这幕画面像一个梦境，这个梦境很像一个熟悉的犯罪现场，只是他想不出究竟在哪儿见过这个犯罪现场了。

启东落地的时候差点踩到一只猫的尾巴，他认出那是理发师老张的猫。老张的猫用冷峻的目光瞪着启东，它的叫声听起来夸大其词地尖锐，启东挥起手朝猫做了一个打耳光的手势，他说，“你他妈的瞎叫什么？我又不是小偷！”

眉毛上有三颗痣的老妇人是启东的祖母，有一天她躺在床上午睡，突然看见一个瘦长的男人站在纱布蚊帐外面，男人伸手要撩起蚊帐，老祖母便像一个姑娘一样尖声大叫起来。

“原来是莫医生！”是莫医生老祖母就放心了，但她仍然不知道莫医生为什么突然造访。她掩饰了惊慌之色起床招待客人，但她的眼光仍然疑窦丛生，试探着莫医生的来意。

莫医生脸色苍白，他在藤椅上坐了三次，结果都站起来了，莫医生说话吞吞吐吐的，他说，“你不像……你没什么不舒服吧？”

“就是偏头疼。”老祖母说，“老毛病了，都是让启东气出来的。”她端详着莫医生的脸，犹豫了一会说，“我看莫医生你的脸色倒不太好，你也没什么不舒服吧？”

“我不，我不太舒服，”莫医生苦笑起来，他的手在白大褂口袋里愤怒地抓挠着，但他就是不愿意把愤怒摆到脸上，“启东，启东这孩子，”他说，“启东是不是很喜欢撒谎？”

“就是，没有他不敢撒的谎。”老祖母蓬乱的脑袋左右摆动起来，“我不能骂他，一骂他，他就对别人说我死了，说我死了。”她的声音突然堵在喉咙里，巨大的悲愤之情使老祖母的诉说语不成调，“有一次他打电话到火葬场，火葬场……装死人……车……车就开来了。”

莫医生没有让她再说下去，他挥了挥手，好像要把这件不愉快的事情驱走，然后莫医生就匆匆告辞了。老祖母追出去向莫医生要几张麝香药膏，莫医生没有听见，他大概还在思考启东撒谎的原因，启东的祖母看见莫医生突然站住，回过头说了一句无关痛痒的话，“要骂他，骂有什么用？他毕竟是个孩子嘛。”

那天傍晚时分莫医生神情空茫地来到公共小便池附近，逢人便问，“你看见启东了吗？”人们都反问他，“莫医生你找启东干什么？”又有人说，“刚刚见他在码头上呢，你现在去肯定能找到他。”莫医生站到一只废油桶上朝码头那儿了望了一会儿，旁边有

人说，“启东肯定在码头上，你去找他吧。”但莫医生最后摇了摇头，他说，“算了，算了，他毕竟还是个孩子嘛。”说完他踮着脚尖走到了小便池边，我们都听见莫医生一边小便一边沉重地叹息着。

我们当时不知道莫医生是什么意思，那天夜里理发师老张的猫暴死在街头，老张用一只畚箕装着死猫沿街咒骂一个不知名的凶手，老张不知道他在骂谁，我们就更不知道了。我们街上有许多人自以为聪明盖世，但没有一个人具备侦探必备的嗅觉和眼光，没有人会把老张的死猫与莫医生在小便池边的言行联系起来，更没有人会由莫医生寻找启东的事件中想到那只猫的死因了。

你知道老张的死猫仅仅是开始，后来街上发生的怪事就不可收拾了。

启东给老张的猫打了一针，猫很快就死了。事情进行得如此干脆有效，出乎启东意料之外。启东原先并没有想置猫于死地，他记得那天夜里拿着针筒在街上走，他只是想给什么东西打针，一时却找不到目标。走过浴室外的煤堆时启东又看见了老张的猫，猫的眼睛让启东想起恫吓、目击者和敲诈勒索这些字眼，猫爬过煤堆时频频回首的样子显得诡秘而阴险，启东不怕那只猫向莫医生告密，但当他决定把猫作为第一个注射对象时，脑子里确实闪过了哪部电影中杀人灭口的画面：一个杀手捧着鲜花去敲一个女人的门，枪就藏在那束鲜花里。启东杀猫的灵感就来自这里，后来他用一包鱼干诱捕了老张的猫，他为猫注射了自己配制的针剂，针剂中含有盐、糖、味精、蓝墨水等多种物质，启东最满意的就是针剂的蓝色，他相信那是世界上独一无二的针剂。

启东回家时街上已经是漆黑一片了，老祖母拿着一支手电筒倚门而立，“你还知道回家呀？”老祖母说，“我以为警察把你抓走了呢。”启东不理睬她，他觉得手上黏黏的很不舒服，而且有一股难闻的怪味，老张的猫那么脏，启东想那么脏的猫死了也是活该。老祖母撵着启东，用手电筒照他的脸，她说，“你肯定是做坏事了，我管不了你，写信让你爹回来收拾你！”启东不理她，他打开水龙头，一遍遍地往手上抹着肥皂。老祖母用手电筒照启东的手，不知是老眼昏花还是神经过于紧张，她把黑色的皂沫看成一种红色，“启东你杀人啦？”老祖母尖叫起来，“启东你把谁杀啦？”

惊惶的老祖母把手电筒扔在地上，启东俯身捡起它，冷静地关掉了电源。启东嗤嗤地笑了几声，然后低声嘀咕了一句，“要杀人第一个把你杀了。”老祖母说，“你说你把谁杀了？启东便不吱声了，这么威胁老祖母只是出于对她的厌烦，就像他到处报告祖母死亡的消息只是想看看别人的反应。启东认为他做的一切都是有道理的，只是他无法说清这种道理，即使说清了别人也听不懂，就像老祖母，不管你对她说什么，她总是做出错误的理解，而且还喜欢大惊小怪地哇哇乱叫，所以，他干脆什么也不说。

启东把针筒放在铝盒里，把铝盒藏在抽屉里，他记得盒盖闭合时发出清脆的咯嗒一声，这种声音后来在夜梦中再次出现——在梦里他打开了铝盒，他拿着一支针筒在一条人声鼎沸的街道上走，街道上的人七嘴八舌地争吵着，他看见自己威风凛凛地闯进人群中心，“你们都给我闭上嘴。”他听见自己严厉的声音，有几个人仍然固执地喋喋不休，他就亮出了那支针筒，撩起这个人的衣袖，扒下那个人的裤子，给他们每人都打了一针。启东清楚地记得针筒中水剂的颜色，不是蓝色，它是黑色的。

启东最初是把一些小动物做他的试验品的，主要是左邻右舍的鸡。

那些鸡夜间猝死在屋前房后，鸡主人剖开鸡腹时有一种黑色汁液溅出来，他们以为那是病毒。“杀鸡的时候启东还凑近了看热闹呢！”后来有几个妇女撇着嘴这么说，说起来我们许多人部注意到启东走路有点鬼头鬼脑，他把手插在口袋里，眼睛乜斜着看人，我们之所以对启东无所察觉，是因为看不见他口袋里的那支针筒。事情败露以后曾经有人说他看见过启东口袋上的黑渍，说他曾经把它与死鸡腹内的黑色汁液联系起来，那已经是无济于事的废话了。

只有莫医生一个人知道启东口袋里藏着什么，假如莫医生像我们一样聪明就好了，可这个大好人却不聪明，他完全没有想到街上纷纷死去的鸡鸭猫狗与那盒针筒的关系。他想找到启东把那盒东西要回来，但你想想吧，启东那孩子怎么会甘心把它交出来？

启东看见莫医生就溜，有一天他从桥上一阶一阶地蹦下来，恰好撞在莫医生怀里，莫医生就一把抓住了他。莫医生说：“你以后不能骗人了，就是骗人也不能说你祖母死了，怎么能这样对待老人？你小时候生肺炎，不是你祖母天天背你来打针，你自己就死啦。”启东不说话。莫医生说：“你怎么把我打针的东西都偷走了？偷去干什么？”启东扭过脸说：“我没偷，你说我偷有什么证据？”莫医生一下子反倒给他问住了，莫医生笑了笑说：“好，不算偷，那我问你，你拿我打针的东西去干什么？那又不是小孩子玩的，你想给谁打针呀？”启东猛地昂起脖子说：“我没拿！”他甩掉了莫医生的手跑出去，跑出去几米远，启东回过头，恶狠狠地说，“给你打一针！”

莫医生那次被启东吓了一跳，主要是启东眼睛里莫名的怒火，它使莫医生感到惊愕，他这辈子从来没见过别人的这种怒火，他的

一颗善良温和的心被这种怒火严重地的伤了。莫医生不知道启东是怎么回事，直到后来也不知道，据他后来回忆说，那天的事让他特别伤心，孩子们恶语伤人总是可以原谅的，但他开始担心启东拿着那盒东西做出什么坏事来，从那天开始，莫医生一直在寻找启东，他想把那只铝盒要回来，但他索要东西的方法或许太仁慈太迂腐了，启东每次都从他身边轻易地逃脱。莫医生也曾经去启东家，他刚走到门边，门就从里面撞过来，把他的鼻子撞出了血。这件事终于使莫医生肝火上升，他捂着鼻子对门内喊："启东啊启东，这样下去你会走上犯罪道路的！"启东却在门内说："你才会犯罪呢！"莫医生说他一辈子与人为善，不动肝火，没想到最后会对一个孩子生这么大的气。

事情是从一个星期天的早晨开始变坏的，莫医生正要去白铁铺给铁匠老王打针，走到半路上就给马凤山堵住了，马凤山背上驮着一个啼哭不止的小男孩，马凤山说："不好了，我儿子手腕上鼓出一个大黑包，莫医生你给看看吧。"莫医生抓过小男孩的手，果然看见腕上有一个大黑包，皮肤下好像积了一包污液。莫医生下意识地叫起来："危险，这是哪个医生给孩子打的针？"马凤山说："不是医生，是启东那杂种干的，他骗孩子说打预防针，那杂种，那杂种，不知把什么打到孩子手里去啦？"

莫医生的脸色立刻变得煞白，他掏出一块手帕把小男孩的胳膊扎紧了。"送医院，以防万一。"莫医生的声音听上去很虚弱，他说，"就怕他找到了静脉，不会的，他不会找到静脉。"莫医生说着摇了摇头，他注意到马凤山的表情很紧张，他想安慰马凤山几句，但最后却在他肩上推了一把，"快去医院，"莫医生说，"我不能陪

你去了，我得去找启东，我一定要把那盒东西要回来，姑息养奸会惹出大乱子来的。”

莫医生背着红十字药箱在街上疾步如飞，我们都看见他了。那天莫医生神情异样，对路上所有挥手微笑的熟人视而不见，我们都以为是谁家出了流血事件，便有人跟在他身后走，你知道跟着莫医生走是常常能看到热闹的。

走过石码头时莫医生站住了。马凤山家的几个大人工围住启东吵吵嚷嚷的，有人逼着启东把针筒交出来，马凤山的妻子已经把手伸进了启东的口袋。启东的双手死死捂住口袋，他像一匹受惊的小马左冲右突，终究没有冲出大人们的包围圈，莫医生听见启东狂叫着，嘴里发出一串污秽不堪的骂街声。莫医生终于忍不住他的怒火，他冲过去大叫了一声：“把他摁住，把他摁住！”

莫医生的指令使马凤山家的人有点惊讶，但他们很快听从莫医生的话，齐心协力把启东摁在了地上。你可以想象启东反抗时又咬又蹬的样子，但他毕竟是个十三岁的孩子，最后我们看见启东被许多手紧紧地压在地上，启东的叫骂声渐渐地变成受辱的啜泣。

莫医生怒不可遏，那几乎是莫医生一生中第一次愤怒，他从启东的口袋里拿出了那支针筒，我们看着莫医生熟稔地朝空中推出一股细细的黑水，把针筒放回了红十字药箱里，我们看着莫医生取出一支干净的针筒，又取出一瓶纯净透明的针剂，有人凑近了看那瓶针剂，看见那是一瓶链霉素注射液。

莫医生怒不可遏，他扒下了启东的裤子，他在启东又白又胖的屁股上打了一巴掌。“你喜欢打针？你以为打针好玩？你以为针筒是拿来做坏事的？”莫医生手执针筒高声责问着，他颤抖的声音使在场的人为之心酸，他眼睛里的怒火却使人感到陌生而震惊，这时

不知是谁说了一句："莫医生也发火啦！"

莫医生当然是发火了。莫医生怒不可遏。那天我们看着莫医生向启东的屁股注射了链霉素，注射了整整一针筒的链霉素，我们记得莫医生的手抖得很厉害，而启东的屁股开始时还像一只苹果，后来就像一只鼓胀的气球了。

假如你稍具医学常识，你会知道链霉素过量是导致人们后天失聪的原因之一，我们街上的人本来是不会懂得这种常识的，但莫医生给启东打针的故事家喻户晓，嘴唇传播的是故事，而人类的许多知识就这样借着故事传播开来了。

启东就是那个年轻的白铁匠，人人都知道他是一个聋子。因为启东是个聋子，他敲铁皮就敲得特别响，遇上雷雨天气，遇上启东在白铁铺里敲铁皮，你就别想听见天上打雷的声音。孩子们听从父母的告诫，至今不敢去招惹白铁铺里的那个聋子，而年长的人们每次看见聋子启东，不由自主便想起已故的莫医生，他们都记得莫医生是怎么死的，但没有人忍心谈论他，在他们看来缄默是怀念莫医生的最好方法。

现在我们遇上看病打针的事就不太方便了，医院离我们这儿很远，假如是头痛脑热的小病，我们干脆就不去管它了。

公　园

数以千计的自行车已经覆盖了公园门口的所有空地，姓张的男人好不容易才把妻子的女车塞进密密匝匝的车群中，剩下的一辆车因为驮了一个儿童座架，却无论如何也挤不进去了。姓张的男人把自行车提在半空中，一时手足无措，他说，哪来这么多自行车？让我放哪儿？负责存放车辆的管理员像一阵风似的从他身边掠过，他对他的怨气不闻不问，只是挥着一叠毛票朝远处某人叫喊着：那边不能放车，不能放车！

姓张的男人皱着眉头环顾四周，他看见十米开外的公厕墙边停着几辆自行车，那大概是公园门口仅有的空地了，姓张的男人嘀咕了一句什么，推着车就往公厕走，他听见妻子在后面高声说，喂，你去哪儿？他一边走一边粗声粗气地回答道，还能去哪儿？去厕所！

周末前来游园的人很多，姓张的一家可以说是人群的典型，一

家三口，男的，女的，还有一个四岁的像小猴一样调皮好动的儿子。男的放好车匆匆地跑到入口处与妻子会合，他看见妻子的脸色有点阴郁，她的眼睛斜眼着入口处一堆堆涌来的人群，一只手揪着儿子的裤子背带，另一只抓着两张门票朝栏杆上甩打着。男的刚刚想去牵儿子的手，女的就把儿子推到他怀里，她说，他要吃羊肉串，出去给他买吧。

不准吃羊肉串，吃了拉肚子。男的声色俱厉地把儿子的手抓住，抓住了往公园里面拉，男的一边拉拽儿子一边对妻子说，我说过周末不能来公园，你偏不信，这么多人，人挤人，有什么意思？

周末不来什么时候来？不是周末你有空出来吗？

男的一时语塞，朝左右前后的人群望了望，说，哪来这么多人？连自行车都没地方放，他妈的，只能放厕所那儿。

女的兀自在前面悻悻然地走，女的一边走着一边把淡黄色的门票撕成了碎屑，她说，说是有郁金香展览，门票卖八块钱一张，涨了三块！哪有什么郁金香？我怎么没看见有什么郁金香呢？

儿子说，郁金香是什么？是一种动物吗？

男的说，不是动物，是荷兰的国花，荷兰你知道吗？荷兰在欧洲，那里出产许多鲜花。

儿子说，我不要荷兰！我要去看海狮表演！

男的说：你妈妈喜欢看花，先去看郁金香，然后去看海狮表演，听话，你要不听话就不带你去看海狮表演。

女的终于看见竖在路边的那块告示牌，上面写着：郁金香展览在苗圃。女的把告示牌念了一遍，回过头问男的，苗圃在哪儿呀？

男的像老鹰捕鸡捕住了儿子，男的说，什么苗圃，再乱跑我就揍你！苗圃？苗圃大概在人工湖那边吧，走过去很远，起码要走半

个钟头，男的指了指远处的人工湖，脸上出现一丝犹豫之色，走过去太远了，他说，要不就别去看郁金香了，先带儿子去看海狮表演吧？

女的用一种冷峻的目光注视着男的，突然就转过脸说，你带儿子去看海狮表演，我去看郁金香展览！

男的说，这算什么？一家人出来玩，哪有兵分两路的？我说你今天情绪不正常，你还不承认。

女的说，没什么不正常，你嫌路远，你别去，我想看郁金香，我不嫌路远。

男的皱了皱眉头，那就一起去看吧，反正我也无所谓，看什么都行，反正我陪着你们。

女的瞪了男的一眼，说，谁要你陪？我自己去，我们4点半在出口处会合，你给我管好儿子就行了。

女的说完就朝通往人工湖的小径走去，男的拽着儿子的手跟在后面，男的对儿子说，听话，我们先看郁金香，再去看海狮表演。但儿子开始想挣脱父亲的手，儿子扯开嗓子尖声大叫，我不看郁金香！我要看海狮表演！男的挥起手掌威胁儿子说，再闹就揍你，再闹我们什么都不看，马上回家。

男的强行把儿子架到肩上，跟着女的朝人工湖走，但儿子是个任性的娇宠惯了的孩子，他开始用手揪扯父亲的头发，用双脚蹬踢父亲的胸部，男的怒不可遏，腾出手在儿子屁股上狠狠地拧了一下，于是儿子便哇哇大哭起来。

女的闻声站住了，女的回过头厌烦地瞪着父子俩，脸色涨得绯红，你们闹什么？公共场所，也不嫌丢人现眼。

是孩子在闹，又不是我在闹，男的捂住儿子嘴说，这有什么丢人现眼的？

不去了，不去了，女的挥了挥手说，就依他，去看海狮表演吧。

这可是你说的，回头别再说是我惯坏了他。男的说。

大约是午后两点钟左右，姓张的一家人走在通往公园动物馆的林荫路上，孩子跑在前面，男的居中，女的殿后，看上去是一支小型而整齐的游园队伍，走过花坛的时候，女的超到男的前面，把儿子抱到花坛边坐下，女的并不是为了赏花，她替儿子脱下了毛衣，露出里面那件可爱的绣有米老鼠图案的衬衫。女的把孩子的毛衣塞进背包，又问男的，你要不要把外套脱了？男的抬头看了看天，说，我不脱，我不觉得热。

其实5月的阳光已经很热很烫了，尤其是在午后时分，尤其是在游人如织的公园里，漫步行走的人们常常会有燥热的感觉。

海狮表演的水池附近空空荡荡的，他们一到那儿就知道出了问题，水池肯定是很久未放水了，池里被人扔了许多易拉罐、塑料袋之类的脏物，他们所熟悉的那块海狮顶球的广告牌也断裂成两半，一半在池里，一半在木台上。

趁孩子还不知就里的时候，男的悄悄地向管理员打听了情况，情况果然如他猜想的那样，海狮表演团已经移到别处去表演了。未等管理员说完，男的就说，别说了，我知道，他们赚了钱就溜了。管理员在后面说，什么叫溜？合同到期了嘛，男的边走边说，他妈的，在哪儿不是一样赚钱？非要走马灯似的换地方？

男的竭力轻描淡写地向儿子解释海狮的失踪，儿子却不听，儿子迭声叫起来，我不要，我不要，我就要看海狮。

女的在旁边气恼地看着儿子，她说，你看看，都惯成什么样子了，一点道理也不懂。

男的说，没有海狮了，你让我给你变一头海狮出来呀？

女的说，你就给他变一头海狮吧。

儿子的嘴咧大了，儿子快哭了，男的再次用手捂住儿子的嘴，不准哭，男的说，你在这里哭老虎就会从笼子里跑出来咬你，男的指了指不远处的虎舍，你听见老虎叫了吗？它肚子正饿着呢，谁哭它就把谁吃了。

男的这次异常成功地止住了儿子的哭闹，他说，带你去看猴子，看不看？不看我们就回家，什么也不给你看了。儿子无疑是被制服了，他的目光顺从地投向猴房那儿，男的不无得意地朝女的眨了眨眼睛，女的没说什么，她用一种浊重的声息叹了口气。

父子俩去猴房看猴子，女的无所事事地往养孔雀的栅栏墙走去，那儿主要围了一群女人和女孩，她们向孔雀挥舞着许多手帕和纱巾，等待里面的孔雀开屏，女的也掏出手帕朝孔雀们挥了几下，那群孔雀无动于衷，很快地使她索然了，她收起手帕挤出围观孔雀的人群，远远地看见那个形如巨塔的猴房，许多猴子在铁丝网内窜来窜去地欢迎人群来临。她能从那堆人群中找到丈夫和儿子，她看见那父子俩的脑袋，一大一小，一上一下，它们在无数脑袋中随波逐流，她甚至还听见了儿子响亮而快乐的笑声。

女的讨厌猴子，自从少女时代看见一只公猴向众人翻开它的生殖器，猴子就给她留下了一种肮脏无耻的印象。女的想去看梅花鹿，但梅花鹿与狐狸、鬣猪比邻而居，还未走近梅花鹿她就闻到一股浓烈的恶臭，这股臭味使她却步而退。她捂着鼻子朝门口走，而她对动物馆仅有的一点点兴趣就在一瞬间消失了。

女的远远地朝猴房那里喊着丈夫的名字，她看见丈夫回过头来，他说，等一下，马上就来。女的就站在一丛慈竹下等着。女的等了好久，心中便冒出一股无名火，她又高声喊起丈夫的名字，男的大概听出了女的声音中的火气，他的脑袋连续向后面转动了三次，终于还是把儿子从人堆里扛出来了。

男的说，你着什么急？他还没看够呢。

女的先发制人地把儿子抱下来说，不准闹，现在得走了，你要不肯走就把你留在这儿，晚上跟老虎狮子睡觉，女的拉住儿子的手往外面走，边走边抢白男的，我看你比他还喜欢动物园，看个脏猴没个够，没闻见这儿有多臭？

喜欢动物有什么错？男的说，那是人类的爱心嘛，你没听说国际上有好多动物保护组织吗？

那你留在这儿保护它们吧。

我当然先要保护你们了，喂，你这么急急忙忙地带他上哪儿？

去凉亭。

去哪个凉亭？这公园有许多凉亭呢。去凉亭里坐着？那有什么意思？

没意思你别去，我没让你去。

我说你今天情绪不正常嘛，难得出来逛公园，为什么不能高高兴兴的？早知道你这么扫兴，不如在家看电视。

那你回家看电视好了，反正电视一天放到晚，你回家吧，你回家吧。回家去陪电视机。

男的不再说话，他飞起一脚踢飞了路上的一只塑料瓶，有的游人对他侧目而视，男的略显窘迫地笑了笑，他蹲下来系旅游鞋松动的鞋带，看见林荫道的一小块路面，灰白色的、异常坚硬的一小块

水泥路面，在午后的阳光树影下闪烁着斑驳的光芒。

他们至少路过了三座凉亭了，每路过一座凉亭，男的便停下脚步看着女的，女的扫视着那些凉亭和凉亭周围的环境，最后无一例外地摇了摇头，说，不是这个凉亭。

男的欲言又止，但鼻孔里忍不住露出了一种讥笑的声音，他说，凉亭，哼，找凉亭。

亭子上有个紫藤架的，怎么不见这个凉亭了呢？女的好像是在自言自语，她说，奇怪，我记得就在这附近的，怎么突然找不到了呢？

男的晒笑着说，那就继续找呀，那么大个凉亭，怎么会找不到？

女的瞪了男的一眼，女的拉住儿子的手，边走边寻觅着。一条林荫道走去了一大半，不见那座长了紫藤的凉亭，儿童游乐园的滑梯和秋千架却赫然在目。正如夫妇俩所预料的那样，儿子像脱缰的野马朝滑梯那儿冲去。女的没能拉住儿子的手，顺势就坐在路边的石凳上了，看上去她显得有点疲倦了。

男的说，我去买点饮料，喝点饮料再找凉亭。

女的说，就买矿泉水，别的不准买。

男的在小卖部的柜架上没有看见矿泉水，便不加思索地买了三罐雪碧，男的确实未加思索，假如他知道妻子会为此大发雷霆，他干脆就什么也不买了。

男的捧着三罐雪碧走近女的，女的抬起头来，他立刻从她的眼神和表情中嗅出了一股浓烈的火药味，于是他抢在前面说，什么都没有只有雪碧。

没有就别买，这么大的公园会没有矿泉水卖？女的冲男的厉声

嚷起来，让你别买雪碧，你故意把我的话当耳边风。

你不喝雪碧儿子爱喝呀，男的说，加起来还不到十块钱，你发什么火？

那两罐给谁喝？你喝两罐？嘁，说话口气跟大老板似的，女的似乎无法控制她的怒火，她的手在空中狠狠地挥了一下，叫道，那两罐给我退掉！退掉！

我不退，男的说，你今天就像个神经病。

我就是个神经病，你不退也别想喝，女的突然站起来夺过男的手里的两罐雪碧，一手一个，两罐雪碧被重重地砸在草地上，罐口自动地打开，那种被称为雪碧的液体涌泉似的淌了出来。

男的脸上的一抹笑意凝结了，他看见儿童游乐场门口的人都在注视他，有个男人幸灾乐祸地嘿嘿笑着，男的咬着牙骂了一句，操他妈的，神经病。他突然朝女的扑过去，女的闪开了，女的站在石凳后面，仍然以挑衅的姿态瞪着他，你敢打我？女的说，你敢在公园里打我？男的冷笑了一声，他从草地上捡起半罐雪碧，冷不防地朝女的掷去，他看见那个绿色的铝罐从妻子肩押处弹落，发出了沉闷的回声，他说，神经病，我还陪着你个神经病找什么凉亭呢。

姓张的一家人在儿童游乐场门口不欢而散。事情来得简单而激烈，附近的游人全部看在眼里，有个妇女走到女的身边好言相劝，为了一罐雪碧，不值得吵架嘛。女的脸色煞白，一遍遍地用手帕擦着毛衣上的水渍，擦了一会儿女的喉咙里迸出裂帛似的声音，女的忽然捂着脸一路小跑着，朝公园出口处跑去。

男的站在原地不动，人们看见他用鞋底蹭着草地。好像鞋底上沾了什么东西，男的嘴里咕哝着，神经病，神经病，过了一会儿男的突然想起什么，他气冲冲地奔向人字滑梯，把一个小男孩从滑梯上揪了下来，回家！人们听见那个男的大吼了一声。

男的带着儿子走到公园出口处，尽管他知道妻子不可能在此等候他们，他还是伸长脖子朝四周张望了一番，公园门口仍然拥挤不堪，他没有找到妻子的身影。

男的去厕所那里推他的自行车，但他没有找到那辆自行车，他妈的，今天是活见鬼了！他忍不住在别人的自行车车座上拍了一掌。他猜是自行车管理员把他的车挪了地方，就跑去问那个管理员，管理员却文不对题地说，问路到别处去，你没见我这儿正忙着吗？

管理员沿着自行车的尾灯线来回奔走，姓张的男人只好跟着他跑，跑了几个来回他实在按捺不住了，一把揪住管理员的衣领叫起来，你耳朵聋啦，我让你把我的自行车交出来！

管理员终于站住了，他说，你他妈的喊什么？你把车停哪儿了？找不到也不奇怪，这么多车，慢慢找吧，我可没空帮你找。男的说，厕所那边的车挪哪儿去了？

厕所那边的？管理员的眼睛突然变得明亮起来，谁让你把车放那边了？违章停放自行车，罚款十元！

男的说，你放屁，想敲我的竹杠？不是我敲你的竹杠，违章罚款，这是制度，管理员扫了眼围墙下面的一个角落，他说，违章车都拴在那儿呢，我不跟你啰唆，交钱取车，不想交钱你就走人。

男的说，你放屁，我拿我自己的车，一分钱也不给你。

男的拽着儿子气冲冲地走到围墙下面，他看见自己的车与另外几辆自行车被一条链条锁拴在一起，可怜巴巴地歪倚在墙上。中午以来的怒火一直在添油加柴，现在终于冲破了他的头顶，他对着管理员骂了一句脏话，然后就捡起一块砖头，乒乒乓乓地砸起锁来。他听见儿子的惊叫声，爸爸，警察来抓你啦！他感觉到几个人在一起揪他的手和衣服，但他仍然挣扎着去砸那把链条锁，直到他手里的石块被人夺下，扔在旁边的树丛里，他才意识到自己惹了麻烦。

两个警察虎视眈眈地站在他身后，男的并不感到奇怪，让他觉得意外的是他妻子，他妻子不知从哪儿冒了出来，是她夺下了他手里的石块。

女的没有多看男的一眼，她只是对两个警察赔着笑脸，对不起，他不是故意的，她说，主要是情绪太恶劣了，他真的不是故意的。

一个警察说。我看他脑子有病，这种行为可以拘留他的。

他这种行为当然不好，女的仍然赔着笑脸说，不过管车的那人也有问题，车子没处放一半是他造成的，对他的工作你们也应该监督一下。

男的木然站着，听女的与两个警察耐心斡旋，他没有听清他们在说什么，每次他想做出辩解的时候身子就会被女的推一下，女的并没看他一眼，但她的一只手却总是从背后伸过来，异常准确适时地推他一下，又推一下。男的后来就顺从了妻子的意愿，他看着妻子放在身后的那只手，那只手里还抓着十元纸币，正好是罚款的数目。那只手使他渐渐平静下来，男的后来干脆就抱着儿子退至一边去了，他想他们是一家人。这件事情由她来解决也是一样的，他说什么或者他说什么也都是一样的。

后来他们就取回了那辆自行车。

回家的路上夫妇俩还是不说话，但男的知道一切已经恢复了正常。两辆自行车并排在黄昏的街道上驰行，途经一个报摊时，女的

说，今天晚报还没买。男的就跨下车去买了一份晚报，他把报纸扔进妻子的车篓里，突然问了一句，你今天怎么啦？

那你呢？你怎么啦？女的反问道。

那个什么凉亭，男的说，你今天为什么非要找那个凉亭呢？

到现在你还没想起来？女的半怨半怒地看了一眼男的，她说，今天是什么日子？

今天是周末，5 月 18 号呀。

5 月 18 号是什么日子？我们结婚的日子呀，你连这也忘了？

那凉亭呢？为什么要找那个凉亭？

你什么都忘了，你不记得那个凉亭了，那是我们第一次约会的地方！

男的嘿嘿地笑起来，他看了看妻子，又伸手捏了捏儿子的耳朵，男的最后对女的说，你的记性真好，我怎么就把那些事忘了呢？

霍　乱

一个卖鱼的女人把雀庄闹瘟疫的消息带到了城里。这种不幸的消息跑起来比骏马还要快，三月里小城的人都听说二十里地以外的雀庄去不得了，那儿流行霍乱病，许多人满面赤红地昏迷在床上，头发像枯草一样往床下掉，人们说是死神每天夜里来抓那些人的头发，抓去一把头发就割去一个年庚，等到他们的头发被抓光了，那些可怜的人也就咽气了。

城里冷清的棺材铺生意突然火爆起来，店主让伙计们用大车把一口口棺材拖到雀庄，又把雀庄的木料运回来，不知是哪家棺材铺把瘟疫的细菌带回了城里，细菌们像蚊群一样在城里飞来飞去，不知怎么就飞到了药店的女佣邹嫂身上。

女佣邹嫂有一天去集市买鸡，她挑了一只老母鸡准备回去给女主人炖汤，拎着鸡检查屁股的时候她就觉得一阵恶心，恰巧那鸡屙了一摊屎在邹嫂手上，邹嫂突然撑不住了，手一松，鸡从眼皮底下

逃命而去。邹嫂想去追那只鸡，但她只是朝它挥了挥手就跪在地上了，人们听见她在集市上发出惊雷般的呕吐声，吐着吐着就歪倒在一堆鸡笼上了。

有人急忙跑到药店报信。那个报信的人口齿不清，纪太太的脸被他说得一点一点地发白，她抱着小手炉在柜台里愣怔，眼睛忽明忽暗的。店员们也都在柜台内外茫然地站着。纪太太扫了店员们一眼，头脑突然清醒起来，她抢过老王手里的鸡毛掸子在柜台上敲了一下，你们还愣在这里干什么？还不快去找她？

店员老王朝其他人挥挥手说，走，我们去把邹嫂接回来。老王话音未落就知道自己错了，他看见纪太太的鸡毛掸子在柜台上敲了第二下。

你们怎么这样笨？你们猜不出来她得了什么病？纪太太含怒睨视着每一个店员，她说，霍乱、霍乱、是霍乱呀！

是霍乱？老王怯怯地说，那就不能把她接回药店吧？那就该送她去医院吧？

那还用问？纪太太仍然怒气冲冲的，她说，你们这么多人涌出去干什么？又不是去喝喜酒，去两个人就行了，去两个人送她上医院。

店员们一下都站在门口不动了，很明显他们现在意识到了某种危险，老王开始往柜台里挪步，一边挪着一边嘀咕，我手上这帖药还没抓完呢。

纪太太把鸡毛掸子横过来，挡住了老王的路，纪太太说，也别怕成这样呀，你把她扔在那儿不管，别人不说药店的闲话？虽说霍乱会传染，也没你们想得那么可怕，去两个人，送走她就去澡堂好好泡一下，泡一下就把细菌烫死了。

后来还是老王领着一个伙计去了，他们把邹嫂架到一辆板车上，扭着脸推车去医院，路上遇见许多药店的常客，认识老王也认识邹嫂的，他们都问，老王你把邹嫂往哪儿送？老王扭着脸说，送医院。那些人立刻躲开了板车，闪得远远地追问，邹嫂染上霍乱啦？老王不敢向旁人透露实情，他急中生智地说，哪是什么霍乱？邹嫂让蛇咬了一口！

不用纪太太关照，老王也知道对邹嫂的病要守口如瓶，这事要传出去谁敢来药店抓药呢？老王用蛇咬的幌子搪塞了一些人。快到医院时迎面撞上了开诊所的金医生，金医生朝着板车端详邹嫂紫白色的脸，他说，邹嫂染上霍乱啦？药店的小伙计学着老王说，哪是霍乱？她让毒蛇咬了一口，她让眼镜蛇咬啦！金医生朝他们诡秘地看了几眼，忽然嘿嘿一笑，他说，蛇咬了？你们十味堂的蛇药不是很灵验的吗？老王知道金医生那种人是不好骗的，老王想遇到这种场合也只有他老王能应付了，他就把小伙计推到一边去，说，你小孩家懂什么蛇咬狗咬的？不要说出去，邹嫂她，她，她是小产啦！

老王依稀记得板车上的女人这时突然睁开了眼睛，他想她还活着呢，那病看来也没有别人说得那么可怕。老王当时根本没有发现邹嫂眼睛里的怒火，更没有想到邹嫂病得那么厉害，眼睛里还会喷出什么、什么怒火。

后来染坊的束太太就领着九女到药店来了。

束太太也不知道是从哪儿知道药店急需女佣的消息的，她把九女推到纪太太面前，口口声声说九女要比邹嫂能干十倍。纪太太对于任何人的热情都是抱有戒心的，她闪烁其词地提到邹嫂的病：邹嫂在我这儿干了好多年了，这一病你就让我把她踢走，等邹嫂回来了你让我怎么见她？纪太太这么说着一边观察着对方的表情，当她

看见束太太脸上的一抹微笑心就凉了，她知道邹嫂的病对于街坊邻居们已经不是什么秘密了。

你就别瞒我啦，束太太说，我也没说邹嫂不好，邹嫂也好，可就怕她回不来啦，你反正也要用人的，用人就用九女，是我表侄女，你用她就像用我一样放心。

纪太太沉吟了一会儿才开始打量九女，她看见一个粗壮的面若红桃的乡下姑娘，眼睛不停地眨巴着，手里的包裹不停地从左手换到右手，又从右手换到左手。纪太太注意到九女的手骨节粗大，皮肤黑糙，那肯定是一双勤劳的手，九女的身板看上去也是年轻而健壮的，唯一美中不足的是九女的眼神，纪太太发现九女始终眨巴着眼睛，九女也在打量她自己。

纪太太问九女，你是哪儿人呀？

束太太说，花庄人，娘死了，她爹又娶了后妈，要不怎么跑城里找活干呢？

纪太太皱了皱眉头，花庄在哪儿？是不是就靠着雀庄呀？

束太太急忙说，花庄离雀庄远着呢，隔三十里地。纪太太你想到哪去了？是花庄不是雀庄！

纪太太不理睬束太太，她仍然盯着九女的脸，我在问你呢，纪太太对九女说，你自己不会说话？你不会是个哑巴吧？

九女终于说话了，九女说话时反而低下了头，她说，我不是哑巴，我怎么不会说话？九女把一条又黑又粗的长辫甩到胸前，揪着辫梢忸怩了一会儿，又说，我从来不生病，我可没染上霍乱病。

九女的这番表白使纪太太相信那是一个老实人，老实肯吃苦，纪太太多年来一直以此标准挑选下人的，纪太太后来与束太太相视一笑，她说，这女孩儿也够实在的，谁说你染上霍乱了？你又不是从雀庄来的！

就这样九女在药店里开始了她的女佣生涯，从前的女佣邹嫂是睡在存放药材的阁楼上的，她用过的所有东西都被伙计们用草席卷了扔在房顶上。纪太太让九女用开水把阁楼里外擦洗了三遍，擦到第三遍的时候九女说，我不怕脏。这已经够干净的了，纪太太说，让你擦你就擦吧，听我的没错，开水可消毒的。

九女不知道消毒是什么意思，但她知道女佣的意思就是主人让干什么你就干什么。九女擦地板的时候看见一只银手锡从瓮罐堆上掉下来，她刚想伸手去捡就被纪太太制止了，别这么捡，纪太太从旗袍上扯下条手帕，递给九女说，用手帕包着，小心别碰镯子。九女就用手帕垫着手拾起镯子，她想把镯子递给纪太太，没想到纪太太惊叫起来，别给我，从窗口扔出去！九女惊讶地张大了嘴，九女说，这是银镯，银镯呀，太太让我扔出去？纪太太跺着脚说，让你扔你就扔，那是邹嫂的东西，有病菌的！

九女也不知道病菌是什么意思，她拿着手镯往窗边走时心怦怦地跳着，她把镯子扔到窗外去了，但九女别有用心地让它落在一口积满污水的大缸里。

那天夜里纪太太听见荒废的后院里有人的脚步，她拿了手电筒在楼上照，一照就照到了九女，九女伏在大缸上搅着缸内的水，纪太太叫了起来，九女你干什么？九女慌慌张张地跳起来，说，我要解手。说完就解开裤子蹲在大缸上，纪太太说，解手上马桶，怎么能在缸里呢？纪太太一边说话一边用手电筒细细地照九女的全身，没有发现什么，但纪太太的心里已经生出一个难解的疙瘩。

几天后纪太太在戏院门口遇见束太太，寒暄几句就说起了九女，纪太太意味深长地说，我看九女也不见得多么老实，她心里有

鬼。束太太反问道，有什么鬼？纪太太一时答不上来就说，反正我觉得她心里有鬼。

药店的店员们私下里认为九女作为一个女佣比邹嫂更卖命，虽然她睡觉时会打呼噜，但那些呼噜声也恰恰证明九女干活不惜力气。店员们觉得纪太太对九女的评价缺乏公允，老王有一次向九女作了一番粉饰太平的劝谕，他说，你别看纪太太对你冷言冷语的，她心里对你很亲的，她说你比邹嫂还能干呢。九女咯咯一笑，她挥起棒槌敲打着一堆脏衣服，你把我当傻子骗呀？我又不是傻子，九女说，她把我当贼防着呢，迟早有一天她会把我撵走的。

店员老王没想到九女对她短暂的女佣生涯做出了一个精确的预测。事情很快就发生了。有一天纪太太去理发店烫头发，碰到了束太太的妯娌小束太太，小束太太一见她就用一种悲天悯人的语气说，纪太太，这阵子没什么人去你店里抓药吧，纪太太知道她话里有话，没等她追问，小束太太就主动向她爆出一个晴天霹雳似的秘密，你让我们家那狐狸精卖啦！小束太太说，你以为九女是从哪儿冒出来的？九女是从雀庄来的，一家十几口人都得霍乱死了，就剩下她一个啦！

纪太太头发烫了一半就冲出了理发店，纪太太的怒火使她的脸红了，恐惧又使她的脸泛出惨白色，因此纪太太在街上疾走时表情显得很奇特。纪太太起初住染坊那里跑，她想去找束太太算账，但跑了一程她就折回药店了，纪太太踢进药店正好看见九女端了一盆水下楼。

你这骗子！纪太太冲着九女啐了一口。

九女很茫然地放下了那盆水，九女说，辫子？纪太太你在说我的辫子？

你还装蒜，什么辫子不辫子的，谁稀罕你的辫子？纪太太拍着膝盖叫道，你的辫子里面都是霍乱细菌呀！

我的辫子很干净，没有霍乱，昨天才洗过的。九女的声音里也已经充满了愤怒。

店员们都围了过来，他们看看纪太太，又看看九女的辫子，说，什么辫子？辫子怎么啦？

纪太太又气又急。她尖叫起来，不是辫子，是霍乱呀。她不是什么花庄人，她是从雀庄逃出来的了。

店员们面面相觑，突然就从九女身边散开了，老王说，这倒滑稽，药店成了霍乱窝了，刚走了一个，又来一个，怪不得最近没人来抓药呢。

我没有霍乱。九女抓着老王的胳膊说。

别抓我！老王像被什么咬了一下跳起来。

从雀庄来的人都有霍乱！纪太太说。

他们都有霍乱，可我没有霍乱。九女说。

你没有霍乱也有病菌。纪太太这时候冷静了许多，她抓过鸡毛掸子防止九女挨近，纪太太说，事到如今我也不怪你了，要怪就得怪束太太，她也太歹毒了，怎么能把你领到药店来？

我没有霍乱，我要有霍乱早就死了。九女说，我要有霍乱你们也早死了。

你有没有霍乱我也不管你了，纪太太叹了口气，她朝柜台那儿瞟了一眼，说，我不能留你在这儿了，坏了药店生意是小，谁要是再染人病我就担待不起了。

纪太太到钱箱里摸出几元钱放在地上，她说，九女，别怨我狠

心。拿上钱赶紧走吧。

九女站在楼梯口喘着粗气，药店的店员们都以为她会哭，但九女最后一滴眼泪也没掉。她像猫一样地爬到阁楼上，躲在黑暗中俯视着药店里的人们，过了一会儿人们看见她拎着包裹下来了，她的手腕上有什么东西闪闪发亮。纪太太一眼就认出那是邹嫂遗留的银手镯。

不是偷的，九女把手举高了伸到纪太太面前。让她看那只镯子，九女说，你别把我当贼，那是我捡来的。

纪太太屏住呼吸扭过脸去，她说，邹嫂的东西也只有你捡了，走吧，赶紧走吧。

令人愕然的还是九女，九女走到药店门口，突然回过头说，谁怕霍乱谁就得霍乱，你们这药店的人迟早都会得上霍乱！

药店的人一时都被九女咒得发呆，过了好一会儿，纪太太说，你听她那张嘴有多毒辣，我说她不老实，你们偏偏说她老实，店员老王却突然想起了医院里的邹嫂，老王说，她把邹嫂的镯子拿走了？邹嫂万一活着回来怎么办？纪太太立即拿鸡毛掸子捅老王的嘴，闭上你的臭嘴，纪太太横眉立目地说，你还嫌药店不够倒霉吗？从今往后，谁也不许提邹嫂，不许提九女，霍乱不关我们的事，我们店里没有霍乱！

店员们平素对纪太太都惧怕三分，他们不想拂逆女主人的旨意，便都鹦鹉学舌地说，本来就是嘛，我们店里没有霍乱！

多日来药店生意冷清，店员们守着柜台，目光都朝街对面的棺材店和纸扎铺张望，那里人来人往出出进进的，虽然人都哭丧着脸，但毕竟是热闹的。有人看得出神了，嘴里就漏出一句话，早知

道有这场瘟疫，不如开棺材店，那就赚大钱啦。

有一天下午来了一个裹头巾的女人，好几个店员抢着去接药方，女人却没有药方，她把头巾一圈一圈地解开，露出一张灰白浮肿的脸，店员们都失声大叫起来，原来是邹嫂，邹嫂来了！店员们顾不上多想什么，七嘴八舌地问，你的病治好了吗？治好啦？怎么治好的？

邹嫂冷笑了一声，说，没治好，也没死，还剩一口气呢。邹嫂的眼睛只盯住老王一个人。她的愤怒仇恨的眼神使老王倒吸了一口凉气。

你怎么这样看着我？老王说，你的病又不是我传染给你的，那天你倒在菜市上没人管你，是我把你送去医院的。

邹嫂仍然冷笑着，她说，老王我问你一句话，我是寡妇不是？我是不是寡妇？

老王说，你当然是寡妇，老邹死了好多年了嘛。

邹嫂说，那我再问你．你看见我跟哪个男人睡了？我怎么就小产了？嗯，跟谁小产了？

老王笑起来说，哪有这种事？你没听街坊邻居都夸你守得住贞节吗？

寡妇小产还讲什么贞节？邹嫂突然狂叫一声爬到柜台上，她抓住老王又是撞又是咬，老王挡住了她的手却挡不住她的唾沫，邹嫂一边吐一边说，我憋着这口气不死，就是要找你算账，我要不把霍乱传给你，死不瞑目！

老王以为旁人会上来拉架，但没有一个人敢去碰邹嫂，老王慌乱之中抓过一只秤盘夺门而逃，他看见街上的人都朝药店门口涌来，老王就朝他们喊，把邹嫂拉住，她疯了，她是霍乱病人！人群

闻声呼啦一下就散开了，恰好给邹嫂留出一条通道，老王知道自己喊错了，改口已经来不及，老王就撒开腿往澡堂方向跑去。去澡堂后来被证明是一个正确的选择，寡妇邹嫂一生崇尚贞操妇德，尽管复仇之火烧红了她的眼睛，在男澡堂的门口她还是止步了。

那天纪太太从亲戚家回来，看见药店门口聚集了一堆人，一堆人不去抓药，只是站在那儿交头接耳的，纪太太当时就有了某种不祥的预感，后来一个店员向她详细叙述了邹嫂卷起的风波，纪太太听着听着心就沉下去了。她没说什么，默然走进店堂，纪太太且怨且恨地望着药店的每一只箱屉和每一个店员，最后她说，打烊三天，把店里所有东西擦洗三遍，用开水擦洗三遍。纪太太拖着沉重的脚步往楼上走，突然又想起什么，回过头对店员们说，人也得好好地洗，这三天里你们天天都得去澡堂，去澡堂好好泡一下。

十味堂药店连续三天闭门打烊，第四天药店恢复营业，过往行人都注意到了药店门口的一张红纸告示，告示上的一排大字引起了许多人的兴趣。

本店没有霍乱

有人站在告示下朗朗地念出了声音，念完了探头朝药店店堂里望了望；店堂里窗明几净，数不清的草药丸药的清香扑鼻而来，女主人纪太太穿着一件充满喜气的红锦缎旗袍，正用药剪小心地剪碎一枝枝桔梗，几个店员则捧着白纸把桔梗末归拢了，归拢了放进一只抽屉。

药店的早晨给人以美好繁荣的印象。后来来了一个满面尘土的乡下姑娘，挤进人群看那张告示，她说，我不认识字，那红纸上写的什么呀？有人又大声地把那排字念了一遍：本店没有霍乱。

这不是不打自招吗？姑娘咯咯笑起来，她说，这家店里肯定是有霍乱了，我在他们店里做过佣人，我知道他们的药也染上了霍乱！

姑娘说完就像一阵风似的跑了，人们都惊异于她对药店如此大胆的诽谤，有人说，这疯姑娘好面熟！却想不起来她是谁。

十味堂的衰落就是从那时候开始的。在瘟疫蔓延的季节，死亡近在咫尺，所有的人都已经乱了方寸。十味堂的女主人纪太太后来在药店旁边也开了间棺材铺，但霍乱病菌慢慢飞离了小城，死人少了，棺材生意便做不下去，纪太太一气之下关了棺材铺的门，几口质地上好的棺木都廉价地卖给别人做了寿材。这笔蚀本买卖使纪太太大伤元气，秋天的时候有个东北人背着一袋人参来药店，竟然被纪太太推出了药店的门。那东北人不明就里，他说，纪太太你在生谁的气呢？我的参是最好的长白山干参，你不要拉倒，凭什么推我呀？纪太太说，谁生你的气了？我是在生霍乱的气！

纪太太说了一句实在话，没有什么比霍乱更令人忌恨的了，死人暂且不说，活人的生计也被它搅得乌烟瘴气的。到了秋天，小城复归平安，但街头巷尾甚至空气中都充溢着一种长吁短叹的声音，有人说那是死人的魂灵与活人在一起叹气，死人和活人都在生霍乱的气。

流行歌曲

爸爸不是爸爸
你是一个刽子手
妈妈不是妈妈
你是刽子手的帮凶

——蚱蜢《头发》

几年前蚱蜢的头发就长及肩头了，蚱蜢的长发是他区别于其他庸庸碌碌的男孩的标志，当然你硬要举出蚱蜢的不同凡响之处也很困难，因为蚱蜢当时也不知道做什么好，蚱蜢所有的精力似乎都花费在保护整理他的一头长发上了，他还发明了一种新颖独特的护发秘方，用石蜡涂上菜籽油抹在头发上，这样他的一头长发光亮油滑得令人吃惊。蚱蜢当时不知道做什么好，但他认为一个人假如什么事也不干，别人至多说他懒惰，却不敢对他的才能和前途做出评判，但你假如草率地步进化工厂或者公交公司的大门，那你的一生有可能就湮灭了，任何人都有资格对你嗤之以鼻。

蚱蜢留着一头长发等待什么，但由于他终日流连在桌球室、溜冰场和露天音乐茶座中，结果也没等待到什么，他的心爱的长发却险些遭到了灭顶之灾，有一天他从酣甜的午睡中被什么惊醒，脖颈那里凉丝丝的，伸手一摸摸到一把剪刀，蚱蜢大叫着从床上跳起来，原来是父亲拿着那把剪刀，父亲的手里已经抓着一绺又黑又亮的头发。

我看着你的头发就恶心。父亲阴沉着脸瞪着蚱蜢，他说，你这头发会招苍蝇招虱子，你懂不懂？

蚱蜢的脸气得煞白，朝父亲怒吼道，我不懂？你才不懂！你懂什么叫头发？

父亲晃了晃他手里的那绺头发说，我受不了这些头发，我要把它们扔到垃圾箱里去。

蚱蜢蹲在垃圾箱前，异常悲愤地看着头发与果皮菜叶混杂在一起，蚱蜢用一页信笺盖住了他的那络头发，他说了一句非常沉重的话，爸爸，你杀了我的头发。

蚱蜢在丧失了一绺头发后情绪非常低落，蚱蜢的弟弟猫头鹰——这也是蚱蜢给弟弟起的绰号，按照蚱蜢的要求修整了他的头发，蚱蜢的披肩长发变成了齐耳长发，仍然是长发，但蚱蜢羞于外出游荡了，蚱蜢害怕朋友们再来欣赏他的头发，任何受到伤害的东西都是躲躲藏藏的，躲在家里的还有他那颗受伤的心。

那年春天蚱蜢在一个偶然的机会里发现了自己的艺术才华，有一天父母都不在家，蚱蜢和猫头鹰偷出父亲的大半瓶茅台酒开怀痛饮，酒足饭饱之后蚱蜢用一双筷子击打酒杯唱起歌来。蚱蜢的心情

茫然而悲伤，歌声却高亢而明亮，卡西拉多马里那沙，乌尼巴多马里卡拉，起初蚱蜢模仿着意大利歌剧的发音胡乱地唱着，渐渐地蚱蜢的歌声朝着当时流行的民歌风格过渡，星星还是那颗星星，月亮还是那个月亮，爹是爹来娘是娘。蚱蜢一边唱一边批评着歌词，废话，这不是废话吗？蚱蜢的歌声像脱缰野马在家里驰骋，他弟弟猫头鹰先是捂住了耳朵，但渐渐地猫头鹰脸上出现了惊喜与崇拜交杂的表情。他对哥哥大叫起来，好嗓子，好嗓子，你不比崔健差嘛！蚱蜢的歌声戛然而止，他推开了猫头鹰递上来的麦克风（麦克风由一只手电筒替代），蚱蜢说，我现在终于理解了音乐，音乐就是痛苦，没有痛苦就没有音乐。

那天夜里蚱蜢彻夜难眠，他觉得自己的心里有一种强烈的冲动，一首歌已经清晰地回荡在他耳边，他躺在床上把它哼了出来，他把每句歌词都记在纸上，突然发现了一个很棘手的问题，他不识简谱，更不懂五线谱，一首歌没有谱子怎么能算歌呢？蚱蜢弄醒了猫头鹰，结果不出他所料，猫头鹰对音乐更是一窍不通，猫头鹰抢过歌词一边看一边咯咯地笑，他说，好歌词，好歌词，气死爸爸气死妈妈。

蚱蜢的歌名叫《头发》歌词写道：

爸爸不是爸爸
你是一个刽子手
妈妈也不是妈妈
你是刽子手的帮凶
知不知道
你们用剪刀杀死我的头发

知不知道

你们也杀死了我的未来

蚱蜢觉得猫头鹰对这首歌的理解太浅薄了，他根本不是想气死自己的父母，你不懂我的痛苦，蚱蜢最后把那页歌词折好了放在枕下，他对猫头鹰说，你等着看吧，我会让这首歌在全国流行的，不懂乐谱有什么？什么都可以学，只有痛苦是重要的，告诉你，痛苦就是音乐，音乐就是痛苦，所以我还要谢谢爸爸那一剪刀，那一剪刀终于让我觉醒啦！

蚱蜢清醒地知道要做一个音乐人必须从乐理开始，必须先找到一个老师。蚱蜢想到的第一个人选是中学时代的音乐教师沈女士。蚱蜢是在一天晚上去沈女士家的，沈女士隔着防盗门打量蚱蜢，对这个昔日学生的到来明显表现出一种惊恐和戒备，蚱蜢说，你别这样看我，好像我是个坏人，你不能开门让我进去谈吗？沈女士却说，有话就在门外说。蚱蜢朝防盗门踢了一脚说，你这么怕我干什么？我又不是坏人，我要跟你谈一件很严肃的事情。沈女士一步一步往后退着，突然摇晃着脑袋上的许多卷发器喊叫起来，你的音乐课就是不及格，不及格就是不及格，你现在还想报复我？沈女士突然操起了一把剪刀，她朝门外的蚱蜢挥舞着那把剪刀说，你敢进来？你想报复我就跟你拼了！

又碰上一把剪刀，蚱蜢记得他脑子里嗡地响了一下，不知怎么办才好。很快沈女士家里和左右邻居家纷纷涌出一些人，蚱蜢拔腿就跑。蚱蜢跑出去很远才想起他历史档案中那个小小的污点：音乐课不及格。

蚱蜢的自尊心受到了一次严重的伤害，他沮丧而愤怒地回到家里，拿起一本《怎样识简谱》的书读了起来，但书上那些调门标志却让蚱蜢想起沈女士头上的那些卷发器，它们在蚱蜢眼前可恶地跳跃着，使蚱蜢的心情越来越沉重。他不无自责地想他为什么要去找沈女士呢，要找老师就找一个最好的，那沈女士虽然会弹几种琴，虽然是教师合唱团的领唱，但她不过是个业余的嘛。

那天夜里蚱蜢在苦闷中打开了收音机收听音乐节目，恰好听见本地最著名的音乐人海鸟在流行歌曲各个领域侃侃而谈，海鸟富于魅力的声音在方圆只百里的高空中回荡着。海鸟说，痛苦是我创作的源泉。蚱蜢异常清晰地听见了海鸟的这番话，蚱蜢几乎在静夜里狂呼起来，海鸟，海鸟，蚱蜢默念着这个响亮的名字，从一千兆赫的隐形空间里看见了某扇金色的大门。

太阳升起来了，蚱蜢开始了对海鸟狂热而漫长的追踪。

蚱蜢坐在电台大楼外面的花坛上等着海鸟，花坛旁边还集结着一群少女，她们叽叽喳喳地谈论着海鸟。

海鸟终于从电台大楼里出来了，海鸟浑身上下果然充溢着一种非凡的音乐气息，他的脑袋像一只大鼓，他的身子像一把小提琴，他的两条胳膊像两支长笛，他的双腿则像两只谱架支撑着所有音乐，最令人眩目的是海鸟瀑布似的长发，无论是从长度、光泽还是气势上都使蚱蜢产生了天外有天的感觉。哈罗，海鸟随意地朝外面挥了挥手，那群女孩立刻蜂拥而上，把海鸟团团围住，许多粉红的小手伸向海鸟，许多纸片、手帕和 T 恤伸向海鸟，蚱蜢听见女孩们发出了狂喜或痛苦的声音。

蚱蜢站在花坛边进退两难，他看见女孩们簇拥着海鸟朝一辆北京吉普走去，蚱蜢想他不能错失这个好机会，于是他冲了上去，在

海鸟挤进车门时把一页纸塞在他手中，高声喊道，是我写的歌，歌名叫《头发》。

海鸟接过那页纸签上名字，画了一只鸟，说，我珍惜每一个歌迷的厚爱，不管是女歌迷还是男歌迷。

我不是歌迷，我不要签名。蚱蜢情急之下拉住了车门，他说，我们对音乐的理解是一样的，痛苦就是音乐，音乐就是痛苦，我想跟你好好交流一下，不，不是交流，我想拜你做我的老师啊！

你别拉住车门。海鸟炯炯闪亮的目光扫视着蚱蜢的头发，忽然淡淡一笑说，我建议你以后别留长发，普通人留长发并不好。

我说的不是头发，是一首歌，歌名叫《头发》蚱蜢仍然举着那页纸，是一首歌，我写的歌，蚱蜢高声叫道，你会喜欢的，你一定会喜欢！

海鸟终于接过了那页纸，他对蚱蜢说，我会把它当成歌迷的一份爱，放心吧，我会好好收藏。然后海鸟把那页纸折了一下、两下、三下，折成一束花的样子朝车窗外挥了挥，拜拜，海鸟对那群女孩喊，我爱你们，永远爱你们。

北京吉普在夜色中渐渐远去，蚱蜢骑着自行车追赶了一段路，突然意识到他是追不上海鸟的，没有说完的话只能留待以后再说，不管怎么样，海鸟毕竟收下了他的《头发》。蚱蜢后来在城市街道上横冲直撞、内心充满了振臂呐喊的激情，一支新的歌或者是两句新的歌词在他心中呼之欲出：

虽然你的头发比我更长
我们的痛苦都是一米多深

蚱蜢坠入了一种真正痛苦的深渊中。海鸟突然从众多的崇拜者中间消失了。电台主持人在歌迷热线中告诉人们，海鸟去南方巡回演出了，过了一阵又有人打电话询问海鸟的行踪，主持人说他们与海鸟也失去了联系，海鸟的行踪一贯是保密的，喜欢他的朋友可以去购买他最新推出的盒带《爱情的坟墓》。

蚱蜢买了一盒《爱情的坟墓》，他心存幻想地寻找着那首《头发》，但盒带里根本没有与头发有关的歌。

有一天蚱蜢在一家花店前看见了海鸟的那辆北京吉普，几乎同时他看见海鸟和一个怀抱玫瑰花的女人走出花店，蚱蜢不敢相信自己的眼睛，海鸟的瀑布似的长发没有了，海鸟剃了一个惊人的光头。蚱蜢来不及细想长发与光头之间的关系，他冲到海鸟面前大声说。海鸟，我可找到你了，这阵子你跑到哪儿去了？

海鸟把怀抱玫瑰的女人送进吉普车后回过头说，要签名吧？有笔吗？

不是签名，是《头发》，我那首《头发》你看了吗？蚱蜢喘着粗气说，你有什么感受？

头发？海鸟摸了摸自己的光头，忽然意味深长地一笑，现在你们都喜欢留长发，那我只好剃光头啦。

不是头发，是我给你的那首歌，你唱了吗？你喜欢吗？你们用剪刀杀死了我的头发，那一句你喜欢不喜欢？蚱蜢急不择言地提出一串问题后突然呆住了，他发现海鸟脸上的表情就像是欣赏喜剧电影的观众，你没看那首歌？你把它扔了？蚱蜢盯着海鸟似笑非笑的脸，他的声音因过了冲动而颤抖起来，音乐就是痛苦，痛苦就是音乐，我们对音乐的理解是一致的，你怎么可以扔掉我的歌？你怎么可以这么对待我的痛苦？

音乐就是痛苦？这么理解音乐未免太片面了吧？海鸟把脑袋伸进吉普车，朝里面的女人扮了个鬼脸，然后他以一种温和的口气对蚱蜢说，欢乐，爱情还有性爱也是音乐，你要是有体验就会明白的，就像现在，我正在创作一支爱情歌曲，可你却堵着我，你把我的歌打断了，你不是热爱音乐吗，你要是真的热爱音乐就请你走开，为了音乐，请你走开好吗？

蚱蜢当时像是受到了一股魔力的操纵，他往后退了几步，海鸟微笑着往前走了几步，一直走到了吉普车内，直到车门被砰地撞上，车窗里传出几声压抑的咯咯的笑声，蚱蜢才幡然醒悟，他上了海鸟的当，海鸟出尔反尔冠冕堂皇的理论只是用来摆脱自己，他在海鸟的眼里不过是一个卑微而讨厌的崇拜者。

这年秋天蚱蜢无可奈何地成了一家酒店的服务生，父亲向他发出了最后通牒，去工作或者滚出家门。蚱蜢选择了酒店，他记得临上班的前一晚父亲剪掉了他的那头长发，他从父亲嘴里的咝咝之声中感受到父亲的快乐，父亲从这次理发仪式中获取了无上的享受，而蚱蜢的心在滴血。

蚱蜢没有想到他会在酒店里与海鸟再次相遇，更没有想到这次相遇如此奇特如此荒谬。

蚱蜢看见海鸟与两个美丽而时髦的女人一齐走进酒店大堂，蚱蜢甚至看见了海鸟脖颈上的一块红印，他们缠绵地涌入电梯，看着电梯的显示灯一路亮上去，1234567，哆来咪法嗦啦西，他们大概要去七楼的客房，蚱蜢突然明白了海鸟脖颈上那块红印的实质，让蚱蜢感到愕然的是海鸟既然如此风流快乐，为什么总要在歌中赞美孤独和痛苦？这个海鸟真的是他心目中的那个海鸟吗？

夜里蚱蜢心神不宁，无法抑制一种强烈的欲望，他要让海鸟认识自己，他不是一个卑微的歌迷，而是一个痛苦的被世俗所湮没的音乐天才，海鸟不可以无视一颗痛苦的心灵。蚱蜢这样思考着，犹豫着，终于在凌晨时分敲响了那间客房的门。

门其实是虚掩着的，蚱蜢走进去便觉得气氛异样，房间里空无一人，地上却扔着男人的鞋子、袜子和内衣，蚱蜢推开盥洗间的门，只看见一束红玫瑰斜插在抽水马桶里，出事了！蚱蜢叫了一声就往门外逃，也就在这时他听见有什么东西在壁橱里响，蚱蜢拉开壁橱的门时吓得跳了起来，他看见一个赤身裸体的男人被五花大绑地挂在衣架柱上，嘴里塞满了卫生纸。海鸟你怎么——蚱蜢没来得及问什么，他不假思索地解开了海鸟身上的绳子。

这是一件丑闻，有人嫉妒我，我中了他们的圈套。海鸟拉着蚱蜢的手说，你一定要替我保密。

蚱蜢说，你是海鸟，我会替你保密。

千万要替我保密。海鸟仍然拉着蚱蜢的手说，这事传出去我的形象就毁了，我的艺术生命就完了，那我会痛苦一辈子，痛苦，你懂吗?

蚱蜢说，你是海鸟，你当然懂得痛苦。

替我保密，我会好好报答你的，海鸟惊魂甫定，突然说，你有点面熟，你是我的歌迷吗?我要送你八盒歌带，全部签上我的名字。

蚱蜢绕着海鸟走了一圈，两圈，听见自己鼻孔里哼的一声，那不是冷笑，但那不是冷笑又是什么呢?

你叫什么名字?对了，你喜欢唱歌吗?只要你有兴趣在歌坛发展，我一定会帮你，海鸟观察着蚱蜢脸上的表情，他说，你别担心

嗓子歌谱什么的，只要我帮你，保证你三个月出盒带，半年内开演唱会，一年内走红歌坛。

蚱蜢就是这时候开始狂笑的，他怎么也忍不住喷薄而出的笑声，他捂腹狂笑的时候听见海鸟在旁边说，别笑了，别笑了，你的嗓子很好，很有激情，千万别笑啦。

歌坛名人蚱蜢在谈及他的成功之路时从不隐瞒那段特殊的经历，当然你要是想在蚱蜢身边找到那个叫海鸟的名人，那就很困难了。海鸟也许确有其人，但海鸟这种名字一听就不是真名，就像蚱蜢一样，海鸟也许是艺名，也许是艺名的艺名了。那又有什么关系？我们不过是一些喜欢流行歌曲的人。以前我们都曾迷恋过别的什么歌手，现在都不约而同地喜欢上了蚱蜢的歌，现在你打开收音机或许就能听到一支如泣如诉又说又唱的歌，那就是半年来名列十三种排行榜前列的《头发》，你一定会唱《头发》，因为那是蚱蜢的成名作。

声音研究

他们是在无意之中走到五一广场来的。一个男孩，有着柔软的抹过定型摩丝的头发，穿着蓝牛仔短夹克和蓝牛仔裤，另一个女孩，有着更为柔软更为湿亮的披肩长发，也穿着蓝牛仔短夹克和蓝牛仔裤。他们手牵着手走到了五一广场。十分钟前男孩还坐在附近的电子游艺室里，男孩操纵着荧光屏上的一场模拟拳击比赛，女孩就站在他身后，女孩不停地用手去拉他的衣袖，每拉一次荧光屏上的两个拳击手就像两个木偶撞在一起，男孩忽然甩手给了女孩一记耳光，打不死你？他高声骂了一句，眼睛仍然盯着荧光屏。游艺室里的人都回头朝这里望，女孩捂着脸，向那些家伙们投去恶狠狠的白眼，他们果然纷纷把脑袋转回去了，游艺机的音乐在沉寂了几秒钟后又重新喧响起来。女孩从小皮包取出一面小圆镜和粉饼，对着镜子往脸上敷了些粉霜，然后她突然凑到男孩耳边，低声说，我们吹啦！

女孩走到街上男孩就追出来了，他们拉拉拽拽地在街上走，路过的行人可以听见女孩用许多污辱性的字眼咒骂男孩，男孩一声不吭，他的手执着地拉着女孩不放，女孩后来就不再挣脱了。他们在一家冷饮店门口对视了一会儿，突然安静下来，男孩跑到柜台前买了一个巧克力蛋筒，塞到女孩手里。女孩说了句什么，一边扭着身子一边把巧克力蛋筒往嘴里送，后来他们就手牵着手往广场这里来了。

他们来到广场时已经重归于好，那时女孩刚吃完了冰激凌，她说，手上黏黏的，难受死了。男孩指着广场上的喷泉说，那儿不是能洗手吗？就这样他们走到广场来了。

广场并不太大，准确地说它只是一个街心花园，说它是花园也不太准确，因为没有树，也没有什么花，只有一圈环形冬青树丛和几张长条椅，还有一个新近出现的青铜雕塑。但是人们都称这个地方为五一广场，那我们就该把它当作一个广场。

他们原先不准备留在广场的，女孩在喷泉下洗完手，附近的一对男女恰巧离开了东边那张长条椅，女孩急忙跑过去抢占了唯一空余的长条椅，过来，这儿有座位，女孩向男孩喊道，过来坐呀！

男孩没有留意女孩，他仰头望着那座高高的青铜雕塑，说，这叫什么艺术？怪里怪气的，是什么东西？

女孩说，你管它是什么东西？快过来坐！

是什么东西？男孩仍然仰着头观察那座铜像，他嗤地一笑，说，是个机器人吧？

你过不过来？女孩的声音显得有些恼怒，她从地上捡起一个苹果核朝男孩掷过去，你傻头傻脑地站在那里，看什么呢？

男孩跑过来，挨着女孩坐下。男孩将一只手搭在女孩肩上，脑袋却仍然朝青铜雕塑转过去，他说，你看那雕塑，是个机器人吧？那帮人真他妈会瞎闹，要搞雕塑也该搞个维纳斯嫦娥奔月什么的，怎么搞了个机器人竖在那儿？

你什么眼神呢？女孩扭头瞥了一眼，说，那不是三把钥匙吗？

让你这么一说还真有点像，男孩专注地凝视着雕塑，对，就是三把钥匙，男孩说，真他妈的，怎么弄了三把钥匙竖在那儿？

你不懂，那肯定有什么意思的。

什么意思？男孩扳着手指说，三把钥匙，一把大门钥匙，一把抽屉钥匙，还有一把什么钥匙？是防盗门钥匙？

胡说八道。女孩拧了男孩一把，女孩说，你什么都不懂，人家那是艺术嘛。

那你说，三把钥匙是什么意思？

你没听歌里都这么唱，给我一把钥匙，打开你的心灵，打开心灵，肯定是这个意思，女孩说着忽然想起了别的什么，你见过我表姐吗？女孩说，她以前交过一个男朋友，他就是搞雕塑的，那没准就是他搞的呢。

搞雕塑有什么了不起的？男孩鼻孔里发出一种轻蔑的声音，他说，我最烦那帮家伙了，头发比女人还长，腿比麻秆还细，张嘴就是什么感觉呀线条呀，我看他们是欠揍，你要是跟他们动真格的，他们就尿裤子啦。

你就会动手打人，打人有什么了不起的？女孩用胳膊肘揉了男孩一下。她从包里掏出一颗蜜饯放在嘴里，打人又挣不来钱，女孩说，会挣钱的人才叫有本事，你要是像大头那样会挣钱，我们现在就可以去南方大酒店喝咖啡了，喝完咖啡去吃北京烤鸭，吃完烤鸭去棕榈宫唱卡拉 OK，那多享受呀，那才叫生活。

大头有什么了不起的？男孩沉默了一会儿，说，其实他比驴还要笨，还不是靠他姐姐家有权有势，他那些钱也吓不死人，全是在深圳坑蒙拐骗弄来的。

那你也可以去深圳呀，你怎么不去骗点钱来呢？

深圳的钱现在也不好挣了，你别听他们把那儿吹得天花乱坠的。你闭上眼睛想吧，要是那儿好挣钱，大头他们还回来干什么？

那你说哪儿好挣钱，你说一个地方给我听听。

你烦不烦？男孩突然按捺不住地吼了起来，打不死你，他愤怒地瞪了女孩一眼，然后伸手到口袋里掏出了香烟和打火机。

女孩吐了吐舌头，不吱声了。女孩这次没有真的生气，她把头枕在长椅背上，朝广场四周随意地张望着，她看见对面的广告墙挂着一块牌子，牌子是用大玻璃制成的，上面的液晶显示器不停地闪烁着一些数字：60，65，67，这些数字有时静止，有时跳跃，女孩琢磨了半天也不知道那些数字是什么意思。后来她发现每逢驶过广场的汽车增多，那牌子上的数字就会往上跳，她发现了这个奥秘，但仍然不知道那是一块什么牌子。

大约是下午四点钟光景，辐射在城市上空的阳光开始变得柔软和苍白起来，而远处的高层建筑工地的水泥框格渐渐地从灰色转变为橙红，远远望去就像一只巨大的燃烧着的箱盒。下午四点钟以后广场附近的交通开始变得繁忙，潮汐般的市声沿着街道涌来挤去，最后栖留在广场中心的这块绿地上。一个清洁工人拿着水管开始冲洗广场上的冬青树丛，地面上便很快积起了几个水洼，长条椅上的人们有些坐不住了，先是一对老年夫妇起身走了，后来几个外地人模样的也站了起来，广场上一下子显得清寂了许多。

男孩对女孩说，走吧，我们也走吧。

女孩不理睬他，只是朝他翻了个白眼。

男孩以一种讨好的姿态贴近女孩，他把一只手搭到女孩肩上，另一只手揪住她的一绺头发，他说，老坐在这儿干什么？再坐下去要坐出痔疮来了。

女孩忍不住咯咯笑了，但她仍然坐着不动，女孩说，不坐这儿又能干什么？反正坐这儿比坐在家里强。女孩扭过脸去看相邻长条椅上的那个男人，那个男人正在读一本杂志，他在看什么书？女孩嘀咕了一句，她弯下身子斜转过脸瞟了眼杂志的封面，只依稀看见研究两个字，什么研究？女孩重新坐好了，对男孩说，他在看什么研究，这么吵的地方。他怎么看得进去呢？

男孩不屑地说，研究个狗屁，他是装模作样，肯定在这儿等女朋友。

女孩又扭过头去看西边那张长条椅，她看见有两个人各据长椅一侧，一个是鬓发花白的老年男人，那个老人留着如今已属罕见的山羊胡子，手里拄着一根竹拐棍，另外一个是女人，一个包着花头巾的风姿绰约的年轻女人，他们正在热烈地交谈着，根据他们夸张多变的手势和表情，谁都可以得出这个结论。让女孩觉得奇怪的是他们没有发出任何声音，他们是在无声中热烈地交谈。女孩突然想起她在公共汽车上曾经遇见的一群聋哑人，眼睛便莫名地亮了起来，哑巴，哑巴，女孩对男孩说，快看那两个哑巴，他们在打哑语呢！

这有什么大惊小怪的？男孩说，不就是两个哑巴吗？又不是两个外星人。

我觉得哑语挺好玩的。女孩嘻地一笑，说，那老头也挺好玩的，你看他那把胡子，留那么长的胡子，也不怕长虱子。

怎么会长虱子呢？胡子跟头发一样，也要经常用肥皂洗的，男孩说。

你猜他们现在在说什么？女孩说。

我不知道，管他们在说什么呢。男孩说。

我也猜不出来。女孩的目光专注地盯着那两个聋哑人，她说，用手说话，不用声音说话，哑语真好玩。女孩又捂着嘴咯咯地笑了几声，问男孩道，你猜猜，那两个哑巴是什么关系？

大概是父女关系吧，要不就是爷爷和孙女吧。

不对。女孩摇着头说，他们要是亲人关系就不会这么各坐一头，那多别扭呀。

那就是情人关系，老家伙们搞恋爱都是这么假正经的。

又胡说八道。女孩在男孩嘴角拧了一把，你一点也不会看人，什么事都往歪处想，女孩数落着男孩，目光却仍然被两个聋哑人的哑语所吸引，你看那老头的手，翻来倒去的，他在说什么呢。

管他说什么呢，男孩不耐烦地站了起来，他说，别在这儿看两个哑巴了，我们去录像厅看录像，有言情片，你爱看的。

我不看录像，我就在这儿看他们，我爱看哑巴说话。女孩说。

邻近长条椅上的男人这时候抬起头朝他们扫视了一眼，他已经不止一次地投来这种目光了，目光中明显地含有厌恶和谴责的意味。他大概觉得男孩和女孩的声音扰乱了他的阅读。男孩察觉到他的敌意，便用一种挑衅的目光瞪着对方。四目对峙的结果是那个男人挟起杂志站起身来，他慢慢地走过男孩和女孩身边，突然站住，他抬起手指着对街广告牌中的那个玻璃屏幕，你们知道那叫什么？男人古怪地微笑着说，那叫噪声显示器，现在的噪声是65分贝。

男人说完就匆匆离开了广场。女孩和男孩一时都愣在那儿，眼睛凝视着噪声器上的绿色数字，噪声器？65分贝？女孩茫然地说，那家伙为什么告诉我们这些，什么意思。

男孩嗤地一笑，望着那个男人的背影骂了一句：傻×！

天色渐渐地黯淡了，附近百货公司的霓虹灯率先亮了起来，环绕广场的马路上车流更显拥挤和嘈杂，远远地看过去，广场的那一小块绿地就像一个孤岛。

现在广场上就剩下了男孩和女孩，还有那两个用哑语交谈着的聋哑人，女孩几乎是强制性地把男孩拉到了邻近聋哑人的长椅上。女孩对哑语充满了好奇，她很想弄清楚两个聋哑人的谈话内容。

你看那女人的手，你猜出来了吧，她在说些什么？女孩压低了声音说。

你不用低声细气的说话。男孩说，没听说十个哑巴九个聋吗？你说什么他们都听不见的。你就是骂他们他们也不知道。

女孩捂住男孩的嘴不让他说话。女孩的目光仍然死死地盯着两个聋哑人的手，是四只手，两只苍劲的动作沉稳的手属于那个老人，两只柔韧的翩翩舞动的手属于那个包花头巾的女人。

一辈子用手说话，真不知道是什么滋味。女孩突然叹了口气，她说，我小时候发过一场高烧，我母亲说要不是高烧退得快，我说不定也变成一个哑巴了。

做哑巴也没什么不好，男孩说，你要是用哑语骂我，我也不知道。

女孩捶了男孩一拳，她说，我不要听你说话，我要听他们说话。女孩说着把脑袋转向长椅的背面，实际上她现在离聋哑人的手已经是咫尺之遥了。老人停止了他的手语，他朝女孩看了一眼，女孩朝他莞尔一笑，老人便也笑了。包花头巾的女人也朝女孩投来匆匆一瞥，女孩又挤出一张笑脸，但聋哑女人不为所动，她朝女孩摆了摆手，女孩猜到了她的意思，但一个手势并不能让女孩离开，女孩根本就不想离开，她觉得她快要明白他们的手语了。

我明白了，女孩突然高声叫起来，她对男孩说，我明白了，他们在谈论那女人的儿子，她的儿子不是哑巴，她的儿子能说会道，她的儿子是一个播音员！

你在胡猜。男孩说，哑巴的儿子做播音员，这倒真好玩了，你怎么不说她儿子是相声演员呢？

不是猜的，我真的弄明白了，女孩说，她儿子肯定是播音员，不信你去问他们。

男孩说，我怎么问？我又不会哑语。

两个聋哑人再次停止了他们的手语。他们没有再看男孩或女孩一眼，他们只是突然静止下来，一动不动地坐着，过了一会儿包头巾的女人从她身上找出了一张纸和一支笔，她在纸上写了什么，然后递给了女孩。

女孩接过纸条便看见了那排端正而秀丽的字：请你们安静些。

男孩也凑过来看那张纸条，男孩说，十个哑巴九个聋，奇怪，他们怎么听见我们在说什么？他们怎么知道我们不安静？

女孩脸色绯红，女孩把纸条折成细细的一条抓在手上，都怪你不好，她对男孩说，你为什么非要大喊大叫地说话？

奇怪，我为什么不能大喊大叫？男孩说，我又不是哑巴，我想喊就喊，想叫就叫，这是我的自由。

女孩脸色绯红，她看了看两个聋哑人的背影，她觉得他们在静止不动的时候有一种说不出的威严。女孩对男孩说，我们走吧，我

们该走了。

女孩拉着男孩的手走到广场的边沿，在穿越马路之前她回过头朝绿地里的两个聋哑人望了一眼，她看见他们的手又开始活动起来，他们的手语在暮色中发出某种寂静的声音，女孩说，他们还在说话，他们怎么有这么多的话要说呢？

男孩也回过头去，他说，就兴他们说话，不让我们说话，要不看他们是哑巴，看我怎么收拾他们。

女孩厌恶地看着男孩，突然甩开了他的手，说，请你安静些，请你安静些好不好？

你说什么？你也不准我说话了？男孩的表情急遽地变幻着，最后他哈哈笑起来，说，都成哑巴啦？你们要安静我偏不安静，让我喊一嗓子给你们听听。

后来男孩松了松皮带，蹲下来运了一口气，男孩突然张大嘴，发出一声尖利的冗长的狂叫。男孩张大了嘴，整个脸部因为充血过度而涨得通红，他听见自己的狂叫声像一架飞机回旋在城市上空，他还看见了那个噪声器，在他制造的声音里，噪声仪显示的数字不等地跳跃上升，65，70，75，80，最后停留在90分贝。

男孩后来告诉别人，90分贝是人声的一个极限。我们对声学缺乏研究，我们不知道他的话是真是假。

表姐来到马桥镇

表姐站在我们家的镜子前，镜子里映现出一个城市女孩矜持而散淡的面容，你说不清那张脸是美丽还是丑陋，表姐有着一双小镇人最推崇的乌黑的大眼睛，还有接近于传说中的樱桃小嘴那样的——嘴，但是不知怎么搞的，表姐的整个脸部都长满了暗红色的粉刺。

我看见表姐贴近了那面镜子，她用双手捂住脸，对着自己的影子研究着什么，突然莞尔一笑，我知道女孩子们都喜欢在镜子前搔首弄姿，这没有什么奇怪的。但表姐不一样，她在镜子里的表情像梅雨季节的天空一样变幻无常，我觉得她的微笑只是为了给哭泣作准备，她竖起右手食指在脸上指指点点，很快一切都不对劲了，她朝镜子呸地啐了一口，然后捂住脸呜呜地哭起来了。

不管表姐对我们的小镇抱有什么样的偏见，镇上的人们都是可

以忽略不计的，事实上他们对每一个来自城市的客人都怀有盲目的热情。那年春天当表姐手执一只蝶形风筝走过镇中心的砖塔时，不知有多少双眼睛直勾勾地盯住她看，看她蒙住大半张脸的白口罩，看她身上的那件仿水貂皮大衣。你知道，我们小镇的生活，世世代代都是朴素务实的，口罩和皮毛制品在我们眼中代表着时髦和奢华。而我因为像一个忠实的卫兵紧随表姐前后，几个妒火中烧的男孩突然从砖塔后面冲出来，向我发起了一场袭击：他们抢走了我的军帽，他们把我的军帽扔来扔去的。这是对我的污辱，我知道它的根子在哪里，我并不指望表姐帮我干什么。但是在夺回军帽的过程中。我下意识地扭过头朝她那儿看了几眼，不知为什么，表姐当时的姿态和眼神后来一直留在我的记忆中。

表姐无动于衷，她的乌黑的眼睛在口罩上方漠然地注视着我，还有我的那些敌人，我看见她一只手握着蝶形风筝，另一只手抓着线筒，她的眉毛拧弯了，这是厌烦的表现，我不知道她是厌烦我还是厌烦我的敌人，反正我记得她皱了皱眉头。后来她对我说，你们怎么这样？这句不咸不淡的话是表姐对帽子事件的唯一的评论，我不知道表姐是在谴责谁，但我想是他们抢了我的军帽，表姐总不该谴责我吧？

我们准备去油菜地里放风筝，那是我们小镇生活中唯一让表姐赞赏的部分。我们穿越小镇北端羊肠般的小街，一个妇女突然从房子里窜出来，一把抓住了表姐身上的仿水貂皮大衣，问，你这皮衣在哪儿买的？受惊的表姐闪躲到一边，她不说话，而我把那个愚蠢的妇女狠狠地抢白了一顿，我说，在哪儿买的？东京，告诉你你也去不了，你去得了也买不起！那妇女缩回到门洞里，讪讪地说，我以为是在县城买的呢。东津？东津县可够远的。

你们怎么这样？表姐的声音从口罩后面慢慢地钻出来，我仍然不知道她在责怪谁，我想我有义务保护她的大衣，要是谁都来抓几下摸几下，大衣上的银色灰色的毛毛不就会掉光了吗？

镇外的油菜地已经开花了，你可以想象一个城市女孩面对油菜花、蝴蝶和池塘，迎面吹来的风带有新土草芽的清香，你想想她会多么的忸怩作态或滥于抒情。表姐不是那种女孩，她不说话，但我看见她摘下了口罩，对着春天的乡野景色露出了赞许的微笑。阳光现在率直地投在表姐的脸上，也照亮了她脸上所有暗红或褐色的粉刺，不知为什么，当我第一次在野外的阳光下看见那些粉刺，我的心里有一种莫名的隐秘的欣喜。那时我还不懂得掩饰自己，因此突然低下头嬉笑起来，我听见表姐在说，你笑什么？有什么可笑的？我不敢抬头，拿起风筝胡乱比画了几下说，谁笑了？我准备放风筝啦，我不知道表姐为什么对我的嬉笑不依不饶，她走过来抓住我的风筝说，你笑什么？给我说清楚，不说清楚不准放风筝。

我觉得这种不依不饶的脾气使表姐变得很讨厌，她一定猜到我在笑什么了，否则她的脸色不会这么愠怒。我站在油菜地边张口结舌，粉、刺，这两个字差点就脱口而出了，恰好在这时我们身后的土路上响起了自行车的铃铛声，我回过头，看见铁匠老秦的三个女儿挤在一辆自行车上，棉花骑着车，瘦小如猴的稻子和玉米一个坐在车杠上，一个坐在后架上，她们都侧过脸直勾勾地盯着表姐，自行车便摇摇晃晃地朝路边的柳树撞过去了。表姐惊叫了一声，但余音未落棉花她们已经从地上爬了起来。棉花伸手在膝盖上拍打了几下，仰起脸朝我笑着说，你们家的亲戚呀？我没有搭腔，我就不愿意跟铁匠老秦家的人说话，况且说的又是废话，棉花一点也不知道自己说的是废话，她又羞答答地望着表姐说，你是他家的亲戚呀？

表姐点了点头，在陌生人面前她又端出了一张矜持冷淡的面孔，但我发现她的眼光像朝鲜电影里的女特务一样鬼鬼祟祟的，她似乎很想研究棉花的脸，而天生的傲慢又阻止了这种欲念，因此表姐的眼光真的就像女特务一样鬼鬼祟祟的。

我不知道棉花那张红扑扑胖乎乎的脸有什么值得多看一眼的，男孩子通常称它为柿子脸，我问表姐，还放不放风筝？她说，等一会儿放。这么说着她的眼睛又朝棉花的柿子脸瞟了一下。棉花就趁机又说了句废话，你们放风筝呀？

稻子和玉米当时站在一边，痴痴地望着表姐，稻子把肮脏的小手含在嘴里，但我知道那个泥猴似的小女孩会对表姐有所企图。未出我的预料，稻子突然吐出了她的小手，那只小手伸向表姐的仿水貂皮大衣，揪住了一缕灰白色的纤维，稻子大叫道，你怎么把老虎皮穿在身上呢？玉米跟在后面拉住稻子的手，老虎皮不能穿，这是豹子的皮，玉米一边纠正稻子，她的手也很不老实地在表姐的大衣上摸了一把，玉米还假充世故地问，都春天了，你穿着豹子皮不嫌热吗？

表姐没有理睬她们，你能看出来她很讨厌两个小女孩乱摸乱抓的，但她只是顺手在她们摸过的地方掸了几下，表姐没说什么，是棉花冲上来给妹妹们一人一记巴掌，棉花对表姐说，没弄坏你的衣服吧？表姐摇了摇头，棉花站在那儿，扭了扭身子，又说，要是弄坏了你的衣服，我们赔都赔不起。

你别以为棉花对表姐的毛皮大衣就不感兴趣，她其实不比稻子玉米她们强多少，当我举起风筝率先冲进菜花地时，回头一看，棉花正弯着腰站在表姐的身旁，她不知对表姐说了什么，表姐让她弯着腰欣赏仿水貂皮大衣，不，是让她嗅那件大衣，我似乎看见棉花的鼻孔大惊小怪地一张一吸，我猜棉花她无法鉴定那种皮毛的类属，她这样嗅来嗅去的，大概是想弄清城市女孩有什么气味吧。

第二天放学回家，我一眼看见了门口的青草篮子，镇上那么多户人家，只有棉花家喂兔子，我知道是棉花来了，来干什么呢？我管不了那么多，就在青草篮子里埋了一块大石头。

棉花像一个小偷似的从表姐住的厢房里闪出来，她冲我做出一个笑脸，放学啦？她知道我是不理睬她的，又朝厢房里的表姐喊道，我走了，你坐着吧，其实不用她说表姐也肯定在厢房里坐着的，我看着棉花在我家愚蠢地转了一个圈，然后拎起青草篮子风风火火地走了，她甚至没有觉出篮子里那块石头的重量。

表姐坐在镜子前读书，我不知道她为什么要对着镜子读书，也许她想利用一切机会观察粉刺的发展情况吧，她手里的那本书也显得来历不明，封面没有了，纸页都已经发黄磨烂了，她不让我碰那本书，我猜她心里有鬼，那肯定是一本什么坏书。

棉花来干什么？我说。

没干什么，表姐从桌上拿起一根黄瓜，她说，她给我送来一根黄瓜。

送黄瓜干什么？谁还没吃过黄瓜？我说，你别理棉花，她家的人脑筋都缺一根弦。

她缺一根弦？你就那么聪明吗？表姐说。

我听出表姐的语气不对劲，她就是这种乖戾多变的脾气，你要是想拍马屁不小心就拍到马蹄子上了。

那天傍晚表姐帮着我母亲做晚饭，我听见她们在谈论棉花，表姐对棉花的评价简直让我摸不到头脑，她说，棉花很聪明，棉花很

懂事，她还说，棉花的皮肤很好，虽然黑了一点，但黑里透红，看上去多健康呀。现在回想起来，我做表姐的卫兵其实只做了寥寥几天，我的位置很快就被铁匠家的女孩棉花挤占了，当然我也不很计较这事，一个男孩天天像跟屁虫一样跟着女孩，本来也没什么荣耀。让我疑惑的是我们镇上有许多女孩渴望陪伴表姐，表姐为什么独独挑中了棉花？要知道镇上的女孩对棉花一直是嗤之以鼻的。

棉花天天跑到我家来，她的青草篮子天天都丢在我家门口。棉花告诉铁匠老秦她去割草，但她在野地里三心二意地割了几把草，拎着篮子就偷偷跑我家来了。她每次都把一根或两根黄瓜藏在青草下面，我不知道那是什么意思。棉花和表姐在厢房里嘁嘁喳喳地说话，我也猜不出她们在说些什么。有一天我怀着一种类似捉贼的心情隔窗窥望，结果就看见了她们可笑而古怪的秘密。

表姐坐在镜子前，她的脸上贴满了一种绿色的小圆片，很快我弄清那不是什么化妆品，那是切得很薄的黄瓜片，我看见棉花一边切一边把黄瓜片往表姐的脸上敷贴，不仅仅是厢房里诡秘的气氛让我惊悸，表姐脸上的那些黄瓜片也让我头晕目眩，你想想吧，一个人的脸敷满那些黄瓜片会是多么怪异，那天表姐在我眼里就像一个鬼魂一样，所以我哇地大叫了一声，然后转身就逃走了。

据我所知，现在的城市女性已经开始使用黄瓜制品保养皮肤，商店里正在公开出售几种黄瓜洗面奶什么的东西，但是多年以前表姐以黄瓜片敷面的举动被我们家视为异端，我母亲认为她是在作践自己的皮肤，你怎么去听棉花的鬼话？那女孩疯疯癫癫的，她懂什么呢？母亲看表姐的脸色有点难堪，便换了一种方法开导她，母亲说，粮店里的素兰以前脸上长满了粉刺，可结了婚嫁了人粉刺就全

褪了，现在谁见了素兰不夸她脸蛋漂亮？粉刺这东西又不是天花麻子，到时候自然就没有啦。

表姐没有听完母亲的疏导，她突然站起来跑进了厢房，木门的碰撞和插门闩的声音充分宣泄了她的恶劣情绪，我发现表姐最恨别人当她面说到粉刺这两个字，她肯定是以为别人在嘲笑她吧。我觉得她这种态度有点蛮不讲理，好像她的粉刺是国家机密似的，不管谁都无权提及。还有一点我也很有意见，表姐从城市来，照理该给我带些礼物，但她什么也没送我，不送也就算了，可我亲眼看见她把一盒包装精美的什么糖果塞在棉花的篮子里，那个可恶的柿子脸女孩，她嘴上说不要不要，最后还不是把那盒糖果拿回家了？

我当时认为棉花跟表姐这么热乎就是想混点糖果什么的，但后来发生的一件事完全改变了我对她们关系的看法，这件事也把表姐在我们小镇逗留的日子打满了问号。

那天早晨表姐告诉我母亲她要去冯镇，中午不回家吃饭，母亲觉得很纳闷，她说，冯镇离这儿二十里地呢，你去那儿干什么？表姐说，不干什么，去玩。母亲说，冯镇就一条街，什么也没有，有什么可玩的？表姐的脸上立刻又有了受迫害的表情，她阴阳怪气地说，一条街也可以玩嘛，我母亲想到了什么，又是棉花来邀你的吧？母亲说，棉花那女孩缺心眼，鬼知道她带你去干什么呢。表姐这时候已经戴上了她的口罩，她说，你们不都说她缺心眼吗？反正她也不会把我卖了，她陪着我我放心。

棉花已经推着她家的自行车等着表姐了。我看着表姐跳上了自行车后架，两个女孩的背影亲昵地叠合在一起，一起消失在春天的晨雾中。我觉得她们的冯镇之行很神秘，尤其是棉花，她的柿子脸上充满了无以言表的快乐，我注意到棉花那天又穿上了过年的

新衣服。

对于我们家来说，那是一个令人忧心忡忡的日子。午饭时分天气突然变了，一场典型的春雨开始在我们小镇上空咝咝作响，不用说二十里地以外的冯镇肯定也在下雨，你知道遇到这样的天气，屋顶下的人们都会为出门的亲友担心，我母亲在家里坐立不安，她一边埋怨天气一边埋怨棉花，她说，没见过这么缺心眼的女孩，下雨天带她去冯镇，我就知道跟着棉花没有好结果。我觉得母亲这么说也不对，腿不是长在表姐的身上吗？再说表姐跟棉花鬼鬼祟祟的，谁知道她们去干什么秘密勾当呢？大约是下午三四点钟的时候，雨还在下，表姐突然冲进了我家，她的口罩耷拉在耳朵下，露出了湿漉漉的似哭非哭的脸，她的那件仿水貂皮大衣被雨水洗出许多沟沟坎坎，看上去也是湿漉漉的似哭非哭的。表姐就这样从冯镇回来了，她径直扑到厢房里，扑在床上高声呜咽起来，我母亲吓坏了，她看见棉花推着自行车站在雨地里，棉花正朝我们家张望，但我母亲顾不上去盘问她了。怎么啦？出什么事了？母亲一声高过一声地问表姐，她想把表姐的头部从床上搬起来，但表姐的脸死死地抵住了一只枕头，母亲无法搬动她，只是听见她的一串含糊的令人迷惑的哭诉。

她骗了我。表姐说，她骗，我，骗，我。

你说棉花骗了你？她怎么把你骗了？她把你带到哪儿去了？

她说她带我去治……刺……表姐说，她为什么要骗我？冯镇根本没有……粉刺……医生……

我们直到此时才知道表姐去冯镇的目的，我听见母亲长长地舒了一口气，现在表姐的哭泣不再使我们紧张了，母亲的焦虑也被一种好奇感所替代，冯镇没有治——冯镇没有医生？母亲说，那你们在那儿干什么呢？

她骗了我。表姐仍然啜泣着说，她把我领到她外婆家，领到她舅舅家，还有她姨妈家，她让他们看我身上的大衣，好像我是什么展览品，她怎么能这样……怎么……这样……

我母亲差点想笑了，但她大概不忍心，我看见她用手胡乱地指着窗外说，这个臭棉花，我就知道她干不出什么好事来，要是告诉老秦，看不把她揍扁了！

窗外的雨仍然淅淅沥沥地下着，我看见肇事的棉花仍然站在我们家门外的雨地里，她已经淋成个落汤鸡了，我不知道她还站在这里干什么。看见我她想迎上来，她说，你表姐生我气啦？我朝她挥了挥手说，你还不快走？你脑子有病啊？棉花就往后退了一步，她说，你表姐哭了？我说，你还指望她在笑？你脑子有病啊？

我看见一种负罪的绝望的表情爬上棉花的脸，她的蒜瓣形的鼻翼首先抽搐起来，她的嘴角向下沉没，嘴唇左右摇晃，然后棉花大声地呜呜哭起来，她一边呜呜地哭着一边骑上自行车回家去了。我从来没见过像棉花这样一边哭一边骑车的女孩。

我记得表姐离开我们小镇时棉花也来了，我完全可以说棉花是一个不识时务的人，她自以为是表姐的朋友，但表姐甚至懒得朝棉花看上一眼。表姐坐在长途汽车临窗的位子上，她一直忙于挪移脸上的那只口罩，顾不上多说什么话。我看见她的乌黑的眼睛，从那种散淡的目光中不难发现她的心已经提前离开了我们的小镇。这是没有办法的事情，你知道表姐属于一个著名的繁华的城市，她到我们这儿只是来走亲戚的。

棉花起初远远地站着，我以为她会一直那样傻乎乎地站着，但

司机按响第一声喇叭时，棉花像是被什么刺了一下，她朝汽车窗边奔跑过去，我看见她把一个小布包塞给表姐，表姐想推开它，她们隔着车窗把小布包推来推去的，但不知是因为棉花的力气大，还是因为别的什么，表姐最后收下了棉花的那包礼物。

小布包里是什么？我不说你可能也猜到了，是新鲜的刚刚摘下的黄瓜。我看见一根黄瓜从布包缝里掉出来，落在地上，我特意走近了检查那根黄瓜，不是别的，就是一根新鲜的刚刚摘下的黄瓜。

穿仿水貂皮大衣的表姐一去不回，她曾经给我们来过信，信也写得像她人一样懒洋洋的，让我不满的是信封的地址也写错了，她竟然把我们的马桥镇写成马娇镇，马怎么会是娇的呢？这简直莫名其妙。

表姐的信中没有提及棉花的名字，提及棉花的名字就让人联想到黄瓜、粉刺以及可笑的冯镇之行，我猜那是表姐永远忌讳的事情。

城里的表姐一去不回，镇上的棉花仍然在我们镇上。有一天我拿了一口锅去找铁匠老秦补锅，走到他家门口就看见棉花冲了出来，棉花说，你表姐有信来吗？没等我回答，她嘿嘿笑起来，她指了指自己宽大的前额，用一种欣喜莫名的声音说，看见这儿了吗？一颗疙瘩，我跟你表姐一样，我也长了疙瘩啦！

红桃Q

有些人就是改不了小偷小摸的毛病，在我们香椿树街上这种情况尤其严重，你稍不留神家里的腌鱼、香烟甚至扫帚就会失踪，所以那天当我发现我的扑克牌少了一张红桃Q时，我立即想到有人偷去了我的红桃Q。

你不知道我有多么爱护我的扑克牌，那是我在一九六九年唯一的玩具，我常常用它和我哥哥玩一种名叫大洛克的游戏。玩扑克牌是不能缺少任何一张牌的，也正因为如此，我在每一张牌后面都写了我的名字，我以为这样一来谁也不会来偷我的扑克了，可是我错了。我去向我哥哥打听红桃Q的下落，他说，丢一张牌算什么？我们学校李胖的儿子都丢了，一个人丢了都没人找，谁替你找一张破牌？我从他的表情里察觉出某种蹊跷之处，几天前他向我借一毛钱，我没理睬他，我怀疑他故意偷走了红桃Q作为对我的报复，我这么想着就把手伸到他的枕头里、床褥下还有抽屉中搜查起来，你知道我哥哥不是什么好惹的人，他突然大叫起来，你他妈的把我当牛鬼蛇神呀？你他妈的敢抄我的家？说着他就朝我屁股上狠狠地踹了一脚。

后来我们兄弟俩就扭打起来了，后来当然是我挂了眼泪灯笼，我哥哥一看局面不堪收拾了，纵身一跃就跳到了窗外的大街上，隔着窗子他对我说，你真他妈的没骨气，丢一张破扑克牌有什么了不起的？不就是一张红桃Q吗，哪天我给你弄一张红桃Q不就完了？

我哥哥是个吹牛皮大王，即使他说那番话是认真的，我也不相信他能弄来那张红桃Q。那是一九六九年，我们这个城市处于一种奇怪的革命之中，人们拒绝了一切娱乐，街上清寂无人，店铺的大门半开半闭，即使你走遍整座城市也看不见一张扑克牌的影子。你想象一九六九年一个雨雪霏霏的冬日，一个孩子在布市街（当时叫红旗街）一带走走停停，沿途爬在每一个柜台上朝货架上张望。营业员说，这位小同志你要什么？孩子说，扑克牌。营业员便都皱起了眉头，语气也不耐烦了，哪有什么扑克牌？没有！

我这么精心描述我当时寻觅扑克牌的情景，只是为了让你相信，我说的一切都是真的。

我跟随我父亲到上海去就是为了买一盒新扑克牌，从我们那座城市坐火车去上海大约需要两个钟头。那是我生平第一次坐火车，但我不记得当时是什么心情了，况且两个钟头的旅程过于短暂，只记得我父亲一直与邻座谈论着橡胶、钢铁什么的，谈着谈着火车就停下来了，上海到了。

一九六九年的上海是灰蒙蒙的死城，我这么说其实多半是一种文学演绎，因为除了那些上黄色的有钟楼的大圆顶房子，还有临近

旅社的一长溜摆放豆制品的木架，我对当时上海的街景几乎没有什么记忆。我跟随出公差的父亲走在上海的大街上，眼光只是关注着路边每一家店铺的玻璃柜台。你应该相信，即使是在一九六九年，上海的店铺也比我们那儿的店铺更像店铺，不管是肥皂、草纸还是糖果糕点都整洁有序地摆放在柜台货架上，有几次我一眼就看见类似扑克牌的小纸盒，但每次跑过去一看，那却是一盒伤湿止痛膏或者是一盒香烟，上海也没有扑克牌？上海也没有扑克牌，这让我失望透顶，我想香椿树街上的那些妇女常常叽叽呱呱地谈论上海的商品，她们把上海说成一个应有尽有的城市，现在看来全是骗人的鬼话。

我说过我父亲公务在身，他没有时间陪我在店铺里寻觅扑克牌，他要赶在别人下班前办完他的事情。在一幢灰白色的挂着许多标语条幅的水泥大楼前，父亲松开了我的手，他把我推到传达室的窗前，对里面的一个中年女人说，我上你们革委会办点事，你替我看一下我儿子。我看见那女人漠然地扫视着我们，鼻孔里哼了一声，出公差还带着孩子？什么作风！

我父亲无心辩解，他拎着一只黑色公文包匆匆地往楼上跑去，剩下我一个人站在上海的这座陌生的水泥大楼里，站在一个陌生女人冷冰冰的视线里。我看见传达室的炉子上有一壶水噗噗地吐着热气，那些热气在小屋里轻轻地漫溢着，墙上的毛泽东画像和几面红旗便显得有些湿润而模糊，那个女人的双手一直在桌下做着某种机械动作，偶尔地她抬起头朝我瞟上一眼。我突然很想知道她在干什么，于是我撑住窗沿腾起身子，朝桌子下面的那双手看了一眼，我看见一只苍白的手抓着一只圆形绣花架，另一只苍白的手捏着绣花针和丝线，我还看见了那块白绢上的一朵红花，是一朵绣了一半的硕大的红花。

你干什么？女人发现了我的动作，她几乎是惊恐地把手里的东西扔在桌下，她伸出一只手来抓我的胳膊，但我躲闪开了，我发现那个女人的眼睛里露出一丝凶光，她从桌上捡起一支粉笔朝我扔过来，嘴里恶声恶气地说，哪来的小特务小内奸？鬼头鬼脑的，给我滚开！

我逃到了街道的另一侧。我觉得那个女人莫名其妙，她把两只手藏在办公桌下绣花莫名其妙，她对我喷发的怒火更是莫名其妙。我其实不在乎她把手藏在桌下干什么，不就是绣一朵花吗，为什么要偷偷摸摸的呢？我想假如知道她是在绣花，我才懒得望她一眼，问题是她不知道我的心思，其实当我撑住窗沿看她的手时，我最希望看见的是扑克牌或者只是一张红桃 Q。

我第一次去上海充满了失落感，我父亲拉着我的手在上海的街道上怒气冲冲地走，他说，扑克牌，扑克牌，你知不知道那是封资修的东西，那不是什么好东西！

现在我可以确定当年随父亲投宿的旅社临近外滩或者黄浦江，因为那天夜里我听见了海关大钟、小火轮以及货船汽笛的声音，我还记得旅社的房间里有三张床，每张床上都悬着夏天才用得上的圆罩形蚊帐。除了我和父亲，房间里还住着一个操北方口音的男人，那个男人长了一脸硬如猪鬃的络腮胡子。

起先我一个人睡一张床，灯开着，窗外的上海在一种类似呜咽的市声中渐渐沉入黑暗，我看不见窗外的事物，我只是透过蚊帐看着房间的墙。墙是米黄色的，墙上有一张爱国卫生月的宣传画，我觉得宣传画上那个手持苍蝇拍的男孩很像我们街上的猫头（猫头也许与失窃的那张红桃 Q 有关，他是我的重点怀疑对象），我想了一会儿猫头与红桃 Q 的事。突然就看见了墙上的那摊血迹，真的是很突然地看见了那摊血迹，它像一张地图印在墙上，贴着床上的蚊帐，离我的枕边仅仅一掌之距。

墙上有血！我朝另一张床上的父亲大叫起来。

哪来的血？我父亲从床上欠起身子，朝我这里草草地望了一眼，他说，是蚊子血，夏天谁打蚊子时留在墙上的。

不是蚊子的血。我有点惊恐地研究着墙上那摊血迹，蚊子的血没有这么多！

别去管它了，闭上眼睛好好睡，马上要拉灯了。父亲说。

我看见那个络腮胡男人钻出蚊帐，他三步两步地跳过来，掀起我床上的蚊帐，是这摊血吧？他看了我一眼，掉头用一种明亮的目光盯着墙上的那摊血迹看，然后我看见那个男人做了一个令人震惊的动作，他把食指放进嘴里含了一会儿，突然伸到墙上的血迹中心狠狠地刮了一下，又把食指放回到嘴里，我看见他微微皱了皱眉头，往地上啐了一口唾沫。

是人血。他三步两步地跳回自己的床，在蚊帐里嘿地笑了一声，是人血，我一看就知道是人血。

刹那间恐惧使我的心狂跳起来，我扑向父亲的那张床，什么也没说，一头钻进了父亲的被窝。

是从谁头顶上溅出来的血，我一看就知道了。络腮胡男人说，你要用锥子戳谁的头，血溅到墙上就是那样子，用皮带头抡也差不多，我一看就知道了，这儿肯定押过人。

那不可能，这是旅社，父亲说。

旅社怎么就不能押人？络腮胡男人在蚊帐里再次发出了轻蔑的

笑声，他说，你好像什么都没见过，我们单位的澡堂都押过人，那血可不是在墙上，是在天花板上，天花板上呀，你知道人血怎么能溅到天花板上？你没亲眼见过，让你猜也猜不出来。

别说了，我带着孩子。我父亲堵住那男人的话茬说，我带着孩子，孩子胆小。

那男人后来就不再说了。灯熄灭了，旅社的房间也突然陷入一片黑暗之中，包括墙上的那摊血迹也被黑暗湮没了。除了一种模糊微白的反光，我看不见旅社墙面上的任何东西。我听见对面床上的男人打起了浊重的鼾声，后来我父亲也开始打鼾了。

孩子们胆小，那天夜里我一直抓着父亲的一条胳膊，我想象着旅社里曾经发生的这件事情，想象那个流血的人和手拿锥子或者皮带头的人，一时无法入眠，我记得我清晰地听见了上海午夜的钟声，我想那一定就是著名的海关大楼的钟声。

第二天上海没有阳光，天色始终像灰铁皮似的盖在高楼与电线杆的上端，我父亲捧着一张纸条，带着我在一家巨大的商场内穿梭，纸条上列着毛线、床单、皮鞋尺码之类的货品清单，那是邻居们委托父亲购买的。在那座明显留有殖民地气味的建筑物里，人比货品更为丰富芜杂。在皮鞋柜台那里，我差点与父亲失散，我走到文具柜台前，误以为柜台里的一盒回形针是扑克牌。当我沮丧地坐回到试鞋的长椅上，突然发现坐在旁边的不是我父亲，是一个穿着蓝呢子中山装的陌生人。

后来我张着嘴站在椅子上哇哇大哭，我父亲慌慌张张地跑过来，扔下手里的东西就在我屁股上打了两下，他说，让你别乱跑，你偏要乱跑，告诉过你多少遍，这是上海，走丢了没地方找你，我说我没有乱跑，我去找扑克牌了。我父亲没再责备我，他拉着我的手默然地往外面走，上海也没有扑克牌，父亲像是自言自语地说，或许小地方小县城还有扑克牌卖，等我去江西出差时给你看看吧。

大概为了抚慰我，父亲决定带我去黄浦江边看船。我们走到江边时空中已是雨雪霏霏，外滩一带行人寥落。我们沿着江边的铁栏杆走，我第一次看见了融入海洋的江水，江水是灰黄色的漾着油脂的，完全违背了我的想象。我还看见了许多江鸥，它们有着修长而轻捷的翅膀，啼叫声也比香椿树街檐前树上的麻雀响亮一百倍。当然最让我神思飞扬的是那些船舶，那些泊岸的和正在江中行驶的船舶，那些桅杆、舷窗、烟囱、锚以及在风中猎猎作响的彩旗，我认为它们与我在图画本上描绘的轮船如出一辙。

雨和雪后来一直飘飘洒洒地落在上海的街道上，直到我和父亲登上那列短途火车的车厢。我的上海之旅结束得如此仓促，再加上恶劣的天气使午后的时间提前进入黑暗，我印象中的回程火车是灰暗而寒冷的。

车厢里几乎是空荡荡的，每一张木制座椅都透出一股凉意。我们原来坐在车厢中部，但那儿的窗玻璃被打碎了，因此父亲领着我走到了车厢尾部，那儿临近厕所，隐约地会飘来一股尿味，但毕竟暖和多了。我记得父亲脱下他的蓝呢子中山装裹在我身上时我问过他，这火车没有人？就我们两个人？父亲说，今天天气不好，又是慢车，坐这车的人肯定就少了。

火车快要启动的时候突然来了四个人，他们挟着车窗外的寒气闯进那节车厢，四个男人，三个年轻的都穿着军用棉大衣，只有那个年长的戴口罩的人穿着与我父亲相仿的蓝呢子中山装，他们一进来我就知道外面的雪下大了，我看见那些人的帽子和肩头落满了大

片的雪花。

我想说的就是那四个匆匆而来的旅客，主要是那个戴口罩的老人，让我奇怪的是他始终被另外三个人架着挤着，他们走过我们身边，选择了车厢中部我们原先坐过的座位，他们好像不怕那儿的冷风。我看见那个老人坐在两个同伴中间，他朝我们这里转过头来，但那个动作未能完成，那个花白脑袋好像被什么牵拉着，又转了回去。隔着座椅，我看见的是几个僵硬的背部，有一个人摘下头上的帽子拍了拍雪，仅此而已，我没有听见他们说过一句话。

他们是什么人？我问父亲。

不知道。我父亲也一直冷眼旁观着，但他不允许我站起来朝那群人张望，他说，你给我坐着，不许走过去，也不许朝他们东张西望。

火车在一九六九年的风雪中驶过原野，窗外仍然是阴沉沉的暗如夜色，冬天闲置的农田里已经豪上了一层薄薄的雪衣。父亲让我看窗外的雪景，我就看着窗外，但我突然听见车厢中部响起了什么声音，是那四个人站了起来，三个穿棉大衣的人簇拥着戴口罩的老人穿过走道，朝我们这里走来。我很快发现他们是要去厕所，让我惊愕的还是戴口罩的老人，他仍然被架着推挤着，他的目光从同伴的肩上挤出来，盯着我和父亲，我清晰地看见他的眼泪，那个戴口罩的老人满眼是泪！

虽然我父亲用力把我往车窗那侧拉拽，我还是看到了三个人一齐挤进厕所的情景，其中包括戴口罩的老人。另外一个年轻人站在门外，他比我哥哥也大不了多少，但他向我投来的冷冷一瞥使我吓了一跳，我缩回了脑袋，轻声对我父亲说，他们进厕所了。

他们进厕所了，进去的是三个人，但那个戴口罩的老人没有出来，出来的是两个年轻人，我听见那三个穿棉大衣的人站在车厢连接处耳语着什么，我忍不住悄悄歪过脑袋，看见的是那三个穿棉大衣的人，其中一个正把大衣领子竖起来护住耳朵。

我看见的是那三个穿棉大衣的人，他们推开另一节车厢的门，消失在我的视线里。

我不知道戴口罩的老人怎么样了，我很想去厕所看一眼，但我父亲不准我动弹，他说，你给我坐着，不许走过去。我觉得父亲的神态和声音都显得很紧张。不知过了多久，列车员领着一群带着锣鼓铜钹的文艺宣传队员走进我们这节车厢，我父亲终于把一直抓着我的手松开，他舒了一口气说，你要上厕所？我带你去吧。

厕所的门虚掩着，推开门时一阵狂风让我打了个哆嗦，我一眼发现厕所的小窗敞开着，风与雪一起灌了进来，厕所里没有人，那个戴口罩的老人不见了。

那个老人不见了。我大叫起来，他怎么不见了？

谁不见了？父亲躲避着我的眼睛说，他们到另外一节车厢去了。

那个老人不见了，他在厕所里。我仍然大叫着，他怎么会不见了？

他到另外一节车厢去了，你不是要撒尿吗？我父亲望着窗外的风雪说，这儿多冷，你快点尿吧。

我想撒尿，但我突然看见厕所潮腻的地上有一张扑克牌，说出来你简直无法相信，那正是一张红桃Q，我一眼就看见那是红桃Q，是我丢失了而又找不回来的红桃Q。你完全可以想到我的举动，我弯腰捡起了那张扑克牌，准确地说是抢起了那张扑克牌，我抹去了扑克牌上的泥雪，向我父亲挥着它，红桃Q，正好是一张红桃Q！

我记得我父亲当时急速变化的表情，错愕，迷惑，震惊，恐惧，最后是满脸恐惧。最后我父亲满脸恐惧地抢过那张红桃Q，一扬手扔到窗外，嘴里紊乱地叫喊着，快扔掉，别拿着它，血，牌上有血！

我敢打赌那张扑克牌上没有一滴血迹，但我父亲那么说似乎并非谵妄之言，一九六九年的上海之旅在我的记忆中有一个神秘的句号。关于那个戴口罩的老人，关于那张红桃Q。整个童年时代我父亲始终拒绝与我谈论火车上的那件事情，因此我一直以为那个戴口罩的老人是个哑巴，直到前几年我已能与父亲随便地谈论所有陈年往事时，他才纠正了我记忆中错误的这一部分，你那时候还小，你看不出来，父亲说，他不是哑巴，肯定不是哑巴，你没注意他的口罩在动，他的舌头，他的舌头被，被他们，被……

我父亲没有说下去，他说不下去，他的眼睛里一下子沁满了泪，而我也不需要再说什么了，其实我也不喜欢多谈这件事情，多年来我常常想起火车上那个老人的泪水，想起他的泪水我心里就非常难受。

无论如何红桃Q仅仅是一张扑克牌而已。现在我仍然喜欢与朋友一起玩扑克，每次抓到红桃Q时我总觉得那张牌有某种异常的分量，不管是否适合牌理，那张牌我从不轻易出手，我也不知道为什么，我习惯把那张牌留到最后。

新天仙配

董永站在父母的坟冢前，他是来哭坟的，但是董永站在那儿，从曙色熹微的黎明一直站到太阳初升，他的眼泪始终流不出来。流不出眼泪也就哭不出声音，董永堂堂男儿郎，他是绝不会像村里的那些妇人那样，一边朝官道上的行人左顾右盼，一边扯着嗓子在亲人们的坟上哭号的。

董永弯腰拔掉了父母坟上的几株杂草，点燃了一堆纸钱，他看见风把坟前的白幡吹得噼噼啪作响，纸钱燃起的火苗也随风势左右倒伏，清明时分风露寒冽，董永忽然想至，父母的亡灵会不会觉得冷，他记得母亲临死时身上穿的寒衣千疮百孔，露出的棉絮是乌黑干硬的，董永想到自己做了多年的游乡货郎，手里不知卖掉了多少棉花和布匹，却未曾想到给母亲置一件新衣。董永心里一阵酸楚，一滴眼泪就挂在了他的年轻的脸颊上。

但是董永仍然哭不出来，他想也不一定非要哭出来的，孝悌之

事不在于眼泪，董永这么想着就拍却了身上的尘土，朝老榆树下走去，他的货郎担就放在老榆树底下。

董永发现老榆树底下的一圈黄土湿漉漉的，像是刚刚下过了雨，他货郎担上的青布和花边都沾上了亮晶晶的水珠，好大的露水！董永抬头看了看早晨的天空感慨道。他随手提起了货郎担，突然觉得它一头沉一头轻，董永回头一看吓了一跳，一个女子神不知鬼不觉地坐在他的货郎担上。

董永目瞪口呆，他看见一个沉鱼落雁之貌的女子，身着白袄红裙，浑身湿漉漉地坐在他的货郎担上，这个女子他从未见过，但董永分明看见她以长袖掩面，遮住了一个妩媚魅人的笑容。

小姐，你从哪儿来？董永结结巴巴地问。

女子粲然一笑，她的目光缠绵地绕着董永，但仅仅是一会儿，她便羞涩地背过脸去，女子说，董永，你猜猜吧。

你认识我？董永说，你是庆州城里的人吧，要不你就是赵集赵大人家的小姐，可我没去过赵大人家，赵家门口的狗见到货郎就咬呀。

女子仍然背转着身，她的长长的锦袖却抛过来，轻轻打到董永的肩上，她说，董永，就是让你猜到天黑你也猜不出来，不如我告诉你吧，我从那儿来。

董永看见女子的纤纤索指指着天空，董永就抬头朝天空看，他说，那是天，那是太阳，那儿可没有村庄人烟呀，我看你浑身湿漉漉的，倒像是从水塘里爬上来的。

女子幽幽地发出一声叹息，董永呀董永，你忘了小时候听过的故事了，王母娘娘的天宫里不是有七个仙女吗？我就是七仙女呀。你小时候不是常对你母亲说，你长大了要娶七仙女吗，我就是七仙女呀。

董永木然地面对女子俏丽的背影，他一时说不出话来，但他的脸开始涨红了，他的心开始怦然狂跳。董永朝四周张望了一下，坟地四周清寂无人，太阳才刚刚升到老榆树顶上，清明上坟的人群还没出村呢，董永壮着胆子趋前一步，他先是偷偷地在女子的袖沿上摸了一下，凭借他对丝帛棉布的经验，他判断那是真实的织锦，然后他更大胆地摸了摸女子的手，那只小手是滑润而温热的，意外的惊喜使董永大口大口地喘着粗气。

七仙女后来告诉董永，所有下凡的仙女都是浑身湿漉漉的，因为从天宫到尘世路途迢迢，其间要穿越无边无际的霜露云水。

董永跑到他叔叔的铁匠铺子去禀报他的婚事，董永说，我娶了亲啦。他一连说了三遍，叔叔还是没听清，他正忙于给一只犁头淬火，叔叔说，你饿了？锅里还有一块红薯，自己去拿吧。董永便跑去凑近他叔叔的耳朵又叫喊了一遍，我娶了亲啦！

董永的叫声终于使铁匠铺里杂乱的叮当声沉寂下来，叔叔家的人都放下手里的活计看着他，叔叔说，你娶亲？你没在说胡话吧？我知道你到了娶亲成家的年龄了，可是我们家老大都快二十三了，还打着光棍呢，娶亲得娶个女子，又不能娶个母羊母猪回来，董家穷出了名，哪个女子肯嫁到董家来呢？

董永说，已经来了，她昨天夜里就在我屋里了。

叔叔说，是你在路上捡的女子？该不是朝廷追缉的女犯人吧，要不是个半死不活的逃荒妇？

董永摇了摇头，大声说，不是，不是，她比天上的仙女还要美丽还要干净，不，她本来就是天上的仙女呀。

叔叔走过来摸了摸董永的额头，不烫，他又把手按在董永的

手脉上，他说，还在跳呢，叔叔最后翻开董永的眼皮查了查他的瞳孔，又说，还亮着嘛。

董永生气地推开了他叔叔的手，说，你们爱信不信，我要回家了。七仙女还等我回去吃饭呢。

董永刚刚回到他的茅屋，叔叔一家人和村里的乡亲都跟来了，茅屋的残扉陋窗被许多手推开，许多脑袋急切地探进来，他们果然看见了坐在灶前吹火的那个女子，一个像仙女一样美丽干净的女子。有的人不敢相信自己的眼睛，他们的嘴里发出啧啧之声，两只手却不停地揉搓自己的眼睛，只有一个孩子指着吹火的七仙女尖声叫道，她是仙女！

七仙女在众目睽睽之下吹炉膛里的火，她吹火的样子酷似一个农妇，但她美丽的容颜和清澈的眼神遮掩不住天界的气息。窗外的农人们被这种气息阻挡了鲁莽的脚步，他们进不了董水的茅屋，他们看见七仙女从铁锅里端出了一屉热气腾腾的雪白的馒头，要知道董庄的农人从小到大见不了几次这么白的馒头，不仅是孩子，几个老人也立刻流下了口水。

七仙女把那屉馒头交给董永，她说，端给乡亲们吃吧。

不，董永说，给他们吃了我们就没有了。

给他们吃了我们还有。七仙女说，听我的话，端给他们吧。

董永很不情愿地把一屉馒头放到了门外，顺手又抓回了几个，董永说，你们吃吧，不怕撑着你们就吃吧。

没有人被董永的威胁吓倒，农人们很快将那些馒头一抢而空，好几个人被噎着了，他们的喉咙里发出咯嗒咯嗒的响声，七仙女倚门而立。门外的那种声音使她神色悲凄，两行珠泪悄然流下。董永上前扶住七仙女，他以为七仙女在生谁的气，他不知道七仙女心中充满了仙子对凡人的悲悯之情。七仙女握住董永的手，把她的泪水留在董永的指缝间，她幽幽地叹息了一声说，这么多年了，地上的人们还在受苦。

农人们饱食了一顿后才想起他们还没有闹董永的洞房，那天夜里他们卷土重来，企图按传统的习俗让七仙女穿越男人们的裤裆，但董永手执一根打狗棍挡在茅屋的门口，朝众人怒目相向。董永的叔叔说，你怎么这样小气？虽说你媳妇是个仙女，但她既嫁了你就是董家的人，就该按我们的风俗钻裤裆呀，董永说，不钻就是不钻，她是七仙女，怎么能让她钻你们的臭裤裆？你们谁敢来闹，谁闹我就打断他的狗腿。

农人们开始责骂董永数典忘宗，捡了个女子就忘了祖宗，董永仍然手执打狗棍不为所动，农人们最后只得讪讪离去，只有董永的婶婶被允许进入茅屋，婶婶在床上洒了几颗花生，又在溺桶里扔下一颗鸡蛋，七仙女躲在屋角好奇地看着她，婶婶又走近七仙女一边嬉笑一边喳喳地说了些话，七仙女听不懂她话里的意思，她只觉得婶婶嘴里有一股很难闻的污泥味。

等到人走光了，董永和七仙女在油灯下偎依在一起，七仙女伸手摸到了床上的那些花生，她数了数，一共有九颗花生。

七仙女问董永，为什么要放下九颗花生？

董永说，那是让你多生孩子的意思。

七仙女又问，那鸡蛋扔在溺桶里是什么意思呢？

董永说，也是那个意思，让你早生孩子。

七仙女羞得捂住了脸，她让董永吹灭油灯，董永就把油灯吹灭了。油灯灭了，七仙女在黑暗中说，董永呀，你们人间的事好奇怪。

自从娶了七仙女以后董永就不做游乡货郎了。董永其实是喜欢他的货郎担的，但七仙女不能忍受与董永的别离，即便是从太阳升起到太阳落山的短短一天。七仙女对董永说，董永呀，我在天上看人间都是男耕女织，为什么你不去耕田呢？董永说，我不会耕田，我只会卖货。七仙女说，董永呀，你从小聪慧灵秀，耕田之事肯定一学就会了。董永说，可是我要是去耕田，你还是一个人在家呀。七仙女莞尔一笑说，那我们就没有别离了。我把纺车搬到田边，我一边纺线一边看你耕地。董永的心被七仙女说得暖洋洋的，他说，那我就去耕地吧。后来董永的货郎担子就搁在柴堆上了。董永每天背负着沉重的农具去田里耕作，他不知道自己犁开的地能不能让庄稼扎下根，他不知道自己播下的种子能不能长出果实，但是董永总能在回首之间看见七仙女坐在纺车前，七仙女注视他的眼神柔情似水。董永就想，即使种不出庄稼又有什么可怕的？她已经织了三匹布了，即便她织的布换不了几升米又有什么可怕的，她是七仙女，她是一个仙女呀。

夏天到了，董永种下的庄稼绿油油的，七仙女织的布也已经堆成了小山，有一天夫妻俩在水塘里沐浴，董永突然想起什么，他问七仙女，娘子呀，你原先好好地在天上，为什么下凡人间来跟我过这种苦日子呢？七仙女说，你忘了清明的事了？你站在你父母的坟前，想哭却哭不出来，我不知怎么就替你哭了，我一哭人就往下沉，不知怎么就跟住你了。董永又问，娘子呀，你是下凡的仙女，下凡的仙女还能回到天上去吗？七仙女笑而不答，过了好久，她抬头看了看夏天夜晚的天空。董永你知道吗，天是九重天，你不知道天有多高有多远，七仙女说，下凡不容易，回去更不容易呀。要想回去就要走上九百九十九年。

董永相信七仙女的话，七仙女是不会骗人的，但董永不相信会有那么一天，他想七仙女与自己如此恩爱，她怎么舍得离开他呢？

秋天到了，董永的庄稼获得了意想不到的好收成，收割的时候他请来叔叔一家帮忙，叔叔捏了捏董永的玉米，又把董永的稻穗放到嘴里品尝着，满怀醋意地说，你又不会种地，庄稼怎么会长得这么好？别是让七仙女施了妖法吧？董永说，她是下凡的仙女，又不是妖魔，哪来什么妖法？他们收割的时候七仙女来了，七仙女给他们送来了一罐菜汤和一篮馒头，她像一个标准的农妇似的，放下男人们的午饭就转身离去，男人们都盯着她的背影看，他们从来没有把七仙女当成一个农妇，她走起路来像风拂杨柳，她的裙裾在泥浆粪上中拖曳而过，裙裾上却总是一尘不染。是董永的叔叔首先提出了那个致命的疑问，他把董永拉到一旁说，她的腰肢比蛇还细，她的肚子又扁又平，别家的新娘早就腆起了肚子，你的七仙女，就怕她是不下蛋的母鸡呀！

董永嘴上没说什么，但心倏地往下沉去。那天夜里董永的床笫之欲便像洪水猛兽，七仙女察觉出董永的异常，她说，董永呀，我们是要白头偕老的夫妻，不是路边野地里的苟合鸳鸯，我们不该这样，天亮了你得下地我得织布。董永说，娘子别怨我，我是着急呀。七仙女说，着急什么呢？董永就搬出了他叔叔的话，别家的新娘早腆起了肚子，娘子你为什么——董永突然顿住，他坐起来在朦胧的月光下俯视七仙女的脸，童永说，娘子你告诉我，下凡的仙女会不会生养？

七仙女先是扑哧一笑，但她很快发现董永的手在颤抖，董永的心在狂跳，七仙女明亮而妩媚的眼神一下子黯淡下去了，她翻过身子避开董永焦灼的目光说，董永呀，为什么你一定要让我生养？

董永说，那还用问？传宗接代嘛。

七仙女说，为什么要传宗接代？

董永说，那还用问？不孝有三，无后为大。

七仙女又问，为什么会有这种说法呢？

董永想了想说，娘子你怎么什么都不懂？你想想，假如我膝下无嗣无丁，等我死了谁来给我上坟烧纸？谁来续我的家谱？假如我无儿无女，这茅屋日后就没人来住，我辛辛苦苦耕好的田地也会变成荒地呀。娘子你告诉我，董永说着突然把七仙女拉起来，逼视着她的眼睛喊道，娘子，你到底会不会生养？

七仙女的眼睛里已经噙满了泪，月光浮动在七仙女美丽的脸上，遮不住她的幽怨和悲伤，七仙女呜咽着问，董永呀，倘若我不会生养，你怎样对我？

董永犹豫了一会儿说，我不知道。

七仙女在昏冥的月光下凝视着董永，过了好久，七仙女的眼泪干了，她为赤身露体的董永披上一件衣裳，她说，董永呀董永，我对你一见倾心，我怎么就忘了，你毕竟是人间的俗人呀。

但董永没有听见，董永已经呼呼地睡着了。

那天夜里七仙女彻夜未眠，她枯坐床边守着睡梦中的董永，直到黎明鸡啼时分，黎明鸡啼时分七仙女从水瓮中舀起一勺水，开始了简陋的梳妆，七仙女从水瓢中看见自己的脸，一夜之间桃红凋谢，平添了许多憔悴。在黎明的鸡鸣声中七仙女坐到织机旁，织完了最后一匹布，织机的响声充满了离情别意，但它并未把熟睡的董永惊醒，于是七仙女最后又回到床边坐着，七仙女不忍打断董永的好梦，但她必须听到董永最后的回答。

董永，快醒醒吧，七仙女用一片树叶在董永的额头上挤出几滴清凉的汁液，她说，现在你不醒以后就见不到我了，我要跟你说几句话。

董永在睡梦中抬手拍了拍额上的树叶，董永在睡梦中说，都快入冬了，怎么还有蚊子？

董永呀，快醒醒，七仙女轻轻地捏着董永的耳垂，她说，你睡得这么沉，我告诉你一句话，仙女不能生养，生养了仙女就成了俗妇。

董永迷迷糊糊地坐起来，他说，什么仙女？什么俗妇？我要的是子孙香火。

可我要做仙女，七仙女抱住了董永的头，贴着董永的耳朵说，你要什么都行，可我就是不能为你生养，我不想变成俗妇呀！

我要子孙香火。董永半梦半醒地说，说完他的头从七仙女的怀里滑落，又沉沉地睡去了。对于日出而作日落而归的农人来说，黎明时分他们总是睡意正酣。董永对七仙女离去前的那番话语其实记得并不真切，只是觉得睡梦中有一种深深的凉意，好像是漂浮在一片大水之上。他记得他如同往日握住了一只温暖柔软的手，早晨醒来后却发现那不是七仙女的手，那是七仙女遗留的一只织梭。

董庄的人们对于他们身边的天仙之配一向是茫然观望的，但他们没想到七仙女来时匆匆去也匆匆，那天早晨村子里的人都听见了董永呼唤七仙女的声音，他们都猜到七仙女走了，几个老人用怜悯的目光看着奔走呼号的董永，抓着头说，我早知道会有这一天，仙女下凡了还是仙女，仙女总是靠不住的。

寻妻的董永一直寻到老榆树下，他看见老榆树的新叶上凝结着

许多晶莹的露珠，树下的泥土湿漉漉的，七仙女的另一把织梭赫然在目，董永一下便瘫坐在地上，仙知道七仙女从这里开始了返回天界的旅程，七仙女已经离去了。

董永后来一直坐在老榆树下哭泣，这么多年来董永第一次抹到了自己的眼泪，他想他不该这么哭，父母的坟茔就在不远的地方，他们听见自己的哭声一定会生气的，父母死时他很难受，但他流不出一滴泪，而现在他为了七仙女流了这么多泪，倘若被人看见，他是会被人戳脊梁骨的。后来董永止住了泪水，坐在树下发呆，董永的叔叔一家赶来了，叔叔绕着树走了一圈，这儿闻闻，那儿摸摸，她走了？也不道别就走了？叔叔朝着早晨的天空翻了个白眼，走就走吧，谁稀罕她？叔叔说，她不走我也要让你休了她，仙女有什么用？仙女不会生孩子，娶她有什么用？

董水没有听见别人的声音，他抬头仰望着早晨的天空，依稀听见七仙女的裙裾在风中拂动的声音，听见七仙女轻若柳絮的步履，董永突然想起七仙女说过的天界的秘密，天是九重天，下凡的仙女一旦想返回天界便要走上九百九十九年。九百九十九年，董永不禁倒吸了一口凉气，他脸色煞白，词不及意地对亲戚们说，九百九十九年，她要走上九百九十九年啊！

董永后来娶了邻村一个女子为妻，那个女子虽然容貌丑陋却极善生养，她在每年的秋收季节为董永产下一个婴儿，直到董永的茅屋人满为患，董永为了养家糊口，一生劳碌，四十岁上死于游乡卖货的途中，当时只有一个六岁的儿子陪在他身边。临终前董永躺在泥泞的官道上，用手指着秋天的天空，让儿子往天上看，儿子说，那是天，那是云，那是太阳，太阳快要落山了，董永摇了摇头，手指仍然指着天空，儿子就瞪大眼睛望着天空，儿子说，太阳快要落山了，别的什么也没有。董永把手指举得更高一些，现在看见了吗？董永最后说，看见七仙女了吗，她还在走，她要走上九百九十九年呢！

线　袜

有一天，邮递员站在香椿树街三十六号门口，大声呼叫一个名叫钱王氏的人，叫了好多遍，无人应答，邮递员跨上自行车正要走的时候，袜子奶奶慌慌张张地追了出来，边跑边说，钱王氏就是我，我就是钱王氏.

邮递员把一张汇款单交给袜子奶奶，他说，我嗓子都喊破了，你怎么听不见?

听是听见了，袜子奶奶满面窘色地说，听见你在喊钱王氏钱王氏的，可一时想不起来那就是我。从来也没有人给我寄信嘛。

袜子奶奶以为那是一封信，她拿着那张纸走到隔壁的秦老师家里，她说，我收到了一封信，也不知道是谁寄来的，老师你给我看看。

秦老师说，这不是信，是汇款单，有人给你寄钱来了，二十元钱呢。

秦老师把寄款人的姓名地址念了一遍，袜子奶奶仍然有点惘然，她说，谁呀，这姓王的是谁呀？秦老师猜测道，会不会是你娘家的亲戚？袜子奶奶得到了提醒，眼睛倏地一亮，是三狗呀，她高声叫起来，肯定是三狗，三狗这孩子，难为他还记着我这个姑姑！

第二天袜子奶奶穿着新棉袄和新棉鞋走过香椿树街，路上有熟人跟她打招呼，袜子奶奶，你去儿子家啦？袜子奶奶的脸一沉，说，我还没死呢，我死了才去他家。关于儿子的话题使袜子奶奶的脚步变得怒气冲冲的，袜子奶奶走到石桥上，迎面碰到对门的女邻居美仙，美仙说，怎么啦，谁又惹你生气了？袜子奶奶愣怔了一下，左顾右盼地说，谁？谁在生气？美仙笑起来说，说你呢，好好的怎么又板着脸走路？袜子奶奶说，我没生气，我到邮局去，我娘家侄子给我寄了二十元钱来。三狗这孩子良心好，他小时候穿的袜子都是我织的，这么多年了，难为他还记得我这姑姑的好处，美仙打断她的话说，你家长生对你就不好了？前几天我还看见他送来一篮橘子呢。袜子奶奶朝美仙摆摆手说，别提那些橘子了，一半都是烂的，要不烂他们才不会送来给我吃。

袜子奶奶和美仙其实是一对冤家。美仙走下桥，嘴里轻声骂了一句，死老太婆，讨厌！而袜子奶奶下桥的时候用手捏着鼻子，她对美仙身上扑鼻而来的香味厌恶透顶，搽得这么香想干什么？袜子奶奶嘀咕道，以前青云坊的婊子也没她搽这么香！

袜子奶奶主要就是在家里拆线袜，那些破旧的线袜都失去了主人，收破烂的老许把它们一札札地捆好卖给袜子奶奶，袜子奶奶就坐在家门口一只一只地拆，拆好了洗干净，然后她儿子长生就把一袋袋的纱线装在大布袋里驮到收购站去卖，总之袜子是袜子奶奶的

营生，所以香椿树街上的人都把长生的母亲称为袜子奶奶。

袜子奶奶原来是有男人的，但他死了好多年了，现在他天天住在墙上，住在墙上的一只相框里，天天看着袜子奶奶拆线袜。长生一家原来也是和母亲住在一起的，但袜子奶奶和儿媳水火不容，长生一家只好搬到单位宿舍里去。长生搬家以后袜子奶奶有半年不和他说话，后来好不容易说话了，袜子奶奶铁板着脸让儿子去床底下拿一篮鸡蛋，长生说，家里有鸡蛋，这些鸡蛋你自己吃，袜子奶奶一下子就嚷起来了，你家里的鸡蛋轮得到你吃吗？袜子奶奶站起来抓住儿子下颏处的一层皮，她说，搬出去才半年，你看你瘦成什么样子了？我不在旁边，她就由着性子欺负你！长生知道他母亲的脾性，他顺从地把那篮鸡蛋带了回去，回去就发现鸡蛋里长出了小鸡，长生突然想起那些鸡蛋还是母亲春天时用粮票换的，它们已经在母亲的床底下藏了半年多了。

每天经过香椿树街的人都看得见袜子奶奶，她总是把门敞开着，坐在门边拆一只棕色的或者藏青色的线袜，拆线袜的工作大概是熟稔胜于专心的，因此街上的行人们会发现，你在看袜子奶奶，袜子奶奶也在看你，袜子奶奶一边看着你，一边把拆下的线团绕在手掌上。秦老师有一次在学校里对孩子们说，什么叫提高警惕？提高警惕就是像袜子奶奶那样，眼睛要时刻监视你身边的一草一木风吹草动，要像袜子奶奶那样，要像一个哨兵。

袜子奶奶确实像一个哨兵，冬天时候你偶然会发现袜子奶奶家大门紧闭，但你只需扭一扭脑袋便会看见袜子奶奶，她坐在对门美仙家门口，一边晒着太阳一边拆线袜。冬天时候袜子奶奶头上戴了一只式样古怪的绒线帽，蓝棉袄和黑棉裤也使她干瘦的身形臃肿了一些，但袜子奶奶看上去仍然像一个哨兵。

街上最讨厌袜子奶奶的要算三十九号的美仙，美仙在牙刷厂里与其他女工谈得最多的就是袜子奶奶。你们不知道我家对门的死老太婆多讨厌，我每天出门她都要回头看看她家墙上的破挂钟，我每天什么时候回家她也要看一看钟，我家里来了客人她伸长脖子一个个地看，来了女的她倒没什么，要是来了男的就麻烦了，她干脆把凳子搬出来，守在我家门口呀！美仙谈起袜子奶奶时忽而谐谑忽而愤怒，她说，× 他妈的，我本来嫁给小季就是图他家清静自由，谁会知道对门住了这个死老太婆呢，现在她倒做起我的公公婆婆来，从早到晚盯着我，好像我是个阶级敌人！

美仙自然有美仙的说法，别人却并不怎么同情她，他们认为美仙这么仇视袜子奶奶是心虚的表现，不做亏心事不怕鬼敲门，更何况袜子奶奶的一双眼睛呢。谁都知道美仙的男人小季是个卡车司机，常常要去外地运货的，而美仙又天生是个招蜂引蝶的花瓶，袜子奶奶不盯住她又盯住谁呢？

美仙大概在那方面是有点心虚的，她在牙刷厂把袜子奶奶骂得狗血喷头，回到家却总要向对门的邻居挤出一个笑脸，有一次她还挟着几双破袜子去送给袜子奶奶，袜子奶奶说那都是尼龙袜化纤袜，不好拆，拆了也没用，她还责怪美仙不会过日子，就这几个小洞眼，补一补不就能穿了？袜子奶奶说，你们现在的人呀，就是不会过日子！美仙看见袜子奶奶的眼睛一亮一亮地盯着她，袜子奶奶的笑容在她看来也别有用心。美仙莫名地红了脸，从袜子奶奶手里抽出那双袜子说，你看，我拍马屁拍到马蹄上了，不要拉倒，带回去当抹布。

美仙大概真的想去收买袜子奶奶的，但几双破袜子收买不了袜子奶奶，只会使袜子奶奶加倍地提高警惕。那天恰逢长生骑着自行

车来掩纱线，袜子奶奶对儿子讲了一句悄悄话，长生当时没听懂。袜子奶奶说，看着吧，对门美仙要出事了。

后来美仙果然就出事了。所谓出事自然是指小季突然回家捉住一个身份不明的男人。二男一女在美仙家里厮打的时候我们看见了袜子奶奶，袜子奶奶神情肃穆地守在美仙家门口，一边拆线袜一边阻挡着那些想进去看热闹的邻居，你们进去干什么？干什么？袜子奶奶说，夫妻吵架有什么可看的？谁家夫妻不吵架？唉，谁家夫妻不吵架？

谁都看出来袜子奶奶在掩盖事情的真相，包括美仙自己。美仙被小季一拳头打掉了两颗牙齿，她伏在地上一边哭一边寻找那两颗牙齿，迷迷糊糊中觉得有人拉拽着她往外面走，拉拽她的就是袜子奶奶，美仙下意识地啐了袜子奶奶一口，都是你个死老太婆，我让你乱嚼舌头！袜子奶奶顾不上擦去脸上的唾沫，只是拼命地把美仙往对面拽，随便你骂我什么，袜子奶奶说，人命关天，小季在气头上，你现在不躲一下他能一刀砍了你！

袜子奶奶就这样把美仙拉到了她家，咔嗒锁上了那扇临街的门，然后袜子奶奶继续拉拽着美仙，一直带她进了里间，咔嗒一声，又插上了门销，袜子奶奶对着美仙长长地吁了口气说，现在好了，没事了，他不敢到我家来砍人的。

美仙被按在袜子奶奶的床上，准确地说是被按在一堆卷曲的未加洗濯的纱线里，美仙抓起一把纱线袜了抹眼泪，说，他敢砍人？我谅他也不敢砍我。

你还嘴硬？袜子奶奶说，他怎么不敢砍你？你死了是白死，没人可怜你，你理亏嘛。

美仙没说什么，但她朝袜子奶奶翻了个白眼。

男人在气头上没脑子，什么事都做得出来，袜子奶奶说，你知道杂货店彩凤脸上那道疤怎么来的？就是让她男人砍的，就是这种事呀。

美仙扭过身子，用手拉扯着床上那些纱线，过了一会儿突然说，小季早晨已经出车走了，怎么又回来了？肯定是谁跟他乱嚼了舌头。

袜子奶奶只是淡淡地一笑，她说，谁乱嚼舌头，就让他天打雷劈。

美仙不相信袜子奶奶的表白，但袜子奶奶脸上的表情如此坦荡和直率，这使美仙很迷惑。后来美仙一直想找到她想象中的告密者，在与小季重归于好的某一天，美仙成功地从小季嘴里套出了实情。小季说，你别冤枉别人，是我自己嗅出来的。美仙就追问道，你又不是狗，怎么嗅出来的呢？小季想了想说，从袜子奶奶看我的眼神里，你知道袜子奶奶的，那几天她还是那样看着我，我也说不出有哪儿不对了，就是那眼神像在可怜我。

美仙没说什么，美仙最后只是在心中发出一声叹息。问题不是出在袜子奶奶的眼睛里，但这个结果多少有点超出了美仙的想象。

袜子奶奶和美仙的关系后来就有点耐人寻味，据秦老师对她们的观察分析，她们的关系就像某个弱国与强国间的外交关系，美仙当然是作为弱国一方，她对袜子奶奶的怨恨没齿难忘，却又不得不向对方百般逢迎。秦老师开玩笑说，美仙怕袜子奶奶嘛，袜子奶奶有雷达跟踪网，又有核弹头。

美仙后来常常给袜子奶奶送点腌毛豆、荠菜馄饨之类的东西。

美仙无所事事的时候就跑到对门陪袜子奶奶说话，她从篮箩里抓过一只袜子拆了一会儿，才拆了一会儿就没有耐心了。美仙的目光在袜子奶奶家阴暗破败的四壁间顾盼生辉，她看见了墙上的那帧旧时代男人的照片，那男人的表情、发式以及马褂的领子都让美仙觉得可笑，美仙盯着照片看了一会儿，忍不住扑哧笑了。

那是长生的父亲，袜子奶奶说，这有什么好笑的呢？以前的男人就那个样子。

你男人，你男人什么时候死的？

长生生下来九个月他就死了，怎么死的？就那么死的，得了场恶病呗，袜子奶奶似乎不愿意提及亡夫的话题，她用力从袜子上拉出一根线头，说，别提他，那也是个禽兽不如的东西。

你这么恨他，为什么还把他照片挂在那儿？

不挂那儿往哪儿放呢？他人死了，鬼魂还在这家里呢，让他在墙上待着最合适了，我不要看他，我从来不去看他，我一看他就想起他怎么用锅盖打我的头，怎么踢我的肚子，那会儿我正怀着长生呀，那禽兽不如的东西。

为什么要用锅盖打你的头呀？

他嫌我做的饭不好吃。

为什么要踢你的肚子？他不想要孩子？

我怀着孩子，我不让他做那种事，他一脚就把我踢下了床，我现在想想那一脚浑身还冒冷汗。他差一点把长生踢死在胎中。

这种男人死了才好。

他死了苦了我啦，我一个人把长生拉扯大容易吗？不容易呀，所以长生现在这么对我，我怎么能不伤心？

长生对你不是很好吗？我看他对你够孝顺的了，你没见卖肉的

小朱，他让他娘下跪呢。

儿子孝顺顶什么用？他听他女人的话，什么都听她的，他怎么就忘了，是我一把屎一把尿把他养大的，不是那个女人呀！

话题到了婆媳关系上美仙就不想听了，美仙站起来说，我该走了，炉子上还在炖排骨汤呢。美仙一只脚跨出门外，听见袜子奶奶突然恶狠狠地嘀咕了一句，你们这种女人，就是不知足！美仙回过头问，你说谁不知足？袜子奶奶拖长声调说，我在说长生的女人，没有说你。但美仙觉得袜子奶奶是在指责自己，美仙在心里暗暗骂道：死老太婆，什么知足不知足的？难道有排骨汤喝就应该知足了吗？

美仙回到家门口，她想把临街的门关上，但她关门的时候看见袜子奶奶又抬起了头，袜子奶奶注视她的目光一如往常，冷静、专注而又充满怀疑的那种目光，美仙下意识地把门又敞开了，美仙在心里说，让你看，让你看个够，反正你也看不了几年了。

美仙知道袜子奶奶已经年逾八旬，其实袜子奶奶除了她的一双眼睛，其余部分都已经是风烛残年了。

有一天邮递员又到香椿树街三十六号来了，邮递员给袜子奶奶送来了第二张汇款单，他明明看见三十六号的门开着，看见袜子奶奶坐在门边拆袜子，但他一连喊了几遍，袜子奶奶就是没有应答。

邮递员走进去对袜子奶奶说，钱王氏，你又忘了你叫钱王氏啦？你侄子又给你寄钱来了。

袜子奶奶看着邮递员，但她不说话。

邮递员说，怎么搞的？你不就是钱王氏吗？钱王氏，夫家姓钱，娘家姓王，以前的妇女都是这种名字，钱王氏，你去拿图章

来吧。

袜子奶奶仍然看着邮递员，她手里紧紧地抓着一只深棕色的老线袜，但她不说话。

原来袜子奶奶已经死了，袜子奶奶那天像往常一样坐在门边拆线袜，袜子奶奶像往常一样看着走过三十六号的每一个人，但她的魂魄金蝉脱壳，在你不注意的时候离开了香椿树街。

街上许多人见到了袜子奶奶的遗容，他们说袜子奶奶临死时的表情有点奇怪，她好像是受到过惊吓，眼睛睁得很大，脸上的表情一半是恐惧一半是悲伤，人们对此议论纷纷。后来是袜子奶奶的儿子长生一语道破了天机，谁也没想到问题出在一只旧袜子上，就是袜子奶奶欲拆未拆的那最后一只袜子，就是那只袜子把袜子奶奶带到了天堂。

这是我父亲穿过的袜子，你们看袜口上还绣着他的名字。长生哽咽着向人们展示那只残破而苍老的线袜，他说，是我母亲亲手绣上去的。她不识字，但她记得这只袜子，她记得父亲的名字，我母亲，我母亲她，长生说着说着泣不成声，她一辈子都怕我父亲，我也不知道为什么，我父亲死了这么多年，她还是怕我父亲。

人们都围上去看那只深棕色的线袜，果然看见了那个用红线绣出来的名字，唏嘘过后他们不禁为这只袜子神奇的归宿惊叹起来，这么多年人间沧桑，这只袜子怎么会再次落到袜子奶奶手中的呢？或许该去问问收破烂的老许，但老许只管走街串巷去收破烂，他能知道什么？他对这只线袜肯定是一无所知的。

袜子奶奶死后三十六号的门就反锁上了，邻居们都觉得街上突然缺少了什么，包括住在三十九号的美仙。美仙现在出出进进的觉得身后少了些什么，她每次从外面回来开门时会突然朝后面扭一下头，她扭过头看见的只是一扇油漆剥落的门，袜子奶奶确实是不在那儿了。

你知道美仙是个不怎么正经的女人，袜子奶奶死后她也曾落了几滴泪，但后来她就高兴了，她在牙刷厂对几个女工说，现在我总算自由啦，总算自由啦！美仙说这句话时挤眉弄眼的，她的脸上竟然是一种获赦后的微笑。

一桩自杀案

在市街的女工李抒君之死最初是作为自杀案处理的。一个老大不嫁性情孤僻的老处女，在一个愁雨绵绵的秋夜从六楼窗台坠地身亡，现场没有他杀的任何痕迹和证人，这样的不幸事件在我们的城市生活中就像一只黑鸟一掠而过，飞走就飞走了，飞走了就被人们遗忘了。人们对于形形色色的自杀事件已经练就了一整套推理和分析的方法，说到李抒君，人们脑海中就会浮现出一个从来不穿裙子的老处女，一个神色忧戚习惯于低头走路的纺织女工，多年来从来不与任何男子说话，因而人们都一针见血地指出李抒君的问题恰恰在这里，当李抒君的死讯传到纺织厂时，女工们在哀痛之余纷纷发表各自的看法，问题还是出在这里，男人、爱情，婚姻，她们认为李抒君表面上远离它们但心里是向往这些人伦之乐的，她肯定是想不开了，人想不开了就会走绝路。女工们当时对负责调查的警方人士说，我们早就担心李抒君有一天会走绝路，没想到真是这样。

对李抒君家人调查的结果也平淡无奇，死者的姐姐李兰心哭得像个泪人儿。她向警方人士诉说着她们姐妹四十年相依为命的骨肉亲情，说到伤心处便昏厥过去。从李兰心嘴里根本无法弄清死者的死因，调查者便转向李兰心十岁的儿子，那个小男孩被家里的突变吓坏了，从他结结巴巴的叙述中唯一得到的信息是死者当天表现很寻常，小男孩说，姨妈给我削了苹果，她还跟我下了一盘跳棋。

调查者注意到那是一个比较特殊的家庭组合，死者李抒君生前一直和姐姐李兰心一家住在一起，调查者很自然地追问起这个家庭最重要的成员尤平。但是李兰心说她丈夫前一天去北方出差了，这个细节当然不会被调查者遗漏过去，围绕着尤平在事发时的行踪，调查者曾作过最详尽的调查，结果却是平淡的，尤平确实在事发前一天去了北方，三个同事与他同行，都为他做了证明。

李抒君之死作为本年度第十七起自杀案记录在册，曾经有人在布市街街头自作聪明地揣测李抒君事件的某些原因，那种揣测无非是囿于性暴力、男女私情等等方面，但法医报告足以堵住那些人的无稽之谈，法医的验尸报告证实李抒君死后仍然是个处女。

卷宗里对所有死者的死亡描述都是冷静、客观而缺乏诗意的，但刑警马千里后来在翻阅李抒君一案的卷宗时眼睛却陡地亮了。

人们都说李抒君生前从来不穿裙子，但卷宗纪录李抒君坠楼时恰恰穿着一条粉红色缀有花边的睡裙。

打匿名电话的是一个声音嘶哑的男子，接线员把这个电话接到积案组的时候还在安抚他，慢慢说，你不要紧张，你反映的情况很有用，因此马千里拿起话筒说的第一句话也是这样：慢慢说，不要紧张，我们正需要了解你知道的情况。但那个男子只是对着电话大声喘气，过了好久，他突然说，我紧张？紧张什么？我肯定李抒

君不是自杀！马千里没有立即追问，凭借着经验他知道现在该让对方说下去，马千里耐心地等了一会儿，那个男子果然透露了一点底细，他说，那天夜里我听见了她家的声音，她跟什么人扭打过，她还骂了人。马千里问道，你听清楚她骂什么了吗？那男子说，没听清，但她肯定是在骂人。马千里刚想询问对方听见声音的时间，那男子却先堵住了他的问题，他说，你肯定要问时间了，几点钟几分几秒？你们就会这一套，告诉你我神经衰弱，夜里通宵失眠，我从来不看钟的！那男子就这样突然变得气势汹汹，你们是一群饭桶，问这问那从来问不到点子上，连自杀和他杀都分不清楚，你们不是在草菅人命吗？马千里被训得摸不着头脑，而那个男子这时突然挂断了电话。

马千里从来没有遇到过这种举报者，他向记录员询问那男子的名字，但记录员说，他不肯透露姓名，他自称是一名群众，因此电话记录上便留下了“一群众”这个名字。

马千里来到布市街时那条街道已经恢复了平静和洁净，当初李抒君坠搂留下的血迹和警方圈出的人形白线已经被秋风秋雨吹打而去，街上人来人往，人们匆忙地步过一个月前的事发现场，表情和步履一样地从容不迫，看来没有多少人记得那个不幸的女人了。

死者的姐姐李兰心却沉浸在悲伤之中，那是毫无矫饰的悲伤，马千里注意到她薄施脂粉，有中年女人的风韵，但提到妹妹的死李兰心便张大嘴呜呜痛哭，毫不顾忌她的仪态。

有人听见她在骂人，当时房间里好像有别人在场，你就住在隔壁房间，你听见什么了吗？

别人？谁说还有别人？李兰心抹去眼泪，瞪大眼睛说，要是还

有别人，我妹妹就不会跳下去，就不会自杀了。

不，要是有别人在，你妹妹就不是自杀，你懂吗？你回忆一下，当时你听见她房间里有什么声音吗？

怎么会有别人？就我们三个人在家，尤平他出差去了，什么声音？会有什么声音？等我听见声音她已经……李兰心又捂着脸哭起来，她说，你们问的什么问题呀？除了我还有谁会进她房间？难道我会把自己的亲妹妹推下去吗？

不是那个意思，只是想让你确定有没有另一个人当时在场，会不会有人潜进她的房间？

没有，李兰心摇着头，她说，你们怀疑她是谋杀？不是自杀？

马千里不置可否地走到窗前，面向大街的窗户开着，窗台上现在放着一盆文竹，马千里端起文竹，看见的只是一圈圆形的污渍，死者在那个雨夜站立窗台的痕迹已无从找寻，但马千里眼前依稀飘过了李抒君身穿粉红色睡裙的身影，那个女人站在窗台上，那么惊恐，那么绝望。

你妹妹很不喜欢穿裙子，但她在家里喜欢穿裙子，是这样吗？

她不喜欢，她嫌自己小腿太粗。

可你妹妹死时穿着睡裙。

李兰心这时候用一种古怪的目光溜了马千里一眼，她说，这有什么？再怎么说她也是个女人呀，女人都爱美，那条睡裙是夏天时买的，今年她特别爱美。

她是不是在恋爱？马千里又问。

谁知道？有些事情她不肯跟我说，她要是肯对我说我会开导她，也许她也不会走那条绝路了。

李兰心后来又啜泣起来，直到她丈夫尤平从外面回来，李兰心

一看见尤平迅速地擦去泪迹，修整了一下衣饰，他们怀疑抒君是他杀呀，李兰心一边用手绢擦着眼角一边对尤平说，他们怀疑有人跑进了抒君的房间，我没法跟他们说，你来跟他们谈吧。

我有什么好谈的，我又不在家。尤平有点不耐烦地把他的黑色风衣和黑色圆帽摘下，挂在衣钩上，他怀着些许敌意扫了马千里他们一眼，说，你们搜集到什么证据了吗？

正在搜集。马千里说。

马千里注意到尤平是个英俊而沉稳的男人，尤平对他们的到来似乎很反感，但尤平的不友好态度恰恰激起了马千里的某种好奇心，马千里微笑着对李兰心开了个玩笑，你丈夫一表人才，他在外面出差你放心吗？

李兰心面露愠色，她看了丈夫一眼，低下头说，没什么不放心的，我了解他，外面的坏女人总在勾引他，但他从来不拈花惹草。

那么在家里呢？你妹妹也喜欢他吗？

你什么意思？李兰心猛地一惊，但很快便狂叫起来，你怎么敢这样说话？你要是再敢这么说我就掴你的耳光！

我只是开个玩笑，别生气。马千里说着从李兰心身边躲开，他走到尤平身前朝他挤了挤眼睛，但尤平冷笑了一声走到厨房里去了。马千里觉得有点无趣，无意中朝尤平的那件风衣看了一眼，发现那件风衣的扣子是铜制的，衣领处的扣子少了一个。铜扣子或者少一个铜扣子对于任何一件风衣都是寻常的，所以马千里当时并没有特别在意。使他格外敏感的是那个玩笑之后李兰心的表现，李兰心突然变得异常凶悍暴烈，似乎是被触到了痛处，而那个女人在一阵狂叫过后所爆发的哭声变得凌厉而短促，那是受了委屈的孤立无援的哭声。

马千里发现有个矮小的穿旧军装的男子在跟踪他，马千里觉得这事很滑稽，从来都是他跟踪别人，现在却被别人盯住了。路过布市街口的理发店时马千里闪了进去，没过多久那男子焦黄而忧郁的脸贴在了理发店的玻璃窗上，马千里冲出去，一把抓住了那男子的胳膊。

你在跟踪我？马千里说。

是，我就要跟踪你。那男子镇定自若地迎着马千里的目光说，我看你什么时候查到凶手。

什么凶手？

谋杀李抒君的凶手。那男子咧嘴一笑，他说，告诉你吧，我就是打电话的那个人。我就是“一群众”。

“一群众”？你叫什么名字

我就叫“一群众”，不骗你，就叫“一群众”。

马千里很快就发现“一群众”的样子好像不正常，他的脑子里嗡地响了一下，假如李抒君一案的线索来源于此人之口，那他这几天的奔忙无疑将成为一个笑料了。

从理发店里出来一个人，他粗暴地推开了“一群众”，嘴里嚷着，你他妈上这儿破案来啦？滚开，这里没有凶杀案。

他的神经有问题？马千里问那个理发师。

有问题，整天在街上窜来窜去地寻找凶手，理发师又推了“一群众”一把，他对马千里说，你千万别信他的，你要是信了他的话会累死的，凶手，哪来什么凶手？

你们这些饭桶，你们不取证不侦查怎么找得到凶手？“一群众”愤然叫喊着，他的手攥成拳头在马千里面前摇动着，我有证据，谋杀李抒君的证据，告诉你们，凶手就在我手里。

然后马千里看见“一群众”松开了手，一颗铜纽扣当啷一声掉在理发店门口的台阶上。马千里下意识地用手绢包起了那颗铜纽扣，他觉得它眼熟，很快便想起了尤平的那件风衣，那件风衣上的铜纽扣。

你在哪儿捡到的？马千里和颜悦色地拍了拍“一群众”的肩膀。

在哪儿？当然在事发地点。“一群众”得意地说，案子已经可以破了，凶手把李抒君推下楼时，李抒君把他衣服上的纽扣扯下来了，这粒纽扣，嘿，谁也没有发现这粒纽扣，是我在水洼里找到的。

你什么时候找到的这粒纽扣？

李抒君死后三个小时，那时候你们都走了，你们以为是自杀，只有我还在取证，只有我知道李抒君是他杀，“一群众”好像患了感冒，他朝地上擤了一把鼻涕，很严肃地与马千里握了握手说，我已经给你提供了他杀的证据，下面的艰巨任务就交给你啦。

马千里忍住笑，他觉得“一群众”现在看来可爱极了，不管这案子能不能破，马千里最后对“一群众”说，我要请求上级部门颁给你一个三等功勋章。

后来的侦破工作确实就是从那铜纽扣上着手进行的。黑风衣的主人尤平不记得领口的铜纽扣是什么时候掉的，更重要的是他声称出差时没有带那件黑风衣，黑风衣留在家里了，与它相配的黑帽子也留在家里，马千里就此事再次讯问了与尤平同行的三个同事，三个同事都记得尤平穿的是一套浅灰色的西装。

李兰心看见马千里手上的铜纽扣时脸上掠过一丝惊惶之色，但

那丝异样的表情稍纵即逝，她说，我正在找这粒扣子呢，尤平那件风衣是他姐姐从日本买的，掉了扣子配不到，怎么让你捡到的？

这纽扣不能给你了，马千里说，你妹妹坠楼时手里捏着这粒扣子，你懂了吗？

怎么可能？李兰心说，你也知道尤平当时不在家，尤平不可能进她的房间。

尤平不在家，但他的风衣留在家了，别人有可能穿着那件风衣进你妹妹的房间。马千里说，有一个人，你知道是谁吗？

谁？李兰心冷笑道，总不会是我儿子吧，他才十岁，总不会是我吧，我干吗要穿着尤平的风衣进她的房间？

我不知道，所以要问你。

你问我我问谁？李兰心沉着脸说，也许真的有人进我家了？他从窗户里爬进来的？

这种可能已经排除。马千里说，现在的可能性只有一种，是你穿着尤平的风衣进了你妹妹的房间。

我疯了？李兰心尖叫起来，抒君是我亲妹妹，我天天都要去她房间，深更半夜的我怎么会去吓唬她？我又不是疯子！

你肯定有你的目的，只是你不肯说。马千里的目光落在门后的衣钩上，那件黑风衣那只黑圆帽还挂在那里，马千里过去摘下风衣和帽子，他对李兰心说，你能不能帮个忙，戴上这顶帽子，穿上这件风衣，让我们看看？

不，李兰心的声音听上去已是歇斯底里，她的喊叫声也是混乱而恐惧的了，我又不是疯子，她是我亲妹妹，是我亲妹妹呀！

马千里从李兰心的狂乱中窥出了某种端倪，他沉思了一会儿，换了个话题突然问，尤平和你妹妹有不正常关系吗？

李兰心猛地抬眼怒视着马千里，她的嘴唇哆嗦着，你要再敢这么说，你要是再敢玷污我妹妹的清白，我也从窗户里跳下去，反正我也不想活了。

我相信你妹妹是清白的，但尤平是不是对她有过什么不轨行为呢？马千里发现李兰心已经被击垮，李兰心真的想往窗边走，他赶紧上去按住了那个浑身颤抖的女人，他的语气变得温和而亲切起来，你千万别这样做，马千里说，假如你拒绝回答问题，那我们就不再往下查，你妹妹就算自杀处理，让凶手受一辈子的良心谴责，那本身也是一种惩罚。

李兰心就是这时候软瘫在地的，李兰心哇的一声大哭起来，边哭边说，他们都是清白的，是我害了他们，是我着了魔害死了抒君，该死的不是抒君，是我呀！

马千里耐心地等待着李兰心恢复平静，马千里对那个雨夜的案件仍然留着一些疑问，他说，你为什么要乔装改扮成尤平的模样去你妹妹的房间呢？

我想考验她。李兰心说。

你一直怀疑你妹妹与尤平有不正当关系？

不，是从今年夏天开始的。李兰心仍然抽泣着说，抒君从来不穿裙子，但今年夏天她买了那条睡裙，我觉得不正常，我怀疑她是穿给尤平看的。今年夏天她总是穿着那条睡裙，我总是在怀疑，我忘了抒君也是女人，女人都是爱美的。

你怎么想到用这办法考验她的？

尤平那天去出差，抒君不知道。我把尤平的风衣帽子抱到洗衣机里想洗，突然就冒出了这个念头。我只是想考验她，她近视，夜里她会把我当成尤平的，我穿着尤平的风衣戴着尤平的帽子走到她

床边，我摸她的脸，她一下子就醒了，她说，姐夫你干什么？我看见她伸手去枕边摸眼镜，我一下子就慌了，扑上去抓紧她的手，没想到她力气那么大，她甩开我的手跳下床，跑到窗边，她说，姐夫你干什么？快出去，你不出去我就喊了。我觉得她这样还不能说是经受住了考验，我着了魔似的走过去，去抓她的胳膊，这时候她像疯了似的和我扭打起来，风衣上的那粒纽扣被她扯掉了，我没想到她的性子会这么刚烈，她一边哭骂着一边爬上了窗台，她说，尤平你这个衣冠禽兽，你再不走我就从这窗台上跳下去。我急眼了，我大叫起来，别跳，是我，不是尤平！我真笨，这时候我不该出声，应该转身走掉的，我把抒君吓着了，我看着她身子往后一晃，她想抓住窗框，但没有抓住。别人都说抒君跳楼时的尖叫有多惨，不是她在叫，是我在叫呀！

李兰心说到这里已泣不成声，她开始不停地扬手打自己的耳光。马千里没有阻止她，马千里想象着那个纺织女工从六楼窗台坠落的情景，心里有一种异常尖锐的刺痛的感觉。他经历了无数千奇百怪的案件，没有哪次比李抒君一案更出人意料了。

布市街的李抒君案件后来在街头巷尾轰动一时，无疑此案的发生和侦破过程都有不可重复的特殊之处，包括那个提供了一粒铜纽扣的“一群众”，布市街的人们都把“一群众”视为精神病患者，他们不相信他在李抒君一案侦破中所充当的重要角色。马千里的同事也觉得他接受“一群众”的线索有种种不利之处，但马千里却坚持自己的观点，他认为侦破任何案子都要依靠群众的力量，群众中不能排除“一群众”那种人，一千种案件有一千种侦破方法，马千里说，假如一个精神病人提供了可信的线索，你有什么理由不相信

他呢？

第二年春天马千里兑现了他的诺言，他在布市街上找到了到处游荡的“一群众”，在“一群众”的脖子上挂了一枚黄澄澄的勋章，“一群众”起先显得很快活，他拿着那枚无名勋章对着太阳照了照，脸上的表情突然变得傲慢而严峻，他说，现在怎么能接受荣誉呢？这件案子还有疑点，我们还要继续往下查呢。

马千里看着那个男子的背影停留在李兰心家的垃圾桶前，他迅速地从桶里拾起一件什么东西朝马千里晃了晃，马千里猜想那是一块染了血迹的手帕，马千里朝他竖起大拇指，但这次他并不想接受“一群众”提供的物证，毕竟“一群众”还没有资格充当马千里的助手。

马千里看着“一群众”就想笑，他觉得这个人比许多正常人可爱多了，但马千里万万没想到就是这个人在李抒君一案里横插一杠，把那桩已经澄清的案子又复杂化了。

“一群众”是被李兰心的丈夫尤平揪进积案组办公室来的。马千里看见尤平把“一群众”怒气冲冲地推进门来，嘴里喊着，什么积案组，你们积案组就可以私闯民宅随便偷人东西吗？

马千里的两位同事老马和小马上去驱赶他们，小马愤怒地叫起来，你们是什么人，随随便便闯到局里来？谁偷你东西，抓到小偷送派出所去，别往这里送！

马千里觉得事出蹊跷，他把尤平和和“一群众”带到走廊上询问了半天，终于弄清了事情的原委，原来“一群众”偷偷地潜进李抒君生前住的房间，被尤平当场抓住了，尤平要把“一群众”扭送到派出所，没想到“一群众”的口气比他更强硬，他一定要尤平跟他到局里走一趟。

他说是你的助手，尤平指着“一群众”质问马千里道，哼，助手？难道你用一个神经病当你助手吗？

马千里用严厉的眼光审视着“一群众”，“一群众”倚着墙，我没有冒充，“一群众”有点胆怯地嗫嚅着，群众都是公安人员的助手，我也是群众，为什么我不能是助手？

你偷了我家的东西，尤平突然冲上去揪住“一群众”的衣服，伸手去掏他的口袋，你偷了什么东西？快给我拿出来。

这是证据，不能给你。“一群众”护命捂紧他的口袋，一边往马千里身后躲，马千里正要劝阻那两人的荒唐行为，看见“一群众”从口袋里掏出一个蓝色塑料皮的小日记本。“一群众”朝尤平晃了晃那个日记本，嘴里发出一串自得的笑声，你是杀害李抒君的主谋，这就是证据。“一群众”高声说，你们说我是神经病，神经病能找到这么重要的证据吗？

马千里接过了那个日记本，翻了几页就翻到了那页“证据”，那是死者李抒君在一年以前记下的一页日记。

×年×月×日

晴

一夜没睡觉。

夜里发生的事情就像一场噩梦，我没想到他是一个下流的衣冠禽兽，他竟然在深更半夜闯到我房间里来，他把我看成什么人了？我就是一辈子嫁不出去也不会跟他发生关系。我气坏人，我把他赶了出去，幸亏没有惊动姐姐，否则事情就闹大了。

不知道他以后还会不会来？他以为我软弱好欺那就错了，我就是死也不会答应他的无耻要求，他下次再敢来我就从窗户里跳下去，反正生活对于我本来就没有什么意义。

马千里读完这页日记脸色就变了，他让小马送走了“一群众”，把站在一边神情局促的尤平带进了积案组办公室。

日记里的“他”就是你吧？马千里问道。

是我。尤平沉默了一会儿，他搔了搔头说，是我又怎么样？那是很早以前的事了，那天我喝醉了酒。我跟她的死一点关系也没有。你知道那是一场误会。

一场误会？马千里冷笑了一声，他逼视尤平的目光充满了蔑视和愤怒，但他的心却像一块巨石般地沉重起来，可怜的女人，马千里抚摸着日记本叹了口气，就这么死了，把凶手都放走了。

我不是凶手，我妻子也不是凶手。尤平瞪大眼睛叫起来。你们知道她是自己摔下去的！

你们不是凶手。马千里沉默了一会儿说，可是谁敢说你们没有犯罪呢？你们不是凶手，可你们并不比凶手干净多少，你们的手上都沾着李抒君的血。

尤平突然垂下头去，他的身子在木椅上轻轻抖动，但任何人都能看出那是为了掩饰他的颤抖，过了好久尤平抬起头观察着马千里的表情说，我们会被逮捕吗？

马千里没有说话。马千里走过去把尤平从椅子上拉起来，然后用力把他推出门去，他看见尤平在走廊上打了个趔趄，尤平扶墙站住，回过头用乞求的目光询问着马千里，我们会被逮捕吗？马千里却无心回答这个问题，马千里呼地撞上门，站在门边重重地叹了口气，他对小马说了一句意味深长的话：形形色色的案件，形形色色的罪行，为什么有的罪行能够逃脱法律的制裁呢？

按照正常的侦查程序，李抒君一案应该是可以结案的，但积案组长马千里却一直把李抒君案件的卷宗放在抽屉里。一件没有凶手的凶杀案，即使它已真相大白，马千里也并没有一丝快乐。

马千里每次走过布市街便听见某种重物坠地的声音，他猜那是李抒君的亡魂在向他哭诉，死者仍然蒙冤，活人就无法安宁。马千里一直自认是个称职的刑警，但他知道许多案件最终只能束之高阁了。

粮食白酒

此人姓蒋，叫蒋什么生的，到底叫蒋什么生却很少有人知道。我们大家都叫他酒桶，我有个同学猫头应该称他为舅舅的，有一次我看见猫头在酒桶家的窗前伸长脖子东张西望，嘴里喊着，酒桶，酒桶，外公让你今天不要喝酒，外婆说你夜里要给舅太公守丧，酒桶，你听见了吗？你不要忘啦！

此人浓眉大眼，身材也极其魁梧，除了走路时暴露出左右肩膀一高一低的缺点，他几乎可以跑到电影里扮演任何一个游击队长或侦察员的角色，而且每逢他饮酒归家时我们就看见一个像刚从电影里冲出来的人，面若鸡冠，手执一根皮鞭——这条皮鞭我们至今不知它的用途，是马鞭还是牛鞭或者是别的什么鞭子，就连酒桶自己也不知道，酒桶一边剔牙一边打嗝，走过电线杆时就对准它。啪地甩开他的皮鞭，走到公共便池那儿，酒桶总是记着顺便撒一泡尿，酒桶一边撒尿一边放声高唱：穿林海，跨雪原，我气冲霄汉……

当我们谈到老家故里，当我们说起酒桶这个人时难免会有文过饰非的地方。假如我们这样谈及酒桶，有个人肯定会愤愤地跳出来大骂一声，放屁，你们根本不知道，酒桶是个什么东西！那个人可能是幼儿园的李曼芬，也可能是杂货店的店员来娣，她们一听到别人夸奖酒桶相貌堂堂，就会忍不住地发出一迭声冷笑，有时候看见来娣那种揪心沥胆的样子，你简直害怕她会休克过去。

我们知道酒桶与李曼芬结过婚，与来娣也结过婚，还有一个女儿。那两个女人提及她们的前次婚姻就是满脸苦大仇深的表情，这样没什么意思，我们可以不去理会她们。李曼芬也好，来娣也好，她们毕竟只是酒桶的前妻，她们现在也没有什么理由对酒桶指手画脚了。

酒桶现在的妻子是宝玲，一个香椿树街以外的人闻所未闻的贤惠女人，她的脸色看上去病恹恹的，其实什么病也没有，她的衣服袖子上总是套着两个蓝色的布袖套，还有她脚上不分晴天下雨常常穿着一双雨靴，谁都知道那是为了防止淘米水、洗菜水以及别的污水弄湿她的衣袖或鞋子。

我听猫头告诉我母亲说，宝玲从来不阻止酒桶喝酒，有一次酒桶把半瓶白酒丢在猫头家，宝玲还急匆匆赶到他家要回了那半瓶酒。我母亲说，怎么这样？看来宝玲太怕他了，猫头嘻地一笑说，怎么不怕？酒桶用皮鞭抽她嘛。

我们家与酒桶家住得不远，从来没听说酒桶用皮鞭抽过宝玲，皮鞭抽人的声音非常响亮，他要真的抽她我们怎么没听到动静？所以我怀疑猫头在吹牛，猫头就是喜欢吹牛，你没看见他当时洋洋得意的模样，好像是他用皮鞭抽过宝玲似的。

我们的香椿树街比兔子尾巴也长不了多少，冤家路窄的情况在我们这儿是很容易发生的，宝玲当初刚刚嫁来就发现街上有两个女人存心与自己闹别扭。一个是李曼芬，李曼芬领着幼儿园的孩子走过街口，多次与宝玲擦肩而过，宝玲发现那个女人嘴里唱着歌，眼睛却直勾勾地盯着她看，宝玲当时就觉得那女人目光不善，走出去几步远，宝玲回头，李曼芬也回头，宝玲清晰地听见李曼芬的一声嗤笑，即使是傻瓜也能听出她的笑声里饱含着嘲讽与刻薄的意味。宝玲回家后就把李曼芬的模样描述给酒桶听，酒桶也不隐瞒什么，轻描淡写地说，就是那个骚货，我结过两次婚，你是知道的嘛，还有一个骚货呢，还有一个骚货在杂货店里卖酱油。

宝玲想躲避李曼芬还是比较容易的，她带到蒋家来的拖油瓶女儿已经上小学了，不需要去上李曼芬的幼儿园，但宝玲作为一个家庭主妇总是要去杂货店买油盐酱醋，去杂货店便要碰到来娣。来娣爱憎分明，心里的一切都摆放在脸上，光是摆放在脸上还不够，就出语伤人。宝玲每次在来娣手里买东西时来娣嘴里总是不干不净的，来娣说，有的男人猪狗不如，嫁他不如嫁一条狗，狗还会看门呢，那种男人除了会操，什么都不会！宝玲只当没听见。来娣又说，有的女人天生就是贱，是个男人就嫁了，也不睁眼看一看，枕头边上躺着个什么东西，哎呀呀，满身酒臭脚臭，从头臭到脚呀。宝玲只当没听见，她不是那种爱吵架斗嘴的女人，她带着漠然的表情看来娣压油泵，突然伸出手指指着油泵上的刻度说，还要往上推一推，你那儿不是五百克，是四百九十克。来娣怔了一下，随即把油泵上的浮标狠狠地敲了敲，你的眼睛真厉害呀，来娣无法遏制地尖声嚷嚷起来，这么小的油泵你看得这么清楚，那么大个酒桶饭桶你怎么看不清楚？宝玲仍然不搭腔，只是在她提着油瓶走出杂货店

时才回过头，轻声说了一句，狗捉老鼠，多管闲事。

就连蒋家的亲戚们也对宝玲的好脾气啧啧称道，而我认为宝玲是酒桶的忠诚的奴隶。有一天酒桶在我家门口与我父亲下棋，下了几招他就大声叫起来，宝玲，室玲，到这儿来一趟！室玲大概没听见，酒桶就捡起一块碎瓦朝自家门板上掷去，宝玲，室玲，你耳朵聋啦？宝玲风风火火地出来，一手抓着一只鞋垫，另一只手抓着把板刷，宝玲说，晚饭还没做呢，我在洗你的鞋子，洗了好几遍还有气味，酒桶瞪了宝玲一眼。说，鞋垫是垫脚的，又不能当饼干吃，洗那么干净干什么？说着酒桶朝宝玲招了招手，过来，我背上痒得厉害，来给我搔搔。

然后我们就看见宝玲羞答答地站在酒桶身后，把手伸到丈夫的蓝色工作服里面为他搔痒，搔了几下，宝玲发现观棋的人都含笑注视着她，宝玲的手便惊惶地逃了出来，炉子上还烧着水呢！宝玲这么叫了一声，人也一溜烟地逃走了。

宝玲就是这种像狸猫一样温顺木讷的女人，我觉得她是一个忠诚的奴隶，就是狸猫有时也会用爪子去抓它的主人呢，宝玲却只用她的双手煮饭洗衣，还给酒桶搔痒。我母亲有一次在街上拦住宝玲问，听说你给酒桶买酒喝？你怎么能这样？买酒的钱是小事，惯坏了他你自己吃苦呀，宝玲以应酬式的微笑回报我母亲，她嘴里不停地说，是呀，是呀，就是呀。可你能看出来她心里并不这么想，她心里不知在想些什么，我母亲忽然看见她捂着嘴背过身去，我母亲不知道她想起了什么好笑的事，她听见宝玲忽然扑哧一笑，你没听见酒桶喝醉了酒的骂人话吧？宝玲忽然捂着嘴忍着笑说，骂得可有意思呢，他骂他爹是老乌龟，骂他妈是白骨精，骂他姐姐是野鸡，骂他的领导骂得最难听了，一个是牛，一个是猪……宝玲说到这儿

难以挂齿，忍不住地咯咯笑起来。我母亲看见宝玲笑得满脸绯红，一只手用力挤压着她的喉咙，她大概意识到有点失态了，就在自己的菜篮子里拎出两根大葱，异常慷慨地塞到我母亲手里，她的眼睛盯着那两根大葱，心里却不知在想些什么，我母亲最后听见她没头没脑地说，真的很有意思，真的很解气呢。

平心而论酒桶也没有来娣她们说的那么坏，来娣以前常常当众羞辱酒桶，李曼芬以前动辄哭哭啼啼跑回娘家，酒桶就用他的鞭子对付她们，自从娶了宝玲以后，酒桶的皮鞭就成了一个摆设了。酒桶在厂里对工友们说，我其实是想抽她的，可是找不到机会，她对我百依百顺，我有什么办法？

邻居们也可以证明，在宝玲嫁给酒桶的最初三年里，酒桶没有任何粗暴的记录。所以当我们后来听见蒋家传来的惊天动地的狂叫时，我们都不相信自己的耳朵。不会是酒桶在打宝玲吧？不会的，酒桶不会打宝玲。人们这样匆匆地交谈着涌到蒋家，看见的就是他们所怀疑的事情，酒桶在打宝玲，酒桶向宝玲挥舞着那条皮鞭！但是他甩鞭的技艺这几年大概生疏了，怎么甩也甩不着目标，噼啪有声的鞭风使宝玲一边尖叫一边蹦蹦跳跳的，看上去像一个受惊的木偶。

宝玲尖叫着：没有粮食白酒，粮食白酒卖完了！卖完了，你这个酒鬼呀！

酒桶说，撒谎，撒你妈个 × 的谎，昨天柜台里还有七八瓶，今天怎么会卖完了？你阳奉阴违，你想不给我喝？我他妈才喝了三两！

宝玲仍然尖叫着，卖完了，卖完了，不信你自己去看，真的卖完了，你这个酒鬼呀！

酒桶说，嘿嘿，你也敢骂我酒鬼？酒鬼？你再骂一遍给我听听？

宝玲仍然尖叫着，你是酒鬼，你就是一个酒鬼呀！

酒桶这时候扔掉了不听使唤的鞭子，顺手抓起桌上那只粮食白酒的空瓶，酒桶在众目睽睽之下抓住宝玲的一绺头发，就像木匠击打榫头那样，酒桶用空酒瓶朝宝玲头上打去。窗外的邻居们惊叫起来，但惊叫无济于事，宝玲朝窗外的邻居翻了个白眼，然后就直挺挺躺下来，恰好躺在酒桶的怀里。

我猜酒桶向宝玲的身体张开双臂时酒已经醒了，酒桶抱住宝玲时酒已经醒了，他的嘴里还在咕哝，粮食白酒没有了？还有五加皮呢，为什么不买一瓶五加皮，但我敢打赌他的酒已经醒了，我看见他的鸡冠色的红脸突然像被盖上了白纸，他朝着窗外的邻居转过脸来，大声吼道，你们怎么站在那儿看，快来帮帮我，我怎么站不住了？我才喝了三两酒呀。

出事以后酒桶的酒全部醒了，在送宝玲去医院的路上酒桶曾经左右开弓掴自己的耳光，酒桶知道自己做了一件什么事，他的英俊豪迈的脸上凝结着一种痛不欲生的表情，他对昏迷着的宝玲说，我喝醉了，你知道我喝醉了，你怎么不躲一躲我的酒瓶呢？酒桶的心里充满了悔恨，但是悔恨也已无济于事，宝玲昏迷不醒，宝玲在昏迷中发出某种令人恐惧的喘息声，类似火车排放蒸气的声音，或者就像一壶水即将煮沸的声音。

宝玲在医院里仍然昏迷不醒，医生诊断是严重脑震荡。我听猫头说宝玲在医院里躺了三天三夜才醒来，宝玲一醒酒桶就抓着她的手呜呜地哭起来，我觉得这没有什么奇怪的，酒桶也是个人，他

要是无动于衷就太、太那个了。我父亲担心酒桶在宝玲的病床边会不会也喝上几口，我想酒桶要真那样就太、太不是人了。让我奇怪的是猫头对宝玲病情的新说法，他口口声声说宝玲不是普通的脑震荡，是一种人们没听说过的特殊的脑震荡。

我当然要追问猫头，她的脑震荡与别人有什么不同呢？猫头带着狡黠的表情说，告诉你你又不信的．她的脑子像是换过了，她换了个脑子。我认为猫头又开始吹牛了，我当然不相信有什么换了脑的脑震荡。猫头见我不相信自己就急了，他指天发誓说，骗你是狗，宝玲一醒过来就换了个人似的，她张嘴就骂人呀，骂酒桶是狗鸡巴，狗鸡巴，猫头说到这儿咯咯笑了一通，捂着肚子说，狗鸡巴，这种脏话，也不知道她从哪儿听来的？

我也只不住笑了，但我很难去想象宝玲口吐脏话时会是什么样子。

她不光骂酒桶，什么人她都骂呀，猫头说，护士给她打针，她骂人家是杀人犯，她还骂我外婆是白骨精，骂我外公是老乌龟，我妈也让她骂了，骂得很难听，猫头最后悻悻地说，我操她妈的，那天我好心去给她送饭，她一见我就骂猴子鸡巴，操，一个女人张嘴就骂脏话，这算怎么回事？

如果不是我母亲去医院探访宝玲，我对所谓的特殊性脑震荡还是半信半疑的。那天我母亲带着两罐麦乳精和一筐橘子去医院，去了没多久就回来了，我看见母亲坐在门槛上大声喘气，脸色阴郁而愤怒，半天才说出话来，我跑医院去是自作自受呀，我母亲说，那个宝玲，那个宝玲她现在一张嘴就骂人，她骂我是老巫婆，她还说我给她的麦乳精结了块，说那筐橘子是削价处理的便宜货！我父亲上前安慰道，别生她的气了，宝玲的脑子肯定是出毛病了，我母亲

稍稍镇静了些，过了一会儿她想起什么，说，不对，你要说她脑子出毛病也不对，她骂别人就是不骂她女儿，她女儿在旁边坐着呢，宝玲还是叫她心肝心肝的，宝玲还在给她女儿织毛衣呢，织元宝针，一上一下，一上一下，针法比谁都清楚，脑子哪像有什么病？

宝玲竟然也辱骂了我母亲，这使我们家人都有点愤怒，但我们确实难以想象宝玲恶语伤人的事实，正如我们难以想象酒桶不再喝酒一样。

让酒桶不再喝酒几乎是不可能的，但出了那件事以后酒桶收敛了许多，他每天只喝一小杯酒，一边喝一边提防着宝玲带来的女儿，他对女孩说，你可别去学那些奸细，别告诉你妈，要不你就没有煮鸡蛋吃了。

也不知道女孩最后有没有告诉宝玲，我记得宝玲出院的第一天威风凛凛地站在家门口砸酒瓶。宝玲出院后面色红润光亮，看上去白白胖胖的，我看见白白胖胖的宝玲在砸酒瓶，宝玲一边砸酒瓶一边破口大骂，酒桶，酒鬼，杂种，猪秽、狗鸡巴，我看你再敢喝酒，再喝我就剪了你的狗鸡巴塞进你的狗嘴，看你怎么喝酒！

宝玲英姿飒爽，满嘴污言秽语，在场的所有邻居都目瞪口呆。那天杂货店的来娣正好路过，她一直怀着幸灾乐祸的心情观赏着宝玲的一举一动，但宝玲突然把愤怒而明亮的目光对准了来娣，母狗，贱货，别躲在那儿笑呀，宝玲向来娣招着手，你也嫁过这狗鸡巴，帮我来砸一个酒瓶呀。

我们知道来娣不是好惹的女人，但那天她大概是被宝玲非凡的气势制服了，她甚至没有还嘴，慌慌张张地从人群中逃走了。

大约半条香椿树街的人都聚集到蒋家门前，兴致勃勃地看宝玲砸酒瓶，偶尔会有玻璃碎片溅到街对面，有些人便怪叫着原地跳起

来，也有人天生喜欢在这种事情上吹风煽火，不知是谁跑到浴室把酒桶从热水池里拉起来了，后来我们看见酒桶一路飞跑着过来了。

酒桶当时穿着灰色棉毛衫和白色棉毛裤，脚上穿着一只拖鞋和一只皮鞋，脖子上的肥皂沫还清晰可见，远远望着酒桶时觉得他怒发冲冠，等跑近了就发现酒桶的脸上其实是一种迷茫的表情。他张大嘴巴看着宝玲，他说，我操，翻了天了，翻了天了，人们以为酒桶会再次拿起他的皮鞭，但酒桶像个木桩一样站在那儿，张大嘴巴看着宝玲，他的湿头发还在往下滴水，他的神色越来越委顿。有人居心叵测地捅了捅酒桶说，酒桶你怎么啦？酒桶很尴尬地咧嘴笑了笑，你们听她骂的那些脏话，酒桶摇着头说，肯定是我喝醉时的脏话，怎么让她学去了？一个女人骂这些脏话，多难听。

我们一直等待着酒桶做出适当的反应，后来宝玲就从一只废弃的煤炉里拎出了那瓶粮食白酒，宝玲横眉立目地举起酒瓶，说时迟那时快，酒桶一个箭步冲上去抱住宝玲，准确地说是抱住了那瓶酒，我们终于听见了酒桶愤怒的声音：瓶里有酒，粮食白酒，那都是粮食酿出来的酒啊！

然后我便听见了邻居们快乐的笑声，还有人噼里啪啦鼓起掌来。

作为蒋家的近邻，我们难以相信宝玲摇身一变成为悍妇的事实，但那恰恰已经是一个人人能够证实的事实了。现在我们常常在清晨或深夜听见宝玲叱骂酒桶的声音，尽管我们不想听，那些杀气腾腾的污言秽语还是呼呼地灌进你的耳朵，剔除某些不宜复述的脏话，我们可以知道宝玲把酒桶从被窝里拖出来了，我们知道宝玲不准酒桶进她的被窝，当然我们也知道了许多外人不该知道的家

庭隐私。

英俊的酒桶日见憔悴，有一天他到杂货店打酒，来娣觉得很奇怪，因为以前都是宝玲来打酒的，来娣朝酒桶多看了几眼，酒桶就有点心虚，他拎着酒瓶匆匆逃出去，边跑边说，看什么看？又不是我一个人喝。

酒桶说的其实是真话，那些酒确实不是他一个人喝的。我们曾经多次隔窗看见蒋家的饭桌，桌上放着一瓶粮食白酒，桌前坐着一对面红耳赤的夫妇，一个当然是酒桶，另一个就是酒桶的妻子宝玲。他们夫妇同桌共酌的时候也是家里最安静祥和的时候。猫头有一次让我猜宝玲的酒量，我还没说什么，猫头自己大惊小怪地叫起来，八两，她能喝八两白酒呀！

告诉他们我乘白鹤去了

儿女们没有见到过那只白鹤，他们的年纪都不小了，可是没有谁见到过白鹤。老人说每天黄昏那只白鹤会到水塘边饮水，长长的嘴巴浸在水中，松软的羽毛看上去比新轧的棉花更白更干净。它就站在离核桃树三步远的地方饮水，有时候青蛙从水草丛中跳到岸上，它就扑开翅膀飞走了，有时候牛在地里哞哞地叫起来，它就扑开翅膀飞走了。春天以来老人一直在向儿女们叙述仙鹤饮水的情景，但儿女们说他们就在水塘边灌溉耕地，他们从来没见过什么白鹤。

老人就站在离核桃树三步远的地方，弯着腰背着双手观察白鹤在水塘边留下的痕迹，他想要是白鹤留下几对足印或者一片羽毛，他就可以证明它来过了，可惜的是白鹤来去匆匆，什么也不肯留下。即使这样老人也不会怀疑自己的眼睛。他的一生都依赖自己的眼睛看天气，看庄稼，看人来人去，他的眼睛到了七十三岁仍然清朗明亮，谁要是说他老眼昏花，那他自己才是瞎了眼呢。

老人绕着核桃树踯躅了几圈，抬头望树，树枝和树叶上也没有留下白鹤的羽毛，老人长时间地仰着头，脖颈有点酸了，他就按住自己的脖子，慢慢地倚树坐下来。又是黄昏，天边的云朵像一堆未被燃尽的柴堆，他所熟悉的原野、孤树、池塘和房屋又发出一种低沉的叹息声，这种声音只有他能听见，儿女们有耳朵，但他们是听不见这种声音的，他们不相信天黑前的家园会发出叹息。老人在树下坐着，他摸出旱烟袋吸了几口，一阵剧烈的咳嗽声从喉咙里滚出来，他觉得背后的树也被他咳得摇摇晃晃了。或许在烟的事情上儿女们说得对，女儿说他的身体一半是毁在烟上，或许是不该再吸烟了，老人把烟袋里的烟丝倒在地上，很快又捡起来，他想我这是怎么啦，真的是老糊涂了吗？不吸就把烟丝留在烟袋里，怎么把好端端的烟丝倒掉了呢？

老人坐在核桃树下，脸上久久凝结着一种自责的表情。池塘对岸翻地耕种的人们早已经走了，儿女们不在那儿了，除了大片翻起的黑土块，除了从土地深处发出的那种叹息声，四周一片寂静，连原野尽头的太阳也寂静地往地上沉落。老人想等会儿天就黑了，天一黑儿女们就要来喊他回去吃饭了，他们对他还不坏，没有嫌他老来多病，但他们只会对他说，爹，回家吃饭了，爹，上床睡吧，他们根本不知道他的心思。他的心思谁知道？核桃树是知道的，核桃树下的白鹤也是知道的，它们不会说话，它们就是说给儿女们听，他们也听不明白，他们根本就不相信那只白鹤在池塘边饮水嘛。老人远远地听见家里人喊他的声音。他站了起来，在离开核桃树之前，他捡起一根树枝，在池塘与核桃树之间的地上来回走了几步，最后他用树枝在泥地上画了一个很大的圆圈。

一个小男孩在池塘边捉泥鳅，一个小女孩在核桃树下捕蝴蝶，他们是老人的孙子和孙女，老人带他们来看白鹤，白鹤的踪影迟迟不见，而老人靠着核桃树睡着了。

白鹤怎么还不来呀？小女孩没有抓到蝴蝶，就伸手去抓老人的耳朵，你说白鹤在池塘边喝水，我怎么没看见白鹤呢？

太阳烧得正旺呢，白鹤还不会来。老人睁开惺忪的双眼望了望天空，他说，太阳一下山白鹤就会来的。

白鹤住在哪儿？住在大山里吗？小女孩问。

不是，白鹤从很远的地方飞来，又飞到很远的地方去。老人说，连我也不知道白鹤住在什么地方，大概在一千里之外吧，白鹤住在我们看不见的地方。

小男孩抓到了一条泥鳅，他用衣服包住泥鳅，跑过来向老人展示他的战利品，我抓到了一条泥鳅。小男孩对他祖父说，你把泥鳅切碎了扔进水里，那只大鸟就会来的，大鸟最喜欢吃泥鳅。

那不是大鸟，老人说，是白鹤，白鹤是最吉祥的鸟，白鹤飞到哪儿，哪儿就有一个人乘着白鹤到天堂去。

你要乘着白鹤去天堂吗？小男孩问。

我想乘着白鹤去天堂，可我不知道白鹤肯不肯驮我去。老人唇边掠过一丝悲凉的微笑，他站起来沿着地上划出的圆圈走了几步，他说，不是什么人都能乘上白鹤的，我也不敢想我能乘上白鹤，可我说什么也不会让他们把我拉到西关去。

他们拉你到西关去干什么？小男孩说，谁要把你拉到西关去呀？

西关有个火葬场，老人对孙子比画了几下，嘴里发出噼啪啪模拟火焰的声音，他说，人到了西关就化成一股黑烟，看着你爹你叔叔你姑姑他们吧，等我一死他们就会把我拉到西关去，他们商量好了，他们要送我去火葬。

你不想去就不去呗，小男孩话一出口就知道自己说错了，于是他咯咯地傻笑起来，你要是死了就不能动了，我明白了，小男孩说，你要是死了，他们想拉你去哪儿就去哪儿。

对了，他们想拉我去哪儿就去哪儿。老人摸了摸孙子的头发，忽然剧烈地咳嗽起来。老人揪着自己的喉部，一边咳嗽着一边说，我让他们……长成……人……他们……要……把我变成……烟。

小男孩发现祖父的眼睛里突然噙满了泪，他用手去抹了抹祖父的眼睛，你别怕，小男孩想了想安慰祖父道，他们是吓唬你的，人怎么会变成烟？人不会变成烟的。

人会变成烟，老人终于止住了咳嗽，老人一动不动地靠在核桃树上说，人是会变成一股烟的。

春天午后的阳光照耀着祖孙三人，蜻蜓在池塘的水面上飞，粮食种子在池塘边的泥上下生根发芽，蒲公英在路边开出了黄色的小花，那些年幼的生命都环绕着七十三岁的老人飞翔或者生长，老人朝它们挥了挥手，他靠在核桃树上又闭上了眼睛，但他刚睡着就被孙女的声音吵醒了。

小女孩跳到地上的大圆圈里蹦着跳着，她大声说，为什么要在这里划一个大圆圈呢？

别在里面玩，老人睁开眼，他朝孙女摇着头说。那是爷爷的地方，你们别在里面玩。

这是你睡觉的地方吗？小女孩说，家里有床，床上才是你睡觉的地方呢。

等爷爷死了就不能睡家里的床了。老人摇着头说，爷爷只能睡

在这儿，就连这儿也睡不成，他们会把我拉去西关的，你爹你叔叔你姑姑他们，他们肯定会把我拉去西关的。

你要是把自己藏在这里，他们找不到你就不会拉你去西关了。小男孩眼睛一亮，忽然拉住祖父的胳膊说，你要是钻到地下死了，他们找不到你，你不是可以永远躺在这里吗？

不能躺在这里，小女孩尖声说，这里没有床，还会有毒蛇来咬你的。

老人转过脸凝望着孙子，他把小男孩揽到怀里说，你刚才说什么？让我钻到地下去死？那是个好办法，可我怎么能钻到地下去呢？

活埋。男孩眨巴着眼睛想了一会儿，大声说，活埋就是挖个坑，把人埋进去，再把上盖住，你喘不出气来就会死，这样你不就钻到地下去了吗？

聪明的孩子。老人的身子哆嗦了一下，他的眼神惨淡无光，所以他的笑意看上去凄苦而无奈，多么聪明的孩子，老人紧紧地搂住孙子说，可是谁来给我挖这个坑呢？爷爷年纪大了，力气没了，挖不了这个坑，谁肯来为爷爷挖这个坑呢？

我来挖，男孩说，我会挖坑！

我也会挖坑！女孩也在旁边唯恐落后地叫起来。

你们太小了，老人推开了孙子，一边揉着眼睛一边埋下头来说，挖坑是个力气活，你们干不了的。

干得了，我挖过坑的。男孩在焦急之中暴露了一件秘密，他附在祖父的耳边说，你记得三叔家的那头羊吗？那头羊不是走丢的，是被我活埋的！

老人下意识地伸出手去，他想揪孙子的耳朵，但手伸出去后便疲乏地落下来，落在膝盖上，老人的手在膝盖上哆嗦着，他说，埋羊和埋人不是一回事，羊是牲畜，可爷爷是一个人，爷爷还是一个活人呀。

人也一样嘛，把坑挖大一点不就行了吗？男孩说。

可是你怎么能把爷爷活埋了呢？我是你爷爷，没有我就没有你爹，没有我也就没有你，你怎么能把你亲爷爷活埋了呢？老人捂着胸又咳嗽了一通，他卷起衣角抹了抹眼睛，说，那不行，你爹知道了非揍死你不可。

只要我们保密，他们就不会知道。男孩回头看了眼他的妹妹，他说，你别担心她，她不敢说出去的，她要敢说出去，看我不揍死她。

老人笑了笑，他不再说话。他闭起眼睛想着孙子的那一番话，老人的嘴角上残存着那丝宽和的微笑，但他知道眼泪正在不知不觉中流出来，他听不见眼泪滚落的声音，只听见四周的土地仍然散发着沉沉的叹息声。

男孩把手放在老人的鼻孔下试了试，他说，爷爷，你还在呼吸吧？

我还在呼吸，我还活着呢，老人仍然闭着眼睛靠在核桃树上，他说，带你妹妹到池塘那边去玩吧，别太吵，你们不是想看白鹤吗？太吵就会把白鹤吓跑的。

小男孩带着小女孩跑到池塘那侧捉泥鳅，他们站在一条新开的沟渠里忙乱了一会儿，没有再捉到一条泥鳅，却看见沟渠里扔着一把铁镐和一把铲子，不知是谁在挖好沟后忘在那儿了。小男孩起初没在意那两件农具，但是在不见白鹤也不见泥鳅的情况下，他觉得

很无聊，后来他就捡起了它们，一手拖着铁镐，一手拖着铲子朝核桃树下走去。小男孩一边走一边对小女孩说，你什么都不懂，爷爷害怕火葬，他不想被火烧成一股烟，他想把自己埋起来，埋人一定要先挖一个坑！

他们走到核桃树下时发现老人睡着了，老人睡梦中的脸让兄妹俩想起了冬天里丝瓜架上的最后一条丝瓜，兄妹俩站在地上的那个大圆圈，他们朝老人看了一会儿，又互相小声地嘀咕了一会儿，后来哥哥就模仿大人挥起铁镐，在大圆圈的中心挖下了第一块泥土。

铁镐的声音再次惊醒了老人，老人睁开眼说，我让你们别吵，怎么还在这儿吵？白鹤会被你们吓跑的。

没有白鹤，小女孩说，爷爷你骗人，我爹说你老眼昏花，把池塘里的鹅当成白鹤了。

白鹤会来的。老人抬头望了望天空，他说，太阳还很高呢，等太阳落山白鹤就会来的。

小男孩把铁镐藏在身后，把铲子踩在脚下，他看见老人的目光轻易地找到了它们，突然黯淡，突然又亮了。老人凝视着那两样农具，一直喘着粗气，小男孩便有点惊慌失措，他说，是你自己要活埋的，你可不能去跟我爹告状！

我不告你的状。老人笑了笑，垂下头用手揉着眼睛说，我睡糊涂了，睡这么会儿就把自己的话给忘了，是我自己要活埋的，我不想让他们拉去火葬，我不想变成一股烟，我想留在这里让白鹤把我带走嘛。

爷爷你忘了？要活埋就要先挖一个坑呀！小男孩说。

是得先挖一个坑，可是这个坑要挖得很大很深，要能把爷爷的身体藏住，你能挖得那么大那么深吗？老人说。

不用挖得很大，只要挖深就行了，你可以站进去的。小男孩说。

聪明的孩子。老人慈爱地看着孙子，还有孙子手中的铁镐，还有地上的铲子。过了一会儿老人说，那你就挖吧，抓镐抓得高，挖起来会容易些，挖吧，要是有人问你在干什么，你就说挖坑种树。

小男孩响亮地答应着，再次挥起了铁镐，他对他妹妹说，闪一边去，你什么都不会干，别在这儿碍我的事。

小女孩朝祖父跑去，她伏在祖父的膝盖上看着她哥哥挖坑，她说，爷爷你别把自己埋起来，埋起来透不出气，你会死的。

老人在孙女的脸上亲了一口，他说，聪明的孩子，爷爷是会死的，可是死在土里比死在火里好，死在火里爷爷就变成一股烟，死在土里爷爷还能看见白鹤，爷爷想让白鹤带着走呢。

老人紧紧地搂着孙女，看着他的孙子挖坑，老人说，歇口气再挖，别累着，爷爷现在觉得有点力气了，让爷爷自己来挖几镐吧。

池塘那边的小路上偶尔有人经过，有人看见老人带着孙子孙女在核桃树下挖土，他们以为那祖孙三人是在种树，他们想老人疾病缠身，多年未做农活，那么个老人也只能栽栽树了。还有人看见老人带着孙子孙女坐在池塘边东张西望的，他们听说过老人与白鹤的事情，他们从来没见过白鹤，因此就不相信那件事情，他们捂嘴一笑，说，这老汉，今天带着孙子孙女来看白鹤呢。

黄昏时候池塘边仍然没有白鹅饮水的身影，核桃树下的土坑却挖得很深了，参加挖坑的祖孙三人都已经累坏了，他们坐在潮湿的新土堆上俯视着脚下的深坑，看见阳光无力地透过核桃树投在坑内，坑内似乎闪烁着许多碎金的光芒，看上去温暖而神秘。老人替

孙子抹去了额上的汗，他说，看把你累成什么样子了，可你不知道你帮爷爷干了件多大的事呀。

男孩说，不累，等会儿盖土就省力啦。

老人让孙子去听深坑里的声音，他说，你听见坑里发出的声音了吗？那是泥土在下面叹气呢，泥土其实一年四季都在叹气的。

男孩趴在坑沿上听了会儿，抬起头说，没有叹气，土里什么声音也没有。

你也听不见。老人摇了摇头说，你们都听不见泥土叹气的声音，只有我知道它在叹什么气，现在泥土正为我叹气呢。

爷爷，你是不是不想进去了？男孩端详着祖父的脸，他说，你怎么哭了？是你自己要这样的，你要是不想埋就别埋了，我们回家吧。

不，我就要进去了，老人缓缓地站起来，他扶住孙子的肩膀说，我是高兴才掉的泪，你才这么小，却帮了爷爷的大忙，现在爷爷真的要藏起来了，等会儿盖土的时候千万别怕，你得把爷爷盖得严严实实的，他们才找不到我，千万别怕，记着你是在帮我，爷爷不想变成一股烟呀。

我不怕。男孩看着手里的铲子说，我会用铲子，铲土很容易。

老人朝池塘上空观望了一会儿，自言自语着，太阳下山了，白鹤该飞过来了。老人扣好了衣服的扣子，又转向呆坐在旁边的小女孩说，等会儿你别朝爷爷看，你看着池塘，你会看见白鹤的，喏，白鹤就在那边喝水。

老人小心翼翼地滑进了深坑中，祖孙三人的劳动竟然巧夺天工地容纳了老人的身体，老人站在坑内，仰着脸对孙子露出了满意而欣慰的笑容，他说，好孩子，现在开始铲土吧，记住，一铲接住一铲，我不让你停你就千万别停，来，开始铲土吧。

男孩顺从地开始铲土，除了几声沉闷的咳嗽声，他没再听见祖父的嘱咐。祖父已经嘱咐过了，不让他停他就不能停。于是男孩一铲接一铲地往坑里填土，他看见潮湿新鲜的黑土盖住了祖父花白的头发，这时候他犹豫了一下，他说，爷爷，再填你会透不过气的，他听见了祖父在泥土下面的回答，祖父说，别停，再来一铲土，告诉他们，我乘白鹤去了，泥土下面传来的声音听来很遥远，但却是清晰的。男孩记住了他祖父最后一句话，他想祖父在泥土下面或许也能透气的，他还在说话嘛，他说他乘着白鹤去了。

那天夜里男孩一手拉着他妹妹，一手拖着把铁铲回到了家，男孩站在门口拍打着身上的泥土，他突然觉得有点害怕，他用一种尖利的声音对大人们说，爷爷乘着白鹤去啦！

世界上最荒凉的动物园

灰场动物园离我家大约有三公里路程，我开始去那儿临摹动物时它作为一个动物园已经是徒有虚名了。不知道是什么原因，动物园给人以一片荒凉的印象，几棵半枯的老树下陈列的不是动物，而是空空荡荡的兽笼，几乎所有的兽笼都已锈蚀或残破，动物园剩下的居民只有一群锦鸡、一头麋鹿和两只猴子，如此而已。

我早已过了迷恋动物园的年龄，我跑到这个被人遗忘的动物园来只是因为我在学习绘画。我的绘画老师以擅画动物在本地享有盛名，是他建议我来这个地方画动物写生的，他说，千万别去市动物园，那儿太吵太乱了，灰场动物园没什么动物，但那儿有猴子，你可以安安静静地画上一天，没有人会妨碍你的。

我在那儿画画的时候周围确实很安静，除了风吹树叶和锦鸡的啁啾之声外，一切都似乎在午睡之中，只有猴房里的那两只猴子生气勃勃，它们在攀援和奔跑中始终朝我观望着。两只幸存的猴子，

一老一小，小猴子有时会突然跳到老猴子背上，每逢这时老猴子就伸出长臂在小猴子肮脏的皮毛上搔几下，我猜它们是一对父子。值得一说的是那只老棕猴的眼睛，其中一只眼睛是瞎的，这么一只独眼猴使我的写生遇到了难题，我不知道怎么画那只瞎了的猴眼，犹豫了很久，我还是把那只猴眼的位置空在纸上了。

离开猴房后我又在园里转悠了一圈，经过废弃的狮笼时我看见一个穿蓝色工装的老头在笼子里睡觉，他坐在一只大缸上，手里抓着一根粗壮的水管，水管里还在哗哗地淌水，但他却睡着了。我猜他是这里唯一的饲养员了。大概是我的脚步声惊醒了他，饲养员突然站起来，冲着我大喊一声，门票，买门票！

我猜饲养员有六十多岁了，他的苍老的脸上有一种天生的怒气，我看见他拖拉着水管从狮笼里跑出来，一只乌黑粗糙的手掌朝我伸过来。在我紧张地掏挖口袋时我听见他在翻弄我的画夹，画猴子？饲养员的鼻息带着一股酒味喷在我的脸上，他的声音仍然是怒气冲冲的，画猴子也要买门票，一毛钱，买门票！

我递给他一毛钱时忍不住抗议了一句，这种动物园也配收门票？我是故意跟这个讨厌的老头顶嘴的，但我发现他将钱塞进口袋时脸上已经是一种歉疚的表情，他眨巴着浑浊的眼睛看着我，过了一会儿他甩下我又走进了狮笼，我看见他抓着水管朝狮笼的地面喷水，一边喷水一边嘀咕：你们生气我就不生气吗？这些动物没人稀罕，可它们不死你就得养着，不死就得给它们进食，给它们出粪，都是我一个人干。现在没人管这园子了，就我一个人管，我都是脖子入土的人了，我有心脏病，关节炎，下雨天浑身疼得要冒烟，可我还得伺候它们，伺候它们吃喝拉撒呀！

我没有耐心听饲养员的牢骚，那时候天已黄昏，附近灰场工业区的厂房烟囱已是一片胭脂红，我离开动物园，骑着自行车与工业区下班的工人一起向市区而行，途经肥皂厂时我看见一个熟悉的身影蹬着自行车从斜坡上冲下来，与我们逆向而行。那个人戴眼镜，肩上搭着一条黑围巾，我认出他是我们学校的生物教师，我没有叫他，我不知道他到灰场这一带干什么。

我的绘画老师批评了我的动物写生，他认为我画的两只猴子死板僵硬，这哪儿像活蹦乱跳的猴子？像两个猴子标本嘛！绘画老师批评我总是毫不留情的，他指着我画的那只老猴子问我，怎么就画了一只眼睛？还有一只眼睛呢？我说，还有一只眼睛是瞎的，我画不出来。绘画老师浓眉扬了起来，你说那是只独眼猴子？他拍着大腿道，那不是最好的写生素材吗？你一定要画出那另一只眼睛，你总是抓不住动物的神韵，再去画那只独眼猴子，把另一只眼睛也画出来，画好了它猴子的神韵也许一下就出来啦。

大概是我愚笨的原因，我始终不知老师嘴里的神韵为何物。但我还是决心去捕捉猴子的神韵，于是在一个星期以后我又去了三公里以外的灰场动物园。

就在那天我与学校的生物教师不期而遇。我在猴房前静静观察那两只猴子，突然听见有人叫我的名字，生物教师笑盈盈地朝我走过来，他说，没想到你在这儿画画，我在这儿还是第一次碰到熟人呢。我问他来这儿干什么，他有点神秘地笑了，说，来看动物，你知道我对动物最感兴趣。我说看动物应该去市动物园，那儿才是真正看动物的地方。生物教师摇了摇头，手指着饲养员的红砖小屋说，我跟老张是老熟人了，我常上这儿来，跟他谈点事情。

我猜不出生物教师与饲养员会谈什么事情，也不宜多问。但生物教师对这个动物园无疑是非常熟的，我在画猴子的时候听见他在旁边向我介绍有关动物园的许多内幕。

生物教师说，以前猴房里有过三十只猴子，现在都迁到新动物园去了，剩下的这两只猴子当时生了肺炎，留在这儿了，那边的鹿也是这么回事，留下了就没人要了。

生物教师说，你看见那老猴子的瞎眼了吧？那是五年前给一个醉鬼用铁条捅的，他一只手拿香蕉，另一只手藏在背后拿着那根铁条。世上总有这种人，他们不爱动物，不爱也没什么，可他们对动物竟然如此残暴。

生物教师还说，我爱动物，我爱一切动物，即使是那只瞎了一只眼睛的独眼猴，当然独眼总是个遗憾，假如它在我手里，我会让它变得漂亮一些完美一些。

我与生物教师的谈话无法深入，坦率地说我觉得生物教师有点古怪，一个画猴子的人与一个爱猴子的人并没有什么共同语言，或许是生物教师先意识到了这一点，渐渐地他谈兴大减，他凑近我的画夹看了看纸上的猴子，说，眼睛，眼睛画得不好，一只瞎眼也可以画出生命来的。

生物教师的批评也同样让我很困惑，我不知道怎么在一只瞎了的猴眼里画出生命，我想画动物尤其是画猴子真是太难了。在我面对那只背负小猴的老猴时，脑子里一片空茫，那只老猴与小猴嬉戏之余朝我频频回头张望，我突然想起那个醉鬼和他手里的铁条，我似乎看见老猴失去眼睛的真实瞬间，一种强烈的刺痛感突然传遍我的全身，我觉得我已经捕捉到了绘画老师所说的神韵，它的神韵就是痛苦。

大约是在半个小时以后，我听见饲养锦鸡的地方传来锦鸡们嘈杂的叫声，回头一看我便终于明白了生物教师到这里来的目的，我看见饲养员领着生物教师走进栅栏门，饲养员以异常年轻敏捷的动作抓住了一只狂奔的锦鸡，那是一只羽毛绚烂如虹的锦鸡，它在饲养员的手中徒劳地扑扇着翅膀，最后被投进一只蓝布口袋中，我看见生物教师张开那只口袋，然后抓起口袋的两角打了一个死结。

我与生物教师本来仅仅是点头之交，自从有了灰场动物园的那次邂逅，我们之间的关系一下子就亲密了许多。我在教工食堂里遇见他，忍不住提出我的疑问，那个老头怎么肯把锦鸡送给你？生物教师一边嚼咽着包子一边对我神秘地微笑着，他说，不是送的，是我买的。我还是不相信，我说他怎么能把动物园的动物卖给你呢？生物教师朝四周环顾了一番，他脸上的微笑更显神秘了，我跟他很熟悉嘛，他突然凑近我对我耳语道，他欠我的情，他孙子的入学问题是我给他解决的。

生物教师热情地邀请我去参观他的标本展览室，我就跟着他去了位于校办厂区域内的那间小屋，一进去我首先就看见了那只美丽的锦鸡。

它被固定在一根树桩上，很明显它已经被开膛破肚，完成了防腐处理，我看见锦鸡的姿态栩栩如生，但它的羽毛上还沾着血与药液的痕迹。

其实我的鸟类标本不少了。生物教师把锦鸡标本移到猫头鹰和鸵鸟之间的位置，他淡淡地说，我现在最想做的是灵长类动物标本。

我并没有在意生物教师的话，应该说我很不适应那间小屋的气氛，我觉得许多鸟许多猫还有许多我未见过的动物一齐瞪大眼睛盯着我，由于它们的静态和屋里的光线，每个动物看上去都异常安详舒适，但是我闻到空气中有一股难以描述的酸腥味，它使我难以坚持看完小屋里陈列的每一种标本。当我找了个理由匆匆退出小屋时，生物教师仍然深情地望着他的标本，我听见他在里面喃喃自语的声音：真奇怪，他们为什么不爱动物呢？

我猜生物教师肯定后悔对我的邀请了，而我自己也后悔去了小屋。因为从那儿出来以后的整个下午，我一直心情抑郁，眼前不时闪现出锦鸡湿漉漉的沾满血迹与药液的羽毛。我怜惜那只锦鸡，那是我生平第一次对动物投入了感情。

生活中许多事情是触类旁通的，在我后来的绘画习作中我试着把对锦鸡的怜惜带入笔下，结果我的绘画老师认为我的动物写生有了长足的进步，你现在抓到了猴子的神韵。他指着我画的那只老猴子说，你画出了那只瞎眼，这只猴子身上的神韵就在眼睛里，现在你该明白了吧？

我第二次在灰场动物园遇见生物教师是一个星期天的早晨。那天下着蒙蒙细雨，我发现猴房里的棕猴父子在雨天里表现出一种惊人的亲情。小猴子被老猴子掖在怀里躲雨，当浑身湿透的老猴子手抬前额观望天空中的雨丝时，我忽然觉得它唯一的眼睛里充满了某种忧患。我怀着激情画下了它抬头观雨的神态，也就在这时，我听见从饲养员的屋子里传来两个男人争吵的声音，争吵声忽高忽低的，我听不清具体内容，但我听出另外一个人就是我们学校的生物教师。

等我走近那个窗口时他们的争吵声戛然而止，他们似乎提防着我，我看见饲养员扭过身子，用后背对着我，而生物教师对我露

出他特有的温和天真的微笑，你也来了？他说，我正跟老张谈事情呢，他今天心情不好，谈起事情来跟吵架似的。其实他是一个大好人。

我很想知道他们正在谈的事情，但我在那儿站着对他们是个妨碍，我只得知趣地离开，返回到猴房那儿继续我的写生。雨这时候下大了，猴房顶部苫盖的一块塑料布突然被风吹落，转瞬之间猴子们失去了唯一一块干爽的空间，我发现那只独眼棕猴变得异常焦躁起来，它抛下小棕猴在铁丝网上疯狂地跳跃奔跑着，不时发出几声悠长的啼啸。我当时对猴子的命运一无所知，因此我把它的反常归咎于雨和天气的变化，我还在雨地里自作聪明地总结了人与动物的一个共同点：他们或它们对天气之变都是很敏感的。

那场越下越大的雨中断了我的写生计划，我原先想到饲养员的小屋里去躲一会儿雨的，但是我想到那样会给他们带来种种不便，干脆就钻到了鹿房低矮的木板房顶下面，正如我那点可怜的动物学常识所知道的，鹿是温驯善良的动物，在我栖身鹿房的一个小时里，那只孤单的麋鹿只是静静地注视着我，它吃它的草，我躲我的雨，我与麋鹿井水不犯河水地共度了一个小时，一直到密集的雨线渐渐又松散开来，渐渐地雨完全停了。

雨一停我就想离开了，我带来的纸都被雨弄湿，无法再画下去。我站起来摸了摸麋鹿美丽的脖颈，与它道别。雨后的灰场动物园更显冷清荒凉，除了残余在枯树上的雨水滴落在地的声音，周围一片死寂，我走过饲养员的屋子时敲了敲他的窗子，我想假如生物教师还在那里也许愿意跟我同路回去，但屋子里没有人，透过窗玻璃我看见的只是桌子上的一堆东西，两盒前门牌香烟、一包糕点和两瓶白酒。

我已经推起了自行车，就是在这时候我听见从猴房那里传来一种奇怪的类似婴儿的啼哭声，最初我不知道那是猴子的哭声，我只是觉得那种声音异常凄厉异常碜人，于是我骑上车朝猴房那儿驶去。你也许已经猜到了，我再次看见的猴房里只剩下那只小棕猴了，仅仅是隔了一个小时，仅仅是隔了一场雨，那只瞎了右眼的老棕猴不见了，我看见那只小棕猴用双臂抓住铁网迎向我，它像一个人类的婴儿一样向我哭泣，我清晰地看见它粉红的脸上满是泪水，不是雨水，是泪水，那是我这辈子第一次看见猴子的泪水，像人的眼泪一样，也是晶莹透明的。

直到此时我终于明白了在刚才的大雨中发生的事情，也终于知道生物教师今天与饲养员谈的事不是关于锦鸡，而是那只可怜的老棕猴。我一时愣怔在那儿，我内心充满了酸楚与疼痛的感觉，但我不知道该对那只小棕猴做些什么，我在口袋里找到一颗潮湿了的咸花生仁，隔着铁网喂给小棕猴，但它刚咽下去就吐出来了，我一直以为它在战栗，这时才懂得那种战栗就是猴子的哭泣。

几行杂乱的脚印留在雨后的泥地上，一直从猴房通往废弃的狮笼那里，追寻着这些脚印，我在狮笼里找到了饲养员，饲养员像上次那样，正在用水管冲洗地面，尽管水管里冲出来的水很急很大，我还是看见了狮笼地面上星星点点的血污，还有饲养员长筒胶靴上沾着的一片棕色的茸毛。我满面恐惧地望着饲养员，想说什么却什么也说不出来，倒是饲养员先调侃了我一句，他说，你干吗这样看着我？好像我杀了人似的，我又不是杀人犯！

我指了指积满水的狮笼，结结巴巴地问，你们就在这儿，就在这儿，杀？

饲养员说，这儿能避开小猴子，不能让它看见，你们不懂，猴

子也通人性的。

我看了看树林那边的猴房，确实有树枝和房子遮挡了视线。我仍然不知道该怎样向饲养员表达我的感受，我只是向他提出了一个愚蠢的问题：杀它容易吗?

人杀什么不容易？饲养员嘿地一笑，他轻蔑地瞟了我一眼，继续朝地上冲水，过了一会儿他突然想起什么，对我说，我跟许老师交情很深呐，他帮过我大忙，我也只好答应他，人又不是动物，做人就要讲良心嘛。

我说不出什么来，唯一想做的就是立即离开这个动物园。我骑着车一口气骑到了肥皂厂门口，那儿有许多工人在厂门口出出进进的，我的惊悸的心情终于放松了，在那里我打开了被雨淋湿的画夹，那只独眼棕猴最后抬头观雨的神态被我画在了纸上，我想起了我的绘画老师关于神韵的说法，我想猴子的神韵在于它的泪水，大概就是它的泪水吧。

我曾经偷偷地跑到生物教师的标本室外面看望那只棕猴，说起来我大可不必这样掩人耳目，只要你对动物具有一定的兴趣，生物教师总是乐于为你打开标本室的门。但我似乎害怕与那只棕猴直面相对，最终还是选择了一个安静的午后爬到了那间小屋的窗台上。

我看见一只棕猴盘腿坐在一张课桌上，让我惊讶的是它现在不仅洁净而安详，作为某种特征的残眼竟然金蝉脱壳，变成了一只明亮的无可挑剔的眼睛，那只我所熟悉的独眼棕猴，现在它有了一双完美的眼睛！不知道生物教师是怎么做出猴子的眼睛的，我只能感叹他对猴子的爱比任何人深厚一百倍，那样的爱往往是能创造奇迹的。

说到我所热爱的绘画，我的绘画注定是不成器的。我的老师是个著名的专画动物的大师，他总是要求学生去捕捉动物的神韵，但我认为动物们的神韵在于它的泪水，我努力了多年，还是画不出那种泪水，最后干脆就不去画了。那个位于工业区的灰场动物园，后来我再也没去过，不去也无妨，我猜那大概是世上最荒凉的动物园了。

两个厨子

两个厨子杀鸡宰羊的忙了一整天了。从顺福楼请来的厨子脸孔白里透红，身架又高又胖，手脚却麻利，说话的声音也响如爆竹。另一个厨子看上去不怎么像一个厨子，且不说他的黑黑瘦瘦腌菜似的脸，他在灶台前始终毛手毛脚的，杀最后一条大青鱼时甚至掏破了鱼胆。

白厨子浇了点醋在青鱼肚子里，怒气冲冲地在水缸里漂那条鱼，他说，早知道你这么笨，还不如我一个人干，老邓说你在德大饭庄干过，我看你是在那儿洗碗扫地的吧？

黑厨子不说话，他只是卑琐地赔着笑脸，垂着手站在旁边看白厨子洗鱼肚。

白厨子朝黑厨子翻了个白眼，他说，你站着干吗？还不快去把那块肉的骨头剔出来？呸，就你这么笨的人，也敢来陈家的宴席做厨子？

黑厨子慌慌张张地从水缸上跳过去，刀在哪儿？他这么问着，立刻意识到不该这么问，扑到桌前抓住了那把刀，他说，刀在这儿呢，我马上把骨头剔出来。

你知道这陈家什么来历？白厨子说，这方圆三百里之内谁也富不过枫杨树陈家，四代盐商，出了一个进士，三个举人，虽然陈老先生一辈子待在镇上，可两个儿子还是出息，一个在县府做副县长，一个在军队里是少校营长呀。

黑厨子说，我知道他家富，光是猪肉就腌了三大缸呢，这么多肉够我们家吃一辈子了。

你就知道肉，陈老先生不稀罕肉，他爱吃鱼，他最爱吃我们顺福楼的红烧划水，要不怎么就点我名上这儿来做宴席呢？白厨子把那条涮洗过的青鱼拎在手上，他用手指在鱼肉上蘸了蘸，然后伸到黑厨子嘴边，对他说，你尝一尝鱼肉，看还苦不苦，要还苦就麻烦了，一盆红烧划水装九条鱼尾，讨吉利的，陈老先生过寿辰讲究的就是吉利，八尾鱼端上去他肯定要骂人的。

黑厨子诚惶诚恐地瞪着那条鱼，他说，我不敢尝，还是你来尝吧。

有什么敢不敢的？是生鱼，做好了我还不让你尝呢。白厨子把那根手指塞到黑厨子嘴里，他说，我整天都在剔鱼片烧划水，可我就是尝不得生鱼的腥味。

黑厨子任凭白厨子把手指塞进他的嘴，他舔了舔那根手指，咽了口唾沫说，不苦，就是有点腥。

不苦就好。白厨子松了一口气，转过去把鱼放在案板上，突然想起什么，又把鱼拎高了对准黑厨子的脸，不行，那么尝我还不放心，白厨子说，你干脆在鱼尾那儿尝一尝，万一苦胆汁渗到尾巴上去就麻烦了。

黑厨子犹豫着，看看白厨子的脸色，又看了看面前的那条鱼，我尝，反正我不怕腥，黑厨子短促地笑了一声，然后吐出舌头在大青鱼的尾巴上舔了两下。不苦，尾巴上也不苦，黑厨子对白厨子露出一张灿烂的笑脸，他说，一点也不苦，就是有点腥。腥得厉害，鱼尾巴怎么这么腥？

白厨子再次把鱼扔到案板上去，回过头瞪了黑厨子一眼，你尽说废话，白厨子说，鱼尾巴不腥什么腥？可等会儿红烧划水做好了，那腥味就没有了，那香味就出来啦。

黑厨子在给一大块猪肉剔骨头时干得异常认真，一边剔着骨头一边咽着唾沫，他很害怕白厨子听见他喉咙里咽唾沫的声音，他想忍住，但因饥饿引起的唾沫像潮起潮落，他无法停止自己饥饿的声音。

你不要再剔了，白厨子说，你他妈的怎么这样笨，剔根骨头要这么长时间，这样下去八点钟也开不了席。

还有肉剔不下来，这么一长条肉粘在骨头上，太可惜了，黑厨子说。

你以为陈家在乎这点肉屑子？嘁，一长条肉，一长条肉！白厨子上来把那根大肉骨头夺过去，往装垃圾的箩筐里一扔，他说，我看你什么也干不好，给我去剥大葱吧！

黑厨子顺从地走到屋角去剥大葱，他蹲在那儿剥大葱，目光却还留恋着垃圾堆里的那根肉骨头，还有一长条肉没剔下来呢，他轻声嘀咕着，剥葱的动作显得三心二意的。

我上了老邓的当，他还说你在德大饭庄做过红案，你算什么狗

屁红案？白厨子说，我今天是要累死半条命了，早知道这样，还不如自己找个红案师傅来。

我手脚是笨了点，可我不要工钱。黑厨子嗫嚅道，说好了的，只要管我一顿饱饭。

一顿饱饭，喊，一顿饱饭！你还这么爱吃，哪儿听说过做厨子的这种猴相？白厨子半笑半恼地切着肉片。他的刀功很好，手中的刀刃随着腕部的抖动舞蛇走龙，案板上跳跃着一堆或红或白的光点。白厨子说，我就猜到你不是厨子，看你的眼神就知道了，做厨子的人看见鱼呀肉呀眼睛是冷的，你见什么眼睛都亮，恨不得生吃了它们呢。

黑厨子没有听见白厨子的话，他的眼睛正如白厨子所描述的那样，闪闪烁烁地亮着，盯着箩筐里的那根肉骨头。那根肉骨头的大半部分被掩在白菜皮里，但仍然有一端倔强地露在外面，骨头上黏附的一层粉红色的肉也仍然清晰夺目。

我做了二十年厨子了，一做酒席不吃就饱，白厨子说，别人见我又白又胖，以为我整天吃什么山珍海味，其实我每顿才吃一块肉，多半块都吃不下去。

黑厨子没有听见白厨子的话，他的眼睛盯着箩筐，呼吸突然急促起来，他的脸上出现一种焦灼而痛苦的表情，一只手迟疑着伸向箩筐，抓住了那根肉骨头，然后他回头瞥了一眼白厨子，嘴里慌慌张张地应了一句，就是，就是吃不下去。

我说我自己呢，白厨子嗤地笑了一声，说，你也会吃不下去？骗鬼去吧，我看等会儿那顿饭你非把肚子吃炸了不可。

黑厨子附和着也笑了一声，但他的笑声听上去突兀而紧张，白厨子猛地回过头，警惕地扫了黑厨子一眼，你在干什么呢？白厨子说：让你剥葱，你把手伸到箩筐里干什么？

我扔这些烂葱叶呢，黑厨子弯腰站在那儿，用身子挡着白厨子的视线，他有点结巴起来，烂葱叶，箩筐，黑厨子说，箩筐满了，我去把垃圾倒掉吧。

手别乱伸。白厨子的目光犀利地盯着黑厨子瘦削的背部，他大概想到了什么，突然冒出话来，上门厨子的规矩你该知道吧？老邓他肯定跟你说过规矩吧？

我懂规矩，老邓说随我怎么吃都行，就是不让带走，什么东西都不能带。黑厨子说。

知道我就放心了，白厨子说，陈家其实也不在乎一碗肉半条鱼的，可万一少了什么，都记在我的名下，传出去不仅坏了我的名声，也坏了顺福楼的名声。

我懂，就是一根骨头也不能带出门。黑厨子的脸红一阵白一阵的，他似乎想把两只手从箩筐里拿出来，但两只手不听话，十根手指抓紧了那根肉骨头把它往垃圾深处埋，最后黑厨子用白菜皮盖住了肉骨头。他直起腰来，对着箩筐叹了一口气，又摊开双掌看了看自己的手，看见他的十根手指都是油汪汪的，他想这辈子从来没见过这么好的肉骨头，可是这么好的肉骨头就这么扔在垃圾堆里了。

陈家的女佣曾经到厨房来查看寿宴上的菜肴，那女人嘴碎，说肉丝切得太粗，又嫌猪肚煮得不烂，白厨子嘴上客气地应允着，心里却很气恼，因此女佣一出厨房，白厨子就冲着她的背影骂了一串脏话。

女佣刚走，那个小男孩就来了。小男孩大约有八九岁的样子，脸很脏，身上穿着件大人的棉袄，腰中用布条扎了一道。小男孩怯

生生地把脑袋探进门内，朝厨房四角迅速张望了一番，白厨子正没好气，不知怎么他认为小男孩是女佣的孩子，于是又冲着他大声嚷道，滚出去，哪来的野孩子？

小男孩吓了一跳，那颗蓬乱的脑袋闪了闪，很快就不见了。白厨子悻悻地把切好的肉丝倒在案板上，我做了二十年厨子，轮得到她教我切肉丝？白厨子把案板剁得砰砰地响，他说，狗仗人势，她算老几？嘁，她来教我切肉丝？

白厨子发现黑厨子不在听自己说话，黑厨子抓着一把大葱，看样子心神不定的，他趺趺撞撞地走到外面，一眨眼又抓着那把大葱回来了。

你怎么回事？白厨子又嚷嚷起来，你脑子还在脑壳里吗？让你把猪肚再放到炉子上炖一会儿，你他妈的在梦游呀？

我没梦游，黑厨子神情木然，指着门外说，那孩子走了。

你也走吧，你在这里屁用也没有，白厨子说着鼻孔里发出轻蔑的声音，我知道你不会走，你还等着那顿饭呢。

白厨子用一只筷子插在猪肚上察看它是否煮烂了，他听见身后传来碗碟碰撞的声音，白厨子回过头就看见了一只慌乱的小手，那只小手从窗外伸进厨房，抓住了碟子里的一块卤肘花，白厨子怪叫了一声冲出去，他看见那个肮脏的小男孩缩在墙角边，满面惊惶地望着他，他看见小男孩的嘴被什么东西塞得鼓了起来，嘴角上淌着几摊暗红的油汁，而他的手里紧紧地抓着那块卤肘花。

该死，怎么进来个小叫花子？白厨子扑过去抢他手里的肉，让他吃惊的是小男孩的反抗和挣扎，小男孩朝白厨子乱蹬乱踢，两只小手紧紧抓着那块肉不放，白厨子对厨房里的黑厨子高声叫喊着，快出来！快把肉抢下来！快把这野孩子撵走！但厨房里的黑厨子一

声不吭，他没有出来。白厨子大概太高太胖了，他拧住了孩子的耳朵不让他逃走，对孩子的嘴和手却无可奈何，眼看孩子张大嘴凑近了那块肉，白厨子朝厢房里高声大叫起来，来人哪，快来抓小偷!

厢房那里跑来了几个人，他们帮着白厨子抢下了卤肘花，白厨子用围兜托住卤肘花仔细看了看，看见油亮的肉皮上已经留下一排细小的齿印。白厨子骂了一声，对着那个女佣劈头盖脸训了一顿，是谁把这小叫花子带到厨房里来的？是谁家的孩子？跟条野狗似的，见什么咬什么？白厨子把卤肘花送到女佣脸前，说，你看看，你自己看看这牙印，让我怎么端上桌去？

女佣大概对这件事摸不着头脑，她揪住了小男孩的胳膊，与另外三个佣人面面相觑，谁家的孩子？女佣疑疑惑惑地审视着小男孩的脸，眼睛倏地一亮说，不是谁家的孩子，肯定是街上的小叫花子！女佣这么说着一扬手就掴了小男孩一记耳光，小叫花子，你怎么溜进来的？女佣横眉立目地说，爬墙进来的？你吃豹子胆了？怎么敢跑到这里来偷东西？

白厨子推开女佣，拜开小男孩的嘴查了查他嘴里的东西，看见一堆白白的馒头渣子，白厨子就放心了。这孩子是饿疯了，白厨子说，我可没见他偷东西，他是饿疯了，你们撵他出去就行了嘛。

白厨子用围兜兜着卤肘花回到厨房，看见黑厨子抱着脑袋坐在炉灶旁，他的干瘦的背影纹丝不动，看上去像一截枯死的树桩。

你坐在那儿干什么？睡着了？白厨子把卤肘花放回到盆子里，用刀刮去肉皮上的齿印，又抓了把葱花盖在上面，白厨子继续数落着黑厨子，没见过你这么没用的人，手脚笨不去说它，长了眼睛也是出气的，你不就站在窗边吗？怎么让那孩子把肘花抓了去？

白厨子听见一种奇怪的声音，他歪过头注视着黑厨子，发现

黑厨子的双肩在轻轻地抽搐，他终于意识到黑厨子发出的声音是什么，黑厨子正坐在炉灶旁呜咽呢。

你这人怎么回事？白厨子走过去想看黑厨子的脸，但黑厨子用手把自己的脸遮住了，白厨子只看见一滴浑浊的泪珠从黑厨子的指缝间慢慢地挤出来，白厨子嘻嘻笑起来，他说，你这种人我真是第一次见到，一个大男人说哭就哭起来了？

黑厨子死死地捂住自己的脸，他不说话。

好好的怎么会哭起来呢？白厨子摇着头在黑厨子旁边站了一会儿，很明显白厨子这时候不知说什么好，他站了一会儿只好回到桌子边去，他说，今天是活见鬼了，一个大男人，也在那里哭，告诉你今天是陈老先生七十大寿，不能哭的，就连孩子也不让他们哭，你个大男人倒在那里哭起来了！

黑厨子停止了呜咽，他慢慢地站起来，用衣袖在脸上胡乱擦着，他的眼睛看着通往前院的月牙门，但他终于开始与白厨子说话。我要走了，黑厨子哑着嗓子说，我在这儿待不住了。

这就想走？白厨子诧异地瞪着黑厨子的背影说，还没开席呢，你不是说想吃一顿饱饭吗。你不知道厨子吃饭的规矩？得等到主人家吃好收碗你才能吃呢。

我待不住了，我得走了。黑厨子说。

你在不在这儿我无所谓，本来就帮不了我，可你那顿饱饭怎么吃？现在没什么菜给你吃，白厨子脸上露出一种讽刺的微笑，他说，没吃上那顿饭就走，你不是白干了一天活嘛？

那儿有冷馒头，我吃上几个馒头就行了。黑厨子说，我不是孩子，我不馋肉。

白厨子犹豫了一会儿，把蒸屉里的馒头都端给了黑厨子，你愿意吃冷馒头就吃吧，不关我的事，白厨子说，能吃多少就吃多少，厨子吃饭不看主人脸色，这也是规矩。

白厨子看着黑厨子的手颤动着伸向蒸屉，两只手各抓了两只馒头，白厨子忍不住嗤地一笑，别这么性急，你坐下来慢慢吃，不是告诉过你吗，能吃多少就吃多少，这是规矩。白厨子看了看黑厨子手里的馒头，又看看他的突然明亮的眼睛，很自然地想到了什么，于是白厨子拖长着声调再次重复了他已经说过的话，随便你吃多少，白厨子说，就是不让带走，这是厨子的规矩。

白厨子看见黑厨子的眼睛忽明忽晴的，黑厨子坐在灶膛边吃馒头，他的脸在火光辉映下呈现出一种鲜艳的红色，他把一只馒头放在嘴里咬了一口，同时深深地叹了口气。白厨子看见黑厨子把馒头放在嘴边，黑厨子尖削的喉结上下耸动着，他好像奋力地吞咽着什么，但咽下去的只是口水，那只馒头仍然饱满地塞在他的干裂的嘴唇之间。

怎么不吃了？白厨子说，是不是馒头太硬了？

黑厨子的手仍然僵直地抓着那只馒头，他的神色仍然迷茫而凄恻，我怎么咽不下去？黑厨子的声音从馒头边缘挤出来，听上去像是来自很远的地方，我饿过头了，我怎么咽不下去！

别着急，慢慢咽，白厨子说，我看你是饿过头了。

我饿过头了，我咽不下去，黑厨子摇着头，他的目光茫然无助地游移着，最后落在白厨子脸上，他的急促的呼吸声也从馒头上滑落下来，听来像是人在撕打挣扎时的喘息，黑厨子就这么喘息着，嘴角上突然浮出一丝笑意，他对白厨子说，我这么饿，这么想吃，怎么咽不下去呢？

我怎么知道你？你肯定是饿过头啦！

白厨子无暇顾及黑厨子的事了，他必须在炒菜之前把一锅荤油熬出来。白厨子把一篮子肉膘倒进锅里，回身去找铁铲时看见黑厨子站在他身后，黑厨子手里抓着一根肉骨头，他一眼就认出那是被他扔进垃圾堆里的肉骨头。

我没吃馒头，我怎么也咽不下去。黑厨子用一种乞求的眼神望着白厨子，这根肉骨头上还粘着点肉，骨头里还有油，让我带回去给孩子熬锅汤吧。

白厨子一时愣在那里，白厨子用锅铲敲了敲那根肉骨头，他想说什么，却突然不知道说什么才好。

我什么也不带，就带这根肉骨头。本来也是扔掉的呀，黑厨子腌菜色的脸现在涨得通红，他一把抓住白厨子的手说，我不吃他家的饭，我就带一根肉骨头走，不算坏厨子的规矩吧？

白厨子轻轻推开黑厨子的手，他张开嘴似乎想笑，但他的嘴刚咧开就愤愤地合上了，这是他妈的什么世道？白厨子用锅铲在空中狠狠地劈了一下，然后转过身去翻弄锅里的那些油膘，想带就带走吧，反正是根肉骨头！白厨子用锅铲压住一块油膘，让它吱吱地叫着冒出第一滴油来，白厨子说，想带就带走吧，厨子的规矩是厨子的规矩，反正你又不是厨子，我是让老邓坑苦了，你哪是什么厨子！

白厨子那天忙坏了，他不知道黑厨子后来是怎么走的，他猜那根肉骨头大概是被黑厨子掖在怀里带走的，陈家人多眼杂，虽然是一根肉骨头，也只有掖在怀里才能带走了。

大约是半个月以后，县城的木材商朱家办喜事，顺福楼的厨子们几乎倾巢而动，那天早晨白厨子去鱼市办水货，路过灾民救济会

时看见两口粥锅前排了长长的一条人龙，白厨子眼尖，一眼就看见人群里两个熟悉的身影，一个是黑厨子，另一个就是那天偷了卤肘花的小男孩。

那父子俩一人拿了个破碗，在早晨的寒风中挤在一起，他们的眉眼何其相似，他们饥饿的神色何其相似，任何人都能一眼看出，那是父子俩。他们是父子俩，白厨子并不觉得意外，他想他那天真是忙昏头了。他们是父子俩，他当时怎么就没想到呢？

八只花篮

看见她从花店里冲出来，像一匹小马那样跑了一会儿，又像淑女那样扭摆着走了几步，然后她站住了，我看见她把手伸到后背搔痒痒。

女孩子怀抱一束红石竹花站在区医院的门外，踮着脚仰脸望着六层楼上的某个窗口，看得出来她正在为什么事情犹豫着，她的两只手轮番梳理着花的细长的枝干，她的乌黑发亮的长发焦躁地向左右两边甩动。那天我恰巧路过区医院，女孩子看见我眼睛突然就亮了，她把那束红石竹花塞在我怀里，说，“你把这束花送给我母亲，我不上楼了，我要赶火车！”我还没来得及追问什么，女孩子已经飞奔起来，她一边奔跑一边向我挥着手说，“我来不及啦，他们在火车站等我呢！”

女孩子名叫朱卉，我这么一说你大概就能猜到是住在煤店隔壁的那个朱卉，那个美丽的不可一世的女孩，她总是像一只金虫在街

上没头没脑地飞。人人都看见她在飞，却不知道她要到哪里去，她自己也不知道会飞到哪里去。后来她终于决定要去南方，但是这么大的事情她却瞒着家人，更让人生气的是朱卉的母亲当时正躺在癌症病房里，我替她送去那束花，听说那可怜的女人正等着朱卉送稀粥去呢。

朱卉一去杳无音讯，谁也不知道她的下落。朱卉的姐姐朱梅曾经接到她的一个长途电话，朱梅在电话里训斥了妹妹一通，训完了问朱卉人在哪儿，朱卉拖长了声调说，“在广东，不在广东在哪儿呀？”朱梅一时疏忽了，她该问清楚朱卉的详细地址的，但她当时只顾向朱卉打听广东那边的时装行情了，姐妹俩在电话里讨论夏天的花边凉帽，说着说着电话就咯嗒断了，好像是朱卉的磁卡用完了，后来就杳无音讯了。

朱梅后来一直懊悔这件事，她母亲临终前一直重复着一句话，“让朱卉回来，朱卉怎么还没回来？”家里人就说，“朱卉马上就回来了，朱卉已经在路上了。”母亲又说，“让朱卉乘飞机回来，别坐火车，这会儿就别省钱了。”家里人就说，“朱卉就是坐的飞机，朱卉在广东挣了不少钱，她才不会省那点钱呢。”

说起朱卉的母亲，那也是一个典型的受人尊敬的妇女，她死后几乎半条街的人都出席了葬礼，当然在葬礼上许多人交头接耳的，谈论的都是朱卉，因为他们发现朱卉还是没有回来。这种事情要是没人谈论才怪呢，就是一只小兔子吃过青草后也记得归窝，她朱卉凭什么就把母亲忘得一干二净呢？

用不着再说什么了，反正你也认识煤店隔壁的那个女孩，那个女孩美丽而活泼，可是却没心没肺的。她不是我们香椿树街人喜欢的好女孩。

这些年许多青年离开香椿树街远走他乡，走就走了，也没有人稀罕他们。他们一走别人就开始忘却他们，渐渐地那些人的名字放在嘴里便含糊不清了，他们的模样也像水底的鱼朦朦胧胧了，人们正要如此忘记朱卉时，朱卉却回来了。

我最初是从我祖母那儿听说朱卉回来的消息的，我祖母又老又糊涂，但她眼观六路耳听八方，是香椿树街最称职的哨兵。那天她坐在煤店与人闲聊时，一眼就看见朱卉从出租车里钻出来，祖母说虽然朱卉把嘴唇涂得像鸡血一样红，把眉毛画得比棉纱线还要细，把头发钳得像钢丝卷那样顶在头上，她还是认出了朱卉。朱卉朝煤店里的人摆了摆手，然后就开始从出租车上搬箱子，我祖母当时数了数那些箱子，一共有六只，几年不见，朱卉竟然带了六只箱子回家，祖母说到这儿便开始怪话连篇了，“她出去做的什么事呀？脖子手上都有金货，还带着六只箱子！”祖母的嘴里啧啧响着，突然说，“煤店的彩凤说了，她在外面不会做什么好事。”

有一天我在桥边的水果店里看见了朱卉，朱卉在挑选荔枝，一边挑着一边品尝着，我听见她对水果店的主人说，“告诉你啦，荔枝要用叶子垫着，你这种荔枝又干又老，在广东那边没人吃的，你这种荔枝，喊，也只能骗骗这里的老土啦。”我发现水果店的人眼睛都直勾勾地瞪着朱卉，主要是瞪着她的上半身，朱卉那天穿着一件不怎么像衣服的衣服，大概属于背心之类的，肚脐竟然露在外面，还有她的黑色短裙也像黎明的夜色罩不住双腿的春光，你也不能怪别人直勾勾的目光，朱卉现在确实让人觉得触目惊心。

我自以为与朱卉熟稔，用一种老友重逢的热情向她搭讪，没想到朱卉不领这份情，她眨巴着眼睛打量着我说，“你好面熟，你到底是谁嘛？”我很窘迫，转过身想走，可是我听见朱卉在后面扑哧

一笑，她说，“你这人好奇怪，不认识就发张名片嘛，你不给我名片我可以给你，何必这么小家子气？”那番话说得我进退两难，我只好愚蠢地向她伸出一只手去，然后我看见朱卉一边吐掉一颗荔枝核，一边伸手到皮裙口袋里掏出了她的名片，用两根手指掂着给了我。

我敢断定朱卉其实是认识我的，我不知道她装作不认识我是为了说明什么问题，反正我觉得她看我的目光脉脉含情的，她脸上的微笑虽然略显做作但总的来说还是妩媚的，鉴于这种魅力，我还是原谅了朱卉，所以那天我站在水果店门外与她交谈了很长时间。

名片上的朱卉是一个什么美容中心的经理，单凭这张名片便足以让我对她肃然起敬了。像我这样的街道青年很容易犯不懂装懂的毛病，也很容易在女孩子面前卖弄幽默，朱卉便一边怜悯地看着我，一边捂着嘴咯咯地笑，她说，“你搞什么搞呀，美容中心不割双眼皮，你说的是整容中心！”朱卉笑够了就剥一颗荔枝，她好像并不愿意多谈那家美容中心的事，“现在生意不好做，我把它交给合伙人啦。”她轻描淡写地说着，脸上忽然浮现出一个灿烂的笑靥，“告诉你啦，我要在这里开一间发廊！”朱卉的表情和口气很像在宣布她要发射一颗原子弹，她就那么向我摇晃着肩膀，得意扬扬的样子，突然用纤纤素指点了点我的鼻子，撒娇似的说，“我的发廊八号开张，你可记得来捧场哦！”

我看着朱卉风风火火地离开了水果店，她肯定是搽过了香水，人到哪儿哪儿就暗香浮动，我和水果店的几个人面面相觑，不知怎么发现人们的表情都很轻薄，而且有点鬼鬼祟祟的，水果店主人学着朱卉的腔调，对我挤眉弄眼地说，“你可记得来捧场哦！”

朱卉的发廊租用了从前五金店的门面，装潢倒是简单，门前挂

了一盏波浪灯，玻璃橱窗上贴了许多美人头，其中一个美人头最大最鲜艳，你一眼能看出那是朱卉自己。我觉得这个朱卉就是不同凡响，她就是敢于与那些世界闻名的超级美女比一比，根本就不管站在橱窗前的那些女孩如何掩嘴窃笑。

发廊开张那天我看见店门口放着许多花篮，许多孩子大声念着红布条幅上的贺词和人名，除了孩子，大人却不多。我就看见朱梅和她的秃顶丈夫从玻璃门里出出进进的，不知在忙些什么。我没有进去，虽然我记得朱卉那天对我的期待，但一看见煤店里那群交头接耳的妇女，一看见我祖母也挤在她们中间监视着发廊的动静，我就打消了这个念头，况且我的头发刚理过，就是进去了也不知道该怎么捧场。

我说过我祖母是街上的消息灵通人士，那天晚上她对朱卉的发廊又发表了一通议论，尤其是对那堆花篮的说法使我感到很意外，祖母说，“你以为真有人给她送花篮？八只花篮全是她自己花钱买的！这个公司祝贺，那个经理祝贺的，全是瞎编，彩凤亲眼看见她姐夫从花店买的八只花篮！”我祖母看见全家人瞪大了眼睛，便又在这个话题上自由发挥起来，“她倒是很有钱，盘下五金店的门面要花好几千元呢。”祖母的鼻孔里轻蔑地哼了几声，说，“年纪轻轻的女孩子，挣这么多钱？我看彩凤她们说得对，不是什么干净的钱！”

我祖母又封建又糊涂，你要是觉得我会受她影响那就错了。我祖母三番五次地警告我不要走进朱卉的发廊，但我却在等待头发生长，我觉得在理发中接近朱卉几乎成为我的一场预谋，尽管这样的预谋缺乏一个叫确的目标。

后来我的头发就长了，于是在一个星期天的下午，我衣冠楚楚

地溜进了朱卉的发廊。

店里只有朱卉一个人，顾客也只有我一个人，这种场面反而使我局促起来，我站在盥洗池边东张西望，不敢去看朱卉，我说，“怎么没有顾客呢？”

“你是第一个顾客，”朱卉斜倚在椅背上抱着双臂，对我莞尔一笑。说，“开业快一个月了，你是第一个顾客，还是你够朋友嘛。”

“我要理发。”我坐到椅子上，仍然东张西望着说，“喂，你会理发吗？”

“你搞什么搞？不会理发我怎么会开发廊？”朱卉走过来用一块白布扣在我脖子上，然后她的手在我头上轻柔地抓了一把，“你这是什么头发呀？”她说，“又干又涩，丑死了，要焗油啰。”

“我不知道，随便你啰。”我学着她的腔调说。

不知怎么我忍不住地把头扭来扭去，我坐在那里一直东张西望着，突然我的脑袋被朱卉用手扳正了，我听见朱卉说，“理发就理发嘛，干什么老是东张西望的？”

“怎么没有顾客呢？”我努力使自己安静下来，我说，“没有顾客你开发廊干什么？”

“我也不知道。”朱卉说，“鬼知道是怎么回事，好像我会吃人的样子，我知道许多人在背后说我的闲话。”

“说你什么闲话？”我明知故问地转过头去。

“你没听说过？怪不得你敢来，”朱卉忽然嘻嘻一笑，她在我头上喷了一点水，用梳子轻轻地梳理我的头发，梳了一会儿我听见她又在嘻嘻地笑，她说，“你真的没听他们说我？说我在那边做妓女呀！”

尽管针对朱卉的风言风语已经在街上传得沸沸扬扬，但这话从

朱卉自己嘴里蹦出来，还是吓了我一跳。我又开始东张西望起来，也就在这时我看见我祖母扭着小脚从煤店那儿过来了。一看她那种救人似的步态和表情，我就猜到她是来救我的，与其让祖母进来还不如我自己出去，于是我一下子从椅子上弹起来，“我上班要迟到了。”我扯下脖子上的白布，慌忙往门外走，一边走一边说，“改日再来，改日再来吧。”我冲出发廊的玻璃门，听见朱卉愤怒而尖厉的声音，“你搞什么搞？神经病，三八，你们都是神经病！”

我后来一直为那天下午的行为感到羞愧，当然我不会去把责任推到我祖母身上，问题主要出在我身上，其实我说不清去朱卉的发廊的真正目的，用我祖母的话来说，去那里的没什么好人，都是心怀鬼胎。我想我可能也是心怀鬼胎的那类人，否则我不会再有勇气走进朱卉的发廊。

我记得那天下着雨，街上店铺里都没有什么人，我拎着雨伞走进去一眼就看见了朱卉和狗狗，朱卉正在给狗狗理发，你知道狗狗就是小学王老师家的那个傻儿子，我一进去狗狗就用鱼一样的眼睛瞪着我，嘴里嚷着，“我在理发，你别来捣乱。”

朱卉始终没有朝我看上一眼，她用剪子细心地修整着狗狗杂乱如草的头发，我听见她对狗狗说话的声音异常温柔而沙哑，她说：“狗狗别乱动，小心我剪着你的耳朵。”

“这一阵生意怎么样？生意好点了吧？”我坐在一旁随口搭讪道。

朱卉不理我，她对狗狗说，“狗狗的头发又长又脏，臭死了，你妈妈怎么不给你洗洗头呢？”

“我要好好理个发，”我摸着头皮说，“上次你说我的头发该焗

油？等会儿你给我焗油吧。”

朱卉不理我，她对狗狗说，“狗狗的头发其实又黑又亮，弄干净了很好看呢，我给你剪个最时髦的发型，像郭富城那样，好不好？”

狗狗嚷嚷道，“你会把我的头发弄成卷卷毛吗？我要卷卷毛！”

朱卉笑了笑，我以为她这时会疯笑一气，但她只是淡淡地笑了笑，她说，“狗狗不能要卷毛，女孩子才烫头发呢，男孩得有男孩的样子。”

我感觉到了朱卉的敌意，我想化解她的敌意，因此我坐在那儿七拉八扯地说了许多话，后来朱卉终于向我转过脸来，朱卉的眼神冷若冰霜，她说，“你别等了，等不到什么好事，我给狗狗理完发就回家。”

我很尴尬，我觉得朱卉装出这种烈女的样子未免太过分，忍不住说了一句猥亵而阴损的话，然后我就看见朱卉的双手抓着剪子和木梳停在半空中，朱卉红润而年轻的脸变得苍白如纸，然后我听见傻子狗狗愤怒的咆哮声，“我在理发，你别来捣乱！”

我不记得那天的事情为什么如此恶化起来，或许只是因为我的出言不逊，或者因为朱卉终于忍无可忍，我匆匆走出发廊的时候，一瓶洗发液从背后飞过来，差点砸到我的脚跟上。

某种街头青年的恶习使我的行为近乎疯狂，我把脸贴在玻璃门上朝朱卉扮着鬼脸，还做了一个下流的手势。朱卉不再看我，她的双手仍然停在半空中，她的目光无力地落在傻子狗狗的头顶上，我看见傻子狗狗转过脸，茫然地瞪着朱卉，我看见朱卉把狗狗的脑袋再次扳回去，朱卉用梳子在狗狗头发上轻轻地挑了一下，然后我清晰地看见一滴晶莹闪亮的泪珠，那滴泪珠恰好滴落在狗

狗的头顶上。

那滴泪珠后来使我愧疚了很长时间。

假如不是因为遗忘在发廊里的雨伞，我第二天绝不会再走到朱卉的发廊前面转悠，我在煤店附近转悠了半天，发现贴在橱窗上的朱卉的美人照不见了，透过那一大块玻璃可以看见一个女人在里面给自己吹头发，我终于认出那是朱卉的姐姐朱梅，那不是朱卉。

我走进去寻找那把雨伞，这才注意到发廊里已经空空荡荡，只有八只花篮堆放在台板和椅子上，朱梅知道我找雨伞，显得很吃惊的样子，“你来理过发？”她说，“听朱卉说没有做成过一笔生意，朱卉就给狗狗理过发，还是免费的。”

我不知道说什么好，只是抓着雨伞往外面走，走到门边我忍不住还是问了一句，“朱卉怎么不在？这店要关门啦？”

“开不下去只好关门。”朱梅说，“不关门怎么办？没人找她做头发，总不能到街上拉人进来呀。”

“朱卉人呢？”我又问了一句。

“现在大概已经上火车了，她又回广东去啦。”朱梅在镜子前照了照刚吹好的头发，“她在那边过惯了，回来反而不习惯，她想走就走，谁也拦不住她的。”

我的脸突然燥热起来，不知为什么我觉得自己像一个杀人犯逃离了现场，我抓着那把雨伞低着头走过煤店，我听见我祖母在喊我的名字，我没有理睬她。煤店里的那群妇女还在叽叽喳喳地议论朱卉，一个声音说，“她哪里做过什么经理？小白知道她在那边的底细，天天晚上在舞厅等人嘛，什么狗屁经理？”另一个声音像打气筒一样嗤地笑了一下，然后一大群声音跟着快乐地笑起来。

我早就说过就连香椿树街上空的云都是由闲言碎语组成的，我习惯了这种叽叽喳喳的声音，但那天我极其仇视那种声音，就像一个杀人犯总是会有嫁祸于人的举动，我突然怒火中烧，把手中的雨伞狠狠地扔进煤店店堂，我听见了一阵尖叫声后心里就舒服一些了，妇女们和我祖母都惊惶地追出来喊，“怎么回事？你疯啦？”我嬉皮笑脸地对她们挥挥手，我说，“你们才疯了，神经病，一群神经病！”这么骂着我突然想起朱卉骂人用的那个新词汇，于是我一边笑一边对她们喊着，“三八，三八，你们都是三八！”

我的行为愚蠢可笑，实际上只是想减轻心中的罪孽，我真的不希望你把我看成一个街头无赖，我心里其实藏着许多美好的东西，就说那个远在南方的朱卉，我每次想起她便想起一个怀抱红石竹花站在医院门口的女孩，但那个女孩你现在再也见不到了。她又去了南方。当然她在香椿树街还是留下了一些痕迹，譬如那八只花篮。我每次经过那间荒弃的发廊，总是会伸头朝玻璃窗内望一眼，总是会看见那八只花篮，后来朱卉走的时间久了，人们不再谈她的事，那八只花篮也就不见了。